George Tenner

Jagd auf den Inselmörder

Originalausgabe – Erstdruck

George Tenner

Jagd auf den Inselmörder

Usedom-Krimi

Der erste Fall für Lasse Larsson

Schardt Verlag Oldenburg

Bibliografische Information der *Deutschen Bibliothek*:

Die Deutsche Bibliothek verzeichnet diese Publikation in *Der Deutschen Nationalbibliografie*; detaillierte bibliografische Daten sind im Internet über *http://dnb.ddb.de* abrufbar.

Umschlagfoto von Rainer Griese, Troisdorf
Nachwort von Prof. Dr. Thomas Feltes, Bochum

1. Auflage 2007

Schardt Verlag
Uhlhornsweg 99a
26129 Oldenburg
Tel.: 0441-21779287
Fax: 0441-21779286
Email: schardtverlag@t-online.de
Herstellung: Fuldaer Verlagsanstalt

ISBN 978-3-89841-329-9

Prolog

Der Herbststurm hatte schon zwei Tage und zwei Nächte getobt, und der Regen änderte auch an diesem Tag nur selten seine Intensität.

Auf halben Weg zwischen Offenburg und Rastatt in Baden-Württemberg hatte sich der kleine Peugeot mehrere Male unter den mächtigen Böen geschüttelt; obwohl der Fahrer tüchtig gegenlenken musste, hatte der Wagen seine Spur halten können. Einer der schnellen Kleintransporter dagegen war von der Fahrbahn abgekommen und lag nun völlig zertrümmert im Graben.

„Noch ‘ne Stunde“, sagte der Fahrer, „dann machen wir ‘ne Pause.“

„Es wird Zeit, dass wir was zu beißen kriegen, Wolfgang“, stellte der Beifahrer lapidar fest.

„Sieh es einfach als Übung. Es ist nichts anderes als bei unserer Ausbildung in Aubagne.“

„Ich halte es noch immer für einen Fehler, was wir machen, Wolfgang“, sagte Dieter Mertens und fiel ins Französische: „La Légion n'abandonna jamais les siens, ni au combat, ni dans la vie! Die Legion lässt niemals einen der ihren im Stich; weder im Kampf noch im Zivilleben.“

„Wir haben uns anders entschieden!“

„Wir haben die Legion im Stich gelassen, und das wird uns noch teuer zu stehen kommen!“

„Du warst schon immer ein Söldner, Dieter. Früher hieß es ‚Tu es für dein Vaterland‘, heute heißt es ‚Fahr ins Quartier Lecourbe in der Rue d'Ostende in Straßburg!‘ Die Aufgabe, mein

Lieber, ist die gleiche: Töte einen Feind unseres Volkes, und du bist ein Held! Nein? Nein, so heißt es heute bestimmt nicht mehr. Heute heißt es: und du bekommst eine neue Identität und Geld zum Leben!“

„Es ist ein Beruf, mein Lieber, der prägt und vor dem man nicht flüchten kann. Niemand gibt dir eine andere Identität, nur die Legion.“

„Wir machen jetzt unsere eigene Identität“, sagte der Fahrer und lächelte diabolisch.

Sie schwiegen eine Weile. Dieter Mertens dachte daran, dass jetzt möglicherweise die Verfolgung durch die Fahnder der Legion einsetzen würde. Nicht auszudenken, fände man sie.

Der Fahrer wiederum dachte, dass er nun endlich Rache nehmen könne an einem Mann, der sein Leben zerstört hatte. Seit 1989 waren seine Gedanken nur um diesen einen Wunsch gekreist. Nun kam der Tag der Genugtuung näher. Mit jedem Kilometer, der ihn dichter an den verhassten Feind brachte, steigerte sich seine Erregung. Er, der als Jäger immer jede Gefühlsbewegung unterdrücken konnte, wurde vom Jagdfieber gepackt. Wie ein Anfänger im Waidwerk gierte er der ersehnten Jagdtrophäe entgegen, und er würde nicht dulden, dass man ihn stoppte. Von keinem. Auch von seinem Freund Dieter Mertens nicht.

Am späten Nachmittag fuhren sie in Weinheim an der Bergstraße von der Autobahn ab und machten fast zwei Stunden Rast in einem idyllischen, historischen Restaurant. Das Wirtshaus lag in einem der wunderschönen Fachwerkhäuser. Über der Stadt thronte die Ruine der Burg Windeck, die seit 1130 als Wahrzeichen weit übers Land ausstrahlte.

Später, als es bereits dunkel war und sie wieder einige Kilometer nach Norden zurückgelegt, die Landesgrenze zu Hessen bereits überschritten und Frankfurt am Main im Ring umrundet hatten, beschlossen sie, in einem Waldstück nahe dem thüringischen Ort Vollersroda einige Stunden zu schlafen.

Am Morgen wurde im rund acht Kilometer entfernten Ottstedt ein Pkw der Marke BMW als gestohlen gemeldet.

1. Kapitel

Heringsdorf, im Juni 2002

Morgendunst hing über der See. Es würde noch einige Zeit dauern, bis eines der weißen Schiffe der Adler-Reederei hier anlegte.

Seit ihre Enkelin vor zwei Jahren an dieser Stelle tot aufgefunden wurde, kam die Frau wie an jedem der vergangenen Tage zur Seebrücke, um ihrer zu gedenken. Irgendeine Bestie hatte das siebzehnjährige, schlanke, blonde Mädchen brutal umgebracht. Es war kein Sexualmord wie ursprünglich angenommen. Der Täter musste Handschuhe getragen haben; so sehr sich die Gerichtsmediziner auch gemüht hatten, irgendeine Spur zu finden – weder ein Fingerabdruck noch eine DNA konnten sichergestellt werden.

Die Frau war groß, lief leicht nach vorn gebeugt und zog ein wenig das rechte Bein nach, ein Andenken an den Verlust des großen Zehs, der vor vielen Jahren im Gefängnis amputiert worden war. Sie setzte sich auf eine der Bänke.

Im Hintergrund lag die polnische Küste; eine Mole, vor der die großen Schiffe vor der Einfahrt in den Hafen nach Swinemünde oft warten mussten, bis die Lotsen an Bord waren, ließ sich nur schemenhaft erahnen. Die Arme der Kräne leuchteten gelb in der aufgehenden Sonne.

Das Restaurant, ziemlich am Ende der Brücke, war um diese Zeit noch geschlossen. Der Rundbau mit seinem metallenen Zeltdach gab eine interessante Kulisse vor dem nur mit leichten Kumuluswölkchen versehenen blauen Himmel ab.

Die Frau schaute nach Westen, sah in einiger Entfernung die Seebrücke Bansins liegen. Dicht vor ihr im Wasser beobachtete sie die Vögel, die auf den hölzernen Resten der alten Seebrücke saßen. Eine Vielzahl Möwen, ein großer, grauer Bursche, den sie für einen Graureiher hielt, und einige Rabenvögel.

Die Dünungswellen liefen auf das Land zu, tauchten die fragilen Hölzer mal mehr, mal weniger tief unter. Eine der Möwen wurde plötzlich vollständig überspült, schüttelte sich ärgerlich, als sie wieder aus dem Wasser hervorkam, flog einige Meter, um dann zurückzukehren und sich auf einem anderen, weiter aus dem Wasser ragenden Pfahl niederzulassen. Der Verfall der Hölzer faszinierte die Frau, erinnerte er sie doch jeden Tag, an dem sie herkam, an die Vergänglichkeit auch des eigenen Lebens.

Wenig später sah sie den Mann mit dem Fahrrad, der während der Sommermonate an jedem Tag hier anzutreffen war. Aus dem nahen Polen kommend, schleppte er auf dem selbst gebauten, großen Gepäckträger des Rades ein riesiges Akkordeon aus deutscher Vorkriegsproduktion mit sich, packte es sehr vorsichtig aus, um es um Gottes willen nicht zu beschädigen, und fing sofort zu spielen an. Er spielte gut.

Während die Frau sich meist von den Fremden, die an der Küste ihre Ferien verbrachten, gestört fühlte – sie hasste Menschen, und hätte Moliere nicht schon seinen Menschenfeind geschrieben, wäre sie die ideale Vorlage für dieses Theaterstück gewesen –, fühlte sie sich von dem Mann, der mindestens dreißig Jahre jünger war als sie, angezogen. Die Musik, die er spielte, war melodisch; sie erinnerte sie an die Zeit, als Gerhard Wendland mit seiner weichen Stimme die Herzen der Frauen eroberte, auch ihr eigenes. *Tanze mit mir in den Morgen, tanze mit mir in das Glück!*

Sie schaute zu dem Mann, der einige Meter weiter auf der anderen Seite der Scheibe saß, die die Brücke mittig teilte, um den Menschen Schutz zu geben, gleich ob der Wind aus Osten oder aus dem Westen von Bansin her blies. Kamen die Windstöße ablandig, so schützte der große Vorbau mit den vielen Einkaufsmöglichkeiten – von der Stadtbäckerei Junge, die mit leckerem Kuchen aufwartete, über den Teeladen und die Modeboutiquen bis zu den im Obergeschoss angelegten Appartements für Feriengäste. Auch an den Nordwind hatte man gedacht; das Restaurant am Ende der Brücke fing ihn ab.

Der Pole saß mit dem Blick auf sein Heimatland und versuchte, mit seinen in der Jugend erlernten Fähigkeiten, das Akkordeon zu spielen, seine Familie zu ernähren. Es war ein Kampf ums Überleben, den es jeden Tag neu zu gewinnen galt. Er liebte das Spiel, und er kannte den Geschmack der Gäste, die mit ein wenig sentimentaler Musik erfolgreich zum Geben animiert werden konnten.

Die Frau stand auf. Sie ging zu dem Musikanten hinüber. Er kannte sie schon, und ein freundliches Lächeln huschte über sein Gesicht, während sie einen Euro bespuckte und in seinen offenen Akkordeonkasten warf.

„Handgeld ...“, sagte sie und zwinkerte ihm zu wie einem alten Verbündeten. „Die Touristen werden sehen, dass Sie schon bedacht worden sind, und möglicherweise wird das ihrer Bereitschaft zu geben, förderlich sein!“

„Danke!“ Der Mann griff wieder in die Tasten.

Es war eine eingefahrene Zeremonie, die sich allmorgendlich und nur mit geringen Änderungen in der Wortwahl wiederholte.

Wenig später saß die Frau wieder auf der Bank und beobachtete die Vögel. In der auflaufenden Dünung sah sie einen länglichen Gegenstand auf die Holzreste der alten Brücke zutreiben.

„Hat wieder einer das Meer als Müllhalde benutzt“, murmelte sie leise vor sich hin.

Mit jeder auflaufenden Welle wurde das Paket näher herangebracht. Kurz bevor es die Möwen erreichte, schien es sich an den Haken der Angeln verfangen zu haben, die die Fischer des Ortes vor und zwischen den Hölzern ausgelegt hatten und die durch schwarze und rote Fähnchen an kleinen Bojen befestigt waren; diese kleinen Flaggen schwammen warnend für die Schifffahrt – Berufsfischerei, Netze nicht zerreißen – und waren gleichermaßen Warnung für die Badenden, die sich an den scharfen Haken der Angeln verletzen konnten. Jedenfalls bewegte sich der Gegenstand nicht weiter auf das Land zu, vielmehr tauchte er unter wie zuvor die Möwe und kam, wenn das Tal der Welle das Bündel erreichte, wieder an die Wasseroberfläche zurück. Plötzlich schien er wieder losgekommen zu sein, denn nun wurde er mit der nächsten Dünung wieder in Richtung Land getrieben und blieb an den Hölzern hängen. Einer der Rabenvögel, der dem Bündel am nächsten war, hackte aufgebracht darauf ein.

Die Frau stand auf und ging zum Geländer, um besser zu sehen, was das wohl für ein Paket sei.

Von der Landseite hörte sie das Summen des Elektrokarrens, der wie jeden Morgen Waren für das Restaurant Nauticus auf die Seebrücke brachte. Auch eine Familie mit zwei Kindern kam – für ihre Begriffe viel zu lärmend – auf sie zu.

Die Frau erschrak, als sie ausmachte, dass das treibende Bündel ein Mensch war. Genau an dieser Stelle hatte man ihre Lena gefunden.

Inzwischen waren auch die Kinder, die laut vor den Eltern herliefen, herangekommen. Sie sahen den im Wasser treibenden, leblosen Körper und schrien: „Da schwimmt ein Toter! Papa, eine Leiche! 'Ne Wasserleiche!"

Es klang der Frau in den Ohren wie der Jubelruf von Entdeckern; nichts Entsetztes, kein Mitleid, nur die Begeisterung der Kinder, etwas ganz Grauenhaftes aufgespürt zu haben, ohne das Furchtbare dieses Fundes zu erfassen.

Die Frau ging zu dem Musikanten. „Haben Sie's gehört? Im Wasser treibt eine Leiche! Es wird hier bald von Polizisten wimmeln", sagte sie. „Für Sie ist es sicher besser, wenn Sie für heute Schluss machen!"

Der Mann antwortete nicht. Er lächelte sie dankbar an, packte sein Akkordeon ein und machte sich davon.

Zwanzig Minuten später war alles anders. Die Ruhe des Morgens war vorbei. Eine Handvoll Schaulustiger, vom Geschrei der Kinder angezogen, drängte sich auf der Westseite der Brücke. Jeder wollte einen besonders guten Platz erhaschen.

Der Tod hat viele Gesichter; die gierigen Larven der Voyeure sind nur ein Teil davon, dachte die Frau, die an ihren Platz zurückging.

Männer, die am Tag Boote vermieteten und die mit einem dieser Motorboote die gelbe Banane zogen, auf der bis zu acht Badegäste stolz – dem Rausch der Geschwindigkeit verfallen – saßen, und die doch allesamt am Schluss der Fahrt durch einen Haken, den das Zugboot schlug, ins Wasser geworfen wurden, kamen gestikulierend unter der Brücke hervor. Etwas später fuhren sie mit dem Boot zu dem auf dem Wasser treibenden Körper. Die Menschen auf der Brücke konnten sehen, wie sie versuchten, das Bündel Mensch an Bord zu ziehen. Dann stellten sie fest, dass es durch ein Seil, das an einem der Gründungspfeiler festgemacht war, gehalten wurde, und fuhren unverrichteter Dinge wieder zum Strand zurück.

Irgendwer rief, dass er über den Notruf die Behörden verständigt hätte. Dennoch dauerte es mehr als zwölf Minuten, ehe die Sirenen des Polizeiwagens zu hören waren. In dieser Zeit hatten die Schaulustigen die Spuren, die der Täter möglicherweise im Sand hinterlassen hatte, längst zertreten.

Als heftig gegen die Tür geschlagen wurde, schreckte Ilsa Buschmann hoch. Sie machte Licht und schaute schlaftrunken zum Wecker. Es war kurz nach zwei Uhr; sie fragte sich, wer sie mitten in der Nacht aus dem Schlaf riss.

Wieder und wieder wurde unüberhörbar fordernd gegen die Tür geklopft. Die junge Frau fürchtete sich. Sie war allein in dem kleinen Fischerhaus in der unmittelbaren Nähe des Strandes.

Nachdem das Fischen auf offener See wegen der Möglichkeit, ins Ausland zu verschwinden, durch die Behörden der

DDR verboten worden und ausschließlich den Genossenschaften und der staatlichen Hochseefischerei vorbehalten war, hatten man die Boote zum Achterwasser und nach Wolgast gebracht, andere waren stillgelegt worden. Das Haus war nun nur noch Wohnhaus, und Lars, Ilsas Verlobter, arbeitete jetzt bei der Fischereigenossenschaft im rund vierzig Kilometer entfernten Wolgast.

Sie ging zum Fenster, öffnete es und sah, wie zwei Männer vor ihrer Haustür standen und diskutierten, ob sie nun die Tür aufbrechen sollten oder nicht. Etwas weiter weg sah sie die graugrüne Moskwitsch-Limousine stehen. „Was ist passiert?“ fragte sie laut, um sich selbst Mut zu machen.

Die Männer schauten zu ihr hoch. Für eine Sekunde war es ruhig. Als die Männer begriffen, dass sie möglicherweise schon eine Weile zugehört hatte, sagte einer von ihnen: „Es geht um Lars Larsson!“

„Was ist mit ihm?“

„Ist er da?“

„Mein Verlobter ist mit dem Boot auf Dorsch“, sagte Ilsa Buschmann. „Er kommt morgen gegen Mittag!“

„Machen Sie auf! Wir wollen mit Ihnen reden!“

„Ich werde die Polizei rufen“, sagte sie. „Ich möchte fremde Leute nicht mitten in der Nacht in mein Haus lassen!“

„Wir sind die Polizei. Also machen Sie schon auf!“

Ilsa Buschmann überlegte, was sie machen könnte, um die Männer nicht einlassen zu müssen. Der Anblick ihres Aufzuges aber und die Limousine ließen keinen Zweifel, dass sie die Wahrheit gesagt hatten. Jedenfalls fast. So sahen die Männer aus, die vor einigen Tagen den Leiter des FDGB-Heims Erich Weinert abgeholt hatten, in dem sie arbeitete.

2. Kapitel

Lasse Larsson nahm die Benachrichtigung seines ersten Einsatzes auf Usedom, der wegen des Fundes einer Leiche stattfinden sollte, mit Genugtuung entgegen.

Als der Kriminalhauptkommissar vor zwei Tagen in Anklam ankam, hatte er geglaubt, in eine friedliche Gegend zu kommen. Er war froh, Berlin mit all seinen Problemen, die eine nicht zu bewältigende Integration ethnischer Gruppen mit sich brachte, verlassen zu haben. Das Multikulti-Getue so manchen Politikers war für ihn unverständlich. Wenn die Staatsmacht – sprich Polizei – sich fürchtet, in gewissen Stadtteilen, in denen Nötigung, Raub, Vergewaltigung und Mord an der Tagesordnung sind, einzugreifen, weil sie vom Mob tätlich angegriffen und ihr Leben bedroht wird, haben die Politiker etwas falsch gemacht. Aber diese Herrschaften mussten ja auch nicht die Gewalttäter in ihren Ghettos Neukölln oder Wedding suchen, die mehr und mehr bereit waren, selbst gegen die Polizei vorzugehen.

Er hatte zur siebten der acht beim LKA II angesiedelten Berliner Mordkommissionen gehört, die in der Keithstraße 30 ihre Diensträume hatten und von dort ihre jeweiligen Einsätze zugewiesen bekamen.

Bei der letzten Beförderung hatte man Lasse Larsson übergangen. Zwar war er jetzt zweiter Mann der Siebten, die Tatsache aber, dass man ihm seinen Kollegen Wegner vor die Nase gesetzt und diesen zum EKHK – zum Ersten Kriminalhauptkommissar mit einer Vergütungsgruppe A13 – gemacht hatte, wurmte ihn. Nicht, dass er Wegner den Posten neidete; in der Tat war er eigentlich für diese Position vorgesehen gewesen. Einen Einsatz im Berliner Bezirk Wedding aber, bei dem er einen jugendlichen Angreifer türkischer Herkunft, der mit einem Messer auf ihn losging, durch einen einzigen Schlag mit der Handkante so verletzte, dass dieser noch immer im Koma lag, nahm man zum Anlass, ein Disziplinarverfahren gegen ihn einzuleiten. Obwohl er durch die Untersuchung entlastet wurde, hatte man ihm die Beförderung verweigert.

In dieser Zeit rief ihn ein Notar Irmscher an und teilte ihm mit, dass er beauftragt sei, Larsson von einer Erbschaft in Kenntnis zu setzen. Völlig unverständlich für ihn, hatte ihm eine Frau Walburga Treetz ein kleines Haus auf Usedom vermacht. So sehr er sich auch mühte, eine Frau diesen Namens konnte er in seiner Vergangenheit nicht unterbringen.

Er fuhr zur Insel Usedom und nahm sein Haus in Augenschein. Es war ein kleines Objekt mit achtzig Quadratmetern Wohnfläche auf einem sehr großen, mit Nadelbäumen bewachsenen Grundstück. Der eigentliche Wert, dachte er, ist wohl nicht das Haus. Nach der politischen Wende hatte sich hier allerhand getan; die herrlichen Villen in den Drei-Kaiserbädern waren auf wunderbare Weise restauriert, neue Häuser, im Stil passend, dazugebaut worden. Und die Bautätigkeit war keineswegs eingeschlafen wie in anderen Teilen Deutschlands.

Das Grundstück unmittelbar hinter der Düne wird bei den Preisen hier ein kleines Vermögen wert sein, dachte Lasse Larsson.

Das Mobiliar des Hauses war alt. Bis auf den Biedermeierschrank im Wohnzimmer würde er alles rausschmeißen und durch entsprechend moderne Kombinationen ersetzen.

Eine Woche später, als er, wieder in Berlin, von einem Nachteinsatz nach Hause kam, fand er einen fremden Mann in seinem Bett. Angesichts der Tatsache, dass das Ermittlungsverfahren wegen des türkischen Jugendlichen gerade glimpflich verlaufen war, beschränkte er sich darauf, dem Mann eine Frist von zehn Minuten zum Verlassen seiner Wohnung einzuräumen.

Chiara schob ihm die Schuld dafür zu. Nie sei er für sie da, sei oft für Tage und manche Nacht unterwegs. Man habe sich auseinander gelebt. Bei genauer Betrachtung musste er ihr Recht geben.

Larsson schlief in dieser Nacht auf der Couch im Wohnzimmer. Am Morgen hatte er sich dazu durchgerungen, sich von Chiara zu trennen. Nach dem Duschen teilte er ihr das ganz ruhig und ohne laute Vorhaltungen mit. Über diese Ruhe war er selbst erstaunt. Schließlich hatte sie ihm Hörner aufgesetzt.

Dann fuhr er wie an jedem Morgen in die Keithstraße. Er erwartete nicht, dass sie sang- und klanglos abziehen würde, aber als er am Nachmittag wieder nach Hause kam, war die junge Frau nicht mehr da. Er stellte schnell fest, dass sie ausschließlich ihre eigenen Sachen mitgenommen hatte. Auf dem Küchentisch lag ein Zettel für ihn.

Lieber Lasse,

manchmal endet eine Liebe abrupt – so wie jetzt bei uns ... Doch lass dich vom plötzlichen Ende nicht täuschen, wir hatten schon lange keine Gemeinsamkeiten mehr. Diese aber sind für mich unverzichtbar. Ich erwarte vom Leben mehr als zweimal in der Woche mittelmäßigen Sex. Du bist mit deinem Kommissariat verheiratet – mit mir hast du nur eine Art Zusammenleben geübt, die keine richtige Frau so hinnehmen kann.

Lebe wohl und alles Gute für deine Zukunft. Mögest du die Frau finden, die bescheiden genug ist, sich mit dem Wenigen zufrieden zu geben, das du ihr zubilligst.

Chiara

Larsson legte den Zettel auf den Tisch zurück. Er ging zum Kühlschrank und nahm sich eine Flasche Jever heraus, hebelte den Kronenkorken mit einem Mehrfachfeuerzeug auf, das Chiara vergessen hatte, und nahm einen großen Schluck direkt aus der Flasche.

Am Tage darauf hatte er sein Versetzungsgesuch nach Anklam in Mecklenburg-Vorpommern eingereicht. Der Personalrat hatte ihm keine Hoffnung gemacht.

„Da es weniger Stellen bei der Kriminalpolizei gibt als bei der Schutzpolizei“, sagte er, „dürfte das Versetzungsanliegen im vorliegenden Fall – realistisch betrachtet – wenig erfolgreich sein!“

Doch dann wollte man ihn ruhig stellen. Ein so unzufriedener Mann könnte mehr schaden als von Nutzen sein. Völlig überraschend teilte man ihm mit, dass wegen einer altersbedingt frei werdenden Stelle in Anklam seinem Wunsch Rechnung getragen würde.

Diese Versetzung empfand Larsson nicht als Weglaufen vor irgendeinem unsichtbaren Feind. Er hatte beschlossen, sein Leben völlig umzukrempeln. Es ist nichts schlecht genug, um nicht auch Vorteile zu bieten, dachte er.

Der Schein, in ruhiges Fahrwasser gekommen zu sein, trog. Ganz so friedlich war es hier im Norden doch nicht. Es gab, wie überall in Deutschland, eine rechte Szene in Mecklenburg-Vorpommern, die auch vor der Insel Usedom nicht Halt gemacht hatte, wie die Akten zeigten, die er auf seinem Tisch liegen hatte. Und diese Szene war ebenso gefährlich. Sein Blick fiel auf die Dokumente. Vier Vorfälle, die zwischen dem 16. Februar und 18. März lagen, hatte er sich bereits angesehen und seine Notizen dazu gemacht. Es handelte sich um marschierende, zum Teil vermummte Neonazis bis zur Belästigung von Kindern auf einem Schulhof in Karlshagen. Den Höhepunkt bildete der Angriff auf einen Geistlichen.

18.6.2002, Ueckeritz
Sechsunddreißigjähriger Pfarrer aus Leipzig wurde bei einem Überfall von rechten Schlägern verletzt. Er gehört zu einer Gruppe, die als „Christlich Soziale Dienste“ in Ueckeritz Gesang, Tanz und Festgottesdienste zelebrieren. Während des Überfalls riefen die Angreifer „Sieg Heil“ und attackierten den

Pfarrer mit Steinen und Ästen. Schon in den Tagen zuvor gab es mehrere Angriffe im Umfeld der Gruppe.

Das lag nun zwei Tage zurück.

Angeekelt legte Lasse Larsson den Aktenstapel sauber an den Rand seines Schreibtisches. Er, der vom LKA in Berlin kam, fand sich plötzlich mit diesen nimmer schlauer werdenden Gewalttätern aus der Neonaziszene befasst.

Der Notruf aus Heringsdorf war über die 110 in der Leitzentrale eingegangen. Er wurde um 7.42 Uhr von der Polizei in Anklam registriert und umgehend an die Kriminalpolizei in Heringsdorf weitergeleitet.

Erst am Morgen war Lasse Larsson vom Leiter der Kriminalpolizeiinspektion (KPI) Anklam, Kriminaloberrat Theo Kruse, begrüßt worden. Jetzt rief sein Vorgesetzter an, um ihn mit der Aufklärung des Heringsdorfer Mordes zu beauftragen.

„Eigentlich sollten Sie sich um den Anschlag auf den Pastor kümmern", sagte Kruse. „Sie haben Erfahrungen aus Berlin mitgebracht. Ich will sehen, was Sie können!"

„Wer fährt mit?" fragte Larsson.

„Ich habe im Augenblick niemanden hier", sagte der Kriminaloberrat. „Die Kollegen der Außenstelle Heringsdorf werden die erste Sicherung übernehmen. Sowie ich Kommissar Schubert erreicht habe, schicke ich ihn nach."

Lasse Larsson schaute auf seine Uhr. Es war gleich zehn nach acht. Die Freude, im geerbten Haus von Walburga Treetz arbeiten zu können, übermannte ihn. Der Wechsel in die Provinz schien ihm Glück zu bringen.

Walburga Treetz hatte seinen Recherchen nach keine Nachkommen. Sie war, was man ein spätes Mädchen, hinter vorgehaltener Hand einen Blaustrumpf, nannte. Nun hatte sie ihm dieses kleine Haus vererbt, großzügig, ohne jegliche Einschränkung, denn sie hatte in dem Testament nicht einmal darauf bestanden, dass er ihr Grab in Ordnung halten sollte. Walburga Treetz hatte bestimmt, dass ihr Sarg an einer von ihr bereits gekauften Grabstelle des Friedhofs beizusetzen und von einem ebenfalls im Voraus bezahlten Gartenbauunternehmen zu pflegen sei. Lasse Larsson war ihrem Wunsch buchstabengetreu nachgekommen. Er empfand das Begehren der Frau mehr als weitherzig, denn er hasste Friedhöfe, und er hasste den Tod, mit dem er doch durch seine Arbeit täglich konfrontiert war.

Nun führte ihn seine Arbeit zu seiner Wohnung, und er könnte wenigstens einige Stunden, vielleicht sogar ein, zwei Nächte in dem kleinen Haus verbringen.

Das Zimmer, das er in Anklam vorerst bezogen hatte, deckte seine Wohnbedürfnisse keinesfalls ab. Die alte Dame, mit der er die Wohnung teilte, meinte es zwar gut mit ihm, wenn sie ihn zum Essen einlud, aber als ausgezeichneter Koch verabscheute er zu weich gekochtes Gemüse. Die Wirtsfrau nahm auch keine Rücksicht auf seinen Wunsch nach Ruhe; er war aus Berlin weggegangen, ohne sich vorher im Klaren gewesen zu sein, dass das sein ganzes Leben umkrempeln würde. Und der Verlust Chiaras, mit der er fast drei Jahre zusammengelebt hatte, verlangte eine innere Aufarbeitung, die er nur in völliger Einsamkeit bewältigen konnte. Der Verlust dieser Frau hatte ihn depressiv werden lassen; er schlug Wunden.

Bis Heringsdorf brauchte er um diese Zeit gut vierzig Minuten. Zwischenzeitlich würde, so hatte es Kriminaloberrat Theo Kruse gesagt, die Außenstelle Heringsdorf die Sicherung der Stelle übernehmen, wo die Leiche gefunden worden war.

Er rief die Fahrbereitschaft an und ließ einen Wagen für sich reservieren. Dann informierte er die Spurensicherung, die mit ihrem eigenen Auto zum Tatort fahren würde.

Larsson nahm sein kleines Diktafon, steckte einen Block in den roten Aktenkoffer und ging zum Fenster. Im Hof sah er sein Fahrzeug stehen.

3. Kapitel

Als Lasse Larsson am Donnerstag, dem 20. Juni, kurz nach acht am Morgen in dem mausgrauen Omega die Friedländer Straße in Anklam entlangfuhr, sagte er zu sich: „Es ist ein Glückstag, Junge! Du bist den ersten Tag hier und kommst schon raus an die Luft!“

Immer, wenn er besonders gut gelaunt oder besonders ärgerlich war, pflegte er laut vor sich hinzusprechen. Es war eine Marotte, die meist bei älteren Menschen auftrat; für Lasse Larsson war sie ein Ventil, Dampf abzulassen.

An der Ausfahrt der Stadt blockierte ein Lastwagen die Straße. Larsson öffnete das Fenster, setzte das Blaulicht aufs Dach des Wagens und schaltete die Sirene ein. Dann fuhr er über den Bürgersteig rechtsseitig an dem Lastwagen vorbei, dem, wie er sehen konnte, ein Rad abgelaufen war, so dass eine der Achsen auf der Erde lag. Da er keine Polizei sah, verständigte er über Funk die Zentrale und setzte in schneller Fahrt seinen Weg zur Insel Usedom fort. Er passierte den Damm, der die Insel mit dem Festland verband, fuhr an der Peripherie der Stadt entlang, die der Insel ihren Namen gab, fünfunddreißig Minuten später bog er, von der B110 kommend, in die Lindenstraße in Heringsdorf ein. Er nahm das Blaulicht vom Dach und schaltete die Sirene ab. Rechtsseitig des Seebrückenanfanges, neben der Verkaufsfläche der Stadtbäckerei Junge gelegen, gab es drei Parkplätze für Polizei und Zoll. Diese waren jetzt alle belegt. Er stellte seinen Wagen quer vor einen der Funkwagen der Bereitschaftspolizei.

Als er auf der Seebrücke am Raum für die Unfallüberwachung vorbeikam und über die Brücke sah, konnte er ausmachen, dass die Kriminalkommissariatsaußenstelle Heringsdorf die Fundstelle bereits gesichert hatte. Er ging die Treppe hinunter. Ein junger Beamter der Schutzpolizei stellte sich ihm in den Weg und sagte in befehlsmäßigem Ton: „Sie können jetzt hier nicht bleiben!“

Larsson zeigte ihm im Vorbeigehen seinen Dienstausweis und sagte: „Oh doch, ich kann, Kollege! Wer leitet im Augenblick die Ermittlung?“

„Kommissar Andresen. Das ist der Mann in der blauen Jacke!“

Larsson nickte dem jungen Beamten noch einmal zu und hastete an ihm vorbei. Er stellte sich neben Andresen, der ihn nicht wahrzunehmen schien, und taxierte den Kommissar.

Andresen war etwas kleiner als er, ein Durchschnittstyp, dunkle Haare mit leicht ergrauten Schläfen. Larsson schätzte ihn auf etwa fünfzig Jahre. Wie lange mochte er schon im Polizeidienst sein? Emotionslos befragte Andresen den Inhaber der neben und unter der Brücke liegenden Boote. Der hatte zusammen mit einem anderen Mann versucht, das im Wasser treibende Paket zu bergen. Das Unterfangen musste er aber dann, als er die Leine bemerkt hatte, mit dem das Bündel gesichert war, aufgeben. Lasse Larsson fing gerade den letzten Satz auf.

„Sie sind überzeugt, dass es sich um einen Menschen handelt?“ fragte Andresen.

„Ja. So sieht es jedenfalls aus!“

„Was macht Sie so sicher?“

„Man kann Haare erkennen!“

„Frauenhaare?“ mischte sich Larsson ein.

Andresen bemerkte ihn erstmals und herrschte ihn an: „Was wollen Sie hier? Wie kommen Sie überhaupt durch die Absperrung?“

Larsson zog seinen Dienstausweis. „Hat Sie Kriminaloberrat Theo Kruse nicht angerufen? Ich übernehme die Ermittlung als EKHK!“

Der Mann, den Andresen befragt hatte, schien die Situation blitzschnell erfasst zu haben. „Ich glaube, es ist ein Mann."

„Warum glauben Sie das?"

„Er hat kurze, graue Haare und einen Halbkranz, der hervorleuchtet."

„Ist schon jemand auf der Brücke, um festzustellen, wer als Erster das Paket entdeckt hat?"

Andresen nickte. „Ich habe Simons hochgeschickt."

„Lassen Sie alles, wie es ist. Die Spurensicherung wird gleich da sein. Die werden die Leiche bergen!" Lasse Larsson drehte sich um und ging zum Aufgang der Brücke. Als er die Hälfte der Strecke bewältigt hatte, sah er das Fahrzeug der Spurensicherung kommen. Es war ein VW Kastenwagen T4, der die Gerätschaften der Männer transportierte. Er winkte den Kollegen zu. Dann betrat er die Seebrücke.

Hinten, auf der Wasserseite, kurz vor dem Brücken-Restaurant, hatte sich eine Traube Neugieriger gebildet, die überaus interessiert die beginnende Bergung der Leiche beobachtete. Simons befragte eine Familie. Während die Erwachsenen mit dem Beamten sprachen, versuchten die Kinder immer wieder störend dazwischenzureden. Sie diskutierten, während der Beamte Notizen auf einem kleinen Block machte.

„Sind das die Leute, die als Erste den Fund gemacht haben?" fragte Lasse Larsson.

Der Mann sah von seinem Block auf und nickte bestätigend.

„Nein, nein", widersprach der Vater der beiden Kinder. „Da war noch eine ältere Frau, die vor uns am Geländer stand und auf das Wasser schaute. Die muss es vor uns gesehen haben!"

„Wo ist die Frau? Können Sie mir die Frau zeigen?"

Der Mann schüttelte den Kopf. Er bemühte sich, die Traube Menschen vor dem Geländer nach der Frau zu durchforsten. Umsonst. „Sie ist weg!"

„Machen Sie weiter", sagte Larsson. „Bleiben Sie noch einige Zeit hier?"

„Wir sind gerade angekommen. Zwei Wochen bleiben wir hier – im Strandhotel Bansin.“

„Nehmen Sie auf, wo die Leute zu erreichen sind!“ Larsson wandte sich ab und ging zum Ende der Brücke. Er schaute über das Geländer. Unten waren jetzt zwei Männer der Spurensicherung mit einem Schlauchboot angekommen. Sie zogen an dem Sicherungsseil, das unmittelbar an einem der Gründungspfeiler festgemacht war. Er hörte, wie die Männer in eine Diskussion über die Art der Knoten verfielen, und sah, wie einer von ihnen Fotos machte. Dann lösten sie das Seil und paddelten zu dem Paket zurück.

Larsson umrundete das Brücken-Restaurant, so dass er die Männer in dem Boot im Auge behielt.

Das Paket schien schwer zu sein, denn es ließ sich nicht ohne weiteres ins Boot hieven. Jetzt konnten sie erkennen, dass ein zweites Seil etwas weiter links auf dem Grund verankert war. Das hielt das Paket davon ab, unter die Brücke getrieben zu werden. Bevor sie das Seil abschnitten, banden sie ein großes Korkstück daran fest. Später würden sie tauchen, um nach der Verankerung zu sehen. Dann zogen sie das Paket hinter dem Schlauchboot her.

Lasse Larsson beeilte sich, denn er wollte dabei sein, wenn sie das Paket öffneten. Als er zur Treppe zurückkam, sah er, wie der graue Leichenwagen der Firma Dohnke langsam auf die Fundstelle zufuhr. Vertraut winkten die beiden Männer aus dem Auto. Ein bisschen mehr Konkurrenzkampf würde wohl gut tun, dachte er. In Berlin gab es auch immer Kollegen, die immer denselben Bestatter anriefen. Zur Jagd auf die Leichen wurde immer schon geblasen, wenn diese noch warm waren. Der Bestattungsdienst war eine am Tod gut verdienende Branche; um jede Leiche wurde mit harten Bandagen gekämpft, jedenfalls in Berlin. Larsson hatte diese Art Kumpanei gehasst und dafür gesorgt, dass das in seiner Ermittlungsgruppe anders gehandhabt wurde.

Unter der Brücke kamen gerade die Männer mit dem Boot an. Andresen stand dabei und starrte auf das Paket. Gemeinsam zogen sie es auf den Sand.

„Es schaut tatsächlich aus wie Haare", stellte Larsson fest.

Die beiden Männer der Spurensicherung schnitten einen Strick durch, mit dem das Paket umwickelt war, und legten den Kopf frei.

Das Gesicht der Leiche war noch im Tod schmerzverzerrt. Beide Ohren waren abgeschnitten. Es war ein entsetzlicher Anblick, der selbst die Männer erschaudern ließ, die täglich mit dem Tod umgingen.

Vom Rand der Absperrung kam ein kleiner, spitzer Schrei, der im allgemeinen Gedränge unterging.

Sie sah ihn schon von weitem.

Auf seinem Fahrrad fuhr er langsam mehrmals am Tag, immer den Usedom-Kurier und die Ostsee-Zeitung anpreisend, die Wege entlang, die zwischen den Drei-Kaiserbädern hinter der Düne am Wasser entlangführten. Sie sah ihn halten, eine Zeitung aus der Tasche holen, die hinten auf dem Gepäckträger festgemacht war.

Er gab sie einer Frau, nicht ohne nochmals lauthals zu versichern: „Keine Sloty von der Lotti!" – so dass alle Umstehenden sofort zu ihm sahen. Sie honorierten diese Art der Verkaufsförderung, indem so mancher, nur um sich an einem weiteren Spruch zu erfreuen, von denen der Alte schier unerschöpfliche zu zelebrieren schien, ebenfalls ein Blatt abnahm.

Als er Ilsa Buschmann entdeckte, winkte er ihr zu. Und nachdem er sein Geld verstaut hatte, stieg er aufs Rad, um sie zu erreichen. „Moin, Ilsa! Kommst du von der Brücke?"

„Wie jeden Tag."

„Da soll es einen Toten gegeben haben?"

„Hat sich das schon bis zu dir rumgesprochen?"

„Jooo!“

„Du kennst ihn!“

„Machs mal halblang ...“

„Ich denke, es ist Frenzel!“ sagte Ilsa Buschmann.

„Gott der Rache, Herr, Gott der Rache, strahle hervor!“ sagte der Mann laut, und ein Lächeln überflog für einen Augenblick sein Gesicht. „Erhebe dich, Richter der Erde, vergilt den Hochmütigen ihr Tun! Psalm 94, Vers eins und zwei!“ Er grinste die Frau vielsagend an.

Ilsa Buschmann war schon im Begriff weiterzugehen. Sie drehte sich noch einmal zu ihm um und sagte: „Lass deiner Freude nicht allzu laut freien Lauf! Du könntest damit noch bei so manchem anecken!“

4. Kapitel

Nachdem die Männer der Spurensicherung ihre Arbeit beendet hatten, war es kurz vor halb eins. Von den Leuten des Beerdigungsinstituts wurde der Leichnam in einen Sarg gelegt und in den Wagen geschoben. Andresen und seine Leute fuhren zur Kripoaußenstelle in die Seestraße, Ecke Sethe Weg.

Lasse Larsson hatte sie ermahnt, unmittelbar die Protokolle zu erstellen. „Wir werden uns in zwei Stunden treffen, um dann zu sehen, was wir haben, und eine gemeinsame Marschrichtung erarbeiten."

Er beschloss, essen zu gehen, denn das würde sicher ein langer Abend werden. Auf der Seebrücke drängten sich die Menschen nicht mehr ganz so wie zu dem Zeitpunkt, als die Polizei mit der Bergung der Leiche beschäftigt war. Larsson ging die Brücke hinaus zum Restaurant Nauticus.

Er ging zu einem Tisch, an dem eine junge Frau saß. Obwohl sie hinaus aufs Wasser schaute, hatte sie ihre langen Beine zum Gang ausgestreckt. Sie war blond, hatte glatte Haare und eine ebenmäßige Nase. Larsson konnte schnell ausmachen, dass sie schlank war. Das weckte augenblicklich sein Interesse.

„Darf ich bei Ihnen Platz nehmen?" fragte er höflich.

Die Frau sah auf. Sie musterte ihn ungeniert. Der Mann war über einen Meter achtzig groß und so blond wie die meisten Männer in ihrer Heimat. Die helle Leinenhose, das Hemd mit dem Stehkragen und die schwarze Seidenjacke gaben seinem Aussehen eine Note des Nichtalltäglichen. Sie dachte daran, dass das Restaurant bestimmt nicht so besetzt war, dass er keinen freien Tisch gefunden hätte. Sie fragte sich, weshalb er gerade an ihrem Tisch sitzen wollte, und kam nur zu einer Antwort – der Mann interessierte sich für sie. „Bitte."

Lasse Larsson schob den Stuhl zurück, ohne sie aus den Augen zu lassen. Als er seinen Namen nannte, schaute sie ihn erstaunt an. „Sie sind auch Schwede?"

„Nein, wieso?"

„Ich bin Lillebil Malmström und komme aus Dalsland in Schweden."

„Was es doch für Zufälle gibt. Ich bin ab und zu in Dalsland."

„Wo in Dalsland?"

„Bei einem Freund, einem Deutschen, der in Schweden lebt. Sie werden ihn nicht kennen. Wolfgang Wagner, er hat eine kleine Hotelanlage in Håverud."

„Am Kanal ... Kennst du ..." Sie duzte ihn, wie es in Schweden üblich ist.

„Natürlich. Die Kanalbrücke ist ein wirklich beeindruckendes Museum. Daran kommt man einfach nicht vorbei!"

„Der Kanal wird heute noch voll genutzt", sagte sie.

„Ich weiß. Aber ich habe es noch nicht geschafft, auf dem Göta-Kanal mit dem Schiff zu fahren."

„Trotzdem bist du ja ein halber Schwede!"

„Nein, nein. Mein Großvater Ryne Larsson war gebürtiger Schwede. Er kam aus Göteborg, lernte eine Frau in Zinnowitz kennen und blieb auf der Insel. Das war vor vielen Jahren."

„Dann bist du hier geboren?"

„Nein."

„Sind deine Eltern nicht auf dieser schönen Insel geblieben?" fragte sie.

„Mein Vater hat meine Mutter in Lübeck kennen gelernt. Ich bin in Lübeck geboren."

„Und doch bist du hierher zurückgekehrt, zurück zu deinen Wurzeln", sagte sie lächelnd.

„Es war purer Zufall. Ich habe vorher in Berlin gearbeitet. Plötzlich habe ich hier ein kleines Haus geerbt. Und ich hatte die große Stadt mit all ihrem Dreck satt. Deshalb bin ich jetzt hier!"

„Ja, das verstehe ich", sagte Lillebil Malmström.

Die Kellnerin kam, und Larsson bestellte gebratenen Rotbarsch.

„Was heißt eigentlich Lillebil auf Deutsch?" fragte er.

Die junge Frau lachte herzhaft auf. „Kleines Auto."

„Kleines Auto?" Larsson schaute sie fragend an. „Geht denn das?"

„In Schweden schon."

„Bei uns wäre das undenkbar. Kleines Auto. Man würde es einfach nicht genehmigen!"

„Ihr Deutschen seid verklemmt. Bei euch muss alles reglementiert sein!"

Sie schauten einen Augenblick auf das Wasser. Eines der weißen Adler-Schiffe, die Adler-Dania, hatte ihre Aufmerksamkeit auf sich gezogen.

„Mit einem solchen Schiff fahre ich übermorgen nach Swinemünde", sagte die junge Schwedin.

„Ein solcher Ausflug lohnt sich immer", entgegnete Larsson. „Ich weiß, ich bin neugierig, aber was macht eine so nette, junge Frau allein auf einer Urlaubsinsel in Deutschland?"

„Du bist wirklich neugierig! Wer sagt dir, dass ich allein bin? Und wer sagt dir, dass ich Urlaub mache?"

„Du bleibst nur bis übermorgen?"

„Bis Montag. Am Sonnabend und Sonntag fahre ich zu einem Seminar über Esoterik nach Polen. Montag gehe ich noch an den Strand. Dienstag benutze ich die Fähre, die von Świnoujście nach Ystad fährt."

Nach dem Essen tauschten sie ihre Handynummern aus, verließen das Restaurant und gingen zusammen bis zum Anfang der Brücke. Am Fuße, direkt vor dem Aufgang zur Treppe, stand der Omega, mit dem Larsson gekommen war.

„Also, hey do! Vielleicht können wir uns noch einmal treffen. Wie wär's mit morgen Abend?" fragte Larsson.

„Es darf aber nicht so lange dauern“, antwortete Lillebil Malmström. „Ich nehme das erste Adler-Schiff nach Swinemünde!“ Sie winkte ihm noch einmal zu und verschwand ebenfalls mit einem „Hey do ...“ in der Menge der kaufinteressierten Menschen.

Als Lasse Larsson die Tür des Hauses öffnete, schaute die Frau am Empfang von ihrer Zeitung hoch. Noch bevor sie etwas fragen konnte, zog er seinen Ausweis, nickte der Frau zu und sagte nur einen Namen: Andresen. Aus den Augenwinkeln sah er im Vorbeihasten, dass sie den Telefonhörer abhob. Er kam zurück und sagte bestimmt: „Ohne Anmeldung!“

Die Frau legte artig den Hörer wieder auf.

Die Männer hörten Lasse Larsson nicht kommen, weil sie so vertieft in ihr Gespräch waren, und so konnte er vernehmen, wie Andresen zu Simons sagte: „Was ich dir jetzt sage, glaubst du nicht. Er soll ein harter Hund sein, der in Berlin irgendeine Scheiße gebaut hat!“

„Bist du sicher?“ fragte Simons.

„Er konnte nicht sagen, was es ist. Wenn er sich schlau gemacht hat, ruft er mich zurück!“

Larsson trat ins Zimmer. „Warum fragen Sie mich nicht direkt, wenn Sie etwas über meine Berliner Vergangenheit wissen wollen?“ Er schaute Andresen grinsend an. Als der nichts antwortete, fuhr er fort: „Ich weiß nicht, ob Sie Ihre Tätigkeit hier als eine Art Erholungsjob sehen. In Berlin ist die Luft bleihaltig. Und wenn einer mit einem Messer auf einen losgeht, der keinesfalls schwächlich und dazu noch entschlossen ist, dem Gegner die Waffe ins Herz zu stoßen, dann bekommt man Angst, und es bleibt nur die Flucht oder ...“

„Angst ist ein schlechter Ratgeber!“ gab Andresen zu bedenken.

„Manchmal mag das so sein. Eine gewisse Portion Angst aber schärft die Sinne fürs Überleben. Ich habe manchmal Angst, und ich schäme mich dessen nicht!“

Simons stand auf, und Lasse Larsson dachte: Man sieht ihm nicht an, dass er ein Bulle ist. Jung und smart, mit Pomade das Haar zu einem Hahnenkamm geformt, ist er eher der jugendliche Liebhaber als der sich immer auf der Jagd befindliche Ermittler. Bei den jungen Mädchen hat er sicher Erfolg damit, und auch bei mancher Nachforschung konnte dieser Aufzug hilfreich sein.

„Wollen Sie sich hierher setzen?“ fragte Simons. „Ich habe die Protokolle zusammengetragen. Sie können sich's anschauen. Aber wir finden keine Fakten, die sich festklopfen lassen.“

Lasse Larsson setzte sich und las das Protokoll, das Simons angefertigt hatte, und das die Befragung der Familie auf der Brücke und einiger anderer Personen wiedergab. Es enthielt nichts, was er nicht schon wusste. Dann schrillte das Telefon, und Andresen nahm schnell den Hörer auf. „Stell ihn durch!“

Larsson konnte nicht hören, wer der Anrufer war. Augenblicklich hatte er aber das Gefühl, dass es der Maulwurf im Berliner LKA war.

Plötzlich schnippte Andresen mit zwei Fingern der linken Hand, um die Aufmerksamkeit der anderen zu erregen, und sagte: „Ich habe es nicht richtig verstanden, kannst du das wiederholen?“ Gleichzeitig hatte er die Lautsprechertaste betätigt, so dass sie mithören konnten.

„Larsson hatte einen Einsatz im Ortsteil Wedding, in dem ein türkisches Mädchen von ihren Brüdern umgebracht worden war. Einer der Brüder ging mit einem Messer auf ihn los. Larsson hätte schießen können, aber er schlug dem Mann die Waffe aus der Hand und streckte ihn mit einem Handkantenschlag nieder ...“

„Ja, und?“ fragte Andresen. „Das ist doch legitim. Er hat sich verteidigt ...“

„Der Mann fiel wie ein gefällter Baum um. Er kam ins Rudolf-Virchow-Krankenhaus und liegt noch heute im Koma. Daraufhin gab es ein Ermittlungsverfahren gegen Larsson. Er wurde total entlastet, dennoch wollte man ihn aus dem Verkehr ziehen!“

„Aber warum?“ fragte Andresen.

„Die Familie des Mannes hat Rache geschworen! Sie ist hinter Larsson her. Was das heißt, müsstest du wissen! Sie werden erst Ruhe geben, wenn er tot ist!“

Lasse Larsson war weiß geworden. Er hatte etwas vernommen, was er bisher noch nicht gehört hatte.

Dann war das Gespräch beendet. Andresen legte nachdenklich den Hörer auf die Gabel. Er stand auf, kam um den Schreibtisch herum auf Lasse Larsson zu und gab ihm die Hand. „Ich hoffe, Sie sind nicht allzu nachtragend, und freue mich auf eine gute Zusammenarbeit!“

Larsson reichte ihm die Hand. „Wenn plötzlich einer auftauchen würde, der mir meinen Führungsanspruch streitig machte, wäre ich ganz sicher auch nicht begeistert.“

„Wir haben einige Bilder“, sagte Simons. „Wollen Sie sie jetzt sehen?“

Larsson nickte.

Das erste Bild, das Simons auf den Bildschirm legte, zeigte das Paket, wie es noch verschürt war. Man konnte die grauen Haare des Toten sehen und den lichten Kranz erahnen, der wie die Tonsur eines Mönches aussah. Das zweite Bild war aufgenommen worden, als das Gesicht des Toten zu sehen war. Das dritte Bild zeigte die rechte Seite des entstellten Kopfes. Deutlich war zu sehen, dass das Ohr abgeschnitten war. Das Gleiche galt für die linke Seite. Auch hier gähnte ein widerlich rotwund ausgewaschenes Loch, wo zuvor ein Ohr für ein menschliches Aussehen gesorgt hatte.

„Wir haben auch ein Video gemacht“, sagte Simons.

Larsson nickte, und Simons drückte einige Tasten auf seinem Computer. Es waren nahezu die gleichen Bilder wie die

Fotografien, nur bewegt. Einmal gab es einen Schwenk über die am Rande der Absperrung stehenden Menschen, die neugierig ihre Hälse reckten, um sich ja nicht auch nur das kleinste Detail entgehen zu lassen.

„Halten Sie mal an, Simons", sagte Larsson. „Fahren Sie zurück, bis die Gruppe voll zu sehen ist. Kennen Sie irgendeine dieser Personen?"

Simons schüttelte den Kopf.

Lasse Larsson schaute zu Andresen. „Sie, Kollege?"

Andresen sagte: „Ich bin erst im vorigen Jahr aus Rostock dazugestoßen. Ich kenne keinen der Einheimischen, und die Badegäste ...", er hob die Schultern, „da bin ich ebenso überfordert wie Sie."

„Na gut", sagte Larsson. „Fassen wir zusammen, was wir haben. Wir haben eine männliche Leiche. Wie alt könnte der Mann sein?"

„Um die sechzig oder älter", sagte Simons.

„Würde ich auch sagen", bestätigte Andresen.

„Also gut, wir haben einen Mann, etwa sechzig Jahre alt, mit einer Tonsur wie ein Mönch ..."

„Wieso Tonsur?" fuhr Andresen dazwischen.

„Weil die Haare ausrasiert worden sind!"

„Das haben Sie in der kurzen Zeit gesehen? Ich glaube das nicht."

„Dann warten Sie den Bericht des Rechtsmediziners ab. Sie werden erstaunt sein, was der alles zu Tage fördern kann, auch eine Tonsur."

„Wollen wir eine Wette eingehen?" fragte Andresen.

„Sind Sie Spieler?" Larsson zog die Augenbrauen zusammen.

„Sagen wir mal so: Ich glaube an meine Beobachtungsgabe."

Andresen übersah das warnende Kopfschütteln Simons.

„Um was wollen Sie wetten?"

„Ich setze einen Hunderter“, sagte Andresen. Er entnahm seiner Brieftasche einen Schein und warf ihn lässig auf den Tisch.

„Und Sie wissen, dass wir uns, wenn wir das machen, zumindest ein Disziplinarverfahren einhandeln können!“ gab Lasse Larsson zu bedenken.

„Wir sind zu dritt. Auf Simons kann ich mich verlassen.“

„Okay, ich setze dagegen! Warten wir die Obduktion ab, und stellen wir fest, wie genau die Beobachtungen des Pathologen sind.“ Larsson zog das Geld aus der Tasche und legte es auf den Hunderter von Andresen. Dann sagte er: „Also, was haben wir? Einen Sechzigjährigen mit einer Tonsur und abgeschnittenen Ohren. Es sieht aus wie ein Ritualmord. Spricht was gegen diese Feststellung?“

Weder Simons noch Andresen hatten Einwände, und so fuhr Larsson fort: „Zuerst müssen wir feststellen, ob Ritualmorde mit derartigen Markierungen schon einmal stattgefunden haben und wo.“

„Das kann ich übernehmen“, sagte Andresen.

Lasse Larsson nickte. „Dann brauchen wir die Resultate des Erkennungsdienstes. Ist der Mann in unserer Datenbank erfasst oder nicht. Wenn nicht, kommen wir kaum umhin, ihn mittels eines Bildes über die Zeitung zu suchen.“

„Das Ergebnis bekommen wir frühestens morgen“, sagte Simons. „Aber morgen ist Freitag ...“

„Und?“

„Freitag ab eins macht jeder seins“, sagte Andresen und grinste Larsson herausfordernd an.

„Ich sehe, in der Provinz gehen die Uhren anders als in der Hauptstadt“, sagte Larsson.

„Es heißt nur, dass wir nicht fest damit rechnen können, morgen schon eine Antwort auf diese Frage zu haben. Nicht mehr und nicht weniger.“

5. Kapitel

Auf dem Weg zu seinem Haus ließ Lasse Larsson den Tag noch einmal Revue passieren. Er war rausgefahren zur Insel Usedom, wo ihn Kriminaloberrat Kruse hingeschickt hatte, um einen Mord aufzuklären. Die von Kruse versprochene Verstärkung in Form von Kriminalkommissar Schubert war, aus welchen Gründen auch immer, nicht gekommen. Insofern glich das Verhalten von Vorgesetzten und deren leeren Versprechungen in der Provinz denen der Hauptstadt.

Wie überall in Deutschland war Personal knapp geworden. Die fetten Jahre gehörten der Vergangenheit an. Es war nicht zu vertuschen, dass die Kriminalität in der westlichen Welt auf dem Vormarsch war. Deutschland machte da keine Ausnahme. Oft konnte man sich des Eindrucks nicht erwehren, als ob so mancher Politiker eigene kriminelle Energien freisetzte, um sich persönlich zu bereichern; es blieb nicht aus, dass einige Gesetze Wirtschaftskriminelle in eine Art Schutzgebiet katapultierten und den Staat ad absurdum führten.

Was sie bisher hatten, war nicht eben viel. Kurz bevor er in die Einfahrt zu dem Grundstück fuhr, riss ihn das Klingeln seines Handys aus seinen Gedanken. Es war Möller vom Erkennungsdienst.

„Sie werden es nicht glauben, Larsson“, sagte er. „Wir wissen bereits, wer der Tote ist!“

„Da waren Sie aber schnell. Donnerwetter!“

„Es ist ein ehemaliger Major der Abteilung IX des Ministeriums für Staatssicherheit.“

„Ich bin mit dieser Art von Abteilungen nicht so vertraut“, warf Larsson ein.

„Na, dann haben wir in der Provinz Ihnen ja etwas voraus! Die Abteilung IX des Staatssicherheitsdienstes der DDR unter Generalmajor Rolf Füster war mit der Untersuchung von Vorgängen betraut – zu deutsch: mit Vernehmungen von Straftätern, die den Staat gefährdeten."

„Verstehe."

„Sie brauchen jetzt nur noch *den* Häftling zu finden, der sauer auf Frenzel war!" Möller lachte. „Es waren mit Sicherheit einige Tausend!"

Lasse Larsson bedankte sich für die schnelle Arbeit. Er parkte seinen Wagen und ging zum Haus. Dort stellte er fest, dass er den Schlüssel zur Eingangstür in Anklam vergessen hatte. „Du wirst langsam alt", murmelte er halblaut vor sich hin, wie immer, wenn er sich über etwas besonders ärgerte.

Er fuhr noch mal zur Seebrücke zurück. Der Wind hatte abgeflaut und wehte nur noch schwach. Nun waren die Dünungswellen klein, die auf den Strand zuliefen.

Er ging hinaus bis zum Brücken-Restaurant; wider Erwarten war es nur mäßig besetzt. Eigentlich müsste das Geschäft jetzt brummen, dachte er. Wann, wenn nicht während der Saison, sollten die Geschäftsleute hier ihr Geld verdienen?

Am Ende der Brücke lehnte er sich über die Brüstung des Geländers und schaute noch einmal zu dem Gründungspfeiler, an dem die Leine festgemacht war, die die Leiche des Mannes, der Frenzel hieß, vor dem Abtreiben gesichert hatte. Er hoffte, dass die Rechtsmediziner in Greifswald die Todeszeit herausfinden würden. Aber eines wusste er schon jetzt: Am Tag konnte man das Paket kaum hier deponiert haben. Zu groß wäre die Möglichkeit gewesen, entdeckt zu werden. Derjenige, der sich auf so etwas einließ, musste sich sowohl mit den Eigenheiten des Ortes als auch mit den Strömungsverhältnissen des Wassers hier gut auskennen. War es einer der einheimischen Fischer? Einer der Rettungsschwimmer, die hier am Tage ihren Dienst versahen?

Das war eine weitere Frage, bei der man ansetzen musste, dachte Larsson. Weiter draußen sah er Schiffe. Es waren Frachter, die von Polen kamen oder dorthin fuhren. Auch einige Segler waren noch unterwegs. Die kämen auch in Frage. Von einem solchen Boot könnte man mit einem Wasserscooter ... Er verwarf den Gedanken. Die Dinger machten zu laute Geräusche. Und mit einem Paket im Schlepp könnte man unmöglich über eine so weite Strecke schwimmen. Es sei denn, man wäre ein Profi. Ein durchtrainierter Kampfschwimmer irgendeiner Armee könnte das schaffen.

So sehr er auch darüber nachdachte, vom Land aus war es noch unmöglicher, ungesehen einen Gegenstand dieser Größe ins Wasser zu bringen, es sei denn, derjenige wäre mitten in der Nacht gekommen.

Auch diesen Gedanken verwarf Larsson wieder. Irgendeinen Nachtschwärmer hätte ein einsames Auto an so exponierter Stelle, wie sie der Brückenunterzug darstellte, stutzig gemacht. Außerdem hätte man einen Geländewagen mit Allradantrieb gebraucht, um bis zum Strand vorzudringen. Damit hätte man sich abermals mehr als verdächtig gemacht. Und die nächtlichen Kontrollfahrten der Polizei wären eine ernst zu nehmende Gefahr für ein derartiges Unterfangen gewesen.

Langsam ging er zurück zu dem Omega und fuhr auf direktem Weg nach Anklam.

Seine Wirtin, die Witwe des ehemaligen Polizisten Paul Mucke, empfing ihn mit den Worten: „In all den Jahren, die mein Mann nun schon tot ist, hat sich bei euch Kriminalisten nichts geändert. Ihr kommt und geht, wie es euch gefällt!“

Larsson hob nur die Schultern und machte ein nachdenkliches Gesicht. Es galt weniger der Feststellung der Frau als vielmehr der Tatsache, dass sie ihn erwartete.

„Ich habe extra für Sie gekocht. Zucchini mit Hähnchenkeulen. Nun ist das Gemüse zusammengefallen ...“

„Das ist nett von Ihnen, Mutter Mucke, aber ich habe bereits gegessen“, log Larsson. Er konnte sich nicht vorstellen, den

Matsch zerkochter Zucchini zusammen mit dem ihm verhassten Hühnerfleisch zu sich zu nehmen. Seit seiner Jugend mochte er Geflügel nicht. Die Ausnahme war eine kräftige Hühnersuppe; die nahm er zu sich, wenn er krank war, was selten vorkam, oder, wenn es sich nicht ganz umgehen ließ, bestenfalls das weiße Brustfleisch. Ente beim Chinesen mit knusprig gebratener Haut ließ er sich noch gefallen. Gans verabscheute er absolut.

Nachdem er die Frau abgewimmelt hatte, ging er in sein Zimmer, nahm sich ein Jever aus dem kleinen Kühlschrank und legte sich aufs Bett. Er würde noch am Wochenende in sein kleines Haus umziehen. Und von dem Geld, das er zusammen mit dem Haus geerbt hatte, könnte er sich einen lang ersehnten Wunsch erfüllen. Er dachte an einen neuen Mercedes SLK, sah sich vor einem solchen Wagen stehen, überprüfte die Wirkung der verschiedenen Farben auf ihn, in denen das Fahrzeug zu haben war, und schlief darüber ein.

Chiara lag nackt vor ihm und sagte: „Gekocht habe ich heute nichts, aber sieh mal, wie ich daliege!“

Als er sich über sie beugte, um sie zu küssen, wurde ihr Gesicht zu dem Gesicht des Toten unter der Seebrücke. Deutlich sah er die Löcher, an denen früher die Ohren saßen. Dann fiel das Fleisch ab, und es wurde rasch zu einem Totenkopf.

Schweißgebadet wurde er wach. Es war Viertel nach eins. Er ging zum Badezimmer, putzte sich die Zähne.

Chiara. Es war eine glückliche Zeit, die er mit ihr verbracht hatte. Sie war immer zum Sex bereit, konnte nie genug davon kriegen. In der Hinsicht waren sie sich ähnlich, und nur seine unmöglichen Dienstzeiten hatten diese Beziehung so weit erschüttern können, dass eine Trennung unausweichlich war.

Nun war er allein in einer neuen Umgebung und ohne feste Freundin. Er beschloss, das zu ändern. Dann kam ihm Lillebil Malmström in den Sinn, die er am Abend darauf treffen würde.

Die Nacht war zäh. Aber irgendwann war er wieder weggesackt. Es war kurz vor vier.

Als er am Morgen aufwachte, zeigte der Wecker zwölf nach fünf. Der frühe Vogel fängt den Wurm, dachte er und schälte sich aus dem Bett. Er duschte unbehelligt. Frau Mucke schlief um diese Zeit fest und träumte von längst vergangenen Zeiten. Dann machte er sich auf den Weg zum Kriminalkommissariat in der Friedländer Straße 13, wo er bereits vier Minuten vor sechs eintraf.

Der Pförtner hob verwundert den Kopf. Allzu gerne fing niemand früher an, als die offizielle Arbeitszeit es vorschrieb. Aber er erkannte den Neuen und dachte daran, dass neue Besen gut kehren, als er ihm ein freundliches „Guten Morgen!" entgegenschleuderte.

Lasse Larsson wiederum dachte daran, dass er jetzt einen Kaffee brauchen würde, um in Gang zu kommen. Er ging zur Cafeteria, vor der ein Automat stand, an dem neben Tee und Kakao verschiedene Arten von Kaffee angeboten wurden. Er zog sich einen Becher, schwarz mit Zucker, und ging zu seinem Arbeitsplatz.

Die Unterlagen über den Überfall auf den Pastor lagen noch da, wo Larsson sie gelassen hatte, ordentlich am Rand seines Schreibtisches aufgestapelt. Er startete seinen Computer. Während die Maschine hochfuhr, schlürfte er versonnen den Kaffee, der, wie er feststellen konnte, bereits an Wärme verloren hatte. Larsson legte auf dem Schirm ein Bild an; ein Männchen, aus den Wingdings gezogen und dann vervielfältigt, würde die jeweilige Person simulieren.

Er hatte sich in Berlin angewöhnt, die Ereignisse und Personen in einem Piktogramm festzuhalten und mittels Linien so zu verbinden, dass ihre Beziehungen mit dem Opfer deutlich wurden. Jedwede Verbindung wurde so auf einen Blick sichtbar. Er hatte das als Erster eingeführt, und bei genauer Betrachtung hatte er feststellen müssen, dass nur ein einziger seiner Kollegen bereit war, sich dieser zusätzlichen Arbeit zu unterziehen.

Er legte das erste Männchen auf die linke Seite, schrieb MfS-Frenzel hin und setzte – ebenfalls aus den Wingdings – ein dickes Kreuz daneben. Mit jeder Person, die auch nur im entferntesten mit diesem Frenzel etwas zu tun hatte und die diesen Vorgang tangierte, würde ein weiteres Gesicht auf dieser Seite erscheinen, durch Linien mit Frenzel verbunden werden und sich je nach Intensität der Beziehung farblich voneinander unterscheiden.

Er hörte, wie nach und nach die Beamten der Dienststelle kamen, vernahm ihre Schritte; einige redeten auf dem Gang miteinander, Türen klappten. Inge Mohaupt und Schubert kamen zusammen durch die Tür. Larsson hatte den Eindruck, dass sie sich verabredet hatten.

Die Frau war klein und dunkelhaarig. Sie strahlte eine ungekünstelte Freundlichkeit aus. Dennoch war sie nicht der Typ Frau, der Lasse Larsson als Mann interessierte. Schubert hingegen war ein Klotz, der den Charme einer Kohlenschaufel verbreitete.

Während Schubert seine Jacke umständlich auf einen Bügel hing, kam die Frau zu Larssons Schreibtisch. „Ich hatte noch keine Gelegenheit, Sie kennen zu lernen“, sagte sie und streckte Larsson die Hand entgegen.

Lasse Larsson stand auf und stellte sich vor.

„Ich hörte gestern Abend, Sie haben einen Fall bekommen“, warf Schubert ein.

„Den wir im Team lösen werden“, sagte Larsson verbindlich.

„Welches Team?“ Schubert lächelte ihn herausfordernd an. „Hat Kruse schon ein Team bestimmt?“ Er hob die Schultern.

Larsson hatte das Gefühl, dass eine unsichtbare Wand zwischen ihnen stand, eine Wand, die aus Eifersucht und Missgunst bestand. „Nein, hat er nicht!“

„Na dann, kein Team!“ Schubert setzte sich an seinen Schreibtisch.

Während Hauptkommissarin Inge Mohaupt zu ihrem Arbeitsplatz ging und Larsson sich wieder seinen Wingding-Männchen im Computer widmete, schrillte Schuberts Telefon.

Als Schubert aufgelegt hatte, sagte er: „Es war die Werkstatt. Sie haben den Omega gestern nicht zurückgebracht und heute auch nicht! Sie brauchen den Wagen zur Achsvermessung!"

Lasse Larsson suchte den Fahrzeugschlüssel zwischen den Papieren auf seinem Schreibtisch hervor und ging aus dem Zimmer.

„Gewisse Gedanken sind so unangenehm, dass ich mich dagegen sträube", sagte Schubert. „Einer davon teilt das Zimmer mit uns."

„Du solltest ihn freundlicher behandeln, Robert", sagte Inge Mohaupt. „Er hat dir nichts getan!"

„Kommt und nimmt mir den Fall weg!"

Wenig später wurde Robert Schubert zum Kriminaloberrat Theo Kruse gerufen.

Als Lasse Larsson zurückkam, sagte er: „Den Omega hat irgendein Künstler gegen einen Bordstein gesetzt. Deshalb stimmte die Spur nicht. Ich habe wohl gemerkt, dass der Karren einen Rechtsdrall hatte."

Dann legte er die Wingdings wieder auf den Bildschirm, schrieb darunter *Wer? Wie? Was? Wo? Wann?* und *Warum?* und ergänzte die Fragen mit Namen und Fakten. Hinter *Wer* stand Major Frenzel, hinter *Wie* setzte er nur ein Kreuz, da der Bericht des gerichtsmedizinischen Instituts noch nicht vorlag und er so die genaue Todesursache noch nicht eintragen konnte. Dass es Mord war, ließ sich nicht leugnen, aber die abgeschnittenen Ohren allein werden wohl kaum zum Tod geführt haben, dachte Larsson. Hinter *Was* setzte er ein Fragezeichen. Das *Wo* setzte er so, dass zwei Zeilen für Antworten frei blieben. In die erste Zeile setzte er Seebrücke Heringsdorf. Blieben *Wann* und *Warum.* Beide Fragen wurden mit einem Fragezeichen beschieden.

Schubert kam zur Tür herein. „Sie sollen zu Kruse kommen!“ sagte er zu Lasse Larsson. Und zynisch zu Inge Mohaupt gewandt: „Ich habe einen äußerst bedeutenden Fall bekommen! Die Kollegen dort brauchen Hilfe!“ Er legte ihr die Kopie eines Zeitungsausschnitts auf den Tisch.

ZEUGEN GESUCHT
Maskierte Täter erbeuten Bargeld in Wolgaster Markt
WOLGAST (CM). *Nach einem Raubüberfall in Wolgast sucht die Polizei nach Zeugen. Wie die Beamten gestern schilderten, betraten zwei maskierte Männer am Donnerstagabend gegen 18.25 Uhr den Schlecker-Markt in der Philipp-Müller-Straße, bedrohten eine Angestellte massiv und forderten Bargeld. Einer der Täter, die vermutlich mit einem Kraftrad flüchteten, war nach den bisherigen Ermittlungen etwa 1,70 Meter groß und schlank, der andere etwa 1,80 Meter groß und kräftig. Zur Höhe der Beute machten die Beamten aus ermittlungstaktischen Gründen gestern keine Angaben. Zeugen, die Beobachtungen gemacht haben, die in Zusammenhang mit der Tat stehen könnten, werden gebeten, sich unter 03971 251 1231 zu melden oder jede andere Polizeidienststelle zu kontaktieren.*

Kriminaloberrat Theo Kruse forderte Lasse Larsson auf, sich zu setzen. „Was halten Sie von der Sache, Larsson?“ fragte er geradeheraus.

Lasse Larsson hob die Schultern. „Es ist noch zu früh, etwas dazu zu sagen! Wir haben noch nicht allzu viel. Wenn der Obduktionsbefund da ist, werden wir wenigstens wissen, wie er umgebracht wurde und wann. Immerhin ist der Mann identifiziert. Es ist ein Major Frenzel. Wir werden feststellen, wo er gewohnt hat. Vielleicht finden sich in dessen Wohnung Anhaltspunkte. Vielleicht aber ...“

„Schubert kann ich Ihnen nicht geben, der Kommissar muss einen anderen Fall übernehmen. Vorerst wenigstens. Um ehrlich zu sein, ich würde Ihnen gerne die Kollegen Andresen und Simons als Team zuteilen."

„Dagegen ist nichts einzuwenden", stellte Larsson fest. „Wir haben ja gestern schon einen guten Anfang gemacht!"

„Schön, ich habe mit Andresen gesprochen. Sie bekommen ein eigenes Zimmer!"

„Was ist mit einem Dienstwagen?"

„Ja, der steht Ihnen zu." Kruse rief die Fahrbereitschaft an. An seinem Gesicht konnte Larsson ablesen, dass es Probleme gab.

„Es sind wohl die gleichen Schwierigkeiten, die unsere Polizei in der ganzen Republik hat", sagte Larsson. „Die Wagen sind zu alt, haben zu viele Kilometer auf dem Buckel, und es gibt zu wenig von ihnen."

„Sie hatten gestern einen Omega. Der wird erst am Montag aus der Werkstatt kommen. Dann können Sie ihn sich holen. Heute kann Sie ein Streifenwagen rausbringen, oder ..."

Larsson verstand. „Ich könnte meinen Wagen nehmen."

„Gut, ich zeichne Ihnen die Kilometerpauschale ab. Halten Sie mich auf dem Laufenden!"

Lasse Larsson war entlassen. Er ging ins Büro zurück, berichtete in knappen Worten, was Kruse von ihm wollte, brannte seine am Morgen gemachten Aufzeichnungen mit den Wingdings auf eine CD-RW und verabschiedete sich mit den Worten: „Liebe Kollegen, ich wünsche euch ein angenehmes Wochenende. Ich jedenfalls habe vor, ein solches zu haben!"

6. Kapitel

Als Lasse Larsson an diesem Freitag, dem 21. Juni, kurz nach zehn Uhr wieder in der Kriminalpolizeiaußenstelle eintraf, wurde er schon erwartet. Er hatte kaum Zeit, die große, schöne Villa zu bewundern, die im krassen Gegensatz zu den desolaten und fehlenden Dienstwagen stand.

„Wir haben schon auf Sie gewartet“, sagte Andresen. „Sag dem Hauptkommissar, was wir rausgefunden haben!“ forderte er Simons auf.

„Karl-Heinz Frenzel wohnte nicht allzu weit von hier entfernt am Peenestrom!“

„Sie sind über das Einwohnermeldeamt gegangen“, stellte Larsson fest.

Simons schüttelte den Kopf. „Kalt, ganz kalt. Wir hatten einen anonymen Anruf!“

„Jetzt wird es interessant. Männlich oder weiblich?“

„Männlich.“

„Sprach der Mann irgendeinen Dialekt? Vielleicht sächsisch?“

„Er sprach Mecklenburger Platt.“

„Also ein Mann von der Küste, möglicherweise sogar ein Einheimischer!“

„Ein Mann, dessen Stimme ich kenne!“ Simons lächelte triumphierend.

„Worauf warten Sie dann? Holen Sie den Mann her!“

„Ich wollte das nicht, bevor wir miteinander gesprochen haben ... Der Mann ist eine Institution auf der Insel, und ... er kann uns nicht davonlaufen!“

„Wieso kann er uns nicht davonlaufen?“ fragte Larsson.

Andresen mischte sich ein. „Er ist so etwas wie der Clown der Insel. Jeder kennt ihn. Die meisten lieben ihn. Einige allerdings dürften ihn hassen."

„Wer hasst ihn?"

„Er war schon vor der Wende eine Art Artist, der eine lockere Zunge hatte, eine zu lockere, die ihm damals eine Gefängnisstrafe eingebracht hat", antwortete Andresen.

„Und diese lockere Zunge hat er heute noch", ergänzte Simons. „Einige können ihm nicht verzeihen, dass er mit seinen Sprüchen auf sie hinweist!"

„Holen Sie ihn her!" beschied Larsson.

„Wir könnten bis drei Uhr warten. Da ist er nämlich zu Hause. Jetzt ist er mit seinem Rad unterwegs. Wir müssten jeden Winkel zwischen Ahlbeck und Bansin umdrehen, um ihn zu finden. Und so manches Mal trinkt er in irgendeinem Geschäft Kaffee oder hält ein Schwätzchen ..."

„Gut, warten wir."

Simons sagte: „Ich werde jetzt seine Frau anrufen, dann weiß ich genau, wann er zurück ist!"

„Machen Sie das, Simons. Wir haben keine Zeit zu verlieren."

„Wir haben aber noch etwas im Köcher!" Jetzt grinste Simons siegessicher über beide Ohren. „Gestern Abend hat ein großer, schwarzer Dreimastschoner Heringsdorf in Richtung Swinemünde passiert. Heute Morgen lief er dann querab Bansin in westlicher Richtung."

Andresen sagte: „Wir haben uns mit den Hafenbehörden in Swinemünde in Verbindung gesetzt. Das Schiff war über Nacht nicht in Polen!"

„Der Schoner muss auf Reede gelegen haben", sagte Simons. Er hatte eine Karte ausgebreitet, zeigte mit seiner Hand auf eine Stelle und fuhr fort: „Wenn er, als es dunkelte, zwischen Heringsdorf und Swinemünde war, dann hat er irgendwo hier geankert. Und er hat es ganz sicher nicht allzu weit draußen gemacht. Er wird hier unter Land gelegen haben! Und das zieht ihn in den Kreis der Verdächtigen! Denn von dort könnte man ein solches Paket schon bis zur Seebrücke gebracht haben."

Lasse Larsson musste zugeben, dass er eine so schnelle Arbeit in der Provinz nicht erwartet hatte. „Haben Sie das Schiff schon gefunden?"

„Keine Institution wusste etwas von dem Schiff. Aber ich hatte eine Beschreibung von einem der Fischer. Es war ein schwarzer Dreimastschoner mit einer gemischten Takelung."

„Was heißt das?" fragte Larsson.

„Normal für solche Schiffe ist eine Gaffeltakelung. Die Segel stehen quer zum Wind und längs zum Schiff. Hat ein solches Schiff am ersten Mast noch eine Rahtakelung ... Sie kennen doch die *Gorch Fock*?"

Lasse Larsson bestätigte, das Schulschiff der Bundesmarine schon gesehen zu haben.

„Da stehen die Segel quer zum Schiff. Das Schiff läuft in der Regel vor dem Wind her. Hat nun ein solches Schiff, wie es gestern und heute gesehen wurde, am ersten Mast neben der Gaffeltakelung auch eine Rahtakelung, dann spricht man von einer gemischten Takelung. Dann gibt es noch zwei Möglichkeiten. Es kann eine Schoner-Brigg oder eine Schoner-Bark sein."

„Haben Sie etwas über das Schiff rausgefunden, Simons, dann raus mit der Sprache!" sagte Larsson.

„Noch nicht endgültig!"

„Was fehlt noch?"

„Ich prüfe im Internet, welche Reederei ein solches Schiff besitzt, und welches davon sich offiziell in unseren Gewässern befindet!"

Lasse Larsson nickte. „Den Anruf mit der Frau des Clowns können Sie später tätigen. Zuerst das Schiff!"

Während Simons seinen Zugang zum Internet herstellte, wandte sich Larsson an Andresen. „Haben wir schon etwas über Ritualmorde in Deutschland?"

„Nicht explizit für Deutschland. Ich habe mich schlau gemacht. Die Kollegen vom BKA sagen, man muss es erstens im gesamten deutschsprachigen Raum und zweitens westeuropäisch und drittens global sehen.“

„Wir sind schon weit gekommen“, sagte Larsson.

„Nehmen wir die Satanisten. Sie feiern schwarze Messen, schänden Gräber, töten Tiere und betreiben obskure Sexrituale: Satanisten flüchten ins Dunkel und provozieren die Umwelt. Die Taten der meist jungen Teufelsanbeter sind für die Polizei Besorgnis erregend.“

„Das ist es“, stellte Larsson lakonisch fest.

„Mir ist ein Vorfall aus dem Jahr 1998 in der Schweiz bekannt. Der Mörder klingelte am Nachmittag. Er müsse nur rasch telefonieren, sagte er der Frau, die ihm arglos öffnete. Magda B., Kosmetikerin, kannte den Vierundzwanzigjährigen: Es war der Freund ihres Sohnes. Kaum im Wohnzimmer, begann der Besucher wie besessen mit einem Springmesser auf die fünfundfünzigjährige Frau einzustechen. Trotz heftiger Gegenwehr sank das Opfer nach wenigen Stichen tot zu Boden. Der Täter nahm die Leiche, legte sie in die Badewanne und verließ das Haus.“

„Ich habe auch schon Menschen gesehen“, warf Larsson ein, „die aufgeschlitzt waren, ohne dass die Mörder Satanisten waren.“

„Jetzt hab ich einige Schoner gefunden“, unterbrach Simons das Gespräch.

„Später“, sagte Andresen und fuhr fort: „Am nächsten Tag wurde der Killer verhaftet. Er gestand die Tat sofort, habe die Frau gehasst. Der Hintergrund: Magda B. wollte ihrem fünfundzwanzigjährigen Sohn helfen, aus dem Okkultismus auszusteigen. Die eng befreundeten jungen Männer gehörten seit zehn Jahren zu einem satanischen Zirkel, dröhnten sich mit Black-Metal-Musik voll, lasen okkulte Literatur und fantasierten von schwarzen Ritualen. Der Sohn wurde der Mittäterschaft am Mord an seiner Mutter bezichtigt und in eine psychiatrische

Klinik eingewiesen. Der Mord in Balgach geschah im August 1998; es ist das erste Tötungsdelikt in der Schweiz, das mit dem Satanskult zusammenhängt. Für den Sohn von Magda B. und auch für den Mörder war das Buch *Baphomet* des Okkultisten Akron ein Leitfaden."

„Wir leben in einer Scheißzeit! Was für eine lumpige Welt!" Es waren die Sätze, die Larsson immer dann gebrauchte, wenn er die Zeit und alle damit verbundenen Umstände missbilligte. Und das tat er in den letzten Monaten immer öfter. „Glauben Sie, Andresen, dass wir es mit okkulten Jüngern zu tun haben?"

„Satanismus ist gemäß dem Schweizer Sektenkenner Georg Otto Schmid vor allem eine Bewegung junger Männer. Erfreute er sich vor einigen Jahren besonders in den USA und in der ehemaligen DDR einer gewissen Verbreitung, ist der klassische rituelle Satanismus nach Schmid heute eher rückläufig. Im Wachsen begriffen sind dagegen okkultistische und neuheidnische Bewegungen, die via Internet auch in der Schweiz eine Anhängerschaft finden. Bei Frauen stoßen neuerdings obskure Hexenzirkel aus Deutschland auf zunehmendes Interesse."

„Sie denken an satanistische Zirkel, auch zu Zeiten der DDR, die überlebt haben könnten?" warf Larsson ein.

„Genau das, und ich denke, es könnte möglicherweise ganz in unserer Nähe passieren."

„Warum glauben Sie das?" Lasse Larsson stand auf, um sich einen Pott Kaffee zu holen. Er hatte Kopfschmerzen, hätte am liebsten Schluss gemacht und wäre hinaus an den Strand gegangen.

„In amerikanischen und deutschen Satanistenzirkeln werden auch Sexrituale praktiziert. So tanzen in der Walpurgisnacht am letzten Tag im April Hexen und Magier nackt um ein Feuer und feiern ein orgiastisches Fest. Und genau so etwas gibt es bei uns auch. Bei schwarzen Messen der *Church of Satan* liegen Frauen unbekleidet auf dem Altar und symbolisieren die *Tochter der Erde*. Andere Gruppen praktizieren tantrischen Sex – bis hin zu Gruppenriten, in denen eine Satansbraut mit mehreren Männern

Geschlechtsverkehr hat. In Deutschland wurde kürzlich der Anführer einer Satanistengruppe von weiblichen Mitgliedern wegen Vergewaltigung angeklagt."

„Wo in Deutschland?"

„In Witten. Am 6. Juli wurde ein dreiunddreißigjähriger Mann von einem Satanistenpärchen bestialisch ermordet. Satan hätte ihnen befohlen, einen Mord zu begehen, also hätten sie ihn ausgeführt, sagte der fünfundzwanzigjährige Täter bei seiner Vernehmung aus. Die Bevölkerung war schockiert, besonders aber diejenigen, die in unmittelbarer Nähe wohnen, die Wittener und Dattelner Bürger. Das Opfer wurde von Manuela und Daniel Ruda mit 66 Messerstichen und Hammerschlägen getötet."

„Nun wissen Sie, Andresen, was auch aus unserem Land geworden ist", stellte Larsson lakonisch fest. „Die Amerikanisierung bringt uns nur Unheil!"

„Es gibt zwei Zeitungsartikel dazu. Das BKA hat sie mit durchgefaxt." Andresen schob Larsson die Seite mit den Artikeln zu.

Satanisten töten Mann mit 66 Messerstichen

***WITTEN** (dpa). Ein 33jähriger Mann ist im Ruhrgebiet Opfer eines grausamen Ritualmordes geworden. Seine von 66 Messerstichen und Hammerschlägen gezeichnete Leiche ist am Montag in der Wohnung der mutmaßlichen Täter, eines jungen Ehepaars aus Witten, neben einem Eichensarg gefunden worden. „Freude am Töten scheint das Motiv gewesen zu sein", sagte der Bochumer Staatsanwalt Dieter Justinsky. Bei dem Opfer handelt es sich möglicherweise um einen Mann aus Datteln. Das Ehepaar ist auf der Flucht. In der Wohnung wurden satanistische und rechtsradikale Symbole gefunden, darunter umgedrehte Kreuze, Attrappen von Totenschädeln, SS-Runen und CDs von einschlägigen Bands.*

Mordverdächtige Satans-Anhänger bei Jena festgenommen

Erfurt/Witten *– Das nach einem grausamen Ritualmord im Ruhrgebiet geflüchtete Satanistenpaar ist am Donnerstag bei Jena gefasst worden. Die Beamten schlugen nach einem Zeugenhinweis zu. „Das Paar saß im Wagen und wurde völlig überrumpelt", sagte der Einsatzleiter. In den Türfächern lagen griffbereit zwei Pistolen und ein Messer. Verletzt wurde niemand. Nach Manuela (22) und Daniel Ruda (25) war seit Montag bundesweit gefahndet worden. Nach Polizeiangaben gibt es Hinweise, dass Manuela Ruda am Mittwochnachmittag eine Apotheke in Apolda überfallen hatte. Die bewaffnete Täterin hatte Schlaftabletten und Antidepressiva verlangt. Die Fahndungsfotos werden verglichen. Das junge Paar soll am vergangenen Freitag in Witten in Nordrhein-Westfalen einen 33 Jahre alten Bekannten mit 66 Macheten- und Hammerschlägen getötet haben. Ob es auf der Flucht weitere Morde begehen wollte, ist noch unklar.*

Die Mutter des 1993 von dem Satanisten Hendrik Möbus in Sondershausen getöteten Sandro Beyer wurde nach einem Hinweis aus der Szene vorsorglich unter Polizeischutz gestellt. In einer E-Mail an einen Fernsehsender hieß es, der 25jährige Gesuchte habe angekündigt, die Mutter töten zu wollen. Auch das Grab ihres Sohnes wurde observiert.

Während der Flucht fiel das Paar am Montag auch an einer Tankstelle in Sondershausen auf. Es habe aber keinen Hinweis gegeben, dass sie nach der Frau gesucht hätten. Auf die Spur in Jena kam die Polizei durch einen Zeugenhinweis. Ein Autofahrer hatte den Wagen auf einer Landstraße gesehen und die Polizei verständigt. Der Mann hatte die Gesuchten erkannt, obwohl sie ihr schrilles Erscheinungsbild auf der Flucht verändert und sich die Köpfe zum Teil kahl geschoren hatten. Außerdem hatten sie versucht, okkulte Ornamente und Schriftzüge am Auto zu entfernen. Das Recklinghauser Kennzeichen war gegen ein gestohlenes Nummernschild aus dem Kyffhäuserkreis ausgetauscht worden.

Der bizarre Fall um den Ritualmord im Ruhrgebiet war erst am Montag bekannt geworden. Die Polizei fand die Leiche neben einem Eichensarg in der Wohnung des Satanistenpaares in Witten an der Ruhr. Auf das Fenster war der Schriftzug „When Satan lives" geschmiert worden. Die Polizei fand auch eine „Todesliste", auf der Namen weiterer Bekannter standen, allerdings vorwiegend aus dem Ruhrgebiet und nicht aus Ostdeutschland. Die Menschen wurden vorsichtshalber gewarnt. (fw/dpa)

„Das sind ja Früchtchen", stellte Larsson fest, nachdem er die Artikel gelesen hatte. „Es gibt Hinweise auf Sondershausen in Thüringen."

„Ich weiß nicht, obwohl ich nicht glauben kann, dass derartige Dinge hier auf der Insel passieren können."

„Wieso nicht?" mischte sich Simons ein.

„Nun bleiben Sie mal auf dem Teppich", sagte Larsson. „Sie spekulieren."

Simons lächelte. „Sicher sind es Spekulationen. Aber wie Andresen schon sagte, in der Walpurgisnacht gab es ganz in der Nähe Hexen und Teufel, die nackt um ein Feuer tanzten."

„Waren Sie dabei?"

„Nein. Ich habe es von einem Freund gehört, der dabei war."

„Ich möchte mit diesem Mann sprechen!" Lasse Larsson machte sich eine Notiz über den Vorfall. Eigentlich brauche ich jetzt eine Denkpause, dachte er.

„Kann ich arrangieren", sagte Simons.

„Stellen Sie fest, Andresen, ob es etwas über derzeitige Aktivitäten in dieser Richtung gibt."

Andresen triumphierte: „Das habe ich bereits gemacht. Es gibt eine Einlassung dazu. Ich habe sie ausgedruckt." Er schob Larsson das Papier über den Tisch.

Friedhofs- und Kirchenschändungen, auch solche mit satanistischem Bezug, sind in den neuen Bundesländern deutlich häufi-

ger anzutreffen als in den alten. Das sagte Pfarrer Thomas Gandow, Beauftragter für Sekten- und Weltanschauungsfragen der Evangelischen Kirche in Berlin-Brandenburg, auf einem Seminar, das vom Bund Deutscher Kriminalbeamter, Landesverband Brandenburg, und der Karl-Hamann-Stiftung für liberale Politik in Brandenburg/Havel durchgeführt wurde.

Bei dem Seminar stellte der BDK-Landesvorsitzende Wolfgang Bauch erste Erkenntnisse seiner Nachforschungen bei der Gauck-Behörde über die Grufti- und Okkultismusszene in der DDR vor. Es sei schon zu DDR-Zeiten zu Gruft- und Sargbeschädigungen, Satansbeschwörungen und Missbrauch von Lösungsmitteln wie Fleckenentferner Nuth als Droge gekommen. Das Ministerium für Staatssicherheit hatte Gruftis in der DDR seit 1986 festgestellt, dies aber mit ständig steigender Tendenz. Anfang 1989 kannte das MfS in der DDR mehr als 600 Gruftis. 36 dieser Personen – d. h. sechs Prozent – wurden als Inoffizielle Mitarbeiter geführt. Damit kam auf jede Grufti-Gruppierung in der DDR etwa ein IM.

„Eine solch flächendeckende Überwachung der Jugend mit geheimdienstlichen Mitteln und eine in erster Linie repressive Auseinandersetzung à la DDR wäre fachlich sinnlos und politisch kontraproduktiv", sagte der BDK-Vorsitzende Bauch. Die Seminarteilnehmer – Kriminalbeamte, Lehrer und Mitarbeiter von Jugendämtern – waren sich darin einig, dass die Ursache für Gewalt und Friedhofsvandalismus in einem gesellschaftlichen Werteverfall zu sehen ist. Diesem entgegenzuwirken sei Aufgabe aller staatlichen und politischen Verantwortungsträger. Die Polizei könne im Rahmen ihres gesetzlichen Auftrages nur einen sehr begrenzten Beitrag leisten.

Beklagt wurden Wissensdefizite, fehlende Aufklärung und damit mangelnde Sensibilisierung derjenigen, die mit der Erziehung junger Menschen, aber auch mit der Strafverfolgung, beauftragt sind. Es sei ein vor allem politisch zu bewertendes Faktum, dass kein zuständiger Verantwortungsträger der Landesregierung an der Fachveranstaltung teilgenommen habe.

Gefragt wurde, ob im Land Brandenburg nicht doch ein Sektenbeauftragter erforderlich wäre, wie es ihn bei der Senatsverwaltung in Berlin gibt. Leider sind die offiziellen, dem Landeskriminalamt Brandenburg vorliegenden Fallzahlen nur bedingt geeignet, die Situation im Lande auf diesem ausgewählten Gebiet zu beschreiben. Zum einen nehmen Geschädigte aus den unterschiedlichsten Gründen von einer Anzeige Abstand. Dies hat zur Folge, dass solche Sachverhalte der Polizei erst gar nicht bekannt werden. Zum anderen gibt es innerhalb der Polizei keine generelle Meldepflicht für Delikte in diesem Bereich und keine statistische Erfassung.

„Dennoch vermisse ich etwas Wesentliches“, sagte Larsson. „Nirgendwo lese ich bei den Ritualmorden etwas von Kennzeichnung durch abgetrennte Ohren.“

„Stimmt“, gab Andresen zu.

„Was haben wir über das Schiff, Simons?“

„Ich habe einige Dreimastschoner gefunden. Kann mich aber noch nicht festlegen, welcher es war. Die *Anny von Hamburg* ist weiß, scheidet also aus. Ebenso die *Loth Loriën,* die *Linden* und die *Sunthorice.* Die *Regina Maris* ist zwar schwarz, aber ein reiner Gaffelschoner. Was wir brauchen, ist ...“

„Simons, Sie sind sicher ein guter Polizist, aber können Sie das Procedere nicht abkürzen?“

Andresen lachte. „Ja, er ist ein guter Polizist. Hat er Ihnen noch nicht sein Zeugnis von der Polizeischule in Basdorf gezeigt?“

Vom Hof kamen die Geräusche abfahrender Autos. Larsson schaute zur Uhr. „Die Kollegen fahren ins verdiente Wochenende. Nein, er hat es mir noch nicht gezeigt!“

Simons nahm Larssons Feststellung als Aufforderung, seine Stellung angemessen zu verbessern. Er zog die Schublade seines Schreibtisches auf, nahm einen Zeitungsausschnitt heraus und reichte ihn Larsson.

Zeugnisausgabe für die Polizei

BASDORF (jh). *74 Absolventen an der Fachhochschule der brandenburgischen Polizei haben am Mittwoch in Basdorf ihre Zeugnisse erhalten. Die 33 Polizistinnen und 41 Polizisten des gehobenen Polizeivollzugsdienstes wurden nach erfolgreichem dreijährigem Studium zu Polizeikommissarinnen und Polizeikommissaren ernannt und beginnen jetzt ihren Dienst in der Landeseinsatzeinheit der Polizei (LESE). Sie werden dabei in den nächsten zwei Jahren Einsatzerfahrungen bei Großlagen und Veranstaltungen, aber auch in der alltäglichen Polizeiarbeit sammeln.*

Neben dem Artikel waren zwei der frisch gebackenen Kommissare abgebildet. Einer davon war Simons.

Lasse Larsson gab Simons den Artikel zurück und sagte: „Sie sind ein smarter Junge, Simons. Wirklich. Wollen wir mal sehen, was Sie in Basdorf gelernt haben!"

„Sie kennen Basdorf?"

Larsson lachte. „Ich habe bei der Bereitschaftspolizei im Streifendienst gearbeitet und war auch in Basdorf."

„Dann kennen Sie bestimmt auch noch einige Lehrer."

„Sicher. Aber darüber reden wir, wenn wir den Fall gelöst haben. Was ist mit dem Schiff?"

„Die *Pedro Doncker* ist schwarz ..." Simons starrte einige Sekunden auf das Bild. Dann beschied er, dass auch dieser Schoner nicht in Frage käme. „Die *J.R.R. Tolkien* hat die richtige Takelung ..."

„Na also!"

„Ist aber leider weiß! Die *Jocob Meindert* wiederum hat die richtige Takelung, ist auch schwarz, aber leider nur ein Zweimaster. Es ist im Augenblick alles, was ich habe."

„Sie sind sicher, dass es ein Dreimaster war?"

„Der Fischer ist sich sicher!"

In diesem Augenblick klingelte Larssons Handy.

„Hier ist Lillebil Malmström. Bleibt es bei unserer Verabredung?"

Lasse Larsson schaute zur Uhr und stellte fest, dass es inzwischen kurz vor sechzehn Uhr war. „Wann schlägst du vor?" fragte er.

„Wie ist es mit sechs Uhr?"

„Also achtzehn Uhr", wiederholte Larsson. „Wo wollen wir uns treffen?" Er sah, wie Simons Andresen einen bedeutungsvollen Blick zuwarf.

„Wie wär's an der Seebrücke?"

„An der Heringsdorfer?"

„Ja."

„Gut. Bis dann also!"

„Ich glaube, ich hab das Schiff!" Simons jubelte es förmlich heraus. „Es ist die *Hendrika Bartelds!"*

„Bestimmt?" fragte Lasse Larsson.

„Möglicherweise. Ich muss noch ein Telefonat führen!"

„Also zu früh gejubelt!"

Larsson merkte Simons an, dass ihm der laute Vorstoß peinlich war.

Simons stellte fest, wer der Eigner war, und ließ sich mit der Reederei verbinden. Dann sagte er: „Diesmal habe ich den richtigen Riecher gehabt. Die *Hendrika Bartelds* lag heute Nacht vor Ahlbeck auf Reede und ist jetzt auf dem Weg in die westliche Ostsee."

„Stellen Sie fest, wie der Kapitän heißt, wie lange er bei der Reederei arbeitet, wie alt er ist, und wo wir ihn treffen können!"

Zwischenzeitlich lief das Bild des Schiffes mit einer zusammenfassenden Beschreibung über das Faxgerät ein.

Die HENDRIKA BARTELDS wurde 1917 als Fischlogger gebaut und fuhr viele Jahre im harten Nordseerevier. Das stäbige Schiff wurde 1989 zum Segelschiff umgebaut und 2002 noch einmal grundlegend renoviert. Natülich entspricht der Windjammer allen Sicherheits- und Bemannungsvorschriften der niederländischen Inspektionsbehörde. Ausgestattet mit modernen Navigations- und Rettungsmitteln ist die Hendrika Bartelds für den Einsatz auf hoher See tauglich. Klassische Linien traditioneller Segelschiffe sind hier mit einer sinnvollen Raumaufteilung in Einklang gebracht worden. Der Topsegelschoner trägt elf Segel an drei Masten und vermittelt ein eindrucksvolles Bild. Im Vorschiffsbereich befindet sich eine große Freifläche an Deck. Hieran schließt ein geräumiger Salon mit kleiner Barecke an. Durch die großen Fenster hat man einen freien Blick aufs Meer. Auf dem Unterdeck befinden sich elf Mehrbettkabinen, die Toiletten und Waschräume. Das Schiff bietet somit reichlich Raum, und wer sich einmal zurückziehen möchte, findet bestimmt einen ruhigen Platz. Die zwei Etagen der Hendrika Bartelds können zentral geheizt werden. Schlechtes Wetter ist somit kein Thema. Der geräumige Salon eignet sich für Meetings, gemütliche Familienfeiern und natürlich zur Einnahme der Mahlzeiten.

Es war ein beeindruckendes Bild des Schiffes unter vollem Tuch.

„Das ist ja Segeln wie vor hundert Jahren, das ist nicht nur Spaß und Erholung, das ist vor allem auch harte Arbeit", stellte Larsson fest.

„Aber das macht gerade den Reiz aus", konterte Andresen. „Man ist weg vom normalen Alltag, trotzt dem Meer und hat eine Menge Spaß."

„Haben Sie es schon mal gemacht?"

„Leider nicht. Aber ich besitze einen Jollenkreuzer am Achterwasser. Sie sind herzlich eingeladen, mit mir ein Wochenende zu segeln!"

„Danke, ich komme auf das Angebot zurück. Wir teilen uns jetzt auf. Sie, Andresen, fahren zu dem Zeitungsmann und befragen ihn. Wenn etwas unsicher ist, laden Sie ihn für Montag neun Uhr zu uns ein! Simons telefoniert mit dem Kapitän der *Hendrika* ..."

„*Bartelds*!“

„Sie rufen mich an, um mich zu informieren, was rausgekommen ist! Ich selbst treffe mich mit einer Person, die an einem esoterischen Treffen in Polen teilnimmt. Mich interessiert, was dort getrieben wird.“

„Was ist mit Frenzels Wohnung?“ fragte Andresen.

„Kein Mensch weiß, was wir über ihn haben. Wir werden am Montag die Bude auf den Kopf stellen.“

7. Kapitel

Larsson sah sie schon, als er die Brücke betrat. Sie stand direkt neben dem Brückenhäuschen, in dem die Rettungswacht untergebracht war, und schaute nach Osten. Er war an die junge Frau herangetreten. „Wartest du auf etwas Besonderes, Lillebil?“ fragte er leise.

Lillebil Malmström schien aus ihren Gedanken aufgeschreckt. „Du hast dich verspätet.“

„Um drei Minuten“, sagte er lachend. „Ich glaube, es liegt im Toleranzbereich.“

Sie gingen die sechs Minuten zu Fuß zum Kulm-Eck, einem Restaurant, das durch die Verarbeitung von Wildkräutern und durch diverse Kochevents von sich reden machte. Simons hatte es ihm empfohlen.

Gerade, als er bestellen wollte, klingelte sein Handy. Es war Andresen, der ihm erklärte, dass der Zeitungsmann für zwei Tage zum achtzigsten Geburtstag eines Freundes in Dresden weile und erst am Dienstag wieder zurückkommen werde. Lasse Larsson bedankte sich. Er wünschte Andresen ein schönes Wochenende und viel Spaß auf dem Jollenkreuzer am Achterwasser. Dann bestellte er einen Frühlings-Kräutersalat mit schwarzen Nüssen und Kernen für Lillebil Malmström und gebratenes Zanderfilet mit Meersalz und Olivenöl für sich.

„Ein Freund?“ fragte sie während des Essens.

„Nicht ganz. Ein Arbeitskollege.“

Das Gespräch lief ein wenig zäh, und Larsson wurde das Gefühl nicht los, sie würde etwas verbergen. Als sie mit dem Essen fertig waren, fragte er: „Wie ist es, willst du sehen, was ich geerbt habe?“

„Das Haus?“

„Häuschen“, stellte Larsson richtig. „Ein kleines Häuschen auf einem sehr großen Grundstück mit etlichen Bäumen und einer großen Rasenfläche, die man pflegen muss!“

„Das klingt aber gar nicht begeistert.“

„Ich habe nicht genügend Zeit, einen so großen Garten in Schuss zu halten.“

„Musst du so viel arbeiten, dass du keine Zeit hast, ein wenig Rasen zu mähen?“

Lasse Larsson stellte fest, dass sie dabei war, ihn auszuhorchen. Was er nicht wollte, war, ihr zu sagen, dass er Polizist war. Sicher würde sie sich weiteren Gesprächen verschließen; er hatte sich vorgenommen, von ihr zu erfahren, was es mit dem Esoterikprogramm in Swinemünde auf sich hatte, und dabei wäre die Identität seiner Tätigkeit eher schädlich. Larsson zahlte, und sie gingen hinaus auf die Straße.

„Es ist nicht weit von hier“, sagte er. „Wenn du willst, können wir laufen. Ansonsten hole ich schnell das Auto. Du bräuchtest keine zehn Minuten zu warten.“ Sie einigten sich zu laufen und waren zwölf Minuten später an dem Grundstück, das unmittelbar an der Promenade zwischen Heringsdorf und Bansin gelegen war.

Lillebil Malmström war begeistert. „Da kann man ja aus dem Fenster aufs Meer schauen. Und du beklagst dich ...“

Lasse Larsson hatte aufgeschlossen. Als er die Tür zum Wohnzimmer öffnete, hielt er erschrocken inne. „Was ist denn hier passiert?“

Alle Schubladen waren aus den Schränken und der Kommode herausgerissen. Sachen lagen verstreut auf dem Fußboden. Eine Schublade des Biedermeiersekretärs war zerbrochen. Es gab keinen Zweifel, hier war eingebrochen worden. Larsson stellte fest, dass keine Tür aufgebrochen war.

„Das ist wohl ein Fall für die Polizei“, sagte Lillebil Malmström.

„Ja, das ist es wohl.“

„Willst du nicht anrufen?“

Als sie sich bückte, um eine kleine Meißnerfigur aufzuheben, sagte Larsson: „Fass nichts an! Wir sollten abschließen und gehen. Morgen kann sich die Polizei darum kümmern. Heute wollen wir uns den Abend nicht verderben lassen.“

Lillebil Malmström schaute ihn ungläubig an. „In einem solchen Fall muss man die Polizei gleich rufen!“

„Man ja. Ich mache das morgen!“ Sie gingen über die Strandpromenade zurück in Richtung Heringsdorf.

„Können wir zu dir gehen?“ fragte Lasse Larsson.

„Nein!“

Larsson stellte fest, dass das Nein wie ein Schrei aus ihr kam, und er sah, wie sich ihr Gesicht versteinerte. „Warum nicht?“

„Ich bin keineswegs allein in Heringsdorf, und ich möchte nicht, dass man mich mit einer fremden Person sieht“, sagte sie aufgeregt.

„Ist es ein Mann?“ Larsson war beleidigt. Er konnte das nur schwer verbergen. Zu sehr hatte er sich, nach der zweimonatigen Enthaltsamkeit, auf das Zusammensein mit einer Frau gefreut. Chiara war eben nicht so einfach zu ersetzen.

„Eine Familie. Ich möchte sie einfach nicht vor den Kopf stoßen.“

„Aus Schweden?“

„Auch.“

„Also sind im Hotel Residenz mehrere Leute untergebracht, die mit dir verbunden sind.“

„Ja.“

„Na gut. Nehmen wir uns ein Zimmer. Wäre dir das recht?“

„Ja. Das wäre okay.“

Sie bogen von der Strandpromenade in die Strandstraße. Lasse Larsson hatte von dem Bistro mit Pension am Fischerweg gehört, das eine Frau Daniela Dorn führte. Als sie das Bistro betraten, waren die Besitzer gerade dabei zu schließen. Larsson konnte eben noch arrangieren, dass er eine Bleibe für zwei Tage bekam.

Sie gingen zum Neubau auf der Rückseite des Hauptgebäudes. Eine eiserne Wendeltreppe führte hinauf in den ersten Stock. Die Nummer neun war das hintere der beiden Appartements. Es war eine kleine Wohnung mit einer Küchenzeile und einem Badezimmer mit Dusche. Alles war neu und fand seine Zustimmung.

In der Ecke schräg gegenüber dem Bett standen ein Fernsehgerät und eine kleine Radioanlage. Larsson schaltete sie ein und suchte einen Sender, dessen Musik man ohne Reue hören konnte. Lillebil Malmström war im Badezimmer verschwunden.

Gerade als er dabei war, die Flasche Rotwein zu öffnen, die er erstanden hatte, machte sich sein Handy bemerkbar. Es war Simons, der ihm berichtete, dass sich die *Hendrika Bartelds* tatsächlich in der westlichen Ostsee befände. Larsson überzeugte sich, dass Lillebil Malmström geräuschvoll duschte.

„Stellen Sie fest, wann das Schiff wieder in Deutschland anlegt und wo. Morgen gehen Sie auf das erste Adler-Schiff, das nach Swinemünde fährt. Sie beobachten die Frau, die ich zum Schiff bringe. Sie schauen nach, mit wem sie während der Fahrt spricht, und wo sie absteigt. Ich möchte alles lückenlos wissen. Achten Sie darauf, dass ich Sie erreichen kann!"

Lillebil Malmström hatte aufgehört zu duschen.

„Ich rufe Sie morgen an, wenn Sie auf der Fahrt sind!" Larsson unterbrach das Telefonat und steckte das Handy weg. Nichts sollte die Frau misstrauisch machen. Er prostete ihr zu, als sie aus der Dusche kam. Sie sah verdammt verführerisch aus, hatte nur das Shirt an, mit dem sie gekommen war, und ihren Slip.

„Kannst du morgen nicht hier bleiben?" fragte Lasse Larsson. „Lass Swinemünde einfach sausen!"

„Das geht nicht", sagte sie zwischen zwei Küssen. „Wirklich, Lasse. Ich finde dich sehr nett, sonst würde ich auch nicht mit dir schlafen, aber morgen muss ich nach Swinemünde fahren!"

Lasse Larsson ließ nicht locker. „Ich könnte ja mit dir fahren!"

„Nein.“

„Vielleicht ist ja Esoterik auch etwas für mich!“

„Das glaube ich nicht.“

„Wieso glaubst du das nicht?“

„Du bist ein zu nüchterner Typ. Ich glaube auch nicht, dass du dich in Trance versetzen kannst. Das ist die Voraussetzung für erfolgreiche Sitzungen.“

„Sitzungen. Wie das klingt ...“

„Außerdem sind wir eine geschlossene Gesellschaft. Ich müsste erst prüfen, ob ich einen Gast mitbringen darf!“

„Was genau macht man auf einer solchen Sitzung? Wir könnten das einmal spielen, und ich sage dir dann, ob es mich interessiert.“

„Nein.“

„Wirklich nicht?“

„Ganz sicher nicht.“ Lillebil Malmström zögerte einen Augenblick. Dann fragte sie: „Glaubst du an Gott?“

Sie beißt an, dachte Larsson. Jetzt muss ich nur noch etwas Geduld haben. „Es wird einem verdammt schwer gemacht, an Gott zu glauben.“

„Ja, das wird es wohl. Aber es ist keine Antwort auf meine Frage.“

„Ob ich an Gott glaube? Ich glaube nicht an einen alten Mann mit weißem Bart, wenn du das meinst. Ich glaube an ein höheres Wesen, und ob das nun Gott genannt wird? Ja, da bin ich bei allem Elend auf dieser Welt wirklich im Zweifel.“ Als die Frau nichts sagte, fuhr er fort: „Vielleicht halte ich es ja mit Goethes Faust.“

„Wieso?“

Larsson fühlte, dass er sie jetzt interessiert hatte. „Ich bin ein Teil von dieser Kraft, die stets das Böse will und doch das Gute schafft!“ Larsson bemühte sich, theatralisch zu klingen, deshalb machte er die näselnde Stimme Gustav Gründgens nach, der ihm als Mephisto in Erinnerung geblieben war. Er beugte sich zum Nachttisch vor und reichte ihr das Glas, in dem satt der

Châteauneuf-du-Pape, der berühmteste aller Rhôneweine, schwappte. Dann prosteten sie sich zu. Warte, bevor du weiter insistierst, dachte er. Wenn du zu schnell vorgehst, wird sie sich sperren, und genau das ist es, was du nicht willst.

Sie liebten sich zwei Mal hintereinander. Beim zweiten Mal war es nicht ganz so ekstatisch wie zuvor. Sie hatte dennoch eine Anzahl blauer Flecken, die sich von ihren Beinen über den Venushügel bis hinauf zur Brust zogen. Und auch er hatte einige Blessuren.

„Ein Teil von dieser Kraft?“ fragte Lillebil Malmström langsam und hob die Schultern. „*Du* bist ein Teil von dieser Kraft!“ Sie zeigte auf einige blaue Flecken an ihrem Körper.

„Es ist wie im Paradies“, philosophierte Lasse Larsson. „Man kann Zucker bekommen oder blaue Flecken haben. Beides kann das Paradies sein, denn nach Arkadien führen viele Pforten. Man muss die richtige nehmen!“ Er merkte, dass er mit seinen Worten ins Schwarze getroffen hatte.

„Wirklich. Man muss wissen, welche Pforte man nehmen muss“, sagte Lillebil Malmström, „sonst ist man verloren!“

Er drängte sich wieder an sie heran. „Wirst du mich mitnehmen?“

„Nein. Es geht bestimmt nicht!“

„Welche Pforte muss ich finden, dass sie sich öffnet?“

„Die Pforte des Vertrauens.“

„Du hast kein Vertrauen zu mir?“

„Ich kenne dich erst einige Stunden, nicht mehr.“

„Und doch schläfst du mit mir, als würden wir uns seit Jahren kennen.“

Lillebil Malmström lachte. „Ich schlafe mit dir, weil es mir Spaß macht. Dazu brauche ich kein Vertrauen deiner Seele.“

Sie will jetzt mein Sperma, dachte er, keine schlauen Vorträge. Dann erschrak er bei dem Gedanken, dass sie ohne Schutz miteinander geschlafen hatten. Wenn sie es öfters so trieb, dann könnte es ungeahnte Folgen haben.

„Du hast nicht verhütet“, stellte er fest.

„*Wir* haben nicht verhütet“, belehrte sie ihn.

Larsson musste zugeben, dass sie Recht hatte. Er hatte sich nicht im Griff, weil er mit Chiara nie verhütet hatte. Dafür war *sie* zuständig gewesen. Und *sie* hatte es niemals versäumt zu verhüten, weil sie kein Kind von einem Mann wollte, der dann keine Zeit für das Neugeborene haben würde.

Später, nachdem sie die Flasche Châteauneuf-du-Pape geleert hatten, schliefen sie ein. Sie umarmten sich noch im Schlaf, und Lasse Larsson dachte, dass er diesen Körperkontakt nicht mehr missen wollte.

Gegen acht standen sie auf. Larsson stellte fest, dass sie keinen Kaffee hatten. Die Kochzeile war zwar vollständig eingerichtet, für die Verpflegung aber waren die Mieter selbst zuständig.

„Ich gehe schnell zum Bistro und hole uns ein Frühstück.“ Es dauerte nicht lange, da war er zurück; er hatte Mohnbrötchen, Butter, kleine, verschlossene Marmeladennäpfchen und Kaffeepulver gekauft. Während sich Lillebil Malmström noch anzog, stellte er Wasser in dem eigens dafür vorgesehenen Kocher auf, deckte schnell den Tisch, und als die junge Frau fertig war, zog der Duft des aufgebrühten Kaffees verführerisch durch den Raum.

„Du wärst ja ein recht brauchbarer Hausmann!“ stellte Lillebil Malmström fest.

„Ich wäre kein guter Hausmann. Fürs Saubermachen bin ich absolut ungeeignet. Auch zum Ordnung halten. Aber ich bin ein ausgezeichneter Koch! Ich meine im Verhältnis zu einer Frau, denn ich bin der Meinung, dass die besten Köche männlich sind!“

„Du bist ein verdammter Macho!“ Lillebil Malmström lächelte ihn an, und er war versucht, sie noch einmal zu nehmen. Ein Blick zur Uhr belehrte ihn, dass sie sich jetzt ranhalten mussten, damit Lillebil ihr Schiff bekam.

Als sie auf der Seebrücke ankamen, legte die Adler-Dania gerade an. Eine dicht gedrängte Traube Menschen wartete ungeduldig am Anleger. Vor dem Schiff hatten der Zoll und zwei Beamte der Bereitschaftspolizei Aufstellung genommen. An der linken Seite des Häuschens, in dem die Fahrkarten verkauft wurden, sah Larsson Simons stehen. Der grinste zu ihm herüber und machte eine eindrucksvolle Geste, als er Lillebil Malmström abschätzend angeschaut hatte.

„Hast du schon eine Karte?“ fragte Lasse Larsson.

Als sie verneinte, ließ er sie stehen und stellte sich am Schalter an, um ein Billett für sie zu lösen. Als er auf Simons Höhe war, schaute er sich noch einmal um. Lillebil Malmström unterhielt sich gerade angeregt mit einer Frau. „Guten Morgen, Simons. Sie haben die Frau gesehen und wissen Bescheid?“

Simons deutete auf einen Fotoapparat, der um seinen Hals hing und sagte: „Sie werden alles bekommen, Chef. Die Frau wird keinen Furz lassen, ohne dass ich ...“

„Drücken Sie sich mal etwas gewählter aus, Simons!“

„Haben Sie Andresen angerufen? Der hat eine Verbindung zur Polizei in Swinemünde.“

„Das wusste ich nicht. Kennen Sie die Verbindung?“

Larsson war am Schalter angelangt und verlangte eine Karte nach Swinemünde mit Rückfahrt. Die Frau reichte ihm die Karte raus und zog das Geld ab. Als Larsson sich umdrehte, ging Lillebil Malmström gerade zum Schiff hinunter und blieb an der Passkontrolle hängen.

„Andresen hat es nur erwähnt. Einen Namen kenne ich nicht.“

„Gehen Sie jetzt. Ich rufe Sie an.“

Simons hängte sich an das Ende der Schlange. Larsson ging zu der Frau, mit der Lillebil Malmström zuvor gesprochen hatte, und bat sie, das Ticket mitzunehmen, was diese versprach. Er winkte Lillebil zu und zeigte auf die Frau. Dann wandte er sich ab und ging.

8. Kapitel

Larsson ging auf direktem Weg zur Polizeistation in der Seestraße. Er holte sich den Schlüssel für sein Zimmer, suchte sich die Privatnummer des Kriminaltechnikers heraus und wählte.

„Keine Feier ohne Maier“, meldete sich der immer lustige Mann.

„Vielleicht können wir gleich auf einer gemeinsamen Feier tanzen“, sagte Larsson. Dann schilderte er, wie er sein Haus vorgefunden hatte. Er sagte ihm, dass der Einbruch mit einem Schlüssel erfolgt sein musste, denn Gewaltspuren waren an den Türen nicht zu finden gewesen. Maier versprach, in einer Stunde vor Ort zu sein. Larsson suchte nach der Nummer von Frau Dorn, fand sie, wählte drei-vier-sechs-zwei-drei und rief seine Vermieterin im Bistro an. Er wollte das Appartement bis Freitag verlängern, bekam aber eine Absage. Am Mittwoch müsse er bis zehn Uhr geräumt haben, da neue Gäste anreisten. Als er aufgelegt hatte, holte er sich einen Kaffee. Er wählte die Nummer Andresens und erreichte ihn, als er gerade eine Wende des Jollenkreuzers eingeleitet hatte.

„Augenblick Kollege“, sagte Andresen, „sonst komme ich in Seenot!“ Die Gischt schäumte braunweiß auf, während das Schiff die quer laufenden Wellen durchschnitt. Als er die Wende beendet hatte und das Boot wieder am Wind lag, meldet er sich wieder. „So, jetzt können wir sprechen!“

„Simons sagte, Sie hätten Kontakte zur Kripo in Swinemünde.“

„Da hat der Junge Recht. Es ist ein Kommissar Ryszard Stanischewski. Mit ihm habe ich im Falle einer Autobande im vorigen Jahr zusammengearbeitet. Stanischewski hat die Burschen dann eingelocht! Aber warum fragen Sie?“

„Sie haben gestern gehört, wie ich mich verabredet habe ...“

„Ihre Freude darüber war nicht zu überhören! War es schön?“

„Es ist nur eine Vermutung, eine vage Vermutung“, leitete Larsson das Gespräch über Lillebil Malmström ein. „Die Frau ist heute nach Polen gefahren.“

„Das soll vorkommen. Lassen Sie mich raten ... Mit einem Adler-Schiff nach Swinemünde. Soll ein sehr schöner Ausflug sein!“

„Sie ist zu einem esoterischen Kongress gefahren. Bei mir haben die Alarmglocken geläutet, und ich habe, weil ich selbst als Beschatter verbrannt bin, Simons zum Observieren abgestellt.“

„Und nun brauchen Sie die Hilfe der Polen ...“

„Es wäre eine Erleichterung für uns.“ Als Andresen einen Augenblick still blieb, setzte Larsson nach: „Wo finde ich die Nummer des polnischen Kollegen?“

„Sie ist in meinem Handy gespeichert!“

„Fein. Dann können Sie mir ja die Nummer geben. Ich höre ...“

„Ich habe einen besseren Vorschlag. Ich rufe Stanischewski an. Wir sind befreundet. Wenn ich ihn frage, wird er es nicht abschlagen.“

„Der Vorschlag ist gut. Ich danke Ihnen, Kollege!“

Larsson warf den Hörer auf die Gabel. Ein Blick zur Uhr zeigte, dass er noch eine Viertelstunde Zeit hatte. Er rief seine Aufzeichnungen auf, die er im Computer gespeichert hatte. Unter das Männchen mit dem Kreuz setzte er ein weiteres, das er mit dem Namen Lillebil Malmström kennzeichnete. Wie passt du ins Bild, Mädel, dachte er. Wie gehört das Puzzle zusammen? Er notierte seine Gespräche mit ihr und seine Vermutungen. Dann sperrte er die Datei mit einem Passwort. Niemand sollte seine bisherigen Mutmaßungen lesen, bevor er sie nicht als abgesichert sah.

Sein französischer Wagen machte die üblichen Schwierigkeiten beim Starten und erinnerte ihn schmerzhaft daran, dass er sich nach einem neueren Modell umsehen musste. Sein Wunschbild – ein Mercedes SLK – kam ihm wieder in den Sinn. Es verblasste, als der Motor mit einer Fehlzündung endlich ansprang.

Als er endlich vom Hof rollte, meldete sich Andresen. „Stanischewski wird am Schiff sein, wenn es in Swinemünde anlegt. Er wird eine Zeitung in der rechten Hand halten, mit der er sich mehrfach auf den Schenkel schlagen wird, so, wie es ein ungeduldiger Mensch macht. Simons kann ihn daran erkennen und mit ihm in Verbindung treten."

Larsson bedankte sich, hielt rechts an, stellte den Motor ab und wählte die Nummer von Simons' Handy. Der meldete sich schon nach dem zweiten Klingelton. Larsson schilderte ihm, was Andresen organisiert hatte. Simons seinerseits berichtete ihm, dass sich die Frau, die er beschattete, mit mehreren Leuten getroffen und er von allen Fotos gemacht hatte. Larsson war zufrieden. Am Haus angekommen, sah er, dass Maier schon wartete. „Sie müssen geflogen sein", sagte er. Sie gaben sich die Hand.

„Wer Maier sich zu rufen wagt, muss ihn ertragen, auch wenn's plagt!" antwortete der Kriminaltechniker mit einem Zweizeiler. Er untersuchte das Schloss der Eingangstür von außen. Dann zog er sich ein paar Latexhandschuhe über. „Wer immer hier war, er hat etwas gesucht."

Am Nachbarzaun machte sich eine alte Frau bemerkbar. Larsson ging zu ihr hinüber. „Kann ich Ihnen helfen?"

Die Frau lächelte verschmitzt. „Vielleicht kann *ich* Ihnen ja helfen!"

„Inwiefern glauben Sie, mir helfen zu können?"

„Ich habe gesehen, wer vorgestern Nacht in dem Haus war, und was er gemacht hat?"

„Er? War es ein Mann?“

Die Frau nickte, und Larsson fragte sich, inwieweit er ihr trauen konnte. So alte Menschen litten oft unter Halluzinationen, die sie dann als Fakt ansahen. Ob diese Frau an unwirklichen Vorstellungen litt oder tatsächlich gesehen hatte, wovon sie berichtete, musste er herausfinden. „Haben Sie ein wenig Zeit für mich, dann würde ich gern zu Ihnen rüberkommen.“

„Sie sind doch aber von der Polizei, stimmt’s?“

„Sie haben das gleich gesehen?“

„Ich habe Sie an der Seebrücke gesehen, als die Leiche angeschwemmt worden ist. Und den sonderbaren Mann mit den eigenwilligen Schuhen in Ihrem Haus auch!“

Larsson entschied, gleich zu ihr zu gehen, bevor die Frau es sich anders überlegte. Als er das Gebäude betrat, sah er, dass die Wohnung sauberer war als bei den meisten so alten Menschen. Ein kleiner Pekinese kam kläffend auf ihn zu, und die Frau hatte alle Mühe, den kleinen Kerl zu beruhigen.

„Er ist mein ein und alles“, sagte sie, während sie den Hund auf den Arm nahm. „Sie können ihn jetzt streicheln.“

Larsson streichelte den Hund, der es sich nun, wo er auf dem schützenden Arm saß, gefallen ließ. „Sie haben also einen Mann bei Ihrer Nachbarin gesehen?“

„Ja.“

„Kam das oft vor? Ich meine, kam oft vor, dass Ihre Nachbarin von einem Mann besucht wurde?“

„Wo denken Sie hin. Natürlich nicht! Und schon gleich gar nicht mitten in der Nacht!“

„Es war Nacht. Da sind Sie ganz sicher?“

„Junger Mann!“ Jetzt klang die Frau entrüstet, und Larsson tat alles, um sie zu beruhigen. „Ich frage nur, weil ich denke, *ich* könnte etwas falsch verstanden haben. Sie schliefen noch nicht?“

„In meinem Alter werden einem manchmal die Nächte sehr lang. Dann steht man auf. Entweder liest man, oder man schaut Fernsehen.“

„Fernsehen haben Sie an diesem Abend nicht geschaut?“

„Doch. Natürlich hatte ich ferngesehen, wie an fast jedem Abend. Aber später legte ich mich etwas hin.“

„Und sind dann eingeschlafen.“

„Nein. Leider nicht.“

„Sie haben gelesen?“

„Meine Augen sind schon ein wenig müde. Wenn ich zu lange lese, tun sie mir weh. Ich denke, dann ist Sand im Getriebe …“

„Sie meinen, der Sandmann war da, und dennoch können Sie nicht schlafen!“

„Nein. Ich denke, es ist irgendetwas wie Sand zwischen dem Auge und dem Lid.“

„Waren Sie damit schon einmal beim Arzt?“

„Natürlich.“

„Der Arzt hat Ihnen sicher gesagt, was es ist!“

„Er fragte mich, ob ich an einer Hautkrankheit leide. Ich habe eine Schuppenflechte, deshalb bejahte ich das, woraufhin er feststellte, dass das ein sicheres Zeichen zu geringer Tränenflüssigkeitsproduktion des eigenen Körpers sei, und ich bekam Tropfen für die Augen.“

„Aha. Es war schon recht spät.“

„Sehr spät.“

„Haben Sie eine Ahnung, wie spät es war?“

„Es war zwei Uhr und zehn Minuten.“

„Das wissen Sie so genau?“

„Der Kaiser fühlte sich nicht ganz wohl. Er fiepte, weil er Zahnschmerzen hatte.“

„Der Kaiser?“

Sie zeigte auf den Pekinesen auf ihrem Arm. „Er heißt Kaiser, eigentlich Kaiser von Beijing!“

„Und da machten Sie Licht, um ihn zu beruhigen.“ Larsson trat ans Fenster und schaute hinüber zu seinem Grundstück.

„Ich machte kein Licht. Ich wollte zum Schalter. Da muss ich am Fenster vorbei, und da sah ich einen Schatten unter dem

Wohnzimmerfenster Walburgas. Mir stockte der Atem. Ich sagte dem Hund, dass er einen Augenblick warten müsse. Ich machte kein Licht, denn der Mann starrte einen Augenblick zu mir herüber, um festzustellen, ob er auch unentdeckt sei."

„Gut, Frau ..."

„Voigt. Voigt mit einem i vor dem g! Dann sah ich, wie der Mann zum Eingang des Hauses ging. Wenig später schaltete er die Beleuchtung ein."

Als die Frau einen Augenblick schwieg, fasste Larsson nach: „Haben Sie den Mann zuvor schon einmal gesehen?"

„Ja. Es war kurz, bevor Walburga verstarb."

Larsson war sich im Klaren darüber, dass er selten eine so präzise Aussage über die Tätigkeit eines Zeugen, vielleicht sogar über einen Täter bekommen hatte. Er zog sein kleines Notizbuch hervor und notierte sich den Namen Walburga Treetz', setzte ein Kreuz hinter den Namen und ein Fragezeichen.

„Frau Treetz war nicht verheiratet?"

„Nie. Sie lebte in den sechziger Jahren hier, verschwand dann für viele Jahre. Ich hatte sie schon völlig vergessen. Nach der Wende 1989 war sie plötzlich wieder da. Sie hatte das kleine Haus geerbt. Aber fragen Sie mich nicht, wie es zusammenhängt. Ich könnte es Ihnen nicht sagen, sie hat es mir nicht erzählt."

„Waren Sie befreundet?"

Manja Voigt lachte auf. „Befreundet? Ich glaube, sie konnte niemandes Freundin sein."

„Warum glauben Sie das?"

„In Walburga Treetz' Vergangenheit gab es etwas, das sie auf keinen Fall preisgeben wollte."

„Ich bin sicher, Sie wissen, was es war."

„Da muss ich Sie enttäuschen, junger Mann!"

„Sie haben auch gesehen, was der Mann dort gemacht hat."

„Er fing an, alles durchzuwühlen. Er warf, soweit ich das sehen konnte, alles auf einen Haufen. Später trat er das Zeug mit dem Fuß auseinander."

„Wir müssen ein Protokoll machen“, sagte Larsson. „Glauben Sie, dass Sie zu uns in die Seestraße kommen können, oder wäre es Ihnen lieber, wenn ich jemand herschicke?“

„Ehrlich gesagt, ich möchte nicht zur Polizei kommen. Wenn mich jemand sieht, könnte es falsch aufgefasst werden!“

„Natürlich. Wir können das Protokoll auch hier machen.“ Er gab der Frau die Hand und ging zurück auf sein Grundstück.

„Ich habe eine Reihe unterschiedlicher Fingerabdrücke. Wir werden sehen, ob jemand aktenkundig ist“, wurde er von Maier empfangen. „Der Finger auf der Scheibe saß – der Maier, der ihn fand dann, war's!“

„Und sonst?“

Maier zeigte auf eine kleine Mappe. „Papiere von Interessen hat der Maier nicht vergessen!“

Larsson wollte die Mappe hochnehmen. Maier stoppte ihn. „Was der Maier noch nicht gesehn, wäre auch für den Kommissar nicht schön! Also Finger weg!“

Lasse Larsson schaute auf das Chaos, das sich ihm bot. Wer richtete bloß so ein Durcheinander an und vor allem, warum? Er dachte an Manja Voigts Worte: „In Walburga Treetz' Vergangenheit gab es etwas, das sie nicht preisgeben wollte.“

Der Mann, der vor dem Spiegel stand wie schon am Tag zuvor und der versuchte, sein Aussehen zu verändern, war in mittleren Jahren. Er hatte sich in seinem Leben in schon vielen Tätigkeiten geübt, war auch als Laienschauspieler in verschiedene Rollen geschlüpft, hatte beim Hexeneinmaleins im Thüringischen mitgespielt und nutzte nun seine Fähigkeit, sich – einem Chamäleon gleich – zu verändern.

Am Tag zuvor war er als alter Fischer unterwegs gewesen. Jeder, der den Mann traf, war überzeugt davon, dass das Alter und die schwere Arbeit einen krummen Rücken und Narben im Gesicht hinterlassen hatten. Jeder, der ihn heute wahrnehmen würde, sähe einen liebenswürdigen, gesundheitsbewussten Urlauber, der sich mit einer blauen Schirmmütze gegen die allzu stechende Sonne wehrte, die sein Gesicht übermäßig gerötet und die ihm dennoch so lieb schien, dass er mit seinem Rad mehrfach von Heringsdorf nach Bansin und umgekehrt unterwegs war. Hin und wieder zog er umständlich das mitgeführte Fernglas aus der Hülle, schaute über das Meer, suchte die Schiffe am Horizont, oder er beobachtete die Vögel, welche die Bäume am Rand des Weges frequentierten; keinem Menschen fiel auf, dass er immer bis zur nächsten Biegung spähte und dabei die Randgrundstücke im Auge behielt.

Was er in diesem Augenblick sah, beunruhigte ihn zutiefst. Vor dem kleinen Haus, dem er kürzlich nachts einen Besuch abgestattet hatte, standen zwei Fahrzeuge. Ein Mann, der ihm bekannt vorkam, kam aus dem Nachbarhaus. Eine ältere Frau begleitete ihn bis zur Pforte. Dann sah er, wie der Mann in das Haus ging und kurze Zeit später, zusammen mit einem anderen Mann, wieder herauskam. Beide Männer hatte er schon einmal gesehen. Und nun fiel ihm ein, wo. Es war bei der Bergung der Leiche Frenzels unter der Seebrücke.

Er stellte sein Rad ab und setzte sich auf die braune Holzbank, die am Rande der Strandpromenade stand. Zuerst musste er nachdenken, was zu tun sei. Wenn er nicht aufpasste, kamen die Männer zu nahe an ihn heran. Er wollte rechtzeitig wieder weg sein, untertauchen in eine schemenhafte Zukunft, von der er selbst nicht wusste, wie sie aussehen sollte. Dann fasste er einen Entschluss, den er in den nächsten Stunden umsetzen würde.

9. Kapitel

Den Sonntag verbrachte Lasse Larsson damit, die Ordnung in dem kleinen Haus wieder herzustellen; er besah sich das winzige Geheimfach in dem Biedermeiersekretär, in dem Maier die Mappe gefunden hatte, die einige Schriftstücke enthielt. Den Handwerkern, die dieses Möbelstück hergestellt hatten, zollte er Bewunderung. Er aß ein Stück von dem trockenen Brot, das er mitgebracht hatte, und trank lauwarmen Kaffee aus der Thermoskanne.

Am Sonnabend war Lillebil Malmström nicht aus Polen zurückgekehrt. Simons war allein nach Deutschland zurückgekommen, hatte Larsson angerufen und ihn informiert, dass der Kongress der Esoteriker bis spät in die Nacht dauern würde und die Gruppe auf dem Land in Polen eine kleine Pension angemietet hatte, so dass sie nicht weiter unentdeckt beobachtet werden konnten. Der polnische Beamte, Ryszard Stanischewski, hatte getan, was er konnte. Auch würde er weiter mit seiner Gruppe dranbleiben. Simons hatte er mit dem Auto zur Grenze bringen lassen. Von dort war er die rund vierhundert Meter nach Ahlbeck zu Fuß gegangen.

Larsson setzte für Montagmorgen eine gemeinsame Lagebesprechung an und wünschte Simons ein schönes Wochenende.

Die *Church of Satan* hatte Simons gesagt. Die Art, wie er es sagte, machte Lasse Larsson klar, dass der junge Beamte nicht wusste, wovon er sprach. Larsson hatte vor einiger Zeit in Berlin mit satanistischen Gruppierungen der Esoteriker zu tun gehabt, auch mit der *Church of Satan.* Deshalb wusste er, dass Anton Szandor La Vey, ein prägender Vertreter des modernen Satanismus, bereits im April 1966, während der Walpurgisnacht, die kalifornische *Church of Satan* gegründet hatte. Sie predigten einen blut- und drogenarmen Satanismus.

Der Tote unter der Seebrücke bezeugte, dass hier Blut geflossen war, und Larsson wusste, dass es einen anderen Zweig der *Church of Satan* gab. Er erinnerte sich an einen Fall aus Italien, der zumindest beim LKA in Berlin großes Aufsehen erregt und zum Lehrstoff gehört hatte. Auf dem alten Biedermeiersofa sitzend, holte er die Fakten der Morde der Satanisten, die zu Lehrzwecken genutzt wurden und die er sich aus dem Internet gezogen hatte, in sein Gedächtnis zurück.

Am Abend des 21. August 1968 traf sich die verheiratete Florentinerin Barbara Locci, 32, mit ihrem aktuellen Liebhaber, dem 29jährigen Antonio Lo Bianco zu einem Schäferstündchen im Auto. Ihren sechsjährigen Sohn Natalino hatte sie an diesem Tage nirgendwo unterbringen können, er saß auf der Rückbank, und Lo Bianco fuhr für eine Weile durch die Straßen von Florenz, bis der Kleine schließlich eingeschlummert war. Dann suchte er ein Plätzchen, an dem sie sich unbeobachtet fühlen durften. Lo Bianco stellte den Motor ab, küsste seine Eroberung mit der ihm eigenen Leidenschaftlichkeit und öffnete ihr eilig die Bluse. Einen Augenblick später zerbarst die Windschutzscheibe unter mehreren Gewehrschüssen, und die beiden Liebenden waren auf der Stelle tot. Der kleine Natalino aber wurde kurz darauf aufgegriffen, als er, um Hilfe schreiend, durch die Straßen rannte.

Es dauerte nicht lange, und Barbara Loccis Ehemann, der Sarde Stefano Mele, der, wie sich herausstellte, nicht zum ersten Mal von seiner lebenslustigen Gattin betrogen worden war, wurde unter dringendem Mordverdacht verhaftet, vor Gericht gestellt und zu lebenslanger Haft verurteilt.

Am 17. September 1974 saß ein junges Liebespaar, der 19jährige Pasquale Gentilcore und seine 18jährige Freundin Stefania Pettini, in einem Park am Stadtrand von Florenz im Auto, als durch die Frontscheibe des Wagens mehrere Schüsse auf die Liebenden abgegeben wurden. Eine der Kugeln traf Pasquale mitten ins Herz. Auch Stefania wurde von mehreren Kugeln getroffen. Der Gerichtsmediziner, der die Untersuchung der Ermordeten vornahm, musste zu seinem Entsetzen feststellen, dass Brüste und Unterleib des Mädchens mit unzähligen, offensichtlich mit einer Art Skalpell vollzogenen Schnitten fürchterlich zugerichtet worden waren. In ihrer Vagina steckte ein Weinstock.

Am 6. Juni 1981 wurde der 30jährige Giovanni Foggi erschossen in seinem Auto aufgefunden. Zwanzig Meter entfernt lag die Leiche seiner 21jährigen Freundin Carmelia Di Nuccio. Auch sie war erschossen worden, und anschließend hatte der Mörder ihr mit einem Skalpell die Vagina herausgeschnitten. Die Polizei hatte keinerlei Zweifel, dass es sich um denselben Mörder wie in dem nach wie vor unaufgeklärten Fall von 1974 handelte. Die Untersuchung der Patronenhülsen ergab, dass die Schüsse eindeutig aus demselben Gewehr abgegeben worden waren. Und als die zuständigen Kriminalisten noch weiter zurückforschten, stellten sie fest, dass auch Barbara Locci und Antonio Lo Bianco zweifelsfrei mit derselben Waffe getötet worden waren. Stefano Mele, der betrogene Ehemann, der als Unschuldiger mittlerweile zwölf Jahre seiner Haft abgesessen hatte, wurde auf freien Fuß gesetzt.

Es sollte nicht lange dauern, bis der unbekannte Mörder wieder zuschlug. Im Oktober 1981 traf es den 26jährigen Stefano Baldi und seine 24jährige Freundin Susanna Cambi, und im Juni 1982 den 22jährigen Paolo Mainardi und die 20jährige Antonella Migliorini. Wieder fand die Polizei die gleichen Gewehrkugeln, und auch das Muster der Verbrechen ließ keinerlei Zweifel, dass es sich bei dem Täter um „il Monstro di Firenze", das von den Einheimischen nun so genannte „Monster von Florenz" handelte. Eine Sonderkommission wurde zusammengestellt, die sich rund um die Uhr mit nichts anderem als der Suche nach dem Monster zu beschäftigen hatte, aber es fehlte nach wie vor jede Spur.

Am 3. Juli 1982 fand der Fall ein weiteres Opfer, ohne dass der Mörder selbst daran beteiligt war. Es waren Gerüchte aufgekommen, wonach es sich bei dem gesuchten Monster um den Besitzer eines Cafés in der Nähe von Pistoia handele. Als sich der arme Mann, Giuseppe Filippi mit Namen, schließlich kaum noch auf die Straße trauen konnte, ohne dass mit dem Finger auf ihn gezeigt oder über ihn getuschelt wurde, zog er sich in einem Anfall schwerer Depressionen auf sein Zimmer zurück und nahm sich das Leben, indem er sich selbst die Kehle durchschnitt. Ein auch nur irgendwie fundiertes Verdachtsmoment gegen ihn hatte es nie gegeben.

Im September des gleichen Jahres rückte der unheimliche Serienmörder, der es aus unerfindlichen Gründen einzig und allein auf junge Liebespaare abgesehen zu haben schien, verstärkt ins Bewusstsein der deutschen Öffentlichkeit. Zwei Touristen, die homosexuellen Horst Meyer und Uwe Rusch, hatten sich im nahe gelegenen Dörfchen Vicchio in ihr Wohnmobil zurückgezogen, um Zärtlichkeiten auszutauschen, als sie vom Mörder überfallen wurden und im Kugelhagel den Tod fanden. Die Polizei ging davon aus, dass der gesuchte Killer einem Irrtum aufgesessen war und die beiden, von denen einer das Haar lang trug, für ein heterosexuelles Liebespaar gehalten hatte. Für ihre Theorie sprach auch, dass der Täter diesmal auf die grausamen Rituale mit dem Skalpell verzichtet hatte.

Am 29. Juli 1984 wurden der 21jährige Claudio Stefannaci und seine 18jährige Freundin Pia Rontini beim Liebesspiel im Auto überrascht und erschossen. Das Mädchen war aus dem Wagen geschleift worden, neben der herausgeschnittenen Vagina hatte der Mörder ihr auch die linke Brust abgetrennt. Und in einer Nacht im September wurde das französische Touristenpärchen Jean-Michel Kraveichvili, 25, und Nadine Mauriot, 36, die ihr Zelt in einem Olivenhain in Scopeti aufgeschlagen hatten, im Schlaf überrascht und erschossen. Und wieder hatte der Mörder der Frau die linke Brust abgeschnitten.

Am Tatort wurde eine Fußspur der Schuhgröße 44 gefunden, und als die Polizei kurz darauf wieder ein anonymes Schreiben erreichte, das den eher kleinwüchsigen florentinischen Bauern Pietro Pacciani der Taten beschuldigte, schenkten die Beamten dem Hinweis keine weitere Beachtung. Kurz darauf aber erhielt die Sonderkommission Post vom Täter selbst. Der Umschlag enthielt drei Gewehrkugeln des vom Monster ausschließlich verwendeten Typs. Und als schließlich die örtliche Friedensrichterin Sylvia della Monica ein Stückchen Haut zugeschickt bekam, dessen Untersuchung eindeutig ergeben sollte, dass es sich um ein Stück der Brust eines der letzten Opfer handelte, wurde sie unter Polizeischutz gestellt.

Als die Sonderkommission auch ein Jahr später noch immer keinerlei Erfolge vorzuweisen hatte, wandte sich das italienische Justizministerium an einen der führenden Kriminalisten des Landes, Ruggiero Perugini, der zu dieser Zeit einer Tätigkeit am FBI-Institut zur Analyse von Gewaltverbrechen in Virginia nachging. Perugini war mit den modernsten Methoden der Kriminalistik bestens vertraut. Mit Hilfe von mit Statistiken gefütterten Computern ließ er nun ein psychologisches Profil des unbekannten Täters erstellen.

Anschließend wandte er sich über das Fernsehen an den Täter selbst, sprach direkt in die Kamera und forderte den Gesuchten auf, sich zu stellen, ihm könne geholfen werden, die Kontrolle über seine schrecklichen Fantasien zurückzugewinnen. „Wir erwarten Sie", schloss er hoffnungsvoll, aber eine Reaktion des Mörders blieb aus.

Als nächstes gab Commissario Perugini sämtliche während der vergangenen Jahre bei der Polizei eingegangenen anonymen Briefe in den Computer ein. Die vielen tausend Namen verdächtiger Personen rechnete die Maschine aufgrund von Alibis und Persönlichkeitsprofilen auf einige Hundert herunter, reduzierte sie weiter auf diejenigen, die wegen sexueller Vergehen vorbestraft waren und verwies Perugini schließlich auf eine einzige verbliebene Person. Der bereits erwähnte Bauer Pietro Paccia-

ni kannte sämtliche Tatorte, war mehrmals in den betreffenden Gegenden gesehen worden und war bereits zweimal wegen sexueller Straftaten verurteilt worden. Nachdem Perugini auch noch aufgefallen war, dass es nur zu den Morden gekommen war, wenn Pacciani auf freiem Fuß war, die Serie aber abbrach, wenn er einsaß, ließ er Pacciani auf der Stelle verhaften.

Pietro Pacciani wurde 1925 geboren, war ein primitiver Landarbeiter ohne wirkliche Schulbildung und hatte große Schwierigkeiten, sich zu artikulieren. Im Alter von sechsundzwanzig Jahren musste er mit ansehen, wie seine Verlobte, die 16jährige Miranda Bugli einem etwa 40jährigen Mann namens Severino Bonini in ein Waldstück folgte. Er schlich den beiden hinterher, beobachtete, wie Bonini das Mädchen zu verführen versuchte und diese sich schließlich bereitwillig ihre linke Brust entblößen ließ. Vom Schmerz der Eifersucht wie von Sinnen, rannte Pacciani auf die beiden zu, stach mit einem Messer etwa zwanzig Mal auf seinen Nebenbuhler ein und zwang Miranda anschließend, sich ihm neben Boninis Leiche hinzugeben. Pacciani wurde wegen Totschlags zu 22 Jahren Gefängnis verurteilt und war im Jahre 1964, nachdem er 13 Jahre seiner Strafe verbüßt hatte, wieder in die Freiheit entlassen worden. Er heiratete ein Mädchen namens Angeolina Manni, von der es hieß, Pacciani habe sie einer Truppe Zigeunern abgekauft. Dem seltsamen Paar wurden zwei Töchter geboren, und sobald sie die Geschlechtsreife erlangt hatten, warf Pacciani seine Frau aus dem Ehebett und erzwang sich unter Schlägen und Drohungen die sexuelle Hingabe seiner eigenen Kinder. Schließlich brachten die Mädchen den Mut auf, ihren Vater anzuzeigen, und Pacciani wurde im Jahre 1987 wegen der wiederholten Vergewaltigung seiner Töchter zu einer vierjährigen Haftstrafe verurteilt, die er diesmal vollständig abzusitzen hatte.

Nachdem Perugini den verdächtigen Mann verhaftet hatte, ließ er zunächst sein Haus durchsuchen. Eine Patrone, die jenen der Tatwaffe entsprach, wurde von Perugini persönlich gefunden, dazu entdeckten die Beamten ein Notebook sowie etli-

che pornographische Zeichnungen, in denen Brüste und Geschlechtsteile besonders hervorgehoben worden waren. Die Beamten forschten nach der Herkunft des Notebooks, und es gelang ihnen schließlich, seine Spur bis in ein Geschäft in der deutschen Stadt Münster zurückzuverfolgen, wo eine Verkäuferin zweifelsfrei bestätigte, ein Modell dieses Typs an den ermordeten Horst Meyer verkauft zu haben. Pacciani aber wies jede Schuld weit von sich. Er behauptete, Perugini selbst habe die Gewehrkugel auf seinem Grundstück deponiert, und sein Strafverteidiger, Signor Fioravanti, griff diese These nur allzu gerne auf. Und auch wenn Pacciani laut eines psychologischen Gutachtens eine zwanghafte Aversion gegen linke, entblößte Frauenbrüste hegte, die auf das geschilderte Erlebnis mit seiner Verlobten zurückzuführen sei, so war Perugini, der von Paccianis Schuld überzeugt war, doch bewusst, dass es ihm noch immer nicht gelungen war, wirklich erdrückende Beweismittel zusammenzutragen. Doch wo waren die Tatwaffe und weitere Spuren seiner Opfer abgeblieben? Wo weitere Beweise für die Schuldigkeit des Pietro Pacciani? Eine einzelne Patrone sowie ein Notebook vom gleichen Typ, wie es einem der Opfer gehörte, waren sehr dürftige Beweise. Auch wirkte Pacciani alles andere als fähig, diese grausamen Taten begangen zu haben. Denn zum einen war er kaum in der Lage, die besagten Briefe an Polizei und Richterin zu verfassen. Zum anderen stellten die Taten selbst einen Widerspruch gegen das Auftreten von Pacciani dar. Experten stellten fest, dass der Täter dabei mit der Präzision eines Chirurgen vorgegangen war. Viele hatten daher schon damals daran gezweifelt, dass der plump wirkende Pacciani das gesuchte Monster war. Ihm fehlte das gewisse Fingerspitzengefühl, um ein Skalpell dermaßen fachgerecht zu bedienen. Am 19. April 1994 wurde die Verhandlung gegen Pietro Pacciani vor dem Gericht von Florenz eröffnet, und obgleich Staatsanwalt Canessa außer seinen wiederholten Tiraden, in denen er Pacciani als durch und durch gewalttätigen Menschen mit bestialischen Instinkten bezeichnete, keine wirklichen Beweise oder gar

Tatzeugen vorzuweisen hatte, wurde Pietro Pacciani, nachdem sich die Geschworenen für drei volle Tage zur Beratung zurückgezogen hatten, am 1. November 1994 schuldig gesprochen und zu 14facher lebenslänglicher Haft verurteilt.

Zwei Jahre später hob das Berufungsgericht das Urteil wegen der vielen Ungereimtheiten wieder auf. Zwei Freunde Paccianis, Mario Vanni and Giancarlo Lotti, wurden unterdessen zu jeweils 26 Jahren Gefängnis und lebenslanger Haft verurteilt, da man diese für verschiedene Delikte um die Morde verantwortlich machte. Bevor ein neuer Prozess gegen Pacciani stattfinden konnte, wurde der mittlerweile 73jährige in seinem Haus tot aufgefunden. Ärzte attestierten Herzinfarkt als Todesursache. Doch mittlerweile wird sogar vermutet, dass Pacciani keines natürlichen Todes starb. Der herzkranke Mann könnte von den Hintermännern der Mordserie mit einem schwer nachweisbaren Medikamenten-Cocktail aus dem Weg geräumt worden sein, berichteten italienische Medien unter Berufung auf die Ermittler. Bei einer genaueren Untersuchung in der Wohnung von Pacciani nach dessen Tod fand man mehrere starke Medikamente, welche teilweise von Aurelio Mattei, welcher bereits während der Ermittlungen in den Fall verwickelt war, verschrieben wurden. In den italienischen Medien wurden auch Vermutungen laut, dass der Geheimdienst hinter der Festnahme und dem Tod von Pietro Pacciani stecken könne, da dieser angeblich prominente Hintermänner, darunter einen hohen Diplomaten, geschützt haben sollte. Diese Annahmen der Medien stützten sich auf die ausgesetzte Belohnung von rund 500 Millionen Lire (etwa 260.000 Euro), die für Hinweise zur Klärung des Falles ausgeschrieben worden waren. Diese Belohnung versickerte nachweislich in den Kanälen des Geheimdienstes. Bereits 1985 wurde von Aurelio Mattei, einem Psychiater im Dienst des Geheimdienstes, die Vermutung geäußert, dass es sich bei den Verstümmelungen um Rituale in Zusammenhang mit einer Sekte von Satanisten handeln könne, welche bereits damals in dieser Gegend aufgefallen war. Auch Francesco Bruno, der damals führende Krimi-

nalpsychologe Italiens, machte auf die sorgfältige Durchführung der Tat aufmerksam. Die immer gleiche Durchführung der Schnitte ließ auf ein Ritual schließen. Doch man stellte die Ermittlungen in diese Richtung ziemlich schnell wieder ein. Die Gründe hierfür wurden nicht benannt. Wie bereits erwähnt, führten mehrere anonyme Briefe auf die Spur von Pacciani. Im Jahr 2001 wurde der als abgeschlossen geltende Fall von einigen Ermittlern wieder aufgenommen. Als erstes führte eine Spur zu einem Journalisten, welcher von Anfang an die Ermittlungen begleitet hatte. Er könnte die Person sein, die der Polizei in mehreren anonymen Briefen Hinweise auf den Täter geschickt hatte. Gutachten erhärteten diesen Verdacht. Weiterhin ging man der Frage nach, weshalb man Medikamente von Aurelio Mattei bei dem Verstorbenen Pacciani gefunden hatte. Auch deuteten einige Spuren auf den Kriminalpsychologen Francesco Bruno. Bei beiden wurde eine Hausdurchsuchung vorgenommen, wobei eine Unmenge an Büchern über Satanismus und Ritualmorde sowie Disketten, Festplatten und Fotos sichergestellt wurden. Jeder der beiden wurde mehr als neun Stunden lang einem harten Verhör unterzogen. Abschließend kam man zu dem Schluss, dass die beiden eine Vielzahl von wichtigen Indizien vor den damaligen Ermittlungen zurückgehalten hatten. Aufgrund des neuen Beweismaterials zeigte sich, dass es mehr als nur ein Täter gewesen sein musste, welcher diese schrecklichen Morde verübte. Einige Hinweise, besonders die über die Art der Verstümmelungen, führten die Ermittler tatsächlich auf die Spur mehrerer Anhänger eines satanistischen Ordens. Offensichtlich waren auch einige lokale Persönlichkeiten und Politiker in den Fall verstrickt, da sie direkt mit diesem Orden in Verbindung gebracht werden konnten. So führten weiterreichende Spuren innerhalb dieser Satanistenverbindung zu mehreren Personen, die direkt mit der Ausführung von schwarzen Messen in der ländlichen Gegend um Florenz zu tun hatten. Hierbei geriet besonders ein Arzt in das Blickfeld der Ermittler, welcher von mehreren befragten Zeugen genannt wurde. Doch bevor er vernom-

men werden konnte, wurde er ermordet aufgefunden. Dieser sei wahrscheinlich umgebracht worden, weil er von den Hintergründen der Morde gewusst habe. Durch die weiteren Ermittlungen zum Tode dieses Arztes kam man auf die Spur von weiteren Personen, welche in direktem Zusammenhang mit der Mordserie des Monsters von Florenz zu stehen schienen.

Es werde gegen vier Personen ermittelt, darunter ein Apotheker, ein Arzt und ein Anwalt, berichteten italienische Zeitungen am 20. Januar 2004. Im Haus eines Verdächtigen seien Pornofilme und Dokumente beschlagnahmt worden, welche eindeutig auf den bereits verdächtigten Satanistenorden verwiesen. Die Männer hätten vermutlich von einer Sekte, die auf dem Lande schwarze Messen veranstaltet habe, den Auftrag und die Waffen erhalten, hieß es in den Berichten weiter. „So bleibt der Fall des Monsters von Florenz auch weiterhin noch ungeklärt. Zumindest hat sich mittlerweile herausgestellt, dass die Mordserie höchstwahrscheinlich einen satanistischen Hintergrund besitzt und von einem gut organisierten Satanistenorden ausgeht. Die Ermittlungen dauern an, obwohl die wahren Täter vermutlich für immer ein Mysterium bleiben werden."

Lasse Larssons Kopf dröhnte. Er war am Ende seiner physischen Kraft angelangt. Ein Blick zur Uhr zeigte ihm, dass es bereits ein Uhr dreißig war. Er verließ das Haus und fuhr in die Pension Dorn.

Dass er dicht dran war, eine mögliche Verbindung zwischen den Satanisten und dem Brückenmord herzustellen, fühlte er. Ein Nebel umgab die Vermutungen und ließ sie nicht zum Vorschein kommen. Er konnte sich nicht erklären, wie das Puzzle zusammenpasste, nahm sich aber vor, Lillebil Malmström danach zu fragen.

10. Kapitel

Am Nachmittag hatte sich der Mann hingelegt, um einige Stunden Ruhe zu tanken und sich darüber klar zu werden, wie er vorgehen würde.

Als es dunkelte, stand er auf. Er machte sich einen starken Kaffee, den er langsam schlürfte. Das Wolgast-TV brachte noch einmal einen kurzen Bericht über den Toten, den man unter der Seebrücke in Heringsdorf gefunden hatte, ohne dass man freilich sagen konnte, wer der Mann war. Niemand, außer die Beamten, die mit der Aufklärung des Mordes beauftragt waren, kannte bisher seinen Namen.

Und doch gab es drei Menschen außerhalb dieses Kreises, die um die Identität des Toten wussten. Einer davon rüstete sich jetzt, um die Ermittlungen, die nun offensichtlich angelaufen waren, in eine andere, ihm genehmere Richtung zu führen. Es würde ein wenig Fingerspitzengefühl brauchen, eine kleine Verstellung und eine schauspielerische Darbietung, die zu geben er allezeit bereit war, zum Schluss etwas Härte. Er lächelte bei dem Gedanken. Das Töten hatte er gelernt. Zuerst am Grenzzaun, der Thüringen von Bayern trennte, später in einem Spezialkommando, das die Liquidierung von Feinden des Regimes betrieb.

Als die Sendung zu Ende war, ging er ins Bad. Er schminkte sich, setzte sich eine Perücke auf. Die Brille gab ihm ein gewisses intellektuelles Aussehen. Dann legte er sich ein Pistolenhalfter um, das er geschickt unter dem Jackett verbergen konnte. Er ging ins Wohnzimmer zurück, zog die untere Schublade eines kleinen Vertikos auf und nahm eine *PM* heraus.

„Wir haben für unsere *PM* einen neuen Schalldämpfer entwickelt", hatte sein Ausbilder auf Helenenau, einem ehemaligen Vorwerk des Guts der Familie Mendelssohn-Bartholdy in der Nähe Bernaus, das vom Ministerium für Staatssicherheit MfS als Ausbildungsstätte genutzt wurde, stolz gesagt.

Wolfgang Fichter, der gerade in diesem Trainingslager angekommen war, blieb kurz stehen. Auch er vernahm jetzt das leise Plopp, Plopp, Plopp, Plopp; *PM* ist die russische Abkürzung für *Pistolet Makarowa*, hatte er gelernt. Diese Pistole ist eine ausgezeichnete Faustfeuerwaffe, die das Schießen auf nahe Entfernung mit Einzelfeuer ermöglicht. Sie ist ein Rückstoßlader ohne starre Laufverriegelung. Es ist möglich, mit hartem und weichem Abzug zu schießen. Mit hartem Abzug kann geschossen werden, ohne vorher das Schlagstück zu spannen. Die Makarow-Pistole ist eine Waffe von solider Konstruktion und guter Verarbeitung. Sie wird als zuverlässig, treffsicher und äußerst robust gelobt. Funktion, Handlichkeit und Masse entsprechen den international üblichen Anforderungen an eine moderne Armeepistole. In der DDR wurde diese Waffe in Lizenz gebaut. Und die Genossen hatten einen ausgezeichneten Schalldämpfer entwickelt. In der aufgeregten Wendezeit hatte Fichter dieses Exemplar verschwinden lassen, und niemand hatte es bemerkt.

Nachdem Fichter das Magazin geprüft und eingesteckt hatte, ließ er die Waffe in das Halfter gleiten. Dann machte er sich auf den Weg.

Am Montag, dem 24. Juni, trafen sich die Männer, die mit der Aufklärung des Mordes an Karl-Heinz Frenzel, dem ehemaligen Major des MfS, beauftragt waren, bereits um sieben am Morgen im Büro der Kommissare in der Kriminalaußenstelle in Heringsdorf. Simons berichtete, mit wem Lillebil Malmström auf dem Schiff zusammengetroffen war. Er hatte die Digitalbilder geladen, die er nun vorführte.

„Lassen Sie die Bilder durch den Computer laufen, Simons", sagte Larsson. „Vielleicht sind sie ja registriert."

„Stanischewski hat herausgefunden, dass die Gesellschaft international war. Es gab Deutsche, Schweizer, Polen und Schweden ..."

„Na, dann frag halt bei den Kollegen der jeweiligen Länder an!"

Andresen sagte: „Das muss aber übers BKA gemacht werden!"

„Dann machen wir es übers BKA!"

Irgendwo muss es einen Schnittpunkt geben, dachte Larsson, einen Schnittpunkt zwischen dem Toten unter der Brücke und dem Kongress der Esoteriker in Polen. Gab es den wirklich? Je mehr er darüber nachdachte, desto unsicherer wurde er.

„Sie, Andresen, gehen der Sache mit den Bildern nach. Simons nimmt die Zeugenaussage der Frau Voigt auf! Voigt mit einem i vor dem g", sagte er frotzelnd. „Ich fahre schnell nach Anklam. Der Kriminaloberrat wünscht mich zu sehen." Als er an der Tür war, drehte er sich noch einmal um. „Und ich schlage vor, dass sich die Einsatzgruppe duzt!" Er wartete die Reaktion nicht ab, drehte sich um und ging.

Als Lasse Larsson gegangen war, sagte Andresen: „Ich hätte nicht gedacht, dass er hier so schnell warm wird."

„Is'n guter Mann", stellte Simons fest, der am Fenster stand und sah, wie sich Larsson mühte, seinen zwölf Jahre alten Renault zu starten. „Hätte nicht gedacht, dass der mit so 'nem umgebauten Gartenstuhl fährt!"

Während Andresen sich um die Verbindung zum BKA bemühte, machte Simons sich auf die Fahrt zur Zeugin Voigt, nicht ohne vorher noch einen Abstecher zu einem Bratwurststand zu machen.

Eine Dreiviertelstunde später betrat Lasse Larsson das Büro des Dienststellenleiters, Kriminaloberrat Kruse, in Anklam. Nach der Begrüßung, sagte er, auf den Fall angesprochen: „Alles, was wir bisher wissen, ist, dass eine Gruppe Esoteriker zurzeit in Swinemünde einen Kongress abhält."

„Aber dass die Ihnen die Leiche vor die Füße gelegt haben, halte ich für ausgeschlossen", sagte Kruse.

„Ja und nein. Es gibt natürlich viele Gruppierungen innerhalb der Esoteriker. Und einige davon würden sich verbitten, mit Mord in Verbindung gebracht zu werden."

„Na, sehen Sie ..."

„Ich selbst habe eine langjährige Freundin in Hamburg, die Esoterikerin ist. Sie ist es aber auf eine Gott zugewandte Art. Unter den Gruppen der Satanisten gibt es aber auch Menschen, die sowohl extreme Sexpraktiken haben als auch vor Mord nicht zurückschrecken."

Larsson berichtete Kruse von dem Lehrstoff über Esoterik in Berlin und was ihm davon bekannt war. „Die abgeschnittenen Ohren allerdings ..."

„Abgeschnittene Ohren?"

„Bei der Leiche hatte man die Ohren abgetrennt. Ich warte noch auf den Bericht der Rechtsmedizin."

„Warten Sie mal." Kruse rief eine Nummer im Haus an und fragte: „Hatten wir nicht vor einiger Zeit eine weibliche Leiche, der man die Ohren abgeschnitten hatte?"

Larsson konnte die Antwort nicht hören. Das zufriedene Gesicht seines Vorgesetzten und das Nicken aber bestärkte ihn darin, dass nun seine Ermittlungen einen neuen Drall bekommen würden.

„Vor zwei Jahren gab es eine Leiche. Es war ein junges Mädchen, dem man die Ohren abgeschnitten hatte."

„Das ist interessant."

„Sie wurde in Heringsdorf unter der Seebrücke gefunden!"

Larsson kochte vor Wut. Da war am Ort des neuen Verbrechens eine nahezu gleiche Tat verübt worden, und seine Mitarbeiter machten ihn nicht darauf aufmerksam. Für einen Augenblick dachte er, dass sie ihn mobben würden.

„Der Täter konnte nicht ermittelt werden. Wir haben die Ermittlungen seinerzeit eingestellt. Es gibt Unterlagen darüber. Man wird sie raussuchen."

Viel zu häufig wird ein natürlicher Tod bescheinigt, ohne einen Gerichtsmediziner den Fall prüfen zu lassen, dachte Larsson. So kommen viele Morde nie ans Licht. Jedes Jahr, so haben Experten errechnet, bleiben mindestens 1200 Morde in Deutschland unerkannt und damit mindestens ebenso viele Mörder unbehelligt. Viel zu viele erkannte Morde werden nicht aufgeklärt, weil es bei den Ermittlern an Personal fehlte.

Als das Telefon schrillte, nahm Kruse den Hörer ab. „Jetzt nicht!" sagte er. Doch er legte nicht auf, sondern reichte Larsson den Hörer.

Es war Simons. „Es ist schon wieder passiert", sagte er. Larsson spürte, wie Simons Stimme bebte. „Frau Voigt ist tot. Es sieht aus, wie in einem Schlachthaus! Blut über Blut, und der Hund ..."

Larsson hörte noch, wie sich Simons erbrach. Dann wählte er die Nummer Andresens. Er teilte ihm mit, was Simons ihm gerade berichtet hatte. „Fordere die Spurensicherung an, und fahr sofort hin! Ich bin schon auf dem Weg! Simons packt das mental nicht!"

Gerade als Larsson Kruses Büro verlassen wollte, kam Inge Mohaupt mit den Unterlagen über den nicht aufgeklärten Mord, die Kruse telefonisch bestellt hatte. „Hallo, Kollege!"

„Nehmen Sie das mit!" rief Kruse.

Larsson drehte sich noch einmal um. „Unsere Ermittlungsgruppe besteht aus drei Mann. Glauben Sie nicht, Herr Kriminaloberrat, dass man das ändern müsste?"

„Frau Mohaupt wird Sie unterstützen!"

Lasse Larsson schaute sie erstaunt an. „Willkommen im Team!"

11. Kapitel

Die beiden Wagen bahnten sich ihren Weg durch Anklam. Voraus fuhr Inge Mohaupt mit dem grauen Omega, den die Werkstatt fertig gestellt hatte. Sie hatte das Blaulicht auf dem Dach und das Martinshorn eingeschaltet. Dicht hinter ihr quälte Larsson den Motor seines alten Renaults, um den Anschluss nicht zu verlieren. Wer hinter Larsson gefahren wäre, hätte die Qualmwolke gesehen, die der geschundene Motor ausstieß, und die mit Sicherheit verhindern würde, dass Larsson für das Wägelchen ein weiteres Mal mit einer TÜV-Plakette rechnen könnte.

Als sie in Heringsdorf ankamen, war das Grundstück bereits weiträumig abgesperrt. Neugierige Leute blockierten die Zufahrt; die Bereitschaftspolizei räumte die Straße frei und drohte Strafen an, wenn die Voyeure nicht bereit waren, die Fahrwege zu räumen.

Diesen 24. Juni würde Lasse Larsson sein Leben lang niemals mehr vergessen können, denn die Bilder, die er in sich aufnehmen musste, waren weitaus grässlicher als alles, was er bisher an Gemeinheiten und Perversionen gesehen hatte. Sie traten schweigend ein. Inge Mohaupt hielt sich dicht hinter Larsson. Im Flur, kreidebleich, stand Simons. Larsson sah, dass es ihn sehr mitgenommen haben musste; sein fast irrer Blick zeigte in die Richtung des Wohnraumes, in der Andresen bewegungslos stand.

Das erste, was Lasse Larsson wahrnahm, war der Kaiser von Beijing. Der Mörder hatte den Hund an seinen beiden Hinterläufen an die Tür zur Küche genagelt, den Bauch des Tieres aufgeschnitten und die Eingeweide herausgerissen. Er sah Manja Voigt auf dem Boden liegen. Ihr hatte man die Ohren abgeschnitten.

Larsson zog die Augen zu schmalen Schlitzen zusammen. Er konnte sich vorstellen, wie das abgelaufen war. Irgendetwas hatten der oder die Mörder von der alten Frau erfahren wollen, wahrscheinlich, so folgerte Larsson, wo sie ihr Geld versteckt hatte. Alles sah nach einem Raubmord aus.

Doch dann brachte er den Tod der Frau mit seinem Besuch in deren Wohnung am Sonnabend in Zusammenhang. Die Frau, die ihm bereitwillig verriet, dass sie dem Mann, der sein Haus in eine Wüstenei verwandelt hatte, schon zweimal begegnet war, lag nun tot vor ihm. Sie hatte ihm nichts Genaueres über den nächtlichen Besuch gesagt, und nun konnte sie es nicht mehr, falls sie etwas gewusst und es ihm verschwiegen hatte.

Die Spurensicherung traf ein. Larsson ging den Männern entgegen, die sich umzogen, und sagte leise: „Zieht euch warm an, Kollegen! Etwas so Grausames bekommt ihr nicht jeden Tag zu sehen!“

Dann tröstete er Simons: „Die Welt ist so geschaffen, dass das Gemeine auf Dauer nicht triumphiert! Das ist ein Satz des Schriftstellers Ernst Jünger. Immer, wenn ich so ungeheuerliche Dinge sehe, kommt mir der Satz in den Sinn! Und weißt du, warum? Weil mir dadurch bewusst wird, dass unsere Arbeit dazu beiträgt, das Gemeine zu stoppen!“

Der Arzt kam kurz nach der Spurensicherung. Auch er stand für einen Augenblick fassungslos ob der sichtbaren Brutalität, die der Mörder an den Tag gelegt hatte, im Raum. Dann ging er schweigend seiner Arbeit nach.

Die Spurensicherung machte gerade Fotos. Zwei der Männer nahmen den Kadaver des Kaisers von Beijing, jenem kleinen Hund, der sich – auf dem Arm seines Frauchens liegend – von Larsson hatte streicheln lassen, von der Tür ab und legten ihn behutsam auf den Boden. Einer der Beamten deckte die Tierleiche mit einer Decke ab.

„Mach Fotos von den umstehenden Leuten“, sagte Larsson zu Andresen. „Möglichst so, dass man es nicht sieht! Du kannst auch aus dem Grundstück gehen. Alles, was sich für unsere Arbeit hier interessiert, könnte von Wert sein!“ Andresen nickte ihm zu und verschwand.

Larsson ging in das Haus zurück. Er sah das Telefon am Boden liegen und fragte sich, warum Manja Voigt in jener Nacht, als sie den Mann beobachtete, der dabei war, sein Haus auf den Kopf zu stellen, nicht bei der Polizei angerufen hatte. Er wandte sich einem Mann der Spurensicherung zu: „Was ist mit dem Telefon? Gibt’s einen Anrufbeantworter?“

„Das Telefon ist tot“, sagte der Befragte, den Lasse Larsson nicht kannte. „Einen Anrufbeantworter gibt es nicht!“

Larsson machte sich eine Notiz wegen des Telefons. Man musste feststellen, wie lange das Telefon schon nicht funktionstüchtig war. Möglicherweise hatte Manja Voigt den Mann erkannt und deshalb nicht telefoniert. Eventuell war das Telefon aber an irgendeiner Stelle unterbrochen worden.

Der Arzt, der die Leiche der Frau am Boden untersucht hatte, war aufgestanden und gab Larsson den Blick frei. „Die Frau ist gefoltert worden. Zuerst hat die Bestie den Hund gequält, und sie“, er zeigte auf die Leiche der Frau, „musste dabei zusehen. Wissen Sie, was es für eine so alte Frau bedeutet, wenn ihr der einzige Lebensinhalt in so grausamer Form genommen wird? Sie hielt das Winseln des Hundes nicht mehr aus! Es soll schon Menschen gegeben haben, die dabei ihren Verstand verloren haben!“

Larsson nickte nur.

„Der Mörder hat ihr einige Finger gebrochen. Schauen Sie, hier hat er ihr ins Knie geschossen! Genaues darüber kann ich noch nicht sagen. Und die Ohren, na ja, wie ich schon sagte, festlegen kann ich mich noch nicht!“

„Wann ist es passiert?“

„In der Nacht zum Montag.“

„Das ist unvorstellbar. Ich war im Nebenhaus und habe nichts bemerkt!“ Er erinnerte sich, einmal mitten in der Nacht kurz Licht bei Manja Voigt gesehen zu haben, dachte aber, dass die Frau zur Toilette musste.

Simons hatte sich wieder einigermaßen gefangen. Larsson beauftrage ihn, den Bestatter anzurufen, damit der einen Leichenwagen schickte.

„Wir werden uns jetzt neu aufstellen“, sagte Larsson. „Wenn uns der Mann so nahe gekommen ist, müssen wir prüfen, wer der Nächste sein könnte, dessen Leben bedroht ist!“

Inge Mohaupt verstand ihn nicht, und Lasse Larsson sagte ihr, dass er den ganzen Sonntag im Nachbarhaus gearbeitet habe und auch die halbe Nacht dort war, dass er aber nichts Ungewöhnliches bemerkt hatte, schon gar nicht einen Schuss. Und einen Schuss mitten in der Nacht hätte er mit Sicherheit gehört. Er folgerte daraus, dass mit einem Schalldämpfer geschossen wurde.

Lasse Larsson ließ seinen Wagen stehen und ging die zehn Minuten zu Fuß zur Kriminalaußenstelle in der Seestraße. Am späten Mittag waren die Beamten der Ermittlungsgruppe im Zimmer Andresens, das mittig über einen runden Tisch verfügte, zusammengekommen. Simons hatte die Kaffeemaschine malträtiert und brachte eine frisch gebrühte Kanne des schwarzen Goldes auf den Tisch.

„Fassen wir zusammen, was wir haben. Wir haben einen Toten, dem man die Ohren abgeschnitten hat. Ein junges Mädchen ist vor zwei Jahren am selben Ort mit gleichen Merkmalen, nämlich abgeschnittenen Ohren, aufgefunden worden“, konstatierte Larsson. Er nahm einen Flachmann aus der Tasche, ging um den Tisch, an dem sich die Ermittlungsgruppe versammelt hatte, und goss jedem einen Schluck Weinbrand in den Kaffee. Inge Mohaupt wollte protestieren, ließ es aber, als sie den entschlossenen Blick Larssons sah.

„Ich möchte wissen, warum mich keiner auf den Fall der Lena Buschmann aufmerksam gemacht hat. Wollt ihr mich gegen die Wand laufen lassen?“

„Wer?“ fragte Simons.

„Lena Buschmann ...“

„Warte mal. Vor zwei Jahren war ich in Basdorf. Anschließend im Austausch in Baden-Württemberg und bin im Mai vorigen Jahres hierher gekommen ... Buschmann?“ Simons ging zu seinem Platz und startete den Computer.

Andresen sagte: „Und ich bin im vorigen Jahr von Rostock gekommen! Bedaure, mir war das nicht bekannt.“

Larsson spürte, dass er einen Fehler gemacht hatte. Keiner der Ermittlungsgruppe wollte ihn gegen die Wand laufen lassen, keiner wollte ihn mobben. Seine Verdächtigungen waren grundlos gewesen.

„Hier, die alte Buschmann“, sagte Simons.

Larsson schaute auf das Bild, das Simons eingefahren hatte. Es war die Fotografie, die von den neugierigen Leuten gemacht wurde, als der tote Frenzel aus dem Wasser gezogen wurde. „Ich hatte gefragt, ob ein bekanntes Gesicht unter den Leuten ist“, sagte Larsson. „Keiner hat ein solches gesehen!“

Simons verteidigte sich: „Wer hätte schon die Buschmann verdächtigt. Da wäre ich nie drauf gekommen.“

„Manchmal sind es gerade die Kleinigkeiten, die zum Erfolg führen.“

Die Frau war nur im Profil zu erkennen; sie hatte sich bereits weggedreht und war im Begriff, den Ort des Grauens zu verlassen.

„Wir haben eine Reihe von Zeugen, die jetzt schnell befragt werden müssen. Wie ich schon sagte: Der Mörder hat die alte Frau wahrscheinlich umgebracht, weil sie ihn gesehen und mit mir gesprochen hat. Und er ist bewaffnet, also kreuzgefährlich!“

„Wenn er dich gesehen hat“, stellte Andresen lakonisch fest, „bist auch du gefährdet! Und du glaubst doch nicht, dass der vor einem deutschen Polizisten Halt macht?“

Larsson musste Andresen Recht geben. So brutal, wie der Mann zugeschlagen hatte, würde es ihn einen Dreck scheren, einen Polizisten ins Jenseits zu befördern. „Der Mann ist ein Profi. Solche Art der Vernehmung haben die Franzosen in Vietnam gemacht“, stellte er fest. „Aber das ist so lange her, dass wir es kaum mit einem Söldner aus dieser Zeit zu tun haben! Die Fremdenlegion hat heute noch Söldner, die weltweit operieren. Nur stellt sich die Frage, warum sollte ein französischer Söldner in einem deutschen Seebad eine alte Frau umbringen?“

„Du vergisst den MfS-Major. Dann gibt das vielleicht doch einen Sinn“, sagte Andresen.

Larsson dachte einen Augenblick nach. „Ich kann mich irren, aber ich sehe im Augenblick keine Verbindung zu den Satanisten. Es sei denn ...“

„Du denkst an einen Trittbrettfahrer“, warf Inge Mohaupt ein.

„Möglicherweise auch das. Frau Mohaupt übernimmt die Recherche um ...“

„Inge“, unterbrach sie ihn.

„Inge übernimmt die Recherche um Walburga Treetz. Meldebehörde, vor allem Standesamt. Von der Geburt bis zum Tod möchte ich lückenlos wissen, was die Frau gemacht hat. Schließlich hatte sie ein Geheimnis, das sie nicht preisgab. Jedenfalls, wenn man den Aussagen der toten Manja Voigt glauben darf. Simons stellt fest, wo die Buschmann wohnt. Bitte gleich!“

Während Simons in einen anderen Raum ging, um mit dem Einwohnermeldeamt zu telefonieren, sagte Larsson: „Wir haben inzwischen drei Tote mit gleicher Identifikation – den abgeschnittenen Ohren. Ferner haben wir einen anonymen Anruf von einem Mann, der Zeitungen ausfährt, flotte Sprüche macht, Freunde und Gegner gleichermaßen hat. Er ist verreist und soll morgen wieder in Heringsdorf eintreffen. Mit dem müssen wir dringend reden. Vielleicht ist auch der in Gefahr!“

„Ich habe die Adresse“, sagte Simons, als er zur Tür hereinkam. „Die Frau wohnt in Ahlbeck.“

Ein Blick zur Uhr sagte Larsson, dass an diesem Montag, mit Ausnahme der im Hause zu tätigenden Recherchen, kaum noch Zeit für etwas anderes bleiben würde.

„Andresen und Simons fahren morgen früh zur Wohnung Frenzels und schauen, wie es dort aussieht! Bleibt der Freund Simons’, der uns etwas über die Walpurgisnacht am Achterwasser erzählen wird! Wie heißt der?“

„Hannes Keil.“

Larsson schenkte sich Kaffee nach und goss wieder einen kräftigen Schluck Weinbrand dazu. „Wie ihr seht, gehen auch mir derartige Bilder an die Nerven. Gibt’s noch einen, der davon etwas möchte?“

Andresen nickte, und Lasse Larsson goss ihm von dem Schnaps ein. „Ich denke, das wird hier im Raum bleiben!“

Es gab keinen Widerspruch.

„Hannes Keil. Mit dem rede ich morgen. Inge und ich sprechen mit Frau Buschmann.“

Als Andresens Telefon schrillte und er polnisch zu sprechen begann, wurde es still im Raum.

„Witaj Ryszard! ... Dlugo nic nie slyszalem od Ciebie. ... Jak Justyna sie ma? ... Dziekuje, u mnie wszystko w porzadku. ... To jest bardzo ciekawe. ... Przyjmiemy je. ... Dziekuje Ci bardzo za pomóc!“ Andresen legte den Hörer auf und lächelte siegessicher. „Es war Stanischewski.“

„Ich wusste gar nicht, dass du Polnisch sprichst.“

„Meine Mutter kam aus Breslau ... Wroclaw“, verbesserte er sich. „Ich bin zweisprachig aufgewachsen.“

„Da hast du mir etwas voraus. Ich spreche ein wenig Englisch. Und das auch noch mehr als mangelhaft, weil ich es nie gepflegt habe. Was hat er gewollt?“

„Ich habe ihn nach seiner Frau gefragt, wie es ihnen beiden geht.“ Andresen sah Larssons Gesicht an, dass er auf den Punkt kommen müsse. „Er sagte, er habe eben Lillebil Malmström zum Schiff begleitet. Sie sei auf der Adler-Dania unterwegs zu uns! Ich hab ihm für seinen Einsatz gedankt und ihm gesagt, dass wir die Frau in Empfang nehmen werden. Das war alles!"

Lasse Larsson dachte daran, dass er nun zur Seebrücke gehen würde, um Lillebil abzufangen. Die Zeit außerhalb des Büros kam ihm entgegen. Außerdem meldete sich sein Hunger. Er hatte seit dem Morgen nichts mehr gegessen. Sein Kopf hämmerte.

„Simons geht zur Brücke und macht von Malmström Fotos. Schaut, mit wem sie kommt, mit wem sie redet. Anschließend werden die Gesichter mit allen Aufnahmen verglichen, die wir in den letzten drei Tagen gemacht haben. Ich möchte, dass *alle* Personen verglichen werden, die auf den Bildern zu sehen sind, die wir sowohl bei der Bergung der Leiche an der Seebrücke gemacht haben als auch vor dem Haus der Manja Voigt. Was den Einsatz morgen Früh betrifft, denke ich noch einmal darüber nach. Wir treffen uns um sieben in diesem Büro."

Zwischen dem Rathaus und der Seebrücke machten sich die verschiedensten Verkaufsstände Konkurrenz. Lasse Larsson kaufte sich eine Thüringer Bratwurst, die er im Gehen aß. Als er zur Brücke kam, sah er das Schiff querab Heringsdorfs in der See dümpeln; es könnte noch fünfzehn bis zwanzig Minuten dauern, bis es anlegen würde. Er ging zurück, kaufte sich beim Stadtbäcker Junge ein Stück des Holländer Kirschkuchens, den er so gerne aß. Den Kuchen und eine kleine Tasse Kaffee auf einem Tablett balancierend, ging er hinaus auf die Terrasse. So konnte ihm nicht entgehen, wenn das Schiff anlegte. Wenig später sah er Simons kommen. Der hatte ihn auch entdeckt und winkte ihm zu. Inzwischen legte die Adler-Dania an der Brücke an. Larsson stellte sein leeres Tablett auf einen der Sammeltische und ließ sich langsam zum Anleger treiben. Er stellte sich in den Schatten der offenen Fischbratstelle, die im ersten Drittel der Seebrücke mittig eingerichtet war, und beobachtete, wie Simons sich auf der Westseite des Brückenlokals Nauticus aufhielt. Dann sah er die Menschen von Bord gehen. Mittendrin ging Lillebil Malmström. An der östlichen Querseite des Nauticus stand der Elektrokarren, mit dem das Restaurant versorgt wurde. An dem Karren machte sich ein Mann zu schaffen, den Malmström jetzt ansprach. Dann sah Larsson nichts mehr, weil ihm die anderen Menschen, die von der Dania kamen, die Sicht versperrten.

Der Mann starrte Lillebil Malmström hinterher. Er deckte mit der Plane den Anhänger des Karrens wieder ab. Im Strom der Menschen, jede Deckung ausnutzend, folgte er der jungen Frau.

Simons wiederum hatte Glück. Sich wie ein Tourist mit den Rücken an das Geländer lehnend, hatte er gesehen, wie die junge Frau Kontakt mit einem Mann aufnahm; es war zu einem intensiven Gespräch gekommen, das er leider nicht hören konnte. Aber instinktiv spürte er, dass es keine Frage nach der Zeit oder dem Wetter sein konnte. Vielmehr hatte er den Eindruck, dass die Frau eindringlich auf den Mann einredete, und der wiederum hatte leise und mit zusammengekniffenen Augenlidern geantwortet. Jeder zufällige Beobachter hätte gedacht, dass es sich um ein Streitgespräch zwischen zwei Liebenden handelte; für Simons aber schien klar zu sein, dass hier etwas nicht stimmte. Und so hatte er unbeobachtet einige Fotos gemacht, war dann hinter den beiden hergegangen. Er bemerkte sehr wohl, dass der Mann Malmström observierte, und er rechnete damit, dass Larsson jeden Augenblick die Schwedin ansprach und mit ihr im Schlepptau in Richtung Stadt ging. Simons registrierte, dass sich der Beobachter auch nicht abschütteln ließ, als sich die beiden getroffen hatten. Er nahm sein Handy aus der Tasche und wählte Larssons Nummer. Als der sich meldete, sagte er nur einen Satz: „Vorsicht, du wirst verfolgt!“

12. Kapitel

Lasse Larsson erwachte mit einem lausigen Kater. Der Kopf dröhnte, als wäre ein ganzes Bataillon Kohlentrimmer dabei, die Presslufthammer erfolgreich zu nutzen. Wahrscheinlich war das letzte Glas Châteauneuf-du-Pape schlecht, dachte er. Als er zur Uhr schaute, sah er, dass es fünf Uhr und sechsunddreißig Minuten am Dienstag, dem 25. Juni, war. Mühsam schälte er sich aus dem Bett. Er ging ins Bad, sah sich selbst bedauernd seine dick belegte Zunge an und warf voller Abscheu ein Aspirin in das Zahnputzglas. Nachdem die Tablette aufgelöst war, trank er in kleinen Schlucken.

Langsam holte er sich den Abend wieder in sein Gedächtnis. Er hatte Lillebil vom Schiff abgeholt und war mit ihr in deren Hotel Residenz gegangen. Er hatte sich gewundert, dass sie es widerstandslos geschehen ließ. Schließlich war sie zwei Tage zuvor nicht bereit gewesen, das zu dulden. Überhaupt fand er sie verändert vor. Ihre Fingernägel hatte sie schwarz lackiert. Der Lippenstift hatte die gleiche Farbe. Ihr Blick ging manchmal ins Leere, als sei er gar nicht anwesend. Sie hatte sich verändert, ohne unfreundlich zu ihm zu sein.

„Was ist los?"

„Ich habe nachgefragt, ob du Mitglied bei uns werden kannst."

„Und?"

„Man will wissen, was du beruflich machst."

„Ist das für esoterische Empfindungen wichtig?"

Die junge Frau hob die Schultern. „Mich darfst du das nicht fragen. Mir ist das absolut gleichgültig!" Sie gab ihm einen Zettel mit einer Telefonnummer. „Hier kannst du dich melden, wenn es dir ernst ist.“

In diesem Augenblick machte sich Larssons Handy bemerkbar. Simons berichtete, dass sein Schatten sich zur Seebrücke zurückgezogen hatte und sich dort wieder an dem Elektrokarren zu schaffen machte. „Er nimmt jetzt irgendwelche Kisten aus dem Wagen und bringt sie ins Nauticus.“

Larsson dankte für die Information. Einen Augenblick lang dachte er an den Tod Manja Voigts.

Später, als Lillebil zur Toilette gegangen war, rief er Simons zurück und ordnete Polizeischutz für die Frau an. Ein weiteres Todesopfer darf es keinesfalls geben, dachte er.

Dann wiederholte sich, was schon in der Pension Dorn stattgefunden hatte: Sie liebten sich und tranken Châteauneuf-du-Pape. Irgendwann war er in Gedanken an den kommenden Morgen und die damit verbundene Ermittlungsarbeit, aufgestanden und hatte sich leise, um ihren Schlaf nicht zu stören, auf den Heimweg gemacht.

Der zweite Blick in den Spiegel stimmte ihn nicht versöhnlicher. Beherzt ging er unter die Dusche. Nach einem heißen Strahl überwand er sich und drehte das kalte Wasser auf. Prustend kam er unter der Dusche vor. Jetzt ging es ihm etwas besser. Er spürte seine Lebensgeister zurückkommen. Den Morgenkaffee würde er im Büro nehmen. Er machte sich zu Fuß auf den Weg und kam kurz vor sieben in seinem Büro an.

Er war nicht der Erste. Andresen unterhielt sich mit Inge Mohaupt. Nur Simons war noch nicht gekommen. „Guten Morgen, Kollegen“, sagte Larsson aufgeräumt. Der frische Morgenwind hatte die Kohlentrimmer aus seinem Kopf vertrieben, und er hatte seine gute Laune wiedergefunden. „Alles, was der Mann braucht ...“

„Feuer, Pfeife, Stanwell ...“, sagte Andresen.

„... ist eine Tasse starken Kaffee!“ widersprach Larsson.

„War wohl eine anstrengende Nacht?“

Lasse Larsson überhörte den leicht frivolen Unterton in Andresens Stimme. „Das kann man wohl sagen. Zwar ist die Ermittlungsgruppe noch nicht vollständig“, sagte er mit einem Hinweis auf Simons, „dennoch fangen wir an mit dem, was wir haben.“

„Walburga Treetz wurde 1941 in Sondershausen in Thüringen geboren und kam mit den Eltern 1946 nach Heringsdorf. Die Mutter verstarb 1947 an Typhus. Der Vater hatte Lungentuberkulose, war mehrfach im Universitätskrankenhaus in Greifswald. 1964 verschwand die Treetz mit dem Hinweis, sie brauche eine andere Arbeit. Im Winter sei das Ferienheim Erich Weinert ungeheizt, also wäre das nur eine Sommerbeschäftigung. Sie aber wolle Vollzeit arbeiten und werde sich deshalb in ihrer Geburtsstadt nach einer angemessenen Arbeit umsehen. Mehr ist nicht bekannt.“

„Eine Vollzeitbeschäftigung hätte sie doch auch hier bekommen, zumindest in Greifswald, Stralsund oder Rostock.“

„Gibt es Verwandte? Freunde?“

„Der Vater starb 1965 an Lungen-TBC, das Haus übernahm eine Frau – Elfriede Frenzel.“

„Elfriede Frenzel! Da haben wir endlich eine Verbindung.“

„Wieso konnte die Frenzel das Haus übernehmen? Man hätte doch Walburga Treetz verständigen müssen.“

„Musste man das wirklich, Rolf?“ fragte Inge Mohaupt. „Du weißt doch so gut wie ich, dass gewisse Dinge anderweitig – sagen wir mal – gesichert wurden.“

„Freunde?“ fragte Larsson, ohne auf die Plänkelei der beiden Mitarbeiter einzugehen.

„Sie war mit Ilsa Buschmann befreundet und auch mit der ermordeten Frau Voigt. Und noch etwas: Die Frau hat das Haus nicht geerbt!“

„Nicht?“

„Sie hat einen Rückübertragungsantrag gestellt, und der ist zu ihren Gunsten entschieden worden!“ Inge Mohaupt lächelte.

„Da hat sie aber mächtiges Glück gehabt. Wir brauchen eine Kopie des Bescheides über die Rückübertragung."

„Schon beantragt!"

„Gratuliere, Kollegin. Eine insgesamt gute Leistung!"

„Unser frauliches Gehirn soll ja kleiner sein als das stattliche männliche, dennoch sind wir um keinen Deut blöder."

„Sie war auch mit Manja Voigt befreundet?" setzte Larsson nach.

„Ja."

„Die Voigt hat mir gesagt, Walburga Treetz könne mit niemandem befreundet sein, weil sie irgendetwas in ihrem Leben verschwieg, das sie niemandem anvertrauen würde."

„Und du hast auch keine Ahnung, was es sein könnte?" fragte Inge Mohaupt.

Larsson machte ein vielsagendes Gesicht und hob die Schultern.

„Und sie war mit Ilsa Buschmann befreundet. Nein, nur befreundet wäre der falsche Ausdruck; die Buschmann und sie waren Anfang der sechziger Jahre unzertrennlich."

Simons kam herein. „Sagt nichts. Ich habe die halbe Nacht hier zugebracht, und einige Stunden Schlaf musste ich auch haben!"

„Danke für die Warnungen."

„Ich habe alle Fotos verglichen, die wir in dieser Angelegenheit gemacht haben. Die Buschmann ist zweimal dabei. Sowohl an der Seebrücke als auch beim Leichenfund der Voigt."

„Dann wird es Zeit, dass wir uns umgehend mit ihr beschäftigen!"

„Der Kerl, der dich gestern verfolgt hat, ist ebenfalls zweimal dabei, und er stand, jedenfalls bei den Brückenfotos, in unmittelbarer Nähe der Buschmann."

„Jetzt wird es brisant! Was macht das Schiff?"

„Die *Henrika Bartelds* legt morgen an der Seebrücke in Wustrow an."

„Sortieren wir mal“, sagte Larsson, „Hannes Keil muss verhört werden bezüglich der Walpurgisnacht. Das macht nicht Simons, denn der könnte voreingenommen sein. Also kommt nur Andresen in Frage. Simons, du fährst zum Brücken-Restaurant und führst ein Vieraugengespräch mit dem Geschäftsführer über den Mitarbeiter, der so interessiert an Lillebil Malmström war. Inge und ich fahren nach Ahlbeck und knöpfen uns Frau Buschmann vor. Anschließend treffen wir uns hier im Büro.“

„Was ist mit der Malmström? Sie hat noch immer Polizeischutz“, sagte Simons.

„Der Polizeischutz soll bestehen bleiben. Eigentlich wollte sie heute die Fähre nach Ystad benutzen. Gestern sagte sie mir, dass sie noch etwas zu erledigen habe und erst am Mittwoch fahre!“ Larsson überlegte eine Sekunde und sagte dann: „Den Schutz ziehen wir doch ab. Der ist zu offensichtlich und schreckt unseren Mann vielleicht ab. Dafür möchte ich, dass sie observiert wird!“

„Wer soll das machen?“ fragte Simons.

„Wer schon? Wenn du mit dem Geschäftsführer gesprochen hast, übernimmst du das!“

Als Larsson zusammen mit Inge Mohaupt schon beim Rausgehen war, drehte er sich um und reichte Simons die Telefonnummer, die Lillebil Malmström ihm gegeben hatte. „Prüf bitte, wem der Anschluss gehört!“

Während der Fahrt schwiegen sie. Inge Mohaupt dachte daran, dass Larsson ein interessanter Typ war, der sicher eigene Methoden hatte, eine Ermittlung durchzuführen.

Lasse Larsson wiederum holte sich noch einmal den gestrigen Abend ins Gedächtnis. Was ihn stutzig machte, war, dass er sich noch niemals in seinem Leben nach einer halben Flasche Châteauneuf-du-Pape so außer Gefecht gesetzt sah, dass er nach Hause gewankt war und am Morgen mit wahnsinnigen Kopfschmerzen aufwachte. Mit einem Mal konnte er sich des Gefühls nicht erwehren, dass Lillebil Malmström ihm etwas in den Wein gegeben hatte.

Inge Mohaupt bremste den Omega vor dem Haus ab, in dem Ilsa Buschmann wohnte. „Aufwachen! Wir sind am Ort unserer Begierde“, sagte sie lächelnd, während sie geräuschvoll die Handbremse festzog.

Die Frau, die auf ihr Klingeln öffnete, war Larsson auf Anhieb sympathisch. Sie war sehr gepflegt, aber nicht mehr jung.

„Kriminalhauptkommissar Larsson. Das ist meine Kollegin, Frau Mohaupt. Wir haben einige Fragen an Sie. Dürfen wir reinkommen?“

Die Frau schien keinesfalls aufgeregt. „Bitte, treten Sie ein!“ Ein wissendes Lächeln umspielte ihr Gesicht, als sie sagte: „Ich habe Sie bereits erwartet. Wird nun die Ermittlung um den Tod meiner Enkelin wieder aufgenommen?“

Larsson schaute Inge Mohaupt vielsagend an. „Wieso glauben Sie, dass die Untersuchung des bereits abgeschlossenen Falles wieder aufgenommen wird?“

„Weil der Ermordete, den Sie unter der Brücke gefunden haben, die gleichen Merkmale aufweist wie meine tote Enkelin – abgetrennte Ohren.“

„Glauben Sie an einen Ritualmord?“ Larsson fühlte, dass diese Frage ein Luftballon war, den er startete, um zu sehen, was die Frau überhaupt wusste.

„Woher soll ich das wissen? Ich weiß nur, dass das Mädel verdient hatte zu leben. Es war ein so fröhliches Kind“, sie verbesserte sich, „eine fröhliche junge Frau, die ihr ganzes Leben noch vor sich hatte.“

„Kannten Sie den Toten?“ fragte Inge Mohaupt.

„Ja.“

„Sie kannten den Toten?“ Larssons Erstaunen war nicht gespielt.

„Es war Frenzel ... Major Frenzel.“

„Ich habe noch eine andere Frage.“ Larsson zog die Bilder des Mannes aus der Tasche, den Simons an den Tagen der Morde fotografiert hatte. „Kennen Sie diesen Mann auch?“

„Nein, wieso?“

„Weil er sich zweimal auffallend in Ihrer Nähe aufgehalten hat."

„So, hat er das? Wird Zufall gewesen sein!"

„Und Frenzel? Woher kennen Sie den?"

„Der hat mich verhört, als man mich verhaftet hat!"

„Das müssen Sie mir schon erklären. Warum hat man sie verhaftet?"

„Weil mein Verlobter nach dem Westen abgehauen war, und man wollte wissen, warum ich ihn nicht daran gehindert habe. Schließlich wäre ich verpflichtet gewesen, die Behörden zu unterrichten. Und die Staatssicherheit hätte ihn dann eingelocht."

„Wieso hat Frenzel Sie verhört, ein Major ... War es üblich, dass ein so hoher Dienstgrad sich bei der Vernehmung einer ... Was waren Sie, als man Sie verhaftete?"

„Ich habe im Erhohlungsheim Erich Weinert gearbeitet. Haben Sie etwas gegen einen Tee?"

Larsson merkte, dass die Frau Zeit schinden wollte, und er war bereit, ihr eine Frist der Besinnung zu geben. Es war sicher nicht einfach, über eine so schwere Zeit zu sprechen.

„Ich würde gern einen Tee nehmen", hörte Larsson Inge Mohaupt sagen.

„Ich schließe mich an."

Die Frau ging in die kleine Küche, und sie hörten, wie sie mit Geschirr hantierte. Als sie zurückkam, trug sie ein Tablett mit den Tassen vor sich her. „Der Tee ist gleich fertig."

„Sie kannten Manja Voigt?" fragte Larsson.

„Ja."

„Wie war Ihre Beziehung zu Frau Voigt?"

„Beziehung? Sie war eine Arbeitskollegin im Ferienheim. Nicht mehr und nicht weniger."

„Und Walburga Treetz?" fragte Inge Mohaupt.

„Walburga ... Walburga ... Na ja, mit Walburga war das so 'ne Sache."

Als der Wasserkessel pfiff, verschwand Ilsa Buschmann in der Küche.

Lasse Larsson stand auf, ging zum Fenster und schaute hinaus. Er war mehr einem Instinkt gefolgt als einer fundierten Erkenntnis. Irgendwie kam ihm der alte Mann mit seinem Spazierstock bekannt vor. Larsson konnte sich täuschen, aber er hatte den Eindruck, dass er diesem Mann schon einmal begegnet war.

Kurze Zeit später kam Ilsa Buschmann mit der Kanne Tee wieder ins Zimmer zurück.

Larsson machte sich von dem Bild des hinkenden Mannes los, der nun die Straßenecke erreicht hatte und gleich verschwunden sein würde. „Was war das für eine Sache mit Walburga Treetz?“

„Als ich aus dem Gefängnis entlassen wurde, war sie nicht mehr da. Alle Bemühungen, sie zu finden, liefen ins Leere.“

„Haben Sie nicht den Vater der Treetz nach dem Verschwinden Ihrer Freundin gefragt?“

„Freundin? Ich habe ihn fragen wollen, bin extra nach Greifswald zur Uni-Klinik gefahren. Als ich ankam, sagte man mir, dass Vater Treetz nur Stunden zuvor verstorben sei. Dabei hatte ich mit ihm telefoniert, war angemeldet.“

„Sie war doch Ihre Freundin. Warum stellen Sie das in Frage?“ ließ Inge Mohaupt sich vernehmen.

„Habe ich das? Na ja, wir waren Arbeitskolleginnen.“

„Da liegen mir aber andere Informationen vor. Sie waren eine Art Busenfreundinnen, Walburga Treetz war Ihre beste Freundin!“

„Wenn Sie das sagen!“

Lasse Larsson hatte den Eindruck, dass die Frau sich jetzt in ihr Schneckenhaus zurückzog. Deshalb versuchte er, sie etwas aufzumuntern, indem er sagte: „Meine Kollegin hat das sicher nicht so gemeint. Eine beste Freundin ist ja auch wirklich wichtig im Leben eines jungen Mädchens.“

Er hatte den Eindruck, dass sie die Brücke erkannt hatte, die er ihr baute. „Ja, das ist sie wohl.“

„Sie sagten, Sie seien eingesperrt worden, weil Sie den Fluchtplan Ihres Freundes nicht verraten haben?“

„Ja. Lars arbeitete in der Fischereigenossenschaft in Wolgast. Dann erfuhr er, dass er versetzt werden sollte. Man hatte einfach über seinen Kopf hinweg beschlossen, dass er Bootsmann auf der *Görlitz,* einem 57 Meter langen Seitentrawler, werden sollte. Aber er liebte die Arbeit auf dem Siebzehn-Meter-Kutter, einem Holzschiff. Mit diesen Booten fing nach Kriegsende die Fischerei an, und dieser Kuttertyp prägt heute noch die Küstenfischerei.“

Das eben Gehörte erhöhte Lasse Larssons Blutdruck derart, dass er ganz rot im Gesicht wurde. Hatte nicht sein Vater die Insel mit einem dieser Kutter fluchtartig verlassen und war in Dänemark an Land gegangen? Tückisches Eis vor Grönland war ein geflügeltes Wort, wenn die Sprache auf die DDR und die Flucht des Vaters kam. Keine Frage, Ilsa Buschmann kannte seinen Vater, schlimmer, es war die Frau, die er verlassen hatte, um nicht der Pein der Hochseefischerei der DDR in der Nachkriegszeit ausgesetzt zu sein.

„Sie müssen wissen, die *Görlitz* geriet im März 1964 in Seenot. Windstärke zehn bis elf, Temperatur minus dreißig Grad.“ Ilsa Buschmann lachte gequält. „Über dem wärmeren Wasser bildete sich starker Seerauch, der als unterkühlter Nebel den Trawler blitzschnell vereiste. Verzweifelt wehrten sich Kapitän Walter Holst und seine Männer gegen den gefürchteten schwarzen Frost. Sie warfen Fanggeschirr und Fisch über Bord, um die überkommende See besser ablaufen zu lassen. Sie schlugen immer wieder die schnell wachsende Eisschicht ab, um das sich kaum noch aufrichtende Schiff zu entlasten und vor dem Kentern zu bewahren. Das Schwesterschiff, die *Erich Weinert,* pumpte Öl zum Beruhigen der See außenbords und blieb in der Nähe.“

„Ja, das waren harte Zeiten für die Fischer“, sagte Lasse Larsson.

„Günter Werner war Funker auf der *Erich Weinert*. Er war ein Kumpel meines Freundes und schilderte uns das Bild so: Beim Hellwerden bekamen sie einen gelinden Schreck, als sie die *Görlitz* in ihrem Eispanzer sahen. Das Eis auf der Back, dem Schutzdeck, an den Aufbauten, insbesondere an der Brücke war stellenweise mehr als einen Meter dick. Die Männer der *Görlitz* waren von den Strapazen total ausgepumpt, von Erfrierungen an Händen, Füßen und im Gesicht gezeichnet. Es ging noch einmal gut. Das Glück war auf der Seite der Besatzung."

„Und da stellte Ihr Freund fest, dass er sich das nicht antun wollte", sagte Inge Mohaupt.

Ilsa Buschmann war nicht zu bremsen, als es aus ihr herausbrach: „Mit den 57 Meter langen Trawlern, die jeweils bis zu 32 Mann Besatzung brauchten, konnte die Fischerei in der Barentssee, bei Island und entlang der norwegischen Küste ausgeweitet werden. Sie waren dann eine ganze Zeit auf See, immer nur sehr kurz zu Hause. Die Arbeit auf den Trawlern war eine schlimme Schinderei, rund um die Uhr am Fangplatz, kaum Schlaf, Kälte, Nässe und immer unruhige See. Das war auf die Dauer auch nicht durch viel Geld aufzuwiegen."

„Nein, das war es wohl nicht", sagte Lasse Larsson. „Vor allem die Trennung. Die war für so junge, verliebte Leute untragbar!"

Dankbar schaute Ilsa Buschmann zu ihm auf. Dann sagte sie: „Und die Auslandsaufenthalte! Um Eis oder Trinkwasser an Bord zu nehmen, waren diese in den ersten Nachkriegsjahren gelegentlich mit Schwierigkeiten verbunden. So wurde der Logger mit dem Namen *Oktoberrevolution* vom Hafenkapitän im französischen Le Havre ultimativ aufgefordert, den Schiffsnamen zu verdecken. Landgänge wurden abgelehnt, bei Zollkontrollen strengere Maßstäbe angelegt. Ganz schlecht dran aber waren die Lehrlinge. Sie müssen wissen, Fischer war auch in der DDR ein Lehrberuf. Die Lehrlinge mussten hart anpacken. Einer meiner Freunde, Gerhard Tischer, kam als Lehrling auf dem Logger *Karl Liebknecht* bis in die Barentssee im Nordpolarmeer. Von ihm weiß ich aus erster Hand, dass die Logger auf den guten Gründen und bei günstigem Wetter noch auf 300 bis 400 Meter Wassertiefe fischten. Und Fisch war da! Viel Fisch. Auf der Rotbarschwiese lief der Fisch ganz von allein ins Netz. Man brauchte ihn nicht zu jagen wie den Hering. Nach anderthalb Tagen konnten sie Vollschiff auf Heimreise gehen. Bei diesen Fängen und jeweils sechs bis sieben Tagen für Aus- und Heimreise ergab das für diese Schiffe relativ kurze Fangreisen. Überstunden waren die Regel, auch für Lehrlinge. Aber die Matrosen hatten ein Herz für den Nachwuchs: An Bord ließen sie die Mützen rumgehen, in die jeder reichlich steckte, um den kargen Lehrlingslohn kräftig aufzubessern."

Für einen Augenblick herrschte eine gespenstische Ruhe. Jeder musste die Anklage der Frau erst einmal verdauen. Lasse Larsson hatte sich als erster wieder gefangen. „Also ging Ihr Verlobter zur Arbeit nach Wolgast und kam nicht mehr wieder."

„Dafür kam die Staatssicherheit. Ich wurde verhaftet. Sie brachten mich zum Verhör zuerst nach Anklam, dann nach Stralsund, wo mich Frenzel verhörte. Schließlich landete ich in Hoheneck. Hoheneck in Stollberg-Sachsen. Das Schloss prägt das Ortsbild der Stadt. Die imposante Anlage, auf einem Felshügel gelegen, ist weithin sichtbar, auch von der Autobahn aus ist Schloss Hoheneck schon zu sehen. Die Umwehrungsmauern sind bis zu sieben Meter hoch. In die Gefängnisfestung Schloss Hoheneck gelangt man lediglich an einer Stelle, verschlossen durch große, schwere Eisentore. Darf ich nachgießen?"

Sie wartete seine Antwort nicht ab, sondern goss Larssons Tasse noch einmal zur Hälfte voll.

„Im Kernbereich erfolgte die Absicherung der Gefängnismauern über Meldedraht, eingegossene Glasscherben und freilaufende Hunde. Das Gefängnis bestand aus einem Haupttrakt, dem Süd-, Nord- und Westflügel. Im Süd- und Westflügel befanden sich die Häftlingszellen auf über vier Etagen. Im Nordflügel wurden Produktionsanlagen untergebracht. Zum Freigang diente der von den Flügeln umschlossene Innenhof. Im Südflügel wiederum befanden sich neben den regulären Strafvollzugszellen, in denen bis zu dreißig Häftlinge untergebracht wurden, auch Einzel- und Dunkelzellen für den verschärften Strafvollzug. Im Kellergeschoss waren ebenfalls Dunkelzellen, aber auch eine Wasserzelle. Beides soll noch bis 1983 zur Häftlingsdisziplinierung genutzt worden sein. Der Westflügel ist der älteste Teil der Haftanstalt. In den dort eingerichteten Großraumzellen waren bis zu 48 Häftlinge untergebracht. Haben Sie einen Eindruck, wie es zugeht, wenn Frischfleisch kommt?"

„Nein", sagte Inge Mohaupt. „Aber ich versuche, es mir vorzustellen."

„Sie verteilen die hübschen Mädchen unter den Anführerinnen. Diese kessen Väter verlangten alles von einem. Ich war so etwas nicht gewöhnt, und ich war schwanger."

„Sie waren schwanger? Wusste denn das Ihr Verlobter nicht?"

„Ich wusste es damals selbst noch nicht. Erst als er schon drei Wochen weg war und ich in Haft, blieben meine Tage aus. Ich dachte zuerst, es sei wegen der ganzen Umstände, wegen der stundenlangen Verhöre und der Sorge um Lars. Aber das war es nicht. Die Ärztin in Hoheneck hat mir die Augen geöffnet. Sie hat auch gesagt, dass man mir das Kind wegnehmen würde und es zur Adoption käme."

„Ja, sowas gab es damals", stellte Inge Mohaupt fest. „Also nahm man Ihnen das Kind ab?"

„Ich hatte einen vereiterten Zeh, den man mir abgenommen hatte. Seitdem hinkte ich ein wenig."

„Ein vereiterter Zeh ist doch kein Grund, gleich zu amputieren", sagte Lasse Larsson.

Ilsa Buschmann hob die Schultern. „Nicht, wenn man rechtzeitig behandelt wird. – Durch Beziehungen übernahm Professor Doktor Kaul aus Berlin meinen Fall. Er war *der* Staranwalt, der die DDR und die Kommunistische Partei Deutschlands auch im Ausland vertrat. Plötzlich kam ich aus der großen Gemeinschaftszelle heraus. Ich musste zuerst in der Zentralnäherei im

Nordflügel arbeiten, später in den Speisesälen im Erdgeschoss. Kurz vor der Geburt entließ man mich ebenso plötzlich, wie man mich zuvor eingesperrt hatte."

„Und das Kind?"

„Meine Tochter Maren kam noch in der Klinik in Stollberg zur Welt. Wir haben es nicht bis nach Hause geschafft."

13. Kapitel

Der Mann war gegen halb fünf aufgestanden, fuhr eine halbe Stunde später mit dem Rad, wie an jedem der letzten Tage, zur Seebrücke, um dort seiner Arbeit nachzugehen, die ihm eine perfekte Tarnung bot. Diesmal änderte er seine Route, um in der Kanalstraße am Hotel Residenz vorbeizufahren. Was er dort sah, bestärkte ihn in der Gewissheit, dass man ihm schon sehr nahe gekommen war. Vor dem Hotel stand ein Funkwagen der Polizei. Zwei Männer saßen in dem Wagen. Sie observierten das Hotel.

Er brauchte nicht lange, um festzustellen, dass seine Wahrnehmung am Vortag richtig gewesen war. Lillebil Malmström stand unter Beobachtung. Wahrscheinlich war sie eine Agentin, die der Feind eingeschleust hatte, um der Gruppe zu schaden. Als Sicherheitschef war er verantwortlich dafür, dass die Frau nicht sang.

Das Telefonat aus Swinemünde hatte ihm bestätigt, dass Malmström pünktlich zur Tagung angereist war; sie hatte nachgefragt, ob ein gewisser Lasse Larsson in die Vereinigung aufgenommen werden könnte. Nun wollte die Leitung wissen, wer dieser Mann war.

Als Lillebil Malmström vom Schiff kam, hatte sie sich, wie ihr aufgetragen worden war, bei dem Mann an dem Elektrokarren gemeldet. Sie sei nun wieder in Deutschland, hatte sie gesagt, und er hatte sie gefragt, ob sie sich jetzt mit diesem Lasse Larsson treffen würde. Obwohl sie es verneinte, hatte er ihr nicht geglaubt. Sein Misstrauen hatte sich bezahlt gemacht, denn den Mann, den Malmström am Ausgang der Geschäftszeile traf, erkannte er als denjenigen wieder, der aus dem Haus der alten

Voigt kam und mit ihr gesprochen hatte. Wegen dieses Mannes hatte die alte Frau sterben müssen.

Er zweifelte nicht daran, dass dieser Mann Lasse Larsson war, denn bei einem fingierten Anruf bei der Polizei noch am Abend hatte man ihm seine Frage nach dem ermittelnden Beamten mit der Nennung von Larssons Namen bestätigt.

Der Wind kam schwach aus Nordwest und umspielte sein Haar, als er mit dem Rad die Brücke entlang bis zum Nauticus fuhr. Er versuchte, seine Gedanken zu sammeln. Es wird mein letzter Einsatz, bevor ich mich nach Thüringen absetze, dachte er. Um Lillebil Malmström müsste sich die schwedische Sektion der *Church of Satan* kümmern. Und das Problem Ilsa Buschmann, die vielleicht noch eine Verbindung zu ihm herstellen könnte und der er eine Mitschuld am Aufwachsen ohne Mutter gab, wollte er heute lösen. Mit ihrem Tod hätte er sich dann bei allen bedankt, die seiner Meinung nach sein Leben verpfuscht hatten.

Er betrat den Versorgungsraum des Nauticus. Zu dieser Zeit war er immer allein. Hinter einer großen Kühltruhe hatte er ein kleines Päckchen versteckt, das er jetzt hervorzog und unter seine Jacke schob. Dann ging er wieder hinaus, verschloss sorgfältig den Eingang und fuhr den gleichen Weg zurück, den er gekommen war. Als er in der Kanalstraße sah, dass der Funkwagen der Polizei noch immer dastand, beschloss er, seiner geplanten Arbeit in Ahlbeck nachzugehen. Unterwegs hielt er an einem Straßenbistro an, ließ sich eine Tasse Kaffee bringen und ein belegtes Brötchen. Es war nicht gut, mit leerem Magen zu töten. Das hatte er schon in seiner Ausbildungszeit auf Helenenau gehört, und daran hatte er sich all die Jahre, die er unter den verschiedensten Ägiden Menschen jagte, gehalten.

Kurz bevor er die Straße erreichte, in der Ilsa Buschmann wohnte, stellte er sein Rad auf dem großen Platz in der Nähe des Rathauses ab, der als Parkmöglichkeit für Autos der Besucher der Behörde zugänglich war. Hinter einem Gebüsch veränderte er sein Aussehen, indem er einen ausziehbaren Stock aktivierte und einen alten, verbeulten Strohhut aufsetzte, eine Spezialanfertigung aus früheren Zeiten, der sich, wurde er nicht benutzt, zu einer zigarrengroßen Wurst zusammenrollen ließ, die man bequem in der Jackentasche verschwinden lassen konnte. In gebückter Haltung schlurfte der für jedermann deutlich sichtbare Alte auf einen Stock gestützt die Straße entlang.

Er war gerade vor dem Haus der Buschmann angekommen und hatte prüfend das Gebäude in Augenschein genommen, als der graue Wagen in die Straße einbog. Er hatte das Fahrzeug auf dem für Polizei und Zoll reservierten Parkplatz zwischen der Stadtbäckerei Junge und der Seebrücke gesehen, als Frenzel geborgen wurde.

Der Mann erkannte instinktiv die Gefahr, die mit dem Auto verbunden war, denn er nahm sofort seine schlurfende Wanderung wieder auf, um von diesem Ort wegzukommen. Er lobte sich, vorsichtig genug gewesen zu sein, sein Äußeres so weit zu verändern, dass er nicht ohne weiteres zu erkennen war. Dennoch sah er sich wieder in seiner Vermutung bestätigt, dass ihm dieser Kommissar Larsson dicht auf den Fersen war. Er fragte sich, wie der wohl auf ihn gekommen sein könnte. Die Antwort, die er sich immer wieder gab, hieß Manja Voigt. Er erweiterte diese Erkenntnis mit dem Namen Ilsa Buschmann. War er sich zuvor nicht ganz sicher, ob das so sei – die Anwesenheit des Kommissars an diesem Ort nahm ihm jeden Zweifel daran.

Er kam die Straße zurück. Aus den Augenwinkeln betrachtete er die Wohnung Ilsa Buschmanns. Er sah den Kommissar am Fenster stehen und wusste, dass es ein Spiel mit dem Feuer war. Würde der ihn erkennen, ging die Hatz nach ihm los. Ob die Polizei schon seinen Namen kannte? Und wenn schon. Er besaß zwei deutsche und einen französischen Pass. Als Peer Bergerac würde ihn hier niemand erkennen. Ein Lächeln umspielte sein Gesicht bei dem Namen Bergerac. Hatte er ihn doch nach dem Vorbild Saviniens Cyrano de Bergerac ausgesucht, dessen höfisch-schwulstiges Liebeswerben ihm in seiner Jugend so imponierte, dass er diese Verse des Öfteren benutzte, um die Mädchen zu erobern. Diese Masche zog zumeist; wenngleich zu Zeiten der DDR die Mädchen weitgehend emanzipiert waren, fühlten sich die meisten durch den Schmus der Reime geschmeichelt. Die Werber der Fremdenlegion in Marseille hatten ihn gefragt, warum er gerade diesen Namen für sich nutzen wollte, aber er hatte es ihnen nicht verraten.

Als der Wagen von dem Haus der Buschmann abfuhr, hatte Bergerac sein Aussehen abermals verändert. Den Stock wieder zusammengeschoben, den Hut gegen eine Schirmmütze ausgetauscht und die Jacke einfach gewendet, vollendete eine Sonnenbrille sein Aussehen so, dass er wie ein Feriengast aussah. Nur wer auf seine Schuhe geachtet hätte, wäre imstande gewesen, eine Verbindung zu dem alten Mann herzustellen, den er zuvor dargestellt hatte. Wie er sich der Straße näherte, hörte er die Sirene, und dann sah er den Omega in wilder Fahrt abermals vor Ilsa Buschmanns Haus abbremsen.

Bergerac atmete tief durch. Es ist noch einmal gut gegangen, dachte er, während er den Rückzug antrat. Dann ging er zur Seebrücke von Ahlbeck. Im dichten Gewühl zwischen den Menschen würde ihn niemand vermuten. Darüber hinaus fragte er sich, ob man eigentlich sein Gesicht kannte. Woher sollte man es kennen? Möglicherweise hatten die französischen Behörden nach ihm gesucht. Vielleicht, aber sicher war das keinesfalls. Schließlich ließen sich die Franzmänner ungern in die Karten schauen, auch von den verbündeten Staaten nicht.

Bergerac setzte sich auf eine der Bänke auf der Brücke und bestellte sich bei der Kellnerin des Restaurants, das mit seinen weißgrünen Türmchen und dem roten Dach seine Anziehungskraft auf genusssüchtige Menschen jeder Couleur ausübte, einen frisch gepressten Saft.

Alles, was ihn beim Nachdenken störte, waren die Menschen mit dem ungeheuren Krach, den sie fabrizierten, der umgestoßene Stuhl, das Schreien des Kleinkindes, das laute Gestikulieren, das man eigentlich nur von Italienern kannte; was ihn aber am meisten in seinem Empfinden irritierte, war eine überdicke

Frau, die unaufhaltsam Torte in sich hineinstopfte und ihn mit einem vorwurfsvollen Blick streifte. Am liebsten hätte er ihr persönlich den Kuchen in das immerwährend fordernde Maul gestopft. Er hasste es, wenn Menschen so undiszipliniert fraßen; es erinnerte ihn an seine Jugendzeit, wo er zusehen musste, wie andere die Süßigkeiten verschlangen, während er leer ausging.

Vielleicht, so dachte er, hatten sie irgendwie ein Bild von ihm. Aber woher sollten sie es haben? Hatte er sich nicht vorgesehen? War er nicht immer bestrebt gewesen, irgendwelchen Fotografen zu entgehen?

Er beschloss, seine bisherige Behausung nicht mehr aufzusuchen. Wenn sie so dicht an ihm dran waren, konnte es sein, dass sie nur darauf warteten, ihn an Ort und Stelle zu verhaften. Zum Glück hatte er vorgesorgt. Unweit der Stelle, an der er Frenzel aufgespürt hatte, war ein kleines Bootshaus, das nicht mehr genutzt wurde. Es war halb zerfallen, und deshalb erregte es niemandes Aufmerksamkeit. Während seiner Auslandsaufenthalte hatte er oft improvisieren müssen, um sich zeitweise zu verbergen. Wer immer dieses Versteck als einen schlechten Unterschlupf bezeichnete, konnte sich bestimmt nicht vorstellen, unter was für erbärmlichen Umständen man unterzutauchen imstande war, wenn die Staatsmacht hinter einem her war.

Sie waren noch keine zwei Straßenzüge vom Haus Ilsa Buschmanns entfernt, als sich Lasse Larssons Handy bemerkbar machte. Simons berichtete, dass der ihnen verdächtige Mann nicht zur Arbeit erschienen sei.

Mit einem Mal wusste Larsson, wo er das Gesicht des alten Mannes hinstecken sollte, den er zweimal um das Haus der Buschmann hatte schleichen sehen. Aufgeregt sagte er: „Halt an! Halt doch endlich an! Zurück! Wir fahren zurück. Jetzt weiß ich, wo ich das Gesicht schon gesehen habe!“

„Welches Gesicht?“ Inge Mohaupt hatte den Wagen abrupt abgebremst. Ein nachfolgendes Fahrzeug hupte wütend.

„Ein Mann war vorhin vor dem Haus der Buschmann. Er sah aber viel älter aus als der Mann auf den Fotos, die Simons verglichen hatte!“

Inge Mohaupt ließ die Seitenscheibe herunter und stellte das Blaulicht auf das Dach. Dann wendete sie den Omega, und sie fuhren zurück.

„Haben Sie etwas vergessen?“ fragte Ilsa Buschmann, als sie die Tür öffnete und die beiden Beamten sah.

„Ich hatte Ihnen vorhin ein Foto gezeigt und Sie gefragt, ob Sie den Mann kennen ...“

„Ich kenne ihn nicht! Und Sie sollten mir das glauben, Herr Larsson.“

Lasse Larsson hatte das Gefühl, dass die Frau, die vor ihm stand, wusste, wer er war, sie es aber vermied, ihn direkt auf seinen Vater anzusprechen.

„Ich habe den Mann vorhin vor Ihrer Tür gesehen, und wir halten ihn für den möglichen Mörder Manja Voigts!“

Larsson sah, dass Ilsa Buschmann weiß wurde. „Sie glauben, dass er der Mörder ...“

„... Ihrer Freundin Manja Voigt ist! Ja, das glauben wir.“ Larsson zeigte auf das Telefon: „Darf ich mal?“ Ilsa Buschmann nickte, und er wählte die Nummer der Kriminalaußenstelle Heringsdorf. „Wir brauchen einen Personenschutz rund um die Uhr“, sagte er zu Andresen. „Schick sofort einen Streifenwagen her! Wir bleiben hier, bis er eintrifft. Dann kommen wir zurück und analysieren die Fakten!“ Er nannte die Adresse von Ilsa Buschmann.

Andresen wollte ihm noch sagen, was er bei der Vernehmung Hannes Keils erfahren hatte, aber Larsson hatte schon aufgelegt.

Die Frau begann leise, mit einer nahezu tonlosen Stimme zu sprechen: „Der Vater Walburgas hatte zuerst nichts gesagt, und dann, weil er gestorben war, nicht mehr verraten können, wo sie abgeblieben war. Das ist die Wahrheit. Es gab einen Mann, der wusste, wo sie war. Dieser Mann erzählte mir, dass Walburga schwanger sei. Sie war schwanger von dem Mann, den ich liebte. Und deshalb war sie weggegangen. Sie hat sich so sehr geschämt, dass sie sich verkrochen hat wie eine Ratte. Dabei hätte ich ihr vielleicht verziehen, denn Lars war ein imposantes Mannsbild. Jede hätte er haben können. Er wusste das und machte Gebrauch davon, mehr, als mir lieb sein konnte.“

„Das war ja ein feines Früchtchen“, warf Inge Mohaupt ein und erntete von Larsson einen vernichtenden Blick.

„Nein, das war er ganz und gar nicht. Er konnte sehr, sehr lieb sein. Er wusste ja nicht, dass ich schwanger war, und er war jung. Die Mädchen haben es ihm nicht schwer gemacht. Nein, sie haben ihn umgarnt. Er ist darauf reingefallen. Das ist alles.“

Vor dem Haus hielt der angeforderte Funkwagen. „Sie werden jetzt Tag und Nacht bewacht“, sagte Larsson.

Ilsa Buschmann nickte.

Mit einem Kopfnicken zeigte Larsson Inge Mohaupt an, dass sie sich um die Kollegen vor dem Haus kümmern sollte. Sie stand auf und reichte Ilsa Buschmann die Hand zum Abschied.

Als sie draußen war, sagte Ilsa Buschmann: „Sie gebar einen Sohn; direkt nach der Geburt gab sie den Jungen zu ihrer Cousine Monika Fichter.“

„Da muss es ja Adoptionspapiere geben“, stellte Larsson fest.

Ilsa Buschmann schüttelte den Kopf. „Sie haben es so gedreht, dass die Cousine als leibliche Mutter registriert wurde!“

Larsson lachte. „Das geht doch überhaupt nicht, nicht offiziell!“

„Nicht offiziell. Aber sie hat zu Hause entbunden, und der Arzt war ein Bekannter der Familie Fichter.“

„Und wie sind Sie an die Informationen gekommen?“

„Das ist eine lange Geschichte.“

„Wollen Sie mir die Geschichte nicht erzählen?“

„Jetzt?“

Larsson nickte.

„Ich bin nach Thüringen gefahren. Ich fand Walburga in dem Café, in dem sie arbeitete. Sie erschrak, als sie mich bemerkte. Die alte Vertrautheit würde nie wieder kommen. Ich spürte es von dem Augenblick an, in dem ich das Café betrat. Zu viel war geschehen. Sie hätte alles machen können, denn sie war, was Ihre Kollegin schon feststellte, meine beste Freundin. Nur mit dem Mann ins Bett zu gehen, den ich heiraten wollte, war etwas, das ich gerade ihr, in diesem Augenblick jedenfalls, nicht verzeihen konnte."

„Das kann ich verstehen", sagte Larsson, als Ilsa Buschmann eine Pause machte.

„Sie brachte mir Kaffee und ein Stück Kuchen. Ich entsinne mich, es war Marmorkuchen; ich hatte nichts bestellt, und sie tat erst so, als wäre nichts geschehen, denn sie wusste nicht, dass ich über ihrer Schwangerschaft unterrichtet war. Auch wer der Vater des Kindes war, erkannte ich schnell. Lars Larsson – ihr Vater, Kommissar!"

„Ich weiß, dass Sie meinen, ich sei der Sohn Ihres ..."

„Als ich Sie das erste Mal sah, wusste ich, dass Sie der Sohn von Lars sind. Sie haben sein Gesicht und auch seine Statur. Also leugnen Sie nicht!"

Lasse Larsson hob die Schultern, sagte: „Manchmal geht das Leben seltsame Wege."

„Woher sollte die dumme Ilsa Buschmann wissen, was so alles während ihrer Zeit im Stollberger Gefängnis in Heringsdorf passiert war?"

„Wie hat Walburga Treetz ihr Verhalten erklärt?"

„Zuerst gar nicht. Später, als ich ihr das auf den Kopf zusagte, hat sie zugegeben, mehrfach mit Lars geschlafen zu haben während unserer Freundschaft; sie sagte, dass Lars mich verlassen wollte, um mit ihr zu leben, und wir weinten beide."

„Es kann vorkommen, dass man sich so weit voneinander entfernt, dass man sich entschließt, sich anderweitig zu binden", sagte Larsson. Er dachte einen Augenblick an Chiara. Auch sie hatten sich voneinander entfernt. Nur, er hatte es noch nicht einmal bemerkt. Erst als es zu spät war und sie ihn ganz offensichtlich in ihrem gemeinsamen Bett mit irgendeinem Kerl betrog, hatte es ihm die Augen geöffnet. Aber da war es schon zu spät.

„Ja, das kann es. Lars hat mir noch an dem Tag, als er für immer verschwand, gesagt, er liebe nur mich, und wir würden heiraten. Er sagte es, obwohl er wusste, dass er flüchten würde."

„Vielleicht wollte er gar nicht an diesem Tag, sondern zu einem späteren Zeitpunkt flüchten. Bestimmt wollte er Sie mitnehmen. Und dann hat sich das ganz plötzlich entwickelt."

Ilsa Buschmann lächelte, als sie sagte: „Ich kann ja verstehen, dass Sie Ihren Vater decken wollen. Walburga hat mir Briefe Ihres Vaters gezeigt, die sie aus dem Westen bekommen hatte. Lars hatte sie unter dem Namen Ingrid Lahmers geschrieben. Offensichtlich sind sie bei der Postzensur des MfS nicht aufgefallen, sonst wären sie verschwunden."

„Er war sicher das, was man unter einem lockeren Vogel versteht", sagte Larsson. „Er liebte die Frauen, und die Frauen liebten ihn."

„Darin war er egoistisch und rücksichtslos! Er war eben ein Mann! Was ist aus ihm geworden?"

„Er starb bei einem Autounfall."

Ilsa Buschmann nickte nur. Aber Lasse Larsson merkte, dass sie berührt war. „Er war ein großer, ein wirklich schöner Mann!"

„Ja, das war er wohl. Ich werde den Fall abgeben. Niemand im Kommissariat würde verstehen, wenn ich so tun würde, als gäbe es keine Zusammenhänge zwischen uns, auch wenn sie weit hergeholt sind!"

„Nein!" sagte Ilsa Buschmann fest.

„Nein? Selbst, wenn ich wollte, ich dürfte diesen Fall nicht weiter bearbeiten."

„Gestatten Sie mir einen Wunsch. Ich werde Ihnen helfen, und Sie werden mir behilflich sein!"

„Und wie stellen Sie sich das vor?"

„Der Sohn von Lars wird der Frau, welche sein Vater einmal liebte, beistehen, den Mörder ihrer Enkelin zu finden, damit die alte Frau in Ruhe sterben kann.“

„Das wird ein anderer Kommissar auch!“

Ilsa Buschmann schüttelte den Kopf. „Andere Kommissare haben das schon versucht. Sie haben kapituliert und den Fall zu den Akten gelegt! Von Ihnen erwarte ich, dass Sie einen noch frei herumlaufenden Mörder finden. Schon allein deshalb, weil ich glaube, dass er es noch einmal tun wird!“

„Ich muss jetzt gehen.“

„Was ist nun, werden Sie mir helfen?“

„Ich werde zumindest darüber nachdenken. Sagen Sie vorerst niemandem, dass wir uns – im weitläufigen Sinn – kennen.“

„Kennen ist ja wohl untertrieben. Sie haben zwei Halbgeschwister, Walburgas Sohn und auch meine Tochter Maren.“

„Ja ... Ihre Tochter Maren. Wie kann ich die Frau erreichen?“

Ilsa Buschmann schwieg einen Augenblick. Der Ausdruck ihres Gesichts verriet Larsson, dass jetzt etwas Unerfreuliches kommen würde. „Maren war nicht das brave Mädchen, das ich mir gewünscht hatte. Sie machte schon sehr früh ihre Pubertät durch und war das, was man ein schwer erziehbares Kind nannte.“

Lasse Larsson ging zum Fenster. Inge Mohaupt stand an den Funkwagen der Kollegen gelehnt und schaute in diesem Augenblick hoch; sie machte ein Zeichen, dass er kommen möge, zeigte auf die Armbanduhr. Larsson nickte und drehte sich Ilsa Buschmann wieder zu, die zusammengesunken in ihrem Sessel saß.

„Als ich Walburga schließlich verließ, hatte ich ihr Versprechen, dass sie nicht nach Heringsdorf zurückkommen würde, und die Adresse ihrer Cousine.“

„Was wollten Sie damit?“

Die Frau hob die Schultern. „Ich weiß es nicht mehr so genau, aber ich wollte sehen, wie ein Kind von Lars behandelt wurde.“

Larsson machte sich eine Notiz, beim Standesamt wegen der vorgetäuschten Geburt vorstellig zu werden. „Wie wurde es behandelt?“

„Ordentlich. Sehr ordentlich! Die Frau behandelte das Kind, als sei es ihr eigenes. Sie war ganz vernarrt in den Kleinen. Ich war sicher, dass es der Junge gut haben würde.“

„Können Sie sich an den Namen des Kindes erinnern?“

„Friedhelm ... Nein, warten Sie. Nicht Friedhelm. Sie sagte, sie wollte es ursprünglich Friedhelm nennen, aber ihr Mann habe darauf bestanden, dass der Junge den Vornamen seines Vaters tragen würde. Wolfgang. Ich erinnere mich jetzt genau, sie sagte Wolfgang!“

„Das ist doch schon eine ganze Menge. Wir werden den Mann suchen!“

„Werden Sie mir helfen, den Mörder meiner Enkelin zu finden?“

„Bedingung dafür ist, dass Sie für sich behalten, dass Ihre Tochter meine Halbschwester ist. Wenn das ganze Procedere vorbei ist, sehen wir dann weiter!“

Als sie die Wohnungstür erreichten, fragte Lasse Larsson: „Was ist aus Maren geworden?“

„Die Städte Heringsdorf und Świnoujście hatten einen Jugendaustausch organisiert. Dort traf sie einen jungen Mann aus Polen, in den sie sich verliebte. Dieses Treffen blieb nicht ohne Folgen. Lena, meine Enkelin, war das Produkt dieser Liaison.“

„Kannten Sie den Mann?“

„Nein. Ich wusste nur, dass Maren sich hin und wieder am Grenzzaun, später in Stettin, mit ihm traf. Auch als sie sich schon lange von ihm abgewandt hatte und immer häufiger ihre Beziehungen wechselte.“

„Wo erreiche ich Ihre Tochter?“

„Im Nightclub Bienenstock in Rostock.“

Die Erkenntnis, dass seine Halbschwester in einem Bordell arbeitete, ließ Unbehagen in ihm aufkommen. „Bleiben Sie in der Wohnung. Ich möchte nicht, dass Ihnen das Gleiche zustößt wie

Ihrer Freundin Manja Voigt. Sollten Sie außer Haus gehen, lassen Sie sich von den Polizisten, die unten im Funkwagen sitzen, begleiten!"

Ilsa Buschmann nickte. Er ging die Treppe hinunter. Als er die Haustür öffnete, drehte er sich noch einmal nach ihr um. Sie stand noch immer am Absatz zur Treppe und winkte ihm zu.

Schon wieder auf der Straße, hatte er noch immer das Gefühl, dass Ilsa Buschmann nun am Fenster ihres Wohnraums stand und ihn beobachtete. Er vermied es, sich abermals nach ihr umzudrehen.

„Sie macht keinen glücklichen Eindruck", meinte Larsson zu Inge Mohaupt. Zu den Polizisten im Funkwagen sagte er: „Die Frau wohnt im ersten Stock. Ich möchte, dass jeder, der das Haus besucht, kontrolliert wird."

Er gab den Männern das Bild, das er von Simons bekommen hatte und das den Mann darstellte, der mehrfach auf den Polizeifotos zu sehen war. „Ganz besonders auf diesen Mann ist zu achten. Aber Vorsicht, mit großer Wahrscheinlichkeit ist er bewaffnet, und außerdem ist er ein wahrer Meister der Tarnung."

Dann wandte er sich ab, nickte den Männern nochmals zu und ging zu dem grauen Omega.

„Andresen hat angerufen. Er wird von der Presse bombardiert; sowohl der Sender Wolgast-TV als auch die Zeitungen haben bei der Pressestelle in Anklam Beschwerde über die Nachrichtensperre geführt. Wir sollen ihnen ein wenig entgegenkommen!"

„Sie sind im Recht! Der Leser hat Anspruch auf Aufklärung!"

Inge Mohaupt schaute ihn irritiert an. Larsson lächelte. „Wir werden die Presse bitten, unseren Mann öffentlich zu suchen!"

Sie fuhren los. Andresen rief bei Lasse Larsson an und teilte mit, Miodszy-Inspektor Stanischewski aus Stettin habe ihm eröffnet, dass es sich bei Malmströms Treffen in Swinemünde keinesfalls um ein normales Esoterikertreffen gehandelt habe, vielmehr sei es eine satanistische Sekte gewesen, die dort ihren Riten gefrönt habe.

„Diese Erkenntnis hatte doch Simons schon mitgebracht", stellte Lasse Larsson fest. Daraufhin führte er ein kurzes Gespräch mit Simons. Der sagte ihm, dass vor dem Hotel alles ruhig sei. Lillebil Malmström habe er nur gesehen, als sie gegen halb elf zum Frühstücksbuffet ging, nur kurz, bevor die Frühstückszeit vorbei war. Danach wäre sie wieder auf ihr Zimmer gegangen. Larsson beschloss, sie aufzusuchen, und ließ sich vor dem Hotel Residenz absetzen. Er schickte Simons zum Essen ins Kommissariat zurück.

Dann ging er hinauf zum Zimmer Lillebil Malmströms. Sie erschrak, als sie öffnete und Larsson erkannte. Offensichtlich hatte sie nicht mit ihm gerechnet. Vielleicht hatte sie sogar insgeheim damit gerechnet, ihm vor ihrer Abfahrt nicht mehr zu begegnen.

„Ich konnte die Nummer nicht erreichen, die du mir gegeben hast, Lillebil", begann Lasse Larsson das Gespräch.

„Komm erst mal herein. Ich kann nichts daran ändern. Wenn der Apparat nicht besetzt ist, musst du es eben noch einmal versuchen."

Als er sie mit dem Bild des auffällig gewordenen Mannes konfrontieren wollte, merkte er, dass er es ja den Polizisten im Funkwagen gegeben hatte. Also musste er zwangsläufig eine andere Taktik anwenden. „Als du aus Swinemünde kamst, hast du mit einem Mann auf der Seebrücke gesprochen ..."

„Spionierst du mir nach? Wer gibt dir das Recht dazu? Ich habe zwei Nächte mit dir verbracht. Das gibt dir kein Anrecht auf mich und mein Leben!"

„Ich habe dir nicht nachspioniert. Das machen andere. Genau der Mann, mit dem du gesprochen hast, hat dich verfolgt und dich mit mir zusammen gesehen!"

Sie zuckte zusammen. Larsson beobachtete, wie sie ihre Gesichtsfarbe wechselte.

„Was lässt dich so erschrecken, Lillebil? Du kennst den Mann!“

Sie nickte bestätigend. „Er ist ein Sicherheitsmann.“

„Ein Sicherheitsmann? Von was? Was bewacht er?“

„Unser esoterischer Kreis wird gegen fremde Mächte abgeschirmt!“

Lasse Larsson hatte das erste Mal den Eindruck, dass sie derart abgehoben argumentierte, wie es festgefahrenen Sektierern zu Eigen ist.

„Wir hatten einen Anruf, Lillebil, euer esoterischer Kreis besteht aus Satanisten. Es gibt unter Satanisten sehr unterschiedliche Ansichten, was Satanismus ist.“

„Einig sind sich wohl die meisten, dass Satanismus etwas mit freiem Willen zu tun hat“, sagte sie zwischen zwei Schniefern.

Er betrachtete jetzt die Frau mit anderen Augen als zuvor. Wie hatte er sich nur so weit gehen lassen können, sich mit ihr einzulassen. „Unter denen, die als wesentliches Kriterium für Satanismus den freien Willen betrachten, gibt es Leute, mit denen ich eher nichts zu tun haben will.“

„Vielleicht hast du Recht. Aber nur, weil jemand das Wort Satanist oder gar Naturreligion im Munde führt, ist er kein krankes, abartiges Wesen.“

„Und doch gibt es Menschen, die glauben, ihr Kult berechtige sie, zu demütigen, zu foltern und zu töten.“

„Gibt es die nicht überall in der Welt?“

„Wie bist du eigentlich zu den Satanisten gekommen?“

„Die Familie des Seth, in der ich aufwuchs, war eine eher kleine sexualmagische Splittergruppe. Alle Mitglieder waren fest verschworen und stammten aus der oberen Bildungsschicht aus ganz Schweden.“

„In mir drängt sich der Eindruck auf, dass es sich bei den Jüngern des Seth eigentlich mehr um perverse sadistische Kindesschänder handelt, ganz gleich, aus welcher Schicht sie kommen. Menschen also, die lediglich auf der Suche nach einer Legitimation sind, mit der sie sich ihr eigenes schändliches Treiben schön reden können. Wie alt warst du, als sie dich ..." Als Lillebil Malmström ihm nicht antwortete, sagte Larsson: „Könnte es sein, dass der Mann, mit dem du gesprochen hast, jetzt auch hinter dir her ist, weil er glaubt, du hättest den Kreis verraten?" Er spürte, wie sie abermals zusammenzuckte, und setzte nach: „Der Kerl hat schon einige Menschen auf dem Gewissen. Glaubst du wirklich, er würde davor zurückschrecken, dich zu töten, wenn er erfährt, dass du mit der Polizei kooperierst?"

„Du bist von der Polizei?" Ihr Erschrecken schien echt zu sein.

Lasse Larsson nickte. „Und ich glaube ganz fest daran, dass er schon weiß, wer ich bin. Er hat mich mehrere Male beobachtet, ohne zu ahnen, dass wir Aufnahmen der Umgebung machten und er so in ein von uns erstelltes Fahndungsraster passt."

„Ja, ich habe Angst um mein Leben!"

„Und in Schweden? Glaubst du, dass du zu Hause sicher bist?"

„Die *Church of Satan* ..."

„Die *Church of Satan*?"

Lillebil Malmström überging es, die Frage direkt zu beantworten. „Solange dieser Mann nicht aus dem Verkehr gezogen ist, ...", sagte sie, ohne den Satz zu vollenden, nickte aber.

Larsson überlegte kurz. Er dachte daran, dass er die Sicherheit von so vielen Menschen in Heringsdorf nicht würde gewährleisten können. Er hatte schon damit zu tun, Ilsa Buschmann vor dem Mörder abzuschirmen, und er erinnerte sich an den Mann, der mit seinem Rad Zeitungen ausfuhr. Ihm kam schlagartig die Erkenntnis, dass auch dessen Leben gefährdet war. „Du musst dich der schwedischen Polizei offenbaren! Sie stecken dich in ein Zeugenschutzprogramm, wenn du gegen diese Mörderbande aussagst!"

Er wusste nicht, ob es in Schweden überhaupt so etwas wie ein Zeugenschutzprogramm gab. Er stellte es einfach in den Raum, und er hoffte, damit Lillebil Malmström zu einer Kooperation mit der Polizei zu bewegen.

„Es gibt auch Polizisten in Schweden, die der Sekte angehören“, widersprach sie.

„Ich werde veranlassen, dass du bis nach Schweden gebracht wirst!“

„Sie werden mich am Hafen von Ystad in Empfang nehmen, und wenn ich Pech habe, kannst du in der nächsten Woche in der südschwedischen Zeitung lesen, dass eine junge Frau irgendwo an der Küste angespült worden ist, und die furchtbare Folterspuren aufweist.“

Larsson wählte die Nummer von Andresens Handy. „Wir haben ein Problem, Rolf.“

„Bei der Kripo gibt's nur Probleme.“

„Wir müssen Ilsa Buschmann rund um die Uhr sichern. Hast du schon daran gedacht, dass der Zeitungsausträger heute aus Dresden zurückkommt?“

„Ja. Wir holen ihn in Anklam aus dem Zug. Das macht Schubert.“

„Schubert?“

„Ich habe direkt bei Kruse angerufen. Ich kann wirklich nicht sagen, dass er sehr erfreut darüber war, aber letztlich hat er zugestimmt und Schubert dafür abgestellt.“

„Wir brauchen die nächste Abfahrt nach Schweden. Lillebil Malmström wird von uns der schwedischen Polizei übergeben.“

„Nicht nach Ystad!“ mischte sich Lillebil Malmström ein. „Bitte, nicht nach Ystad!“

„Ach ja“, setzte Larsson nach. „Such die nächste Verbindung von Sassnitz nach Trelleborg, und sag Simons Bescheid, dass er eine Vergnügungsreise machen darf!“

„Heute noch?“

„Wenn die Möglichkeit besteht, ja.“

„Da wird er sich aber sehr freuen. Er hat mir gerade gesagt, er gehe heute Abend mit seiner Freundin zu einem Jazzkonzert“, sagte Andresen lakonisch. „Ich habe Nachricht von der holländischen Reederei. Die *Hendrika Bartelds* liegt seit einer Stunde in Wustrow und wartet auf unseren Besuch.“

„Da hätte Simons sich einen anderen Beruf suchen müssen. Zur *Hendrika Bartelds* kann er auch gleich fahren. Und dann ruf bitte unsere schwedischen Kollegen in Stockholm an und avisiere Malmström. Sie sollen Übernahme und Polizeischutz in der Provinz sicherstellen."

In diesem Augenblick verfluchte er, jemals den Entschluss gefasst zu haben, zur Kriminalpolizei zu gehen. Chiara kam ihm in den Sinn und ihre zärtlichen Umarmungen. Sprunghaft dachte er dann an seinen Vater und die Feststellung Ilsa Buschmanns, dass der ein stattlicher, gut aussehender Mann gewesen sei, der den Mädchen die Köpfe verdreht hatte.

Als es an der Tür klopfte, bedeutete er Lillebil, sich ins Bad zurückzuziehen. Er ging zur Tür, zog noch im Laufen seine Dienstwaffe und entsicherte sie. Dann nickte er Lillebil zu, die ihren Kopf aus dem Badezimmer steckte und mit vor Angst weit aufgerissenen Augen zu ihm herüberstarrte. „Ja!" sagte sie.

Hinter der Tür stehend, sah Lasse Larsson aus den Augenwinkeln, wie Simons das Zimmer betrat. Als der jemand in seinem Rücken spürte, drehte er sich um. „Du kannst einem ja einen Schreck einjagen!"

„Wenn unser Mann hier gewesen wäre, hättest du keine Chance gehabt, Karl!" sagte Larsson. „Vielleicht wärest du jetzt reif für die Kühltruhe."

„Warum sagst du das?"

„Weil ich will, dass du besser aufpasst. Die Aufgabe, die du jetzt übernimmst, heißt Personenschutz. Das soll heißen: in jedem Moment kann unser Mann auftauchen. Wir wissen nicht, wo er sich aufhält, und dieser Mann ist so gefährlich, dass du zuerst schießen musst, sonst ist einer von euch beiden tot, möglicherweise auch alle beide!"

Simons sah ein, dass Larsson Recht hatte. Er nahm sich vor, die Frau heil nach Schweden zu bringen, und insgeheim war er dankbar dafür, dass Larsson seine Sinne zur Wachsamkeit nochmals gestärkt hatte. Lillebil Malmström hatte währenddessen ihre Kleidung in einen Koffer geworfen.

„Die Fähre Sassnitz-Trelleborg geht Viertel vor fünf und ist abends um halb zehn in Schweden. Nach einer Stunde Aufenthalt geht der Dampfer zurück. Dann komme ich gegen halb drei wieder in Sassnitz an. Adieu Jazzkonzert!“

Larsson wusste, dass er seinem jungen Kollegen viel zumutete, als er sagte: „Kannst dir auf der Rückfahrt eine Kabine nehmen. Du wirst die Ruhe brauchen, denn du fährst gleich weiter nach Wustrow. Die *Hendrika Bartelds* liegt seit einer Stunde an der Wustrower Seebrücke fest und wartet auf unseren Besuch.“ Er schaute zur Uhr. „Es wird Zeit, dass ihr losfahrt. Wir gehen jetzt gemeinsam zum Wagen. Ich gehe voraus bis zur Empfangshalle. Du kommst mit Lillebil in einer Minute nach.“

Vorsichtig öffnete er die Tür und schaute hinaus auf den Flur. Der Korridor war leer. Er schob sich hinaus und zog die Tür so weit zu, dass noch ein Spalt blieb, aus dem Simons nun seinen Abgang beobachtete. Larsson benutzte die Treppe, nicht den Fahrstuhl. Er ging zur Rezeption und fragte nach einer Zugverbindung nach Berlin. Während die Frau aus ihren Unterlagen die Angaben heraussuchte, sondierte der Kommissar die Umgebung. Von dem gesuchten Mann, von dem er zu Recht annahm, dass er ein Auftragskiller war, war nichts zu sehen.

Wenig später erschienen Simons und Lillebil Malmström. Sie erreichten ohne Zwischenfall den Omega.

„Du setzt mich im Kommissariat ab. Wenn uns kein Auto folgt, fährst du direkt nach Sassnitz. Solltest du irgendetwas Unvorhergesehenes bemerken, rufst du sofort durch!“

Larsson stellte fest, dass ihnen niemand folgte. Simons setzte ihn am Kommissariat ab und fuhr weiter.

Als Lasse Larsson das Büro der Kommissare betrat, stürmten die Ereignisse auf ihn ein.

Paul Maier lächelte ihm entgegen: „Ein Prall – ein Schall – dicht am Gesicht – verloren ist das Gleichgewicht!“ Dabei reichte er ihm einen Stapel Briefe, die mit einer Schnur zusammengehalten wurden.

„Was ist das?“

„So töricht ist der Mensch – er stutzt, schaut dämisch drein und ist verdutzt, anstatt sich erst mal solche Sachen, in aller Ruhe klar zu machen!“

„Lassen Sie es einfach, mit Wilhelm Busch zu sprechen, und sagen mir, was das ist!“ Larsson hatte die Schnur geöffnet und den ersten Brief aus dem Kuvert genommen. Er stutzte, als er die Schrift seines Vaters erkannte.

„Wenn mir aber was nicht lieb, weg damit – ist mein Prinzip.“

Larsson überhörte die Anspielung Maiers. Ihm war klar, dass der nun über seine Rolle in diesem Geflecht von Verwicklungen Bescheid wusste. Um nicht zu zeigen, dass ihn diese Erkenntnis traf, antwortete er: „Mein lieber Sohn, du tust mir Leid. Dir mangelt die Enthaltsamkeit.“

„Sie haben wirklich Humor, Hauptkommissar.“

Andresen mischte sich ein. „Die Obduktionsberichte sind da, alle beide!“ Er reichte Lasse Larsson zwei dünne Ordner. „Die Ohren Frenzels und der Frau Voigt wurden mit einem relativ stumpfen Messer abgetrennt. Bei Lena Buschmann hat der Mörder das mit einem Skalpell besorgt. Die Obduktionsberichte geben Auskunft über die Schnittflächen.“

„Ein Trittbrettfahrer, der seine Spur verwischen will“, sagte Inge Mohaupt.

Larsson stand auf und ging zu der Kaffeemaschine, von der ein unwiderstehlicher Duft ausging. Er goss sich eine Tasse ein und schaute Maier an. „Möchten Sie einen Kaffee?“

Maier schüttelte den Kopf, und Larsson fuhr fort: „Ich bin überzeugt davon, unser derzeitiger Killer ist nicht der Mann, der Lena Buschmann umgebracht hat. Alles sieht danach aus, als ob die Ohren von Lena Buschmann von einem Fachmann, sprich Arzt, die Ohren unserer Opfer aber von einem Schlächter abgetrennt worden sind. Rolf unterrichtet die Presse und wird ihr ein Foto des gesuchten Mannes in die Hände geben. Machen wir ihm ein bisschen die Hölle heiß und sensibilisieren die Bevölkerung, damit sie die Augen offen hält.“ Ohne ein weiteres Wort zu sagen, verließ er den Raum. Er ging in sein Zimmer. Sein Magen rebellierte. Wie lange hatte er eigentlich nichts mehr gegessen? Der Kaffee schien erbarmungslos an seinen Magenwänden zu bohren.

Larsson dachte, eine offizielle Anfrage an die Fremdenlegion müsste über das Außenministerium gestellt werden. Ob die dann jemals beantwortet werden würde, stand in den Sternen. Auf jeden Fall würde die Antwort aber so lange auf sich warten lassen, dass der Killer weitere Möglichkeiten hätte, zuzuschlagen. Er zog sein kleines Notizbuch und suchte den Namen eines Mannes, den er auf einem Volksfest im französischen Sektor Berlins kennen gelernt und mit dem sich eine Freundschaft entwickelt hatte. Dann wählte er eine Handynummer.

In dem Augenblick, als die Fähre nach Trelleborg den Sassnitzer Hafen mit Lillebil Malmström und Karl Simons verließ und beide am Heck des Schiffes auf die aufschäumende Gischt schauten, die sich, einem Teppich gleich, weiß vom Dunkel des Wassers abhob, meldete sich Gilbert Delacroix. Er war erfreut, als er Lasse Larssons Stimme erkannte, hatten sie doch eine ganze Zeit nichts voneinander gehört.

Larsson hielt nicht mit seiner Bitte hinter dem Berg, ihm bei der Suche nach dem vermeintlichen Mörder behilflich zu sein. Delacroix versprach, zu versuchen, etwas über den Mann herauszukriegen, dessen Bild ihm Lasse Larsson per Mail übermitteln sollte.

Nachdem das Bild, in eine PDF-Datei umgewandelt, per Mail an den Empfänger nach Paris geschickt worden war, verspürte Larsson einen sehr menschlichen Drang. Auf dem Weg zur Toilette begegnete ihm Inge Mohaupt auf dem Gang. „Ich wollte dir nur sagen, dass das Telefon der Manja Voigt seit dem 23. Mai stillgelegt war."

„Also konnte sie nicht telefonieren, und der Mörder brauchte keine Zeit zu verlieren, um das Telefon zu kappen!"

„Nein, das konnte sie nicht. Der Grund der Stilllegung war, dass sie die Telefonrechnung nicht bezahlt hatte. Ich habe ihr

Konto anhand der Auszüge der Sparkasse geprüft, die von der Spurensicherung gekommen sind. Sie hatte eine verdammt kleine Rente und eine relativ hohe Telefonrechnung."

„Sie war Hausbesitzerin. Da gab es doch Einkünfte aus Vermietungen!"

„Du hast doch gesehen, wie klein das Haus ist. Sie konnte maximal eine Familie unterbringen, und die Saison für die Vermietungen ist kurz."

Larsson dachte daran, wie er das erste Mal in das Haus von Manja Voigt gekommen war. Sie hatte den Hund hochgenommen, damit der nicht um seine Beine herumkeifte. Kaiser von Beijing ... Wie konnte man einen so kleinen Hund nur Kaiser von Beijing nennen?

„Maier ist wieder nach Anklam zurückgefahren, und Andresen will dir endlich sagen, was bei der Vernehmung von Hannes Keil herausgekommen ist."

„Ich komme gleich zu euch", sagte Larsson und setzte seinen Weg zur Toilette fort.

Inge Mohaupt ging in den Raum der Kommissare zurück. „Lasse kommt gleich. Ich weiß nicht, was er hat. Er schien so abwesend zu sein."

Andresen sagte: „Er hat seine eigenen Methoden. Ich bin nur nicht durchgestiegen, welche das sind."

Lasse Larsson war, von der Toilette kommend, in sein Zimmer zurückgegangen. Er nahm sich noch einmal die Briefe seines Vaters an Walburga Treetz vor.

Lübeck, den 12. September 1964

Liebe Wally,

wie du weißt, wollte man mich zwingen, auf die Görlitz zu gehen. Ich aber wollte nicht auf einem Schiff fahren, das einem alles abverlangt, das bei Wind und Wetter die Gesundheit der Menschen ruiniert, auf dem die Menschen wie Tiere gehalten werden, und das töten kann. Deshalb habe ich nicht lange überlegt: Als mir der Vorschlag gemacht wurde, in Dänemark an Land zu gehen, habe ich zugestimmt.

Ich bin Deutscher, und deshalb habe ich meine Zelte in Lübeck aufgeschlagen. Ob ich weiter als Fischer arbeite, ist noch nicht sicher. Die Auswahl an lukrativen Arbeitsmöglichkeiten ist hier sehr groß. Ich habe Ilsa nichts von uns sagen können, es hat sich nicht so ergeben, und ehrlich gesagt, ich war zu feige, ihr die Wahrheit zu sagen. Zu oft ist es schon passiert, dass Frauen verlassen wurden, weil sich die Männer der besten Freundin zugewandt hatten. Ich wollte Ilsa, die ich ja auch liebe, nicht verletzen. Am liebsten würde ich mit euch beiden leben, aber das wäre ja unmöglich, weil ich denke, dass keine von euch das mitmachen würde. Eigentlich schade, denn wir könnten eine Menge Spaß zusammen haben. Doch selbst, wenn ihr das jetzt wolltet – die Grenze wird uns für immer trennen. Ich bedauere das sehr, finde aber, meine Entscheidung richtig. Ich kann in diesem Staat nicht leben.

Alles Liebe

Dein Lars

Lasse Larsson faltete den Brief wieder zusammen und steckte ihn in den Umschlag zurück. Das also war das zweite Ich seines Vaters. Er hatte geglaubt, den Mann zu kennen, der mit ihm in seiner Kinderzeit Drachen steigen ließ, der ihn zum Krankenhaus brachte, als ihn eine Wespe gestochen hatte und seine Hand übermäßig anschwoll, der immer für ihn da war, wenn er ihn brauchte, bis zu dem Zeitpunkt, als er diesen Autounfall hatte.

Der Unfall. Obwohl sein Vater ein geübter, guter Fahrer war, verunglückte sein Fahrzeug eines Nachts, als er auf dem Weg von Hamburg nach Lübeck war. Die Spuren, die der Unfall hinterlassen hatte, verrieten, dass hier etwas Außergewöhnliches passiert sein musste. Wer den Wagen in dieser Nacht von der Fahrbahn abgedrängt hatte, war nicht zu ermitteln. Dass es aber so war, daran gab es keinen Zweifel. Lasse Larsson dachte daran, dass der Sicherheitsdienst der DDR subversive Elemente, wie Menschen genannt wurden, die ihre Heimat verließen, um im freien Teil Deutschlands zu leben, zu jagen pflegte. Nicht alle, aber bestimmte Personen, solche, die der DDR in irgendeiner Weise gefährlich werden konnten. Und nun dachte er darüber nach, was sein Vater eigentlich gearbeitet hatte. Er war viel unterwegs gewesen. Seine Mutter hatte es oft genug beklagt.

Erst als der Fluchthelfer Hans Ulrich Lenzlinger, der sich mit seinem Fluchthilfeunternehmen ARAMCO AG in seinem Haus in Zürich von Geparden bewachen ließ, durch den Sicherheitsdienst der DDR ermordet wurde, blieb Lars Larsson wieder mehr zu Hause. Der damals fünfzigjährige Lenzlinger war am 5. Februar 1979 in seiner Villa in Zürich durch mehrere Schüsse getötet worden.

Lasse Larsson legte die Briefe in die obere Schublade seines Schreibtischs, die er sorgfältig verschloss. Jeder Mensch hatte irgendeinen dunklen Punkt in seiner Vergangenheit. Sein Vater war für ihn dieser dunkle Punkt, und Larsson trug schwer daran. Er musste diese Erkenntnis erst einmal verdauen, bevor er mit irgendjemand darüber würde sprechen können. Es war die Enttäuschung darüber, diese Tatsachen auf diesem Weg erfahren zu müssen, nicht, dass sie bestanden.

Er ging zum Büro seiner Kollegen der Ermittlungsgruppe. Inge Mohaupt telefonierte, als er eintrat. Er schaute auf die große Uhr, die sich das Team über der zweiten Tür des Raumes angebracht hatte. Sie war neu. Wer auf die Idee gekommen war, ein solches Monster hier anzubringen, wusste er im Augenblick nicht zu sagen. Nur dass sie da war, zeugte davon, dass er an die vielen Überstunden erinnert werden sollte, die wahrscheinlich auch bei der Aufklärung dieses Falles abgeleistet werden mussten.

Larsson setzte sich auf den Stuhl von Simons, der gegenüber Andresens Schreibtisch stand. „Wie war es bei Keil? Konnte der irgendetwas zur Aufhellung der Ermittlungen beitragen?“

Andresen hob die Schultern. „Keil wohnt in Sichtweite des kleinen Gehöfts Frenzels. Der Sohn Frenzels ist mit ihm zur Grundschule gegangen. Nach der Wende bekannte sich Andreas Frenzel zum Rechtsradikalismus. Hannes Keil brach die Verbindung ab.“

„Und die Walpurgisnacht?“

„Na ja, am Tag, als abends die Sause auf Frenzels Hof stattfand, traf Keil in Anklam auf den jungen Frenzel. Der lud ihn ein, mitzumachen, und offerierte einige hübsche Mädchen. Und wie das so ist, die Mädchen zogen mehr als die Abneigung gegen einen Rechtsextremen. In der Nacht vom 30. April zum 1. Mai entzündete man ein großes Feuer. Etwa ein Dutzend Leute hatten sich getroffen, um die Feier zu begehen. Es wurde viel getrunken, pärchenweise verschwanden die jungen Leute in den Büschen und trieben dort allerlei Spielchen. Zu Zwangssex sei es dort zwar nicht gekommen, wohl aber zu Naziparolen und Abspielen von naziverherrlichender Musik!“

„Gib einen Durchschlag des Berichts an Schubert nach Anklam. Der hat so einen Fall auf dem Tisch. Vielleicht passt das ja zusammen.“

Inge Mohaupt war mit ihrem Telefonat fertig. „Es gibt über die Treetz keinerlei Erkenntnisse. Im Polizeicomputer ist sie nicht aufgefallen, und aus der Zeit vor der Einheit ist auch nichts aktenkundig.“

Lasse Larsson dachte einen Augenblick nach. „Ich rufe Kruse an, er soll beim zuständigen Richter eine Anordnung nach § 87 der Strafprozessordnung zur Exhumierung der Treetz erwirken!“

„Weißt du etwas, das wir nicht wissen?“

„Ilsa Buschmann hat mir gesagt, dass die Treetz ein Kind hatte.“

„Das Standesamt hat keine Kenntnisse von einer Entbindung“, sagte Inge Mohaupt. „Ich habe in Sondershausen nachgefragt. Du musst dich irren!“

„Ich irre mich nicht, Inge. Walburga Treetz hat einen Sohn zur Welt gebracht, der den Namen Wolfgang Fichter bekam."

„Fichter ..."

„Die kinderlose Cousine der Treetz hieß Fichter."

„Sie hat das Kind adoptiert", warf Andresen ein.

„Falsch. Sie haben einen Arzt gefunden, der der Frau Fichter eine Heimgeburt bescheinigte, und so erhielt der Junge von Anfang an den Namen Fichter."

Andresen pfiff leise.

„Das war strafbar, auch zu DDR-Zeiten! Da ganz besonders", sagte Inge Mohaupt.

Larsson schaute zur Uhr. Diese widerwärtige, große Uhr zeigte erbarmungslos an, dass es bereits nach sieben war. Simons wird bald in Schweden sein, dachte er. Und mit ihm Lillebil Malmström. „Wir machen morgen früh weiter! Eines möchte ich aber wissen. Wie ist Walburga Treetz zu Tode gekommen?"

„Du glaubst doch nicht, dass sie ermordet wurde?"

Lasse Larsson hob die Schulter. „Kann man das wissen?"

„Nein, natürlich nicht. Aber es ist nichts anhängig. Der Hausarzt hat einen natürlichen Tod festgestellt, sonst wüssten wir es zuerst."

Larsson dachte daran, dass viele Morde ungesühnt blieben, weil der behandelnde Arzt einen falschen Totenschein ausstellte. Jüngere statistische Auswertungen von tatsächlich erfolgten Sektionen legten nahe, dass jedes Jahr in Deutschland fast 1200 Tötungsdelikte unbemerkt bleiben und die Todesursachenstatistik mit nahezu 11.000 fälschlich als natürlich klassifizierten Todesfällen behaftet ist.

„Da kommt eine Mail für dich, Lasse!" Andresen deutete auf den Bildschirm.

„Ruf sie auf!"

„Wow. Das ist das Bild des Mannes, den wir suchen. Er trägt die Uniform der Legion."

„Druck den Kram aus! Ich werde mich morgen bei meinem Kontaktmann dafür bedanken!“

Das Papier, das Andresen ausdruckte, bestand neben dem Bild des Mannes und dem Foto der Fingerabdrücke nur aus einem Satz und der Unterschrift:

Der Name des Mannes ist Peer Bergerac alias Wolfgang Fichter.

Gruß Gilbert Delacroix

Andresen fragte: „Wie hast du das gemacht?“

„Das sind Lasses besondere Ermittlungsmethoden!“ sagte Inge Mohaupt und grinste.

„Ruf die Redaktion des Usedom-Kuriers an, frag, ob sie morgen noch veröffentlichen können, dass wir diesen Mann suchen. Gib das Bild mit durch. Das Gleiche gilt für das Wolgast-TV.“

„Er wird das lesen und sich in Sicherheit bringen!“ mahnte Inge Mohaupt.

„Wir werden die Straßen abriegeln und ihn zur Fahndung ausschreiben. Aber ich glaube, er wird hier nicht verschwinden, bevor er nicht etwas Wichtiges erledigt hat. Er wird versuchen, diejenige mundtot zu machen, die seiner Identität gefährlich werden kann. Ilsa Buschmann.“

„Deshalb hat er sich vor ihrem Haus rumgedrückt.“

„Ja.“

„Wenn der so verwandlungsfähig ist, lässt er sich auch nicht von einem Funkwagen abhalten.“

„Wir werden die Frau holen und sie irgendwo verstecken, bis wir den Kerl haben.“

„Ich könnte sie erst einmal bei meiner Mutter in Anklam unterbringen“, sagte Inge Mohaupt.

„Wenigstens bis morgen“, sagte Larsson. „Dann werden wir weitersehen!“ Er ging in sein Büro zurück und machte sich abermals daran, die Briefe seines Vaters an Walburga Treetz durchzulesen. Irgendwie hoffte er auf eine Andeutung, die ihm in seinen Bemühungen, Licht in dieses Tohuwabohu zu bringen, hilfreich sein könnten.

14. Kapitel

Während Inge Mohaupt Ilsa Buschmann abholte und in Begleitung des Funkwagens nach Anklam brachte und Rolf Andresen den Weg nach Hause angetreten hatte, fuhr Lasse Larsson nach Rostock, wo er kurz vor zweiundzwanzig Uhr eintraf.

Er suchte sich unweit der Langen Straße einen Parkplatz. Während er ausstieg, um den einzigen Menschen, den er in seiner Nähe sah, einen stark angetrunkenen Mann, zu fragen, wo das Etablissement Bienenstock zu finden sei, hielt ein Streifenwagen der Rostocker Polizei neben seinem alten Renault.

Einer der Polizisten stieg aus, betrachtete die beiden ungleichen Männer und kam auf sie zu. Er legte die Hand zu einem flüchtigen Gruß an die Mütze. Obwohl er die Antwort im Voraus kannte, fragte er: „Ist das Ihr Wagen?"

„Es ist mein Wagen, Polizeimeister!"

„Kann ich mal Ihre Papiere sehen? Ausweis, Führerschein, Zulassung."

Larsson drehte sich noch einmal zu dem angetrunkenen Mann hin: „Es ist gut, Kumpel. Ich werde die Polizei nach dem Weg fragen. Die Herren werden sicher wissen, wo ich den Bienenstock finden kann."

Er zog seinen Dienstausweis. „Reicht Ihnen das, Kollege?"

„Oh, ein Hauptkommissar auf Abwegen!" Der Mann hatte es witzig gemeint, aber Larsson war zu müde, um darauf einzugehen. Die Anstrengungen der letzten Tage machten sich bemerkbar.

„Ich bin nicht zu Scherzen aufgelegt, Polizeimeister. Und ich bin dienstlich hier. Ich suche den Mittelweg, genauer den Bienenstock im Mittelweg!"

„In Rostock gibt es keinen Mittelweg."

Der Angetrunkene übergab sich laut rülpsend in den Papierkorb neben der Straßenbahnhaltestelle.

„Dieses Schwein!" entfuhr es dem Polizeimeister.

Der Fahrer des Streifenwagens, neugierig geworden, was die beiden so zu besprechen hätten, und vom Anblick des sich übergebenden Mannes alarmiert, stieg aus. „Brauchst du Hilfe, Eddi?"

„Nein, nein. Der Hauptkommissar sucht den Bienenstock!"

„Der Puff ist in Warnemünde, nicht in Rostock!" Er stutzte. „Der Hauptkommissar?"

Der Fahrer des Funkwagens, ein Polizeiobermeister, schaute auf Larsson; er zeigte eine leise Verwunderung in seinem Gesicht.

„Ja. Ein Kollege aus Heringsdorf."

„Ich ermittle in einem Mordfall, und dazu muss ich mit einer Frau sprechen, die offensichtlich in dem Etablissement arbeitet."

Der Fahrer schielte nun zu dem Betrunkenen. „Was machen wir mit dem da?"

„Am besten ist es, wir haben ihn gar nicht gesehen und bringen den Hauptkommissar nach Warnemünde! Wenn wir zurückkommen ..."

„Nein, Eddi. So geht das nicht ..." Der Polizeiobermeister ging zu seinem Fahrzeug zurück. Er rief über Funk einen zweiten Streifenwagen herbei und sagte der Einsatzleitung, er müsse einen auswärtigen Kollegen der Kripo nach Warnemünde begleiten.

Wenig später hielt der zweite Streifenwagen, und die Beamten erklärten, dass sich die Besatzung des Fahrzeuges um den Betrunkenen zu kümmern habe. Dann machten sie sich auf den Weg nach Warnemünde. Voraus der Funkwagen, dicht gefolgt von Lasse Larsson in seinem alten, klapprigen Renault, der Mühe hatte, dem Wagen zu folgen. Viertel vor elf hielten die beiden Fahrzeuge auf dem Kirchenplatz in Warnemünde. Rund um die Kirche gab es große Parkplätze, die auch zu dieser Stunde noch gut belegt waren. Die beiden ungleichen Fahrzeuge parkten nebeneinander. Der Polizeimeister stieg aus. Diesmal setzte er seine Mütze nicht auf. Es hatte schon etwas Vertrauliches an sich, als er sagte: „Sehen Sie den Schriftzug Fresssack an dem Hotel? Direkt daneben geht der Mittelweg ab. Die Straße ist nicht lang. Das Bordell liegt rechtsseitig, etwa im ersten Drittel."

Lasse Larsson bedankte sich für die Begleitung. Die beiden Polizisten grüßten noch einmal und machten sich auf den Weg zurück nach Rostock.

Nachdem Larsson sich umgesehen hatte, um die nächtlichen Eindrücke der Ortsmitte Warnemündes in sich aufzunehmen, ging er zielstrebig auf die Straßeneinmündung des Mittelwegs zu. Das erste, was er wahrnahm, war, dass man die Straße mit Kopfsteinen gepflastert hatte. Er stolperte über eine dieser von den unterschiedlich verlegten Steinen hervorgerufenen Unebenheiten, was ihm einen unangenehmen Schmerz im Rücken verursachte.

Er sah die Beleuchtung von Nickis Bienenstock. Vor dem Haus standen zwei Männer und unterhielten sich lautstark. Offensichtlich waren sie angetrunken und stritten, welche der Frauen im Bordell die größeren Brüste hatte. Als er näher kam, sah er am Eingang einen weiteren Mann stehen. Dieser war unschwer als Türsteher auszumachen. Kurz bevor er den Hauseingang erreichte, machte sich das Handy in seiner Tasche bemerkbar. Es war Simons, der die Rückreise von Schweden angetreten hatte, und der ihm nun die ordnungsgemäße Übergabe von Lillebil Malmström an die schwedischen Behörden meldete. Larsson riet ihm, sich etwas hinzulegen, damit er am kommenden Tag wieder fit sei, denn dann wolle man dem Hof Major Frenzels den längst fälligen Besuch abstatten.

In Gedanken hörte er schon den Vorwurf des Kriminaloberrats Kruse, warum man das nicht am Tag des Leichenfundes erledigt hatte. Und er würde ihm antworten, wenn er mehr Leute zur Verfügung hätte, sei diese Aufforderung unnötig. Als leitender Kommissar habe er seine Mitarbeiter bis an den Rand ihrer Leistungsgrenze geführt und darüber hinaus. Weitere Einsätze über die normale Arbeitszeit seien unzumutbar, und alles brauche seine Zeit, auch die Aufklärung des Mordes an Frenzel.

Der Mann vor der Tür zum Eingang des Bienenstocks begrüßte ihn mit den Worten: „Herein in Nickis Bienenstock! Hier geht's ordentlich zu, edel und verspielt! Wir haben alles, was das Herz begehrt! Nur hereinspaziert!“ Dabei leckte er mit der Zunge über seine Lippen.

Der Raum, den Larsson betrat, verströmte Wärme. Leise rieselte Musik durch den Raum. Auch Jane Birkins *Je t'aime,* das er aus seiner Frankfurter Zeit aus Mollis Pinte in der Spohrstraße bekannt war, hatte überlebt. Soeben stöhnte es aus dem Lautsprecher und erinnerte ihn an diese Zeit.

Überall saßen Mädchen herum. Demnach kann es noch nicht allzu viel Betrieb geben, dachte Larsson. Er ging zum Tresen, auf dem eines der halb nackten Mädchen posierend lag und von einem der Freier fotografiert wurde.

„Kann ich dir behilflich sein, Süßer?“

„Ein anderes Mal! Ich suche Maren ... Maren Buschmann!“

Die hinter dem Tresen stehende Frau mischte sich in das Gespräch ein. „Sie hat einen Kunden. Nehmen Sie ein anderes Mädchen, oder trinken Sie etwas, während Sie auf Katherine warten.“

„Ich bin kein Kunde.“

„Was wollen Sie dann von Katherine?“

„Ich will mit ihr sprechen!“

Im Hintergrund machte sich plötzlich ein Mann zu schaffen, der wie aus dem Nichts aufgetaucht war, und dem er absolut zutraute, den Raum von unliebsamen Gästen zu räumen; die Frau hinter dem Tresen war mittleren Alters, hatte ein rotes Chiffonkleid an und wirkte sehr gepflegt.

„Also, was kann ich für Sie tun?“ Sie lächelte Larsson erwartungsvoll an.

„Ich möchte Maren Buschmann sprechen!“

„Das sagten Sie bereits. Und ich habe Sie gefragt, was Sie von ihr wollen!“

„Das werde ich ihr und nur ihr sagen!“

Ihr aufreizendes und zugleich warnendes Lachen schien den Gorilla im Hintergrund munter zu machen. „Brauchst du Hilfe, Chéri?“

„Maren Buschmann?“ wiederholte sie so, dass es der Mann hören konnte.

„Ja. Und ich habe keine Lust, ein Quiz mit Ihnen durchzuführen, Gnädigste!“

„Soll ich den Kerl rauswerfen?“ Der Mann stand wie ein Stier vor dem Toril, und Lasse Larsson hatte wenig Lust, gegen diese Hörner zu laufen. Deshalb zog er seinen Dienstausweis. „Wir haben zwei Möglichkeiten ...“

„Nur die Ruhe, Kommissar! Ich kenne beide Möglichkeiten“, unterbrach ihn die Frau. „Ich ziehe diese vor, die uns keinen Ärger macht!“

Sie drehte sich zu dem Mann und sagte: „Geh zurück ins Büro. Ich komme hier allein zurecht!“ Und zu dem Mädchen auf dem Tresen: „Und du schaust nach, wie weit Maren ist. Aber vorsichtig! Vergraule ja nicht den Stammkunden!“

Lasse Larsson waren derartige Szenen nichts Neues. Er kannte die Bordelle in Frankfurt am Main, in Rotterdam und in Berlin, und er fragte sich, was hier anders sei. Die Rituale waren überall die gleichen. Die Freier kamen, warteten auf eines der Mädchen oder tranken mit den Frauen ein Glas Champagner zu sündhaft überteuerten Preisen; sie verschwanden dann mit der Frau ihrer Wahl in irgendeinem Raum, in dem das Bett das wichtigste Utensil war.

„Möchten Sie etwas trinken? Einen Kaffee vielleicht?“

„Ein Espresso wäre nicht schlecht.“

Während die Frau sich am Kaffeeautomaten zu schaffen machte, musterte Larsson seine Umgebung. Mädchen kamen in

Begleitung ihrer Freier wieder in die Bar zurück. Einige gingen, andere gingen mit Freiern hoch.

„Sie müssen mich nicht für neugierig halten, wenn ich Sie gefragt habe, was Sie von Maren Buschmann wollen. Hier firmiert sie unter ..." Die Frau stellte den Espresso vor Larsson ab und vollendete den Satz: „Katherine! Und wenn plötzlich irgendein Fremder nach unseren Mädchen mit deren bürgerlichen Namen fragt, dann bedeutet das zumeist Ärger."

„Warum?"

„Weil sie entweder von einem verflossenen Ehemann oder einem zudringlichen Kunden gesucht werden, und beides bringt Unruhe ins Haus. Unruhe schadet dem Geschäft. Und wir stehen alle nicht hier, nur um die Zeit totzuschlagen!"

Das mache ich auch nicht, dachte Lasse Larsson. Weiß Gott, ich hätte auch anderes zu tun. Am liebsten wäre ich in meinem Bett und würde mir die Müdigkeit wegschlafen, die aufgrund der vielen Überstunden wie eine Krake auf mein Befinden einwirkt.

Das Mädchen, das die Frau geschickt hatte, um nach Maren zu sehen, kam zurück.

„Und?" fragte die Frau im roten Chiffonkleid.

„Ich denke, in zwanzig Minuten etwa wird sie fertig sein!"

„Sie haben's gehört, Kommissar! Ich hoffe, Sie haben die zwanzig Minuten? Wollen Sie im Büro warten?"

Lasse Larsson dachte an den Gorilla und zog es vor, seine Gesellschaft zu meiden. Er antwortete mit einer Gegenfrage: „Wo kann ich mit Maren Buschmann ungestört sprechen?"

„Im Büro!"

„Ich sagte ungestört. Ungestört heißt – allein! Ich könnte mit ihr außer Haus ..."

„Das wird nicht nötig sein, Kommissar. Sie können allein mit ihr reden. Haben Sie eine Ahnung, wie lange Sie bleiben werden?"

„Das wird das Gespräch ergeben." Aus den Augenwinkeln musterte er die Frauen. Einige unterhielten sich und lachten miteinander. Für sie alle war das ihre Art, den Lebensunterhalt zu verdienen. Und eine leichte Aufgabe war es bestimmt nicht, an jedem Abend die Haut zu Markte tragen zu müssen.

Als die Tür aufgestoßen wurde und Maren Buschmann den Raum betrat, erkannte er sie sofort. Er hatte nicht so viel Ähnlichkeit mit ihr erwartet. Deshalb konnte er sich durchaus vorstellen, dass es den anderen nicht verborgen blieb. Maren Buschmann kam an den Tresen, schaute irritiert erst auf ihn, dann auf die Frau mit dem roten Chiffonkleid und fragte: „Was gibt's, Nicki?"

„Das solltest du den Kommissar fragen."

„Ich möchte Sie unter vier Augen sprechen, Frau Buschmann", sagte Larsson, während er ihr flüchtig seinen Ausweis zeigte.

„Ihr könnt in mein Appartement gehen", sagte die Frau hinter der Theke und gab Maren Buschmann den Schlüssel.

Die kleine Wohnung lag im ersten Stock des angrenzenden Gebäudes. Sie war geschmackvoll eingerichtet. Larsson hatte so etwas hier nicht erwartet. Ein alter Frankfurter Eichenschrank war das Schmuckstück des Zimmers. Ein kleiner, ziemlich dunkler Heymans zierte die Wand. Er zeigte einen Schäfer, der im nächtlichen Mondlicht seine Herde trieb. Nur mit einer Zusatzbeleuchtung kam das Bild richtig zur Geltung und stellte durchaus einen geschmackvollen Bezug zu dieser Umgebung her.

„Nicki verprasst ihr Geld nicht", sagte Maren Buschmann. „Sie legt ihr Kapital sinnvoll an, auch in Antiquitäten."

„Weshalb ich gekommen bin, ist die Frage nach dem Tod Ihrer Tochter. Wir haben am Freitag an gleicher Stelle einen Mann aus der See gezogen, der so zugerichtet war wie Ihre Tochter Lena."

„Ich habe es in der Zeitung gelesen." So, wie sie es sagte, klang es irgendwie nach Bedauern, und Larsson dachte, dass sie sich, nachdem sie die Nachricht vom neuerlichen Leichenfund gelesen hatte, allzu sehr in die Erinnerung an das eigene Schicksal um den tragischen Tod der Tochter flüchtete.

„Ich möchte mit Ihnen noch einmal alle aus Ihrer Sicht möglichen Personen durchgehen, die mit Ihrer Tochter in irgendeiner Beziehung standen. Freunde, Bekannte, aber auch Leute, die Lena nicht mochten!“

„Menschen, die meine Lena nicht mochten, gab es gar nicht. Sie war ein beliebtes Mädchen, fleißig, anständig, gut aussehend und lieb.“

„Waren Sie schon hier tätig, als Ihre Tochter noch lebte?“

„Ja. Ich hatte ungefähr ein halbes Jahr zuvor hier angefangen. Zuerst konnte ich es vor ihr verheimlichen. Ich sagte, ich sei Kellnerin in einer Bar. Sie war schlau genug, um mich schon nach kurzer Zeit zu durchschauen.“

„Und Lena machte Ihnen eine Szene ...“

„Die üblichen Vorhaltungen, die Kinder ihren Müttern in derartigen Situationen zu machen pflegen, denn sie sind noch ohne Schuld.“

„Ihre Tochter war siebzehn, also eine junge Frau.“

Maren Buschmann hatte ein Lächeln aufgesetzt, das Stolz verriet: „Sie wollte sich für den Mann aufsparen, den sie einmal heiraten würde, für die ganz große Liebe!“

„Ist Lena in Heringsdorf zur Schule gegangen?“

„Ja, wo sonst?“

„Gab es Männer, die sich ihrer Tochter genähert haben?“

„Sicher haben es einige versucht. Ehrlich gesagt, was im letzten halben Jahr in Lenas Leben gelaufen ist, weiß ich nicht.“

„Fangen wir bei ihrem Vater an.“

„Lenas Vater ...“

„Ja.“ Lasse Larsson hatte einen Notizblock aus der Tasche gezogen und schaute die Frau fragend an. „Wie haben Sie ihn kennen gelernt?“

„Es war ein Jugendaustausch zwischen Heringsdorf und Świnoujście. Karol sah sehr gut aus, und er konnte Akkordeon spielen. Wir saßen am Lagerfeuer und sangen. Er war bei der Freundin meiner Mutter einquartiert."

Aha, dachte Larsson. Jetzt kommen wir wieder zu den üblichen Verbindungen. „Walburga Treetz?"

Maren Buschmann nickte.

„Hat Ihre Mutter nicht bemerkt, dass Sie Interesse an dem jungen Mann zeigten?"

„Nein. Wenn ich abends lange unterwegs war, sagte ich, es hätte ein Lagerfeuer gegeben, und alle wären dageblieben."

Als im Flur Stimmen laut wurden, stand Larsson auf und ging zum Fenster. Er schaute hinaus auf die Straße. Ohne sich umzudrehen, fragte er: „Wie heißt der Vater ihrer Tochter mit Familiennamen?"

„Konieczny."

„Haben Sie Karol Konieczny nach der Entbindung noch einmal gesehen?"

Maren Buschmann lachte. „Aber natürlich, Kommissar! Zuerst trafen wir uns an der Grenze am Strand, jeweils am Sonnabend zu einem festgelegten Zeitpunkt, und winkten uns zu. Mit der Zeit war das aber eine hoffnungslose Einbahnstraße, und ich wurde von anderen Männern umschwärmt."

Es war also keineswegs übertrieben, was Ilsa Buschmann über ihre Tochter gesagt hatte. Maren war ein frühreifes Mädchen gewesen, das keinem Liebesabenteuer abhold war. Aber er fragte sich, ob das zwangsläufig zu der Tätigkeit führen musste, der die Frau jetzt nachging. „Ja, so ist das Leben", stellte Larsson lakonisch fest.

Vor dem Bienenstock gab es jetzt eine Diskussion, und Lasse Larsson schaute fasziniert auf die Kampfhähne, die aufeinander losgingen. Offensichtlich aber hatte keiner genügend Luft, um den anderen außer Gefecht zu setzen. So schnell, wie der Streit hereingebrochen war, war er nun auch beendet.

„Haben Sie die Adresse Koniecznys?"

„Natürlich. Aber nicht hier. Irgendwo in meinen Unterlagen, die noch in Heringsdorf liegen."

„Sie haben dort noch eine Wohnung?"

„Keine Wohnung. Einen Karton mit Unterlagen bei Walburga Treetz."

„Warum nicht bei Ihrer Mutter?"

„Weil sie gestöbert hätte, und ich wollte nicht, dass sie so intime Dinge liest."

„War Ihr Verhältnis zu Ihrer Mutter denn nicht gut?"

Maren Buschmann lachte herzhaft auf. „Ich war für sie die schwierige Tochter, die nicht nach ihrer Pfeife tanzte, und die sich die Männer nahm, die *sie* wollte. Das war nicht nach Mutters Geschmack!"

„Also bei Walburga Treetz." Larsson dachte daran, wie Ilsa Buschmann ihre Tochter beschrieben hatte. Das deckte sich genau mit Marens Aussage. „Aber die ist doch schon eine ganze Zeit tot."

„Deshalb weiß ich auch nicht, wie ich an die Sachen herankommen soll. Ist sie ... Ist sie auch umgebracht worden? Als ich das letzte Mal in Heringsdorf war, konnte ich sie nicht erreichen. Das Haus war abgeschlossen, und auch die alte Voigt war nicht zu Hause."

Larsson überdachte die Frage, die die Frau vor ihm, die offensichtlich seine Halbschwester war, gestellt hatte. Auch er dachte daran, dass Walburga Treetz möglicherweise nicht eines natürlichen Todes gestorben war. Deshalb hatte er ja auch Inge Mohaupt damit beauftragt, eine Exhumierung der Leiche zu beantragen. Obwohl er wusste, dass seine Kollegin absolut zuverlässig war, machte er sich eine Erinnerungsnotiz für den nächsten Tag.

„Hatten Sie hier Besuch von Männern, die Sie aus Heringsdorf kannten?"

„Sicher. Zuerst war es einer. Dann musste sich das rumgesprochen haben, und nach und nach kam ein Teil des früheren Gemeinderates nahezu regelmäßig. Nicht alle mit einem Mal, aber doch mehr oder weniger immer wieder die gleichen Männer, die von der Atmosphäre in diesem Haus fasziniert waren."

„Und sie nahmen Ihre Dienste in Anspruch ...“

„Auch.“

„Das heißt, sie haben sich auch mit anderen Mädchen vergnügt.“

„Aber zuerst waren sie bei mir.“

Ihm fiel der Text einer Arie aus Rossinis *Barbier von Sevilla* ein: *Und von Zungen geht's zu Zungen, das Gerede schwellt die Lungen, das gemurmelnde Geheul breit sich aus in Windeseil ...*

„Und diese Besuche haben sich in Heringsdorf rumgesprochen.“

„Ja.“

„Ihre Mutter hat davon erfahren und Ihre Tochter ebenfalls.“

„Meine Mutter war mir egal, aber was meine Tochter darüber dachte, natürlich nicht. Ich dachte vor allem daran, wie sie darunter litt, wenn sie nach mir gefragt wurde oder gar mit der Tatsache konfrontiert wurde, welcher Tätigkeit ich nachgehe.“

Maren Buschmann schwieg einen Augenblick, und Larsson dachte, dass alles, was er bisher in Erfahrung gebracht hatte, seine Überzeugung, es handle sich bei den Morden um zwei Täter, nur festigte. Es gab einen Mörder, der Lena Buschmann getötet hatte; der Mann musste etwas mit Medizin oder medizinischen Instrumenten zu tun gehabt haben. Konnte man mit einer einfachen Rasierklinge genau solche Schnitte machen, wie sie bei der Obduktion der Leiche des Mädchens festgestellt wurden? Oder würde man damit mehrere Ansätze brauchen, um ein Ohr abzutrennen? Er notierte sich die Frage. Außer diesem Verbrecher, der möglicherweise ein Lustmörder war, gab es einen zweiten, einen Killer, der wie ein Berufsmörder vorging und der, einer scharf gemachten Bombe gleich, Heringsdorf und Umgebung unsicher machte.

„Ja, das kann ich mir lebhaft vorstellen“, sagte Lasse Larsson, an das Gespräch anknüpfend.

„Sie besuchen ein solches Etablissement, empfehlen es untereinander weiter, um dann offiziell über Menschen wie mich herzufallen. Die Männer sind eine verlogene Brut!“

„War einer der Männer, die Ihre Tochter kannten oder mit ihr Kontakte hatten, Arzt?“

Maren Buschmann dachte einen Augenblick nach. „Nein. Ein Arzt war mit Sicherheit nicht dabei.“

„Wie steht es mit einem Vertreter für medizinische Gerätschaften?“

Die Frau schüttelte den Kopf.

„Ich nehme jetzt mein Diktiergerät zu Hilfe, während Sie mir Namen von männlichen Kontakten Ihrer Tochter nennen. Einverstanden?“

Maren Buschmann nickte. Dann zählte sie eine Reihe von Schulkameraden ihrer Tochter auf. Doch die Aufzählung endete zu dem Zeitpunkt, als sie ihre Arbeit in Nickis Bienenkorb aufgenommen hatte.

Ein Blick zur Uhr zeigte Larsson, dass es schon kurz nach zwei war. Er rechnete mit Karl Simons Rückkehr nach Deutschland gegen halb drei in der Nacht. Ganz spontan hatte er beschlossen, selbst nach Wustrow zu fahren und beim Kapitän der *Hendrika Bartelds* vorstellig zu werden.

„Entschuldigen Sie, ich muss mal telefonieren.“ Er zog sein Handy aus der Tasche und wählte Simons Nummer. Larsson hatte nur zwei Klingelzeichen vernommen, als Simons die Verbindung bestätigte. „Ja, Chef! Es ist alles in Ordnung. Malmström ist von den schwedischen Behörden in Empfang genommen worden, und ich bin gleich in Sassnitz! Die Lichter des Hafens sind schon zu sehen. Es war eine schöne Reise!“

„Na, dann ist es ja nicht so schlimm, dass du nicht zum Jazzkonzert gehen konntest.“

„Nein. So schlimm war es nun auch wieder nicht.“

„Ich habe eine weitere freudige Nachricht für dich. Du kannst nach Hause fahren und dich einige Stunden aufs Ohr legen. Wenn ich nun schon einmal hier bin, erledige ich die Befragung auf der *Hendrika Bartelds* gleich selbst. Wir treffen uns dann morgen Vormittag im Kommissariat.“

„Ich muss aber jetzt runter ins Autodeck, sonst gibt es einen Stau, und das kann Ärger geben."

„Geh schon, aber geh mit Gott!" Larsson unterbrach die Verbindung. „Und sonst sind Ihnen keine Unregelmäßigkeiten bei Ihrer Tochter aufgefallen?"

„Unregelmäßigkeiten?"

„Überstürztes Verreisen etwa, irgendeine Schwärmerei."

„Ich sagte schon, Kommissar, ich kannte nur die Jungs, die mit ihr zur Schule gegangen sind, und einen Koch aus dem Germania-Hotel in Bansin. Aber mit dem ist nichts gelaufen."

„Wer sagt das?"

„Sie hat mir selbst gesagt, dass es zum Bruch gekommen ist, weil sie nicht bereit war, bis zum Äußersten zu gehen."

„Wie hat sich dieser Bruch vollzogen?"

Maren Buschmann schaute Larsson irritiert an. „Wie?" fragte sie lang gezogen.

„Ja. Gab es einen Krach?"

„Nein, nein. Er hat sie nicht mehr angerufen, und Lena hat ihn später mit einem anderen Mädchen Arm in Arm gesehen. Das war alles."

„Den Namen des Mannes kennen Sie nicht?"

„Egon. Sie machte sich insgeheim über diesen altmodischen Namen lustig."

„Vielleicht war er deshalb ärgerlich auf Ihre Tochter."

Mit einem Blick zur Uhr sagte Maren Buschmann: „Ich glaube, es ist Zeit, dass wir uns wieder unten sehen lassen. Nicki wird sicher schon sauer sein und ich verdiene nichts, wenn ich die ganze Nacht beim Tête-à-tête mit Ihnen verbringe."

„Wir sind ohnehin fertig. Jedenfalls für heute. Es kann sein, dass ich noch einmal bei Ihnen vorstellig werde. Aber zuerst werden wir die Personen überprüfen, die Sie mir genannt haben." Er reichte ihr eine Visitenkarte: „Bitte rufen Sie mich an, wenn Ihnen noch etwas einfällt."

Sie gingen hinunter in den Empfangsraum der kleinen Bar. Mit einem Mal fühlte sich Larsson sehr müde. Er setzte sich auf einen der Hocker. Die Frau hinter dem Tresen sprach einige Worte mit Maren und nahm ihren Schlüssel wieder in Empfang. Dann kam sie zu Larsson. „Kann ich noch etwas für Sie tun, Kommissar?“

„Ich könnte noch einen Espresso vertragen ...“

„Gern.“ Sie drehte sich ihrer Kaffeemaschine zu wie bei seiner ersten Bestellung, und er sah, wie der dampfende schwarze Lebenssaft zischend in die kleine Tasse lief.

„Sie haben Ihre kleine Wohnung mit sehr viel Geschmack eingerichtet“, sagte er, als sie den Espresso vor ihn hinstellte. „Ein Frankfurter Dielenschrank und ein Heymans. Das ist wirklich gut!“

„Haben wir hier etwa einen Kenner?“ Die Frau lächelte ob des Lobes.

„Keinen Kenner. Eher einen Liebhaber aller schönen Dinge des Lebens.“

Als er einen Zehner zog und ihn auf den Tresen legte, winkte sie ab. „Das geht aufs Haus, Kommissar.“

„Danke, aber das kann ich nicht annehmen!“ Larsson ließ den Schein liegen, nickte ihr noch einmal grüßend zu und ging zum Ausgang.

Von Maren Buschmann konnte er sich nicht mehr verabschieden. Sie war nirgendwo zu sehen. Sicher bediente sie jetzt einen ihrer Kunden. Er schaute zur Uhr. Selbst wenn er sehr langsam fahren würde, wäre er spätestens gegen fünf Uhr in Wustrow. Sogar auf einem Segelschiff würde dann noch alles schlafen. Während er zu seinem Wagen auf dem Kirchenplatz ging, sah er das erste Tageslicht anbrechen. Es wird ein schöner Tag werden, dachte er, denn der Himmel war ganz klar. In etwa einer Dreiviertelstunde würde die Sonne ihn schon blenden.

Als der Wagen die Ausfallstraße Rostocks erreicht hatte, die hinaus zur Autobahn führte, stellte er das Radio an. Der Kultursender des Norddeutschen Rundfunks brachte eine Gedenksendung für Hermann Prey. Er hatte gerade diesen Bariton immer sehr geschätzt. Diese weiche Stimme hatte etwas Besonderes,

Unverkennbares, das den Sänger in der ganzen Welt begehrt machte und ihn über Jahrzehnte hinweg in alle großen Opernhäuser der Welt führte.

Etwas außerhalb des Ortes Mönchhagen verspürte er einen Druck auf der Blase. Er hielt an einem kleinen Wäldchen an.

Die Vögel waren erwacht und begrüßten freudig zwitschernd den neuen Tag. Ein leichter Dunst stieg zwischen den Bäumen hoch. Erschrocken lugte ein Fuchs neben einem der hinteren Bäume zu ihm herüber. Einen Augenblick stand Larsson ganz ruhig da, um ihn nicht zu vertreiben. Als Meister Reineke merkte, dass von dem komischen Kerl, der da unbeweglich in der Landschaft stand, keine Gefahr ausging, schnürte er langsam davon.

Larsson machte sein Geschäft. Dann fuhr er weiter. An der nächsten Tankstelle tankte er, verschloss dann sorgfältig seinen kleinen Wagen und ging in den Kassenraum. Er zahlte. Einige Truckerfahrer standen laut diskutierend um einen Tisch und frühstückten. Er hasste so laute Typen, aber sie brachten ihn auf den Gedanken, ebenfalls etwas zu essen. Längst schon hatte sich der Hunger eingestellt. Er wählte zwei mit Schabefleisch belegte Brötchen und einen großen Topf Kaffee.

Viertel vor fünf fuhr er weiter. Ab Dierhagen konnte er rechts den Saaler Bodden, links die Düne sehen, hinter der die Ostsee an diesem frühen Morgen kraftlos ihre kurzen Wellen auf den Strand spülte – klatsch, klatsch, klatsch, klatsch.

Als er das Eingangsschild von Wustrow passierte, sah er das leer stehende Gebäude der ehemaligen Seefahrtsschule. Unmutig registrierte er, dass hier alles den Bach runtergegangen war. Politisch war das so und wirtschaftlich ebenfalls. Keine guten Voraussetzungen für eine Vollbeschäftigung. Aber die Region nutzte ihre Vorteile während der Sommerzeit; die Badegäste blieben niemals aus, schon gar nicht, seit das Geld immer knapper und auch die Reisen ins Ausland immer teurer wurden. Gegen halb sechs fuhr er die Strandstraße in Wustrow entlang. Er suchte sich einen Parkplatz. Dann ging er die wenigen Schritte zur Seebrücke.

Am Queranleger sah er die *Hendrika Bartelds* liegen. Sie war ein schönes, stolzes Schiff, dem keiner ansah, dass es bereits 1917 als Fischlogger gebaut wurde und viele Jahre im harten Nordseerevier fuhr. Man hatte das stäbige Schiff 1989 zum Segelschiff umgebaut und im Jahre 2002 noch einmal grundlegend renoviert.

Trotz der frühen Stunde hatte sich ein junges Pärchen eingefunden, das vor dem Schiff stand und es staunend betrachtete. Larsson konnte nicht verstehen, was sie sprachen, aber ihr Gesichtsausdruck versprühte Interesse. Ein so imposanter Segler lag auch hier in Wustrow nicht alle Tage, und da von einem solch schönen Dreimasttopsegelschoner die Aura von Weite ausging, konnte es sich bei den anerkennenden Gesten nur darum handeln, dass die beiden jungen Menschen den Wunsch verspürten, einmal in ihrem Leben mit einem solchen Schiff auf Weltreise zu gehen.

Larsson hatte sich gegen das Geländer gelehnt und schaute zum Horizont, an dem einige große Schiffe die dichtbefahrendste Wasserstraße der Welt passierten, die Kadettrinne. Was für ein Anblick, dachte er. Das ist Freiheit pur.

Als die jungen Leute sich vom Anblick der *Hendrika Bartelds* losrissen und langsam die Seebrücke zurückkamen, setzte er sich in Bewegung. Trotz der frühen Morgenstunde war schon Betrieb auf dem Schiff. In der Messe beleuchtete ein Strahler eine Seekarte, auf der ein Mann den Kurs mittels eines Zirkels abzustecken schien. Larsson war überzeugt davon, dass auf diesem Schiff die eigentliche Navigation mittels GPS erfolgte; offensichtlich aber betrieb man – aus welchen Gründen auch immer – die Kursbestimmung auch noch auf herkömmliche Weise mit dem Sextanten.

Er schwang sich über die Reling und klopfte an die hölzerne Tür, die zum Abgang in die Messe führte. Vorsichtig öffnete er sie. Der Mann drehte ihm noch den Rücken zu, wandte sich aber um, als Larsson zu sprechen begann: „Mein Name ist Lasse Larsson, Kripo Heringsdorf.“

„Na, endlich! Ich wäre spätestens um zehn in See gestochen. Sie werden es nicht glauben, aber auch wir haben Zeitpläne, die es einzuhalten gilt.“

Larsson registrierte den typisch holländischen Akzent des Mannes, der sich als Kapitän Robert Postuma vorstellte.

„Fahren Sie nicht von Hafen zu Hafen? Da kommt es doch gar nicht so genau drauf an.“

„Das wunderschöne Ostseegebiet bietet einem viele Möglichkeiten, Kommissar. Wir setzen beispielsweise Kurs in die dänische Inselwelt mit ihren über 500 Inseln und romantischen Dörfern wie Sønderborg und Æroskøbing, aber auch deutsche Hafenstädte wie Flensburg, Kappeln, Rostock oder Sassnitz sind für uns einfach zu erreichen.“

„Sie lagen in der Nacht vom Donnerstag zum Freitag mit ihrem Schiff vor Ahlbeck auf Reede.“

„Einmal abgelegt, mein lieber Kommissar, erstreckt sich die Ostsee als ein herrliches Fahrgebiet vor Ihnen aus. Von Kiel, unserem Heimathafen, über Kopenhagen bis nach St. Petersburg, eine wahre Entdeckungsreise. Manchmal ist ein Hafen der Endpunkt eines Tages, und ein anderes Mal wird sich fürs Ankern entschieden. In Zusammenarbeit mit dem Kapitän ist vieles möglich. Soweit das Wetter es zulässt, können unsere Gäste ihre Route selbst zusammenstellen.“ Er machte eine kleine Pause, lächelte den Kommissar freundlich an, als er fortfuhr: „Ja. Wir hatten unseren Tagesplan nicht ganz erreicht. Der Wind ist nicht immer so zuverlässig, wie man sich das wünscht. Also haben wir Świnoujście vom Plan gestrichen und, noch bevor die Nacht vollständig hereinbrach, geankert.“

„Darf ich fragen, wie viele Leute an Bord waren, als Sie ankerten?“

„Exakt vierunddreißig, so viele wie jetzt auch, denn alle sind noch an Bord. Es handelt sich um eine Jugendgruppe mit vier Erziehern.“ Er dreht sich rum und nahm aus einem Fach des

Kartentisches ein Buch. „Wir haben die Gruppe hier im Logbuch verzeichnet und eine Vertragskopie mit den Namen der einzelnen Personen."

Er schob das Buch auf einen Tisch. „Setzen Sie sich, Kommissar. Sie können jeden der Jungs sehen. Die Kerle sind noch nicht trocken hinter den Ohren und haben alle schon einige Dummheiten hinter sich. Drogen, leichte Diebstähle, wenn Sie verstehen. Sie sind auf einer Art Rehabilitationsfahrt."

Larsson dachte daran, dass in diesem Land jugendliche Täter noch für ihr Vergehen belohnt wurden. In diesem Fall sicher mit einer vom Steuerzahler finanzierten Reise auf einem Segelschiff. Persönlich rechnete er derartige Einsätze als verschleudertes Volksvermögen ab; es hatte schon mehrere Fälle gegeben, wo solche Jugendliche übelste Schläger waren, die selbst die Betreuer angriffen. Manchmal aber wirkten gerade diese Art von Erziehungsmaßnahmen wahre Wunder. Hier war die Fachwelt in der Beurteilung über Sinn und Unsinn der Maßnahme sehr gespalten. „Kam die Entscheidung, vor Ahlbeck zu ankern, unvorbereitet?"

„Das schwindende Tageslicht hat uns dazu gezwungen."

„Wieso? Segeln Sie nicht auch während der Nacht?"

„Natürlich, Kommissar, ist das bei einem Schiff wie diesem möglich. Vereinbart mit dem Auftraggeber aber wurde, dass die Jungen ihren Schlaf kriegen, und ich sehe nicht ein, warum wir uns nicht daran halten sollten."

Larsson klappte das Logbuch zu und schob es zum Kapitän hinüber. „Ja, natürlich. Wer hatte die Entscheidung zur Ankerung getroffen?"

Jetzt lachte der Mann. „Der Kapitän, niemand anderes!"

„Also Sie, Kapitän Postuma. Eine letzte Frage. Könnte es sein, dass jemand ein Paket von der Größe eines zusammengerollten Teppichs unbemerkt mit auf Fahrt genommen hat?"

„Das ist ausgeschlossen. Auf einem so engen Raum würde es in jedem Fall auffallen."

Larsson dankte für die Auskünfte, verabschiedete sich und war bereits im Begriff, die Tür hinter sich zu schließen, als er fragte: „Es ist doch üblich, eine Nachtwache zu halten... Wer hatte in der fraglichen Nacht Wache?“

Der Kapitän schlug das Logbuch wieder auf und sagte: „Die erste Wache bis Mitternacht hatte ich selbst. Die zweite Wache mein Maat.“

Larsson tippte sich mit zwei Fingern lässig gegen die Stirn. „Na dann, allzeit eine Handbreit Wasser unter dem Kiel, Käpt'n!“

Draußen schaute er noch einmal zum Horizont. Die Frachtschiffe hatten sich verschoben. Einige waren ganz aus seinem Blickfeld geraten; das weiße Schiff, das er für eine der Fähren hielt, konnte er nur noch als dünnen Strich erahnen. Dann machte er sich auf den Rückweg nach Heringsdorf.

15. Kapitel

Lasse Larsson hatte am Morgen dieses Donnerstags, dem 27. Juni, auf der Rückfahrt von Wustrow ein Reh angefahren, das in dem Augenblick respektlos über die Straße lief, als er mit hoher Geschwindigkeit ankam. Sein alter Renault sah nun verbeult aus wie ein alter, zerknautschter Hut. Der Wagen hatte zwar erheblichen Schaden genommen, ließ sich aber noch ohne Probleme bewegen.

Larsson rief im Büro Andresens an, schilderte ihm kurz die Situation, gab ihm die Angaben auf dem Kilometerstein durch und bat ihn, die örtliche Polizei zu unterrichten. Das Reh sei zwar entkommen, aber so erheblich angeschlagen, dass es geschossen werden müsse. Andresen sollte dafür sorgen, dass der Jagdpächter benachrichtigt und das flüchtige, aber sicher sehr leidende Tier von seinen Qualen erlöst werde.

Larsson war müde. Als er sich bei einem Sekundenschlaf erwischte, kurz hinter Stralsund, beschloss er, noch einmal einen Kaffee zu trinken, um seine Lebensgeister wieder zu wecken. Er fuhr auf den Parkplatz einer Tankstelle und ging in die Toilette. Er schaute in den Spiegel. Das Gesicht, das ihm entgegenschaute, gefiel ihm nicht. Es sah grau aus. Die Spuren der vielen Stunden ohne Schlaf ließen sich deutlich ablesen. Er wusch sich mit kaltem Wasser.

Der regionale Frühverkehr schien bereits vorüber zu sein. Im Verkaufsraum waren lediglich vier Menschen: der Kassierer, er selbst und zwei Männer, die hinter einem der runden Tische Kaffee tranken. Das Gleiche tat jetzt Larsson. Er ließ einen Kaffee aus dem Container in einen großen Becher laufen und stellte sich an einen freien Tisch. Dann ging er zum Tresen. Hinter einer Scheibe waren frische Brötchen, einige davon belegt, und verschiedene süße Backwaren ausgestellt. Alle Tankstellen sind nach dem gleichen Muster aufgebaut, dachte er.

Er nahm kein Brötchen mit Hackepeter, denn ein solches hatte er vor zweieinhalb Stunden schon gegessen. Als er zahlen wollte, sah er ein Törtchen mit Erdbeeren, das er auf den Teller legte. Dann ging er zu seinem Kaffee zurück. Er aß Süßigkeiten allzu gerne. Deshalb war es immer schwer für ihn, derartigen Verlockungen zu widerstehen.

Bei dem Gedanken an seine Halbgeschwister musste er lächeln. Es war kein Lächeln, das Freude ausdrückte, auch kein bedauerndes Lächeln. Es war eher ein Erkennen der unabänderlichen Wirklichkeit. Er hatte einen Bruder, der wahrscheinlich ein Mörder war, und den er jetzt jagte, und eine Halbschwester, die in einem Bordell arbeitete.

Kein Mensch kann für seine Herkunft verantwortlich sein. Keiner, auch er nicht. Der Baum ist nicht mehr verantwortlich für die Frucht, wenn sie erst einmal abgefallen ist, dachte er. Und umgedreht gilt das Gleiche.

Mit einem Mal sah er den Umzug von Berlin in die Provinz mit anderen Augen. Er hatte ihm einen Vorteil gebracht. Er war von einem Habenichts zu einem nicht unvermögenden Mann geworden. Doch ein Abgrund menschlichen Seins zeigte sich, und der betraf ihn zutiefst in einer nicht änderbaren Weise.

Kurz vor zehn Uhr traf Larsson im Kommissariat in Heringsdorf ein. Simons entdeckte ihn als Erster, als er auf den Hof fuhr. „Schaut mal, was Lasse mit seinem Auto gemacht hat!“ rief er aufgeregt, und zuerst Andresen und dann auch Inge Mohaupt kamen zum Fenster gelaufen, um zu sehen, was von Lasse Larssons Fahrzeug nach dem Unfall mit dem Reh übrig geblieben war.

Larsson schaute zu ihnen hoch. Er hatte ein breites Grinsen im Gesicht, das sagte: Seht her, hier steh ich. Es ist zwar nichts passiert, aber ich bin einem anderen Auto schon ein Stück näher gekommen!

„Man sollte nie übermüdet fahren“, stellte Andresen mit Hinweis auf den zerbeulten Renault fest, als Larsson zur Tür hereinkam. „Man gefährdet nicht nur sich! Dieses Mal war es ein Reh. Es hätte ebenso gut ein Mensch sein können!“

„Na, na, halt mal die Luft an, Rolf“, warnte Inge Mohaupt.

„Nein, Inge“, sagte Lasse Larsson, „Rolf hat unbedingt Recht! Ich hätte heute nach Rostock fahren sollen, und das, was wir heute machen, wäre morgen über die Bühne gegangen! Das Problem ist, je schneller nach dem Mord die Ermittlungen stattfinden, umso heißer ist die Spur!“

„Und wir sind einfach zu wenige, die sich mit dem Fall befassen“, ließ sich Karl Simons vernehmen.

„Ja, das auch. Es ist schon eine verdammte Crux, mit der wir uns herumzuschlagen haben. Deutschland geht es schlecht. Alle jammern, und keiner weiß, dass wir noch längst nicht in der Talsohle angekommen sind!“ stimmte Andresen zu.

„Wir hatten unsere Chance, Rolf“, sagte Larsson. „Jetzt kommt das Jahrtausend der Asiaten, und die sind sehr fleißig und sehr hungrig. Sie werden arbeiten wie die Ameisen. Und die faul gewordenen Deutschen wird es ins Mittelalter zurückkatapultieren!“

„Siehst du da nicht allzu schwarz?“ fragte Inge Mohaupt.

„Ich habe kürzlich einen Vortrag vom Cleverle Lothar Späth bei Phönix verfolgen können. Dort hat er gemeint: Autos können inzwischen alle bauen, Maschinen auch. Wenn wir uns, als rohstoffarmes Land, nicht darauf besinnen, wo unsere Stärken liegen, nämlich bei der Innovation und bei unserem deutschen Erfindergeist, wenn wir nicht aufhören, uns zu beklagen, dass wir zu viel arbeiten müssen, dann werden wir den freien Fall, in dem wir uns jetzt befinden, nicht aufhalten können. Und daran kann uns nicht gelegen sein. Und wisst ihr, was? Ich denke, dass der Mann Recht hat.“

Sie saßen einige Sekunden ruhig da, in denen jeder seinen Gedanken nachhing.

Rolf Andresen dachte: Es wird Zeit, dass wir hinausfahren, um den Hof des toten Frenzel zu filzen.

Inge Mohaupt sah Larsson an, dass dieser ziemlich fertig war. Ihr tat der Mann Leid, den sie in den wenigen Tagen, in denen sie nun zusammenarbeiteten, schätzen gelernt hatte. Seine unorthodoxe Arbeitsweise, die sich so fundamental von der nüchternen Polizeiarbeit, die sonst in der Anklamer Dienststelle wie in den meisten deutschen Behörden praktiziert wurde, abhob, aber diesem Mann Recht zu geben schien, hatte sie überzeugt.

Karl Simons wiederum fieberte dem Einsatz entgegen, den er um nichts in der Welt verpassen wollte.

Lasse Larsson hingegen spürte seinen Magen, der vom vielen Kaffee völlig übersäuert war. Er holte sich ein Glas Leitungswasser, in das er den Inhalt eines kleinen Briefchens Bullrichsalz einrührte, das er in langen Zügen und ohne abzusetzen austrank. Der Erfolg ließ nicht lange auf sich warten. Er hatte Mühe, das sich prompt meldende Aufstoßen so zu unterdrücken, dass es seine Kollegen nicht allzu sehr störte.

Dann verbrachten sie fast zwei Stunden mit der Lagebesprechung. Langsam verschwand die pessimistische Stimmung, die sich um den Tisch breit gemacht hatte.

„Fassen wir mal kurz zusammen, was wir haben“, sagte Larsson.

Aus den Augenwinkeln sah er, dass Andresen zwei Hunderter auf den Tisch legte. „Ich habe mir den Obduktionsbericht Frenzels angesehen. Der Mann *hatte* eine Tonsur. Du hast gewonnen, meine Anerkennung!“

Lasse Larsson ging nicht auf Andresen ein, sondern fragte: „Haben wir für unsere Abteilung eine Kaffeekasse?“

„Ja, ein Sparschwein. Ursprünglich wollten wir mal was zurücklegen, um gemeinsam davon nobel essen zu gehen. Aber es gucken mehr Augen in das Schwein hinein als Eurostücke heraus!“

Mit einem „Dann ist es eine gute Möglichkeit, das jetzt zu ändern“ schob Larsson Simons das Geld zu. „Ilsa Buschmann ist in Anklam bei Inges Mutter. Der Zeitungsmann ist aus dem Zug geholt worden ... Wo ist der überhaupt abgeblieben?“

„Schubert hat ihn im Hotel untergebracht und Polizeischutz organisiert“, stellte Andresen fest.

„Okay. Darum kümmern wir uns dann später. Jetzt sehen wir uns erst einmal Frenzels Gehöft an.“

Das Geklapper, verursacht von einer losgerissenen Regenrinne, hatte seinen Schlaf empfindlich gestört. Ab und zu war er aufgeschreckt, lag dann längere Zeit wach, um immer wieder über das Gleiche nachzudenken. Wie nahe sind mir die Ermittler bisher gekommen?

Er dachte an den Brief, den er nach der Durchsuchung des Hauses bei Walburga Treetz gefunden hatte. Er wusste, dass sie seine leibliche Mutter war. Er hasste sie, weil sie ihn in seinen Augen so verraten hatte, wie eine Mutter ihr Kind nur verraten kann; sie hatte den neugeborenen Säugling ihrer Verwandten überlassen, und diese hatte es ihn spüren lassen, dass er nicht ihr Kind war. Freilich nicht gleich. Als Kleinkind hatte er es sogar recht gut. Als sie sich aber von ihrem Partner trennte und einen neuen Vater ins Haus brachte, brach für ihn die Hölle an. Irgendwann hatte sie ihm dann vorgeworfen, nicht ihr eigenes, sondern das Kind ihrer Cousine Walburga zu sein, und sie sagte ihm, wenn er nicht freundlicher zu ihrem neuen Mann sei, würde sie ihn in ein Internat oder besser noch an seine leibliche Mutter zurückgeben.

In dieser Zeit hatte er in so mancher Nacht heimlich geweint und sich geschworen, die Treetz, wie er sie nannte, angemessen zu bestrafen.

Nun hatte er den Brief gelesen. Sorgsam hatte er ihn analysiert. Fast wie ein Schlag hatte es ihn getroffen, als der Name

Lars Larsson in seine Augen sprang. Larsson war ein hier nicht allzu gebräuchlicher Name. Hatte er nicht bei dem Anruf im Polizeikommissariat erfahren, dass der ermittelnde Hauptkommissar so hieß? Lasse Larsson, Vater und Sohn hatten die gleichen Initialen. Lars Larsson, Lasse Larsson.

Dann der Brief, den er gefunden hatte, und der als Absender eine Ingrid Lahmers auswies, letztlich aber von Lars Larsson geschrieben worden war. Bedeutete das nicht die Bestätigung für eine ungeheure Sache? Vielleicht, nein bestimmt, dachte er, ist der Mann, der mich jetzt jagt und der mir gefährlich werden kann, mein Halbbruder.

Wie ein Schweißhund, der Witterung eines Opfertieres aufnahm, beschloss er, diesen Mann zu töten, wann immer er dazu in der Lage sein würde. Skrupel hatte er nicht; sie waren ihm im Ausbildungslager der Abteilung XXII des MfS, die für die Bekämpfung des Terrorismus verantwortlich war und solchen auch produzierte, und die auf Helenenau im Land Brandenburg residierte, abhanden gekommen.

Der Tod dieses Lasse Larsson hätte auch eine Strafe für seine Mutter sein können; seine leibliche Mutter war tot und seit einiger Zeit beerdigt. Aber sein Erzeuger, der offensichtlich auch der verantwortungslose Vater dieses Kommissars war, würde es als eine Strafe Gottes ansehen müssen.

Bei dem Gedanken an Gott musste er lachen. Für ihn gab es keinen Gott. Und wenn es einen geben sollte, dann war es ein schwaches Männlein, das nicht imstande war, seinen Verpflichtungen den Menschen gegenüber gewissenhaft nachzukommen.

Gegen sechs Uhr dreißig stand er auf. Sorgfältig zog er den Dress eines Radfahrers an, klebte einen kleinen Bart auf seine Oberlippe und zog die offenen, fingerlosen Radfahrhandschuhe an. Abschließend setzte er den flachen Sturzhelm auf, der sein Aussehen abermals veränderte. Dann fuhr er mit dem Rennrad zum Bäcker ins nächste Dorf.

Er kaufte eine Tüte mit verschiedenen Brötchen. Als sein Blick auf das Titelblatt des Usedom-Kuriers fiel, stockte sein

Atem. Sein Konterfei zierte die rote Schlagzeile: *Wer kennt diesen Mann?* Darunter waren zwei weitere Aufnahmen von ihm zu erkennen. Obwohl sie Ausschnitte aus Gesamtaufnahmen darstellten, wusste er, wo man sie gemacht hatte. War er zu leichtsinnig geworden, und unterschätze er seinen Halbbruder tatsächlich so eminent? Er nahm die Zeitung und ging noch einmal zur Kassiererin.

„Eine Zeitung“, sagte sie, während sie die Kaufsumme in die Kasse eintippte. „Der wird’s nicht leicht haben zu entkommen. Die B110 aufs Festland ist auf beiden Seiten abgeriegelt. Gestern kam es schon im Wolgast-TV. Muss ein ganz übler Typ sein ...“ Sie zog das Geld ab, gab auf den Fünfeuroschein heraus, nickte ihm noch einmal zu und wandte sich dem nächsten Käufer zu.

Ich habe wirklich gut daran getan, mich zu tarnen, dachte er. Aufmerksam seine Umgebung beobachtend, fuhr er zu dem kleinen Bootshaus zurück. Während er das zweite, trockene Brötchen aß, dachte er fieberhaft darüber nach, was nun zu tun sei.

Als Sicherheitsbeauftragter der Satanisten hätte er sich nicht absetzen dürfen, ohne sich abzumelden. Andererseits aber wusste er nicht einzuschätzen, ob der Kommissar nicht schon sein Telefon überwachen ließ. Die Möglichkeit dazu hatte er sicher, und bei seiner Intelligenz ...

Irgendwelche Geräusche schreckten ihn hoch. Er stand auf und spähte aus einem Astloch über die Wiesen hinaus bis zur Kurve des unbefestigten Weges, der zum Hof Frenzels führte. Obwohl er immer damit rechnen musste, dass, hätte die Polizei Frenzel erst identifiziert, ein Besuch auf seinem Hof unausweichlich war, erschreckte ihn die Armada von Fahrzeugen derart, dass er sich eine Damenperücke überstülpte, seinen immer bereiten Rucksack in das kleine Faltboot warf und langsam, die Deckung des Reets nutzend, erst nach Süden paddelte, dann das Boot gen Westen drehte und auf das entgegenliegende Ufer des Peenestroms zufuhr.

Als die Wagen der Polizei in den Hof des Grundstückes einfuhren und in einem Halbkreis um den Eingang des Haupthauses parkten, tobten zwei Rottweiler in ihrem Zwinger. Sie fletschten ihre Zähne, sprangen an den eisernen Gitterstäben hoch, und allen war sofort klar, dass es sich hier um scharf gemachte Hunde handelte, denen in Freiheit zu begegnen lebensgefährlich war.

„Ich dachte, der Hof liegt mehr auf der anderen Seite zum Achterwasser hin", sagte Lasse Larsson.

Das Haupthaus war nicht übermäßig groß, schien aber gepflegt zu sein. Querab stand eine Scheune. Vor dem Schober war der Zwinger so angeordnet, dass die Hunde einmal den Vorplatz und das Haus im Auge hatten, zum anderen konnte ihr Auslauf mit wenigen Handgriffen so erweitert werden, dass sie rund um die Scheune patrouillieren konnten.

„Ja, das dachte ich auch. Aber das Anwesen geht mehr zur Peene hin", stellte Andresen fest.

Sie verließen den Wagen. Ein Teil der Bereitschaftspolizisten stand an der Scheune. Einer der Männer sprach beruhigend auf die Hunde ein, hatte aber keinen Erfolg damit.

In der Haustür erschien eine Frau unbestimmten Alters. Larsson ging auf sie zu. Er zog seinen Dienstausweis, stellte sich vor und fragte: „Sind Sie allein im Haus?"

„Ja. Der Junge holt seine Freundin in Anklam von der Bahn ab!"

„Sie sind Frau ...?"

„Ilona Selbmann."

Sie gingen in die Küche. Die Frau voran, im Schlepp Larsson, Inge Mohaupt und Andresen.

Wie die Frau gekleidet ist, passt sie eigentlich nicht hierher, dachte Larsson. Das schwarze Crêpe-Georgette-Kleid aus zartem, durchsichtigem Gewebe war zu städtisch und von einer gewissen Eleganz. Gewiss trug es der Trauer Rechnung; er hatte den Eindruck, dass sie den Todesfall mit der Lässigkeit einer

Kurtisane behandelte, die vom Tod ihres Gönners erfahren hatte, nicht wie eine liebende Lebensgefährtin.

„Was ist mit den Hunden?" fragte Andresen.

„Was soll mit ihnen sein?" Die Frau hatte eine arglose Miene aufgesetzt, so als könne sie gar nicht verstehen, dass irgendjemand nach den Tieren fragte.

„Sie sind verdammt scharf", stellte Inge Mohaupt fest.

„Hier draußen braucht man Schutz. Sonst klauen ihnen irgendwelche Penner alles weg!"

„Welche Funktion haben Sie in diesem Haus?" fragte Larsson, obwohl er die Antwort schon vorher kannte.

„Ich bin ... war die Lebensgefährtin von Karl-Heinz Frenzel. Wir hatten die Polizei allerdings schon früher erwartet."

„Sind Sie nicht über den Tod Frenzels verständigt worden?"

„Doch, ein Funkwagen war hier und überbrachte die traurige Nachricht."

„Wer war alles im Haus, als Sie von seinem Tod erfuhren?"

Die Frau hob die Schultern. „Sein Sohn, dessen Freundin und ich."

„Hatten Sie in letzter Zeit irgendwelchen Besuch? Vielleicht jemand, der gar nicht angemeldet war? Oder Freunde, Bekannte? Alles, was sich in der letzten Zeit ereignet hat, interessiert uns."

„Ich war für einige Tage bei meinen Eltern in Thüringen."

Sieh da, dachte Lasse Larsson, sie kommt aus Thüringen. Alle, die mit dem Fall zu tun hatten, kamen irgendwie aus Thüringen oder waren mal dort gewesen.

„Sie kommen aus Thüringen?"

Die Frau nickte.

Jetzt würde er einen Ballon starten. „Kennen Sie einen Wolfgang Fichter?" Larsson warf die Frage hin, als wäre sie völlig unwichtig; er hatte sie eher leise angesprochen.

„Nein."

Larsson schaute erst Inge Mohaupt, dann Andresen an und registrierte, dass sie einer Meinung waren. Die Frau hatte zu schnell und zu energisch geantwortet; es bestand eine unausgesprochene Einigkeit darüber, dass sie log. Einige Männer des Einsatzkommandos kamen herein. „Die Hunde lassen uns nicht in die Scheune“, sagte der Polizeiobermeister.

„Fangt hier an“, sagte Larsson und zu der Frau gewandt: „Wir haben einen Durchsuchungsbefehl der Staatsanwaltschaft!“

Sie lachte auf. „Und was soll das bringen?“

Andresen nickte den Männern zu, und zwei von ihnen gingen hinauf in den ersten Stock. Die beiden anderen fingen an, die Schränke im Wohnzimmer zu untersuchen.

„Müssen wir uns das gefallen lassen?“ fragte die Frau.

„Sie können natürlich einen Anwalt einschalten. Untersucht wird trotzdem!“ sagte Larsson wenig verhandlungsbereit.

„Wann haben Sie Herrn Frenzel zum letzten Mal gesehen?“ fragte Andresen.

„Ich sagte doch schon, ich war für einige Tage bei meinen Eltern in Thüringen.“

„Von wann bis wann?“

„Vom Mittwoch bis Freitag. Am Mittwoch vor meiner Abfahrt habe ich ihn zuletzt gesehen. Als ich am Freitag kam, war Karl-Heinz nicht da.“

„Und das hat Sie gar nicht verwundert?“

„Nein.“

„Hat Frenzel denn nicht gewusst, dass Sie an diesem Tag zurückkommen?“

„Nein. Es sollte eine Überraschung sein. Eigentlich wollte ich bis Montag bleiben.“

„Was hat Sie denn dazu bewogen, Ihren Plan zu ändern und früher nach Hause zu kommen?“

„Ich wollte einfach nach Hause.“

„Kam es oft vor, dass Herr Frenzel sich außerhalb des Grundstückes aufhielt?“

„Nicht mehr als andere auch. Er fuhr nach Anklam oder Greifswald, um einzukaufen.“

„Was hat er eingekauft? Ich meine, alles, was man so braucht, bekommt man auch hier. Genauer gefragt: Was bekommt man in Anklam oder Greifswald, was hier nicht zu bekommen ist?“ Andresen hatte ein maliziöses Lächeln aufgesetzt.

„Er hatte seinen Computer mit einem speziellen Programm aufgerüstet, um Internetgeschäfte zu tätigen. Ankauf – Verkauf. Nichts Besonderes, Kleinkram.“

„Zum Beispiel?“

„Musikgeräte, Tuner, Boxen der gehobenen Klasse. Es waren meist begehrte Stücke, die aber als Lieferprogramm bei den Herstellern ausgelaufen waren."

„Kann man davon reich werden?“ fragte Larsson. Er dachte daran, dass Frenzel einen neuen Mercedes fuhr, der einen Neuwert von siebzigtausend Euro repräsentierte.

Die Frau lachte. „Karl-Heinz war kein Mann, der sich auf die faule Haut legt. Er sagte immer, Kleinvieh mache auch Mist, also handelte er. Und es ist ja nicht verboten, Internetgeschäfte zu tätigen.“

„Nein, das ist es wohl nicht.“

Sie wurden in ihrem Redefluss unterbrochen, als ein Motorrad auf den Hof fuhr. Ein Blick aus dem Fenster, und das typische Geräusch für den Motor dieses Typs genügten, um Larsson zu zeigen, dass die Maschine, die da gerade abgestellt wurde, eine Harley-Davidson war, die einen Wert von mehr als zwanzigtausend Euro hatte.

„Ist das der Sohn Frenzels?“ Es war mehr eine Feststellung als eine Frage.

Ilona Selbmann nickte.

„Wohnt er ständig hier?“ fragte Inge Mohaupt.

„Ja. Andreas ist ein Fall für sich.“

„Warum?“

„Er hat sich total gewandelt. Vom ehemaligen Jungen Pionier und Aktivisten in der Freien Deutschen Jugend tendiert er jetzt, sehr zum Ärger seines Vaters, mehr nach rechts außen!“

„Sie meinen, er ist ein Neonazi?“

„Ich weiß nicht, ob man das so pauschal sagen kann. Andreas kann nicht verstehen, dass es viele seiner Freunde getroffen hat, die jetzt von Stütze leben müssen, währen Dutzende Ausländer in Vollbeschäftigung stehen!“

„Und Sie?“

„Ob ich ein Nazi bin?“ Ilona Selbmann war irritiert.

„Nein. Haben Sie ständig hier gewohnt?“

„Ich weiß nicht, was Sie wollen. Ich war die Lebensgefährtin von Herrn Frenzel.“

„Seit wann?“

„Anfang Mai waren es zwei Jahre.“

„Wo haben Sie Herrn Frenzel kennen gelernt?“

„Er machte einige Tage Winterurlaub in Suhl. Ich sah ihn im Gasthof Goldener Hirsch, und wir kamen ins Gespräch. Er fragte mich, ob ich nicht auf Usedom arbeiten wolle ...“

„Einfach so?“ fragte Inge Mohaupt. „Hat es denn kein Gespräch im Vorfeld gegeben?“

„Nein. Es schien Liebe auf den ersten Blick zu sein.“

Laut polternd kam Andreas Frenzel herein. Er hielt einen typischen Harley-Davidson-Helm, der Larsson an den Stahlhelm der deutschen Wehrmacht erinnerte, in einer Hand.

„Was ist hier eigentlich los? Das ist ja wie im Irrenhaus“, sagte er laut und fest, als hätte er es hier nicht mit der Polizei zu tun.

Lasse Larsson machte eine unmissverständliche Handbewegung, die Andreas Frenzel verstummen ließ. Dann sagte er: „Inge, du machst mit Frau Selbmann in der Küche weiter! Rolf, sei so gut und sag Karl, dass er Frau ...“ Er drehte sich dem Mädchen zu, das hinter Andreas Frenzel stand: „Wie heißen Sie?“

„Lissy ...“

Andreas Frenzel ergänzte: „Lissy Dornbach!“

„... dass er Frau Dornbach vernimmt! Er soll das Arbeitszimmer von Frenzel Senior benutzen!“

Rolf Andresen ging in das obere Stockwerk, um Karl Simons zu holen.

„Jetzt zu Ihnen, Herr Frenzel. Wo waren Sie am Mittwoch?"

„Am Mittwoch hatten wir ein Bikertreffen."

„Wo?"

„Am Motocross-Ring in Teterow. Ich fahre fast zu jedem Bikertreffen. Am 20 Mai war ich in Bottrop, am letzten Mittwoch in Teterow. "

„Waren viele Teilnehmer dort?"

„Hunderte!" Andreas Frenzel grinste Larsson herausfordernd an.

Inge Mohaupt war mit Ilona Selbmann in der Küche verschwunden. Andresen und Simons kamen die Treppe herunter und ins Wohnzimmer. Larsson zeigte auf Simons, dann auf Lissy Dornbach. „Du kümmerst dich bitte um die Befragung. Das ganze Programm!"

„Na, dann kommen Sie, junge Frau!"

Lissy Dornbach schaute fragend zu Andreas Frenzel. Der nickte ihr zu, und Simons und die junge Frau verließen den Raum.

„Wenn dort Hunderte Ihrer Freunde waren, werden sich doch sicher ein halbes Dutzend an Sie erinnern können."

„Aber genau, Meister. Jede Menge Biker werden sich an mich erinnern. Allein schon wegen meiner Maschine. Sie ist ein einmaliges Prachtstück, ein Unikat, und deshalb ist der Ofen begehrt bei allen Bikern. Aber leisten, Chef, leisten können sich den die wenigsten."

„Wir wollen mal die Vertrauensseligkeiten lassen, Herr Frenzel. Mein Dienstgrad ist Hauptkommissar." Er lächelte Andreas Frenzel kalt an. Der Mann war ihm unsympathisch. Du bist eine Spur zu kalt, mein Junge, dachte er, zu aalglatt und hast eine viel zu großspurige, anmaßende Art, die mir aus meiner Zeit in Berlin noch sehr geläufig ist. „So eine Maschine ist doch lausig teuer. Wie kommt ein so junger Mann zu so viel Geld? Was kostet so ein Bike eigentlich?"

„Sechsundzwanzig Mille!“

„Sechsundzwanzig Mille. Meine Güte, da muss eine alte Frau lange für stricken!“

„Eine alte Frau schon“, sagte Andreas Frenzel zweideutig. „Aber mir hat mein Vater dazu verholfen.“

Als das Zimmer aufgestoßen wurde, schreckte die junge Frau zusammen.

„Wir sind hier oben fertig“, sagte einer der Polizisten, die die Hausdurchsuchung vornahmen. „Nur den Computer haben wir noch nicht überprüft.“

„Packen Sie das Ding ein und alles, was dazu gehört. Wir werden die Festplatte im Büro überprüfen, und dann kommt das Gerät wieder zurück!“

„Müssen Sie denn den neuen Computer mitnehmen?“ fragte Lissy Dornbach. „Andreas' Vater hat ihn gerade erst angeschafft. Nicht einmal seinen Sohn hat er da rangelassen.“

Simons hob die Schultern. „Eben! Sie bekommen ihn ja in zwei, drei Tagen wieder.“ Er nickte dem uniformierten Polizisten zu. Der zog alle Anschlussstecker aus dem Gerät und stellte es auf den Fußboden vor den Schreibtisch. Ein zweiter Uniformierter kam. Gemeinsam trugen sie die zusammengestellten Unterlagen, die externe Festplatte, auf der Frenzel seine Daten gesichert hatte, und den Computer aus dem Zimmer.

„Andreas wird toben, wenn er davon erfährt.“

„Haben Sie keine Sorge, der beruhigt sich auch wieder.“ Simons grinste sie herausfordernd an. „Sind Sie schon lange seine Freundin?“

„Seit dem Geburtstag von Rudolf Heß.“

„Seit wann?“

„Seit dem Geburtstag von Rudolf Heß. Am 26. April wäre Heß 108 Jahre alt geworden. Das haben wir gefeiert.“

„Wo haben Sie das denn gefeiert?“

„Auf der großen Wiese hinter der Scheune. Es waren eine Menge Volksgenossen hier!“

Simons hatte eine Idee. Er erinnerte sich an die Fahndung nach einem nazistischen Schläger, der auf einen Pastor losgeprügelt hatte. Deshalb stand er auf, ging hinaus auf den Gang und rief einen der Polizisten, der für kurze Zeit der jungen Frau Gesellschaft leisten sollte. Als die Tür geschlossen war, rief er bei der Kriminalinspektion in Anklam an. Er ließ sich mit Schubert verbinden und schilderte ihm, was er gerade gehört hatte.

„Der Überfall war doch erst am 18. diesen Monats“, sagte Kriminalkommissar Schubert. „Wenn sich die Vermutung bestätigt, nehmen Sie die Leute fest!“

„Ich werde Kriminalhauptkommissar Larsson davon unterrichten!“ Simons unterbrach die Verbindung, ging wieder in das Arbeitszimmer Frenzels und nickte dem Polizisten zu, der daraufhin den Raum verließ. „Dann haben Sie mit dem ganzen Besuch hier den Geburtstag von Rudolf Heß gefeiert?“ knüpfte er an das Gespräch wieder an.

„Ja. Wir trafen uns acht Tage zuvor in Ueckeritz und besprachen das Treffen hier!“

Bingo, dachte Simons. Er nahm einen kleinen Zettel, den er auf dem Schreibtisch fand, und machte eine Notiz darauf. Dann ging er wieder zur Tür, rief den Mann zurück, der gerade erst gegangen war, und bat ihn leise, den Zettel Larsson zu bringen.

„Da haben Sie ja schon eine Menge erlebt. Haben die anderen auch so schöne Motorräder wie Ihr Freund?“

„Wo denken Sie hin. So eine Maschine kostet einen Haufen Moos“, sagte das Mädchen genüsslich. Man merkte ihr an, dass sie stolz auf ihren Freund und dessen Motorrad war.

„Na ja, er hat ‘nen reichen Papa ...“

„Unfug! Andreas ist Selfmademan!“

„So. Selfmademan ... Und damit hat der junge Herr sich das Motorrad verdient?“

„Klar.“

„Was für ein Geschäft betreibt er denn?“

Lissy Dornbach hob die Schultern, als wisse sie es nicht: „Er hat einige Mädchen laufen, die sonst nichts verdienen würden.“

„Ach!“

„Es ist nicht so, wie Sie denken. Er hat Mädchen, die Blumen verkaufen.“

Simons lachte laut auf. „Blumen? Und davon kann man sich so ein teures Motorrad leisten? Ich glaube, Sie sehen da etwas falsch.“

Nachdem sie eine Weile über allgemeine Dinge wie die Insel und das Wetter geplaudert hatten, stellte Inge Mohaupt unvermittelt fest: „Sie haben ein sehr schönes Kleid an. Es ist doch absolut ungeeignet für hier draußen, finden Sie nicht auch?“

„Schwarzes Crêpe-Georgette. Karl-Heinz mochte, dass ich so rumlaufe. Er schätzte es, wenn seine Prinzessin, wie er mich immer nannte, gepflegt aussah“, sagte Ilona Selbmann.

„Hatten Sie es oft an?“

Ein Lächeln umspielte den Mund Ilona Selbmanns. „Wenn wir ausgingen. Und da stand das Kleid immer im Mittelpunkt.“

„Das Kleid? Nicht Sie?“

Ilona Selbmann lachte geschmeichelt. „Beides!“

„Gingen Sie denn so oft aus?“

„Zwei-, dreimal im Monat, im Winter weniger.“

„Wohin gingen Sie, wenn Sie ausgingen?“ – Inge Mohaupt schaute aus dem Küchenfenster, das in Richtung Peene zeigte. Draußen auf den Wiesen grasten einige Rinder. Schwarzbunte und Braune. Charolais und Hybriden. Diese Insel stellte eine friedliche, schöne Landschaft dar. Und sie dachte daran, dass dieses Paradies zurecht von so vielen Menschen zu Urlaubszwecken genutzt wurde.

„Das war ganz unterschiedlich. Manchmal fuhren wir nach Berlin. Manchmal nach Greifswald oder Rostock.“

„Ich will nicht indiskret sein, aber mich interessiert, ob Sie Kinder haben."

„Nein, wieso?"

„Weil Sie vorhin so nett gesagt haben, der Junge sei zur Bahn gefahren. Es war fast ein wenig liebevoll!"

„Aber Sie wissen doch, dass ich erst zwei Jahre mit Karl-Heinz zusammen war."

„In Ihrem Alter könnten Sie doch glatt schon einmal verheiratet gewesen sein ..."

„Das ist wohl wahr."

„Und, waren Sie?"

Es war die Frage, die Ilona Selbmann gefürchtet hatte, obwohl sie damit rechnen musste, dass die Polizei es ohnehin herausgefunden hätte. „Ja. Ich war schon einmal verheiratet. Nur kurz, der Mann war gewalttätig. Und so ließ ich mich wieder scheiden. Zu DDR-Zeiten war das kein großer Akt. Wenn Sie wegen jeder Kleinigkeit geschlagen werden, vergeht es Ihnen, für einen Mann dazusein!"

„Wie hieß Ihr Mann?"

„Fichter."

„Fichter?"

„Wolfgang Fichter."

Inge Mohaupt dachte eine Sekunde nach, bevor sie fragte: „Aber der Name Selbmann ...?"

„Ist mein Mädchenname, den ich wieder angenommen habe."

16. Kapitel

Am Donnerstag, dem 20. Juni, hatte Lasse Larsson den Fall Frenzel übernommen. Mittwoch darauf, den 26. Juni, also nur sechs Tage danach, schien es fast so, als sei der Fall geklärt. Als er den Zettel las, den Simons ihm geschickt hatte, dachte er, dass sie mit der Aufklärung des Anschlags auf den Pastor in Ueckeritz am 18. Juni einen Beifang gemacht hätten. Das Wort Beifang kannte er von seinem Vater. Es kam aus der Fischerei. Ein Lächeln umspielte sein Gesicht bei der Erinnerung an das Seemannsgarn, das sein Vater über die Fischerei spann, als er noch ein Kind war.

Dann kam Inge Mohaupt mit der Tatsache, dass Ilona Selbmann die geschiedene Frau Wolfgang Fichters, geborener Treetz, war. Die Erkenntnis, dass es zum Mord an Frenzel eine Verbindung geben musste, ließ ihn augenblicklich die Entscheidung treffen, dass sowohl Ilona Selbmann als auch Andreas Frenzel zu verhaften seien.

Nachdem er jeder der verhörten Personen einen Polizisten als Aufpasser zugeteilt hatte, besprach er sich kurz mit seinen drei Mitarbeitern, die das Ermittlungsteam bildeten. Obwohl er seinen Führungsanspruch durchsetzte, legte er doch Wert darauf, ein gutes Verhältnis zu ihnen zu haben. Das wirkte sich immer positiv auf ihre gemeinsame Arbeit aus.

„Die Frage ist, wer hat ein Motiv, Major Frenzel aus der Welt zu schaffen?“ Larsson sah in die Runde.

Andresen sagte ruhig: „Der junge Frenzel allemal, um an das Geld des Alten zu kommen.“

„Bei dem, was er verdient, müssen wir erst einmal feststellen, woher es stammt. Dann müssen wir feststellen, über wie viel Geld der alte Frenzel verfügte, und eine Liste der wertvolleren, neueren Gegenstände anfertigen", warf Inge Mohaupt ein.

„Richtig, Inge. Erst die Finanzen des Jungen prüfen, dann die pekuniären Verhältnisse des alten Frenzel. Vielleicht ist sein Geld aus den Stasi-Reserven, das nach dem Zusammenbruch der DDR – sagen wir mal – privatisiert, gewaschen und vorsichtig unter die Leute gebracht wurde. Das zum Beispiel in einen neuen Mercedes investiert wurde, eine Harley Davidson und andere, teure Dinge mehr, die wir erst noch aufspüren müssen."

„Wie ist es mit dem Grundstück? Wenn das Treetzsche Grundstück ergaunert wurde, warum nicht auch dieses?" sagte Andresen.

„Ich werde klären, wann es in Frenzels Besitz übergegangen ist und unter welchen finanziellen Umständen", sagte Inge Mohaupt. „Ich habe Beziehungen zum Grundbuchamt."

Alle waren sich einig, dass schnell gehandelt werden müsse.

„Karl, du forderst die Spurensicherung in Anklam an und zwei Wagen Verstärkung. Großes Team. Ich möchte, dass hier kein Stein auf dem anderen bleibt", sagte Lasse Larsson.

„Gut, Chef!"

„Und lass dieses alberne Chef, sonst bist du der nächste Kandidat für einen Kaffeekassen-Hunderter! Wer hat noch ein Motiv? Ich denke", sagte Larsson, „Ilona Selbmann hatte noch Kontakt mit Wolfgang Fichter. Er war einmal mit der Dame verheiratet, da spielen sicher noch irgendwelche alten Gefühle mit, die er ausgenutzt haben könnte, und schließlich hat Fichter sich in der Nähe des getöteten Frenzel aufgehalten, das Haus der Manja Voigt observiert, das Haus seiner Mutter, Walburga Treetz, mehrfach betreten, und als es in meinen Besitz übergegangen war, total auf den Kopf gestellt, als würde er etwas suchen ... Nein, nein, er hat etwas gesucht. Aber was?"

„Was könnte Wolfgang Fichter für ein Motiv gehabt haben, Frenzel umzubringen?" fragte Simons.

Andresen sagte: „Als Major des Staatssicherheitsdienstes – da würden mir eine Menge Dinge einfallen."

Die Stasi, das wusste Lasse Larsson, führte ein eisernes Regiment. Er selbst hatte das am eigenen Leib spüren müssen. Dieser lausige Staat im Staate, der seine Kritiker und Gegner nicht nur hasste, sie zu Hunderten in die DDR verschleppte und mit mehrjährigen Zuchthausstrafen belegte, hatte auch getötet. Larssons Vater stand auf deren Liste und hatte mit seinem Leben bezahlt. Ein eifriger Diener eines solchen Staates hätte sicher mehr als einen Feind.

„Lass nachprüfen, ob Fichter zu DDR-Zeiten im Gefängnis war und wenn ja, wo", sagte Larsson zu Andresen.

Gemeinsam gingen sie hinunter. Lasse Larsson wusste, dass er schnellstens Beweise für eine Beteiligung an einem Verbrechen liefern oder die beiden wieder freilassen müsste.

Als er die Küchentür aufmachte, sah ihn Ilona Selbmann fragend an. Er wusste nicht so recht, ob sie ihm Leid tun oder er ohne Gefühlsregung die Verhaftung aussprechen sollte. Obwohl sie eine wirklich schöne und beeindruckende Frau war, entschied er sich für die letzte Variante. „Frau Selbmann. Sie sind verdächtig, an der Ermordung von Karl-Heinz Frenzel zumindest beteiligt gewesen zu sein. Deshalb sind Sie vorläufig festgenommen. Ihre Überstellung in den Gewahrsam nach Anklam ist veranlasst."

Die Frau wurde kreidebleich, sagte aber nichts. Tränen rannen über ihre Wangen. Simons übergab sie dem vor der Tür stehenden Polizisten.

Larsson zeigte mit den Händen an, dass Andresen durch den Flur gehen sollte, um den Wohnraum von der anderen Seite zu betreten und damit im Rücken Andreas Frenzels aufzukreuzen, während er den Eingang aus der Küche nahm. Andresen nickte verstehend und verschwand im Flur.

Als Larsson die Tür zum Wohnraum öffnete, grinste ihm der junge Frenzel entgegen: „Na, Kommissar, jetzt schlauer geworden?"

Es sollte witzig klingen. Larsson hörte aber deutlich Angst heraus. Und das bestätigte ihm, dass er mit seiner Vermutung, der Mann könne etwas mit dem Tod seines Vaters zu tun haben, richtig lag. „Andreas Frenzel, Sie sind vorläufig festgenommen. Es besteht der dringende Verdacht, dass Sie an der Ermordung Ihres Vaters zumindest beteiligt gewesen sind.“

Frenzel starrte ihn ungläubig an. Larsson nickte dem Beamten zu, der hinter dem Mann stand und den nun aufbrausenden jungen Mann wieder auf seinen Sitz drückte. Andresen kam aus der entgegengesetzten Eingangstür. „Legen Sie die Hände auf den Rücken!“ Dann schnappten die Handschellen zu.

„Wir werden jetzt gemeinsam hinausgehen zur Scheune. Sie werden Ihre Hunde beruhigen.“

„Nicht, solange Sie mir die Dinger nicht abnehmen!“

„Na schön, es gibt drei Möglichkeiten. Entweder wir rufen einen Tierarzt, der die Hunde mit einem Betäubungspfeil außer Gefecht setzt und weisen sie in ein Tierauffanglager ein, oder ich lasse die Hunde erschießen, weil sie so scharf gemacht wurden, dass ich um Leib und Leben meiner Kollegen fürchten muss. Die dritte und einzige Möglichkeit, ohne derartige Maßnahmen zu veranlassen, ist der uneingeschränkte, unbehinderte Zugang zur Scheune! Sie haben die Wahl.“

Draußen auf dem Hof fuhr der erste zusätzlich angeforderte Einsatzwagen mit Blaulicht auf den Hof. Nur kurze Zeit später kam die Spurensicherung. Maier klopfte an der Tür, kam herein und grinste. „Das Gute – dieser Satz steht fest – ist stets das Böse, was man lässt!“

„Der Maier kommt, der Maier geht, was zu verstecken – gar nicht geht!“ konterte Larsson. „Sie werden eine Menge Arbeit haben, Paul. Ich möchte, dass kein Stein auf dem anderen bleibt.“

Sie gingen hinaus. Andreas Frenzel führte den Trupp an. Andresen folgte, dicht darauf Inge Mohaupt und Larsson. Am Schluss gingen Simons und Paul Maier. Maier blieb noch einmal stehen und gab seinen Leuten Anweisung, im Haus mit der Untersuchung anzufangen. Während die Männer der Spurensicherung sich umzogen, dirigierte Andreas Frenzel die Hunde in den abgeteilten Stallbereich, in dem sie sicher verwahrt werden konnten. Der Bereitschaftspolizist half ihm dabei. Dann öffneten sie das große Tor, durch das sonst Traktoren samt Anhänger einfahren konnten.

Auf den ersten Blick schien nichts ungewöhnlich zu sein. Zur Linken waren Rundballen Stroh bis an die Decke aufgetürmt. Rechtsseitig gab es ebensolche Ballen aus Heu. An der Stirnwand standen sauber aufgereiht ein Miststreuer T-087 aus der DDR-Produktion, davor ein kleiner, einachsiger Anhänger mit einem Wasserfass, das sicher für die Versorgung des Viehs auf den Weiden gebraucht wurde. Daneben stand ein Schlepper der Marke International mit einem hydraulischen Hubarm und ein zweiter, kleinerer Traktor der Marke Fendt. Rechts davon stand ein gelb gestrichener Tafelwagen, mit dem die Ballen von den Wiesen eingefahren wurden, querab ein Trommel-Mähwerk, ein Schwader und ein Heuwender, dessen Ausleger hochgeklappt waren, damit er Platz einsparte.

„Nun, zufrieden?“ Andreas Frenzel schaute Larsson herausfordernd an.

Als sie schon im Hinausgehen waren, rief Paul Maier: „Stopp! Hier ist etwas abgedeckt!“

Larsson drehte sich um, und alle gingen die wenigen Schritte zurück bis zu der Stelle, an der Maier über den gelben Tafelwagen geklettert war und den getarnten Eingang in die Aussparung der Rundballen freilegte.

„Es ist doch gut, wenn man einen Fachmann der Spurensicherung bei sich hat!“ Maier verschwand für einige Augenblicke hinter den Rundballen. Als er seinen Kopf wieder heraussteckte, sagte er: „Hier ist eine Holzpritsche, und die ist mit Blut bespritzt, und eine Art Trapez, das an einem der Balken festgemacht ist.“

„Na, Herr Frenzel, jetzt wird es langsam eng.“

Aus dem Gesicht Andreas Frenzels war jede Farbe gewichen. Bleich schaute er Lasse Larsson an. Er wusste, dass er verloren hatte.

17. Kapitel

Die alte Schule des Tarnens hatte sich bezahlt gemacht. Schon als er die Möglichkeiten prüfte, die sich auf Usedom ergaben, hatte er damit gerechnet, möglicherweise flüchten zu müssen. Und eine erfolgreiche Flucht, so hatte er gelernt, erforderte sichere, unbewachte Wege. Ein Eiland, das nur durch zwei enge, leicht zu kontrollierende Zufahrten gesperrt werden konnte, wäre allzu leicht eine Falle, in der man einen Fuchs fangen könnte.

Nachdem er eine Zeit lang nach Süden am Ufer entlang gefahren und nun auf der Höhe der Stadt Lassan war, die auf der gegenüberliegenden Seite des Peenestromes lag, und in der er unter falschem Namen bei einem Fischer ein Zimmer angemietet und ein Motorrad in dessen Garage abgestellt hatte, beschloss er, den direkten Weg über das Wasser zu nehmen. Die Natur, die Wolfgang Fichter liebte, bestärkte ihn in der Entscheidung, hier das Ausweichquartier zu nehmen.

Lassan war von einer reizvollen Landschaft mit sanften Hügeln, einigen Wäldern und großen Feldern umgeben. Wanderer und Radfahrer gelangten auf stillen Wegen in urige Dörfer, zu deren Gutshäusern und kamen zu kleinen Badeseen oder den Hünengräbern am Rande eines Urstromtales. Die schnell wechselnden Wolkenbilder und das klare Licht inspirierten nicht nur Kunstschaffende. Auch Urlauber, die die Ruhe und abwechslungsreiche Natur erleben wollten, traf man hier. Besonders entlang der Peene fanden sie eine vielfältige, abwechslungsreiche und manchmal auch exotische Flora und Fauna, seltene Wasservögel wie Reiher und Seeadler, die hier zu Hause waren. Dies lag nicht zuletzt am Fischreichtum der hiesigen Gewässer, den auch immer mehr Petrijünger zu schätzen wussten. Nein,

Lassan war keine Touristenhochburg. Urlauber, die Land und Leute hautnah kennen lernen wollten, und die die Ruhe und die persönliche und individuelle Atmosphäre des kleinen Ortes genossen, nutzten auch den Naturcampingplatz direkt am Peenestrom. Aber einige private Gästezimmer und Ferienwohnungen sowie familiär geführte Gasthäuser wie die Ackerbürgerei warteten auf die Menschen, die bereit waren, im Hinterland ihren Urlaub zu verbringen und nicht auf die unmittelbare Meeresnähe bestanden.

In dieser Gegend konnte Wolfgang Fichter unerkannt untertauchen. Wenn er gesucht würde, dann auf der Insel, vielleicht in unmittelbarer Nähe des Frenzelschen Hofs, nicht aber hier. Und mit dieser Kalkulation lag er richtig.

Der Mann wendete sein Boot nach Westen und überquerte den Strom. Er steuerte nicht direkt den Hafen Lassans an, in dem einige Segelboote an den Stegen und eine größere Motoryacht lagen. Zu dieser Tageszeit waren die meisten der Boote bereits hinausgefahren, liefen irgendwo die Peene hinauf oder hinab; größere Boote konnte man später auf der Ostsee bewundern, wo sie unter vollen Segeln einen herrlichen Anblick boten und die Menschen am Strand an ihre Sehnsüchte nach der Ferne erinnerten.

Erst als Fichter nördlich von Lassan wieder dicht unter Land war und festen Boden unter den Füßen hatte, fiel die Anspannung ein wenig von ihm ab. Er konnte nicht sicher sein, dass seine Flucht von der zum Hof Frenzels anrückenden Polizei unbemerkt geblieben war.

Vorsichtig zog er das Faltboot weiter auf festen Boden. Sorgsam schaute er sich um, analysierte jeden Laut, den er aufnehmen konnte. Neben zwei zänkischen Möwen, die sich lauthals um irgendeinen schwimmenden Bissen stritten, und einem Graureiher, der auf der Querstange eines Holzsteges saß, nahm er das Geräusch des Motors eines sich quälenden Ackerschleppers wahr, der sich mühte, eine Wiese zu mähen. Etwas weiter im Norden, fast am Wasser, standen einige Autos. Er nahm das

Fernglas zu Hilfe. Einige Menschen hatten es sich dort bequem gemacht und lagen faul in der Sonne. Im Süden konnte er den Campingplatz von Lassan sehen.

An dem fremden Steg festgemacht, würde das Boot am wenigsten auffallen. Nachdem er sich überzeugt hatte, allein zu sein, nahm er die Perücke ab, verstaute sie im Rucksack und verwandelte sich so in einen Wanderer, der die Schönheit der Natur bei einem ausgedehnten Spaziergang genoss. Den Rucksack wie ein Urlauber auf den Rücken geworfen, machte er sich auf den Weg in die Stadt.

Der Fischer, ein Junggeselle, in dessen kleinem Haus er ein Zimmer für vier Wochen angemietet hatte, war zur Arbeit gegangen. Ganz in Ruhe zog er sich seine Lederschutzkleidung an. Dann legte er noch etwas Geld auf den Tisch, das die Miete für einen weiteren Monat deckte.

Der Mann ging hinaus. Er dachte, wenn der Fischer käme, würde er das Geld finden und seinen Gast, der gekommen war, um die Wasservögel dieser Gegend zu studieren, belächeln. Er zog das Motorrad aus dem Schuppen. Als er die schwere BMW startete, dachte er daran, möglichst schnell eine große Distanz zwischen Usedom und sich zu bringen.

Als Lasse Larsson am Donnerstag, dem 27. Juni, ins Kommissariat kam, erwartete ihn die Nachricht, dass es tatsächlich im Umfeld Lena Buschmanns einen Arzthaushalt gegeben habe. Es war eine gute Entscheidung von ihm gewesen, die Polizeiobermeisterin Monika Landris um Hilfe zu bitten. Sie hatte alles, was eine erfolgreiche Frau in diesem Beruf brauchte, war gut durchtrainiert, hatte den eisernen Willen, erfolgreich zu sein, eine gute Nase, wenn es darum ging, Geheimnisse aufzuspüren, und war intelligent genug, dies alles unter einen Hut zu bringen. Mit einem Wort, sie war eine Perle, die Larsson gesucht und tatsächlich auch gefunden hatte.

„Doktor Holger Schmidt zog im April 2000 mit seiner Familie nach Greifswald, wo er als Arzt im Universitätsklinikum arbeitet“, sagte Monika Landris. „Er hat einen Sohn namens Frank, und der war eng befreundet mit Lena Buschmann.“

„Eine Schulliebe ist nichts Ungewöhnliches“, sagte Lasse Larsson.

„Na ja, immerhin ging es so weit, dass Frank nicht mit nach Greifswald ziehen wollte. Er hat sich mit allen Mitteln gegen diesen Umzug gesperrt.“

„Erste Liebe kann sehr weh tun.“

„Das Beste kommt aber noch. Doktor Schmidt hatte Probleme mit den Behörden der DDR wegen Mitgliedschaft in einer kultischen Vereinigung.“ Die Polizeiobermeisterin legte die Kopie eines Berichts des DDR-Sicherheitsdienstes von Anfang 1989 auf den Schreibtisch.

„Er war Buddhist. Ich wusste nicht, dass Buddhismus in der DDR strafbar war“, sagte Larsson in Erinnerung an die fernöstliche Religion. Als das Telefon klingelte, brummte er etwas von „nicht in Ruhe arbeiten“ zu können. Er nickte Monika Landris zu, die nun den Raum wieder verließ.

„Wenn einer, der mit Mühe kaum gekrochen ist auf einen Baum, schon meint, dass er ein Vogel wär, so irrt sich der“, sagte Maier genüsslich.

„Paul, Sie nerven! Was, in Gottes Namen, heißt das in einer für einen normalen Polizisten deutbaren Übersetzung?“

„Was wir gestern übersehen hatten, ist ein zum Frenzelanwesen gehörendes Bootshaus zwischen dem Schilf! Wir sind gerade dabei, es unter die Lupe zu nehmen.“

„Gewisse Feststellungen sind so unangenehm, dass ich sie kaum glauben will, Paul. Ein Bootshaus kann man doch gar nicht übersehen!“

„Und doch ist es so.“

„Und Sie wollen mir nun mitteilen, dass Sie etwas entdeckt haben.“

„Na ja, ich denke, es wird Sie interessieren, dass hier jemand mehrere Tage genächtigt hat. Jemand, der Gauloises raucht, hier gegessen hat, und der völlig überstürzt aufgebrochen sein muss.“

„Ich komme zu Ihnen rausgefahren!“ Larsson nahm seine Jacke und ging hinüber in den Raum, den sich Andresen, Mohaupt und Simons teilten. „Eigentlich müssten wir jetzt nach Greifswald fahren, Inge“, sagte er. „Wir müssen aber noch einmal hinaus zum Frenzelschen Hof. Maier hat ein Bootshaus entdeckt, in dem Übernachtungen stattgefunden haben!“

„Wenn wir jedes Bootshaus, in dem irgendein Student billig Urlaub machen will, gleich ...“ Simons brach ab, als er sah, dass Larsson den Kopf schüttelte.

„Die Spurensuche am Tatort, Karl, ist und bleibt das A und O eines Kriminalisten“, sagte Andresen vorwurfvoll.

Und Inge Mohaupt fuhr fort: „Kriminalistisches Wissen kann man sich aneignen. Kriminalistische Erfahrung aber kann man nicht erlernen, man muss sie selbst machen.“

Lasse Larsson lächelte ob der Unterstützung, die er seitens der Mitarbeiter bekam, und er erinnerte sich, dass auch ihm Anfängerfehler unterlaufen waren. Doch er hatte schnell gelernt, dass Sorgfalt bei der Ermittlung mit der Sicherung der Spuren anfängt; er dachte an seine Piktogramme und nahm sich vor, seine Truppe in sein kleines Geheimnis einzuweihen.

„Deine Kollegen haben Recht, Karl. Man muss sie selbst machen, und man muss denen, die Erfahrung haben, auf die Finger schauen und sich deren Fertigkeiten und Kenntnisse absehen. Der unerfahrene Kriminalist wird am Tatort erkennen, dass unendlich viele Fehlermöglichkeiten wie unsichtbare Fallen auf ihn lauern. Erst der wirklich erfahrene Ermittler, der ebenso an eigenen wie an fremden Fehlern gewachsen ist, wird diese vermeiden können.“

Dann drehte er sich Inge Mohaupt zu. „Inge, ich würde dich bitten, mit Rolf die Vernehmungen durchzuführen. Fangt mit Ilona Selbmann an. Dann haben wir wahrscheinlich schon eine

Menge Anfangswissen, wenn wir Frenzel Junior verhören. Ich werde Karl mitnehmen, damit er von Maier etwas lernen kann!" Und er fügte in dessen Ton hinzu: „In Sachen Frenzel ausgesandt, kam Bruder Simons angerannt. Er sucht sich wen und findet ihn, der Richtige aber, der geht hin!"

Als sie vierzig Minuten später am Frenzelschen Hof ankamen, sahen sie dicht neben dem Bootshaus den blauen VW T4 der operativen PTU stehen. Das Bootshaus war weiträumig mit rotem Kunststoffband abgesperrt.

Maier hatte sie kommen hören und empfing sie mit den Worten: „Schade, dass uns das Bootshaus gestern entgangen ist. Möglicherweise war der Täter noch hier, als wir kamen."

„Warum glauben Sie das, Paul?"

„Wie kam der Täter hierher? – Wohl mit einem Fahrrad." Er führte die Männer zur südlichen Seite des Bootshauses. Dort lag halb im Schilf das Rad und war kaum auszumachen. Dennoch sah man ganz deutlich abgebrochene Schilfhalme, wo der Verdächtige langgelaufen sein musste.

Einer der Männer Maiers war gerade dabei, Fußspuren mit einer weißen Masse auszugießen. Er schaute kurz hoch und nickte Larsson grüßend zu. „Es ist ein Rennrad der Marke Diamant, ein Produkt aus der ehemaligen DDR."

Sie gingen in das Holzhaus. Im Wasser lag ein Regattaboot der Kategorie der Drachen.

„Es ist ein sehr gepflegtes Boot, und es muss während der Sommermonate häufig bewegt worden sein. Es ist jedenfalls in einem tadellosen Zustand. An der Steuerbordseite sind einige kleine Schrammen, die von einem Anlegemanöver herrühren müssen. Wir haben lange blonde Haare, möglicherweise von einer Frau, gefunden", stellte Paul Maier fest.

„Die Lebensgefährtin des Toten ist blond", antwortete Larsson.

Im Haus waren zwei Männer noch immer damit beschäftigt, Fingerabdrücke zu sichern. Gerade versuchten sie mittels Rußpulver, einem Gemisch aus Ruß und Mangandioxid, das sie mit einem Fiberglaspinsel auf den Handlauf einer kleinen Treppe aufbrachten, vorhandene Papillarleisten sichtbar zu machen. Scheinbar war es ihnen gelungen, denn nun hielten sie das Ergebnis fotografisch fest. „Wir haben jede Menge frischer Fingerabdrücke“, sagte Maier.

„Unterschiedliche?“

„Das schon. Wir werden sie mit den Abdrücken des Toten vergleichen und mit denen der Frau.“

„Vor allem mit den Unterlagen, die wir vom Ministère de la Défense aus Paris bekommen haben. Ich tippe, es war Wolfgang Fichter alias Cyrano Peer de Bergerac“, sagte Larsson. Er freute sich, dass seine Quelle in Paris so ergiebig gesprudelt hatte und sie dadurch so schnell auf die Fährte des Killers gestoßen waren.

„Aber das ist noch nicht alles, Lasse“, sagte Maier. „Wir haben hier eine Art Spazierstock gefunden, der sich zusammenschieben lässt und so ganz handlich verstaut werden kann. Er ist hohl ...“

„Ein Blasrohr?“ fragte Simons.

„Siehst du, Karl, das ist wieder eine Frage der Erfahrung“, sagte Larsson. „Mit einem Blasrohr kann man verschieden präparierte Pfeile abschießen und so Substanzen an oder in ein Ziel bringen. Zum Beispiel benutzen Tierärzte Pfeile, um Raubtiere zu betäuben. Andere gebrauchen es zu weniger friedlichen Aktionen. Das indianische Pfeilgift Curare, das innerhalb kürzester Zeit zum Tod durch Ersticken führt, lässt sich damit ebenso geräuschlos transportieren wie jedes andere Gift, das man auftragen kann: Es ist getrocknet, löst sich in Flüssigkeit, zum Beispiel Blut, auf, verteilt sich schnell im Körper und erzielt dann das gewünscht Ergebnis – den Tod der beschossenen Person.“

„Ricin ist ein solcher Stoff“, sagte Maier. „Ricin ist einer der tödlichsten Eiweißstoffe, die in der Natur vorkommen. Gelangt das Gift in den menschlichen Organismus, so bringt es die kontaminierten Zellen zum Absterben. Für eine tödliche Vergiftung eines Erwachsenen genügen 0,25 Milligramm isoliertes

Ricin oder zwei bis vier der schön ornamentierten Samenkörner."

„Ich habe davon gehört", sagte Simons. „Die US-Behörden behaupten, dass die islamistische Terrororganisation Ansar al Islam Versuche mit Ricin und mit anderen chemischen und biologischen Kampfstoffen im Nordirak angestellt hat."

„Die Morde mit diesem Gift haben eine lange Tradition. Ende der siebziger Jahre stand der bulgarische Schriftsteller Georgi Markow an einer Haltestelle in der Nähe der Waterloo-Bridge in London und wartete auf den Bus. Plötzlich spürte er einen Stich im Bein, und als er aufsah, entdeckte er einen Mann, der gerade seinen Regenschirm hob. Vier Tage später war Markow tot. In seinem Oberschenkel fanden Mediziner ein Kügelchen, das mit Ricin präpariert war."

Larsson ergänzte: „Der Regimekritiker Markow hatte im Westen über die kommunistische Führung Bulgariens und Todor Schiwkow auspacken wollen. So war es nur nahe liegend, dass der bulgarische und der sowjetische Geheimdienst als Drahtzieher des Anschlags verdächtigt wurden. Aufgeklärt wurde das Verbrechen nie, und mittlerweile hat Bulgarien den Fall zu den Akten gelegt."

Inzwischen hatte sich Paul Maier Handschuhe angezogen und führte vor, wie sich der Stock ausziehen ließ, wie man durch die Aussparung hindurchsehen konnte, und wie der Verschluss funktionierte. „Wer mit Ricin oder Strychnin hantiert, legt keinen Wert auf Zuschauer. Giftmörder suchen die Intimität. Sie spionieren persönliche Gewohnheiten aus, verschaffen sich Zugang zu privaten Gemächern. Zu ihren Tatorten zählen die Machtzentralen geschlossener, oft despotischer Gesellschaften, denn nur diese garantieren die nötige Nähe: Kreml, Vatikan, die Schlösser der Borgia, die Paläste in Bagdad. Auch Saddam Hussein ließ seine Hummer-Menüs bekanntlich von Vorkostern testen." Maier war ganz in seinem Element.

Hätte nur noch gefehlt, dass er seinen Vortrag in Versform bringt, dachte Larsson. Bei diesem Gedanken musste er lachen.

„Aber im Repertoire politischer Morde während des Kalten Krieges nimmt der Regenschirm-Mord als Slapstick-Verbrechen irgendwo zwischen den Giftnadeln aus der römischen Kaiserzeit und Lotte Lenyas Schuhspitze einen besonderen Platz ein. Giftmörder meiden alles Operettenhafte. Sie operieren diskret und dosieren präzise. Nur die Mörder Rasputins hatten sich verschätzt, so dass sie den Hexer der Zarin anschließend noch erschießen und ertränken mussten. Der Tod des Mönchs zeigt, dass der Umgang mit Gift, im Vergleich zu Axt, Messer oder Strick, eine gewisse Intelligenz voraussetzt. Ist es da ein Zufall, Karl, dass die meisten Giftmorde von Frauen begangen werden?“

Als hätten sie abgestimmt, sich abzuwechseln, sagte Paul Maier: „Selten hinterlässt Gift entstellte Leichen, die Symptome sind der Krankheit näher als dem Kampf, was den Kreis der möglichen Opfer ins Unendliche erweitert.“

Er legte vorsichtig den Stock zurück, und sie gingen weiter in den dunklen Raum hinein, wo ein Lager aus Stroh hergerichtet war, über das eine Decke gelegt worden war. Damit das Stroh nicht auseinander drängte, hatte jemand Leisten an die Seiten genagelt.

„Was hat den Kerl so sicher gemacht, dass er hier nicht erwischt werden würde?“ fragte Simons.

„Das ist eine sehr gute Frage, Karl.“

„Weißt du darauf auch eine Antwort, Lasse?“ Simons schaute ihn fragend an, und Maier konnte sich nicht beherrschen, Simons hochzunehmen.

„Also lautet ein Beschluss – dass der Mensch was lernen muss. Nicht allein das ABC, bringt den Simons in die Höh’; nicht allein in Schreiben, Lesen übt sich ein vernünftig Wesen; nicht allein in Rechnungssachen soll sich Simons Mühe machen, sondern auch der Weisheit Lehren muss er mit Vergnügen hören!“

Die Männer lachten.

„Sie haben natürlich absolut Recht, Hauptkommissar“, sagte Simons. „Ich dachte, ich könnte schon eine ganze Menge. Aber in Wirklichkeit muss ich noch viel lernen.“

„Das müssen wir alle, Karl“, sagte Larsson kurz. „Ich genauso wie du, jeden Tag aufs Neue!“

Der Mann, der draußen die Fußspuren ausgegossen hatte, kam herein. „Es gibt kein besonderes Profil, Paul. Ich glaube, ich liege richtig, wenn ich sage, dass er die typischen, schlanken Schuhe getragen hat, die Radrennfahrer tragen.“

„Ein Radrennfahrer?“

„Er hat nur gesagt, dass der Mann solche Schuhe getragen hat, nicht, dass er Rennfahrer ist.“

Vielleicht sollte ich lieber das Maul halten, dachte Simons. Aber wie will ich dann etwas lernen.

Larsson schien seine Gedanken erraten zu haben. „Es ist richtig, dass du fragst, Karl. Nur so kann man Fehler vermeiden.“

Sie gingen hinaus, und Maier begleitete sie zu ihrem Fahrzeug. „Wann werden Sie die Auswertungen haben, Paul?“ fragte Larsson.

„Morgen. Aber bestimmt nicht gleich früh. Eher am späten Nachmittag.“

„Das reicht auch. Danke.“ Sie gaben sich die Hand, und Larsson stieg auf der Beifahrerseite ein. Paul Maier winkte ihnen noch einmal zu, als sich der Omega in Bewegung setzte.

18. Kapitel

Der Anruf Maiers hatte seinen ganzen Plan durcheinander gebracht. Deshalb begaben sich Inge Mohaupt und Larsson erst am Freitagmorgen, dem 28. Juni, gegen elf Uhr auf den Weg nach Greifswald. Zuerst fuhren sie in die Kuhstraße 30, die in der Innenstadt lag. In dem gelb gestrichenen, eineinhalbgeschossigen Haus mit rotem Krüppelwalmdach, weiß gestrichenen Fenstern und einer ebenso weißen Dachgaube war die Rechtsmedizin der Ernst-Moritz-Arndt Universität Greifswald untergebracht. In diesem Institut wurden die gerichtlichen Leichenöffnungen nach den Paragrafen 87-91 der Strafprozessordnung vorgenommen. Die äußere Leichenschau bei unklaren und nicht natürlichen Todesfällen fand hier ebenso statt wie die Identifizierung unbekannter Toter auch mithilfe der DNA-Analytik. Die Rekonstruktion von Tatabläufen und die Todeszeiteingrenzungen gehörten genauso zu den Aufklärungen durch die Forensik wie die vorgenannten Tätigkeiten der hier arbeitenden Mediziner und waren unverzichtbare Bestandteile im Puzzle der polizeilichen Ermittlungsarbeit.

Lasse Larsson interessierte sich an diesem Tag ganz besonders für die mikroskopischen und chemisch-toxikologischen Untersuchungen, die im Fall von Walburga Treetz nach deren Exhumierung möglich waren.

Obwohl das Haus von der Straßenseite eher einem Landhaus glich, war es gesichert, als beherberge es eine geheime Schatzkammer. Die beiden Polizisten klingelten, und die Stimme einer Frau fragte sie nach ihren Namen und dem Anliegen. Kurze Zeit später wurde die Tür geöffnet. „Frau Doktor ist noch bei der

Arbeit“, wurden sie von der Sekretärin empfangen. „Es kann noch eine Weile dauern.“

Das erste, was Larsson auffiel, war der penetrante Geruch, der sich in dem gesamten Gebäude breit machte. Die Frau schien seine Empfindungen zu erraten.

„Heute riecht es ganz besonders unangenehm. So unangenehm ist es nicht jeden Tag.“

Sie gingen durch den Flur. Rechts war ein Raum, dessen Tür offen stand. Zwei Frauen waren damit beschäftigt, Röhrchen in eine Zentrifuge zu schieben. Aber sie fanden die Zeit, aufzuschauen, um zu registrieren, wer die Besucher waren, die zu dieser ungewöhnlichen Zeit hier auftauchten. Auf dem Gang trafen sie auf einen noch jungen und für sein Alter recht fülligen Mann in der typisch grün gehaltenen Arbeitskleidung des Obduzenten. Auch er verströmte den aufdringlichen Geruch des Todes.

Larsson und Inge Mohaupt schauten sich an und dachten wahrscheinlich das Gleiche. Es ist Freitagmittag, und Freitag ab eins macht jeder seins! Es war ein altes Sprichwort aus den Zeiten des Arbeiter- und Bauernstaates, aber es hatte noch immer seine Gültigkeit. Hier allerdings dachte man sicher schon in anderen Dimensionen.

„Ist die Chefin bald fertig?“ fragte die Frau.

„Es kann sich nur noch um Minuten handeln“, antwortete der Mann freundlich. Dann gingen sie durch einen Verbindungskorridor zu einem zweiten Haus, das von der Straße gar nicht auszumachen war. Der Arzt stapfte vor ihnen her und nahm die Treppe zum Obergeschoss.

„Gesten hatten wir ein besonderes Event“, sagte die Sekretärin, als sie deren Büro betraten. Larsson nickte ihr nur zu, um sie zum Weitersprechen aufzufordern. Die Frau gab Inge Mohaupt einen Zettel:

27.06.2002 – (idw) Ernst-Moritz-Arndt-Universität Greifswald Der Bund Deutscher Kriminalbeamter, vertreten durch den Landesverband Mecklenburg-Vorpommern und dieser durch den Bezirksverband Greifswald sowie den Landesvorstand des Bundes Deutscher Kriminalbeamter hat beschlossen, das Institut für Rechtsmedizin der Ernst-Moritz-Arndt-Universität Greifswald mit dem Ehrenzeichen des Landesverbandes Mecklenburg-Vorpommern auszuzeichnen.

Aus der Laudatio von Stephan Lack, dem stellvertretenden Landesvorsitzenden, wurde zitiert:

„Der BDK würdigt damit den rechtsmedizinischen Bereitschaftsdienst, der rund um die Uhr optimale Qualität ärztlicher Leichenschau vor Ort für immerhin die Hälfte des Landes Mecklenburg-Vorpommern garantiert. Die wenigen Mitarbeiter des Institutes leisten darüber hinaus Herausragendes auf dem Gebiet der Spurenuntersuchung einschließlich der DNA-Analytik. Das Institut hat sich besondere Verdienste bei der Aus- und Fortbildung von Polizei- und Kriminalbeamten erworben."

Der Landesverband der deutschen Kriminalbeamten übergibt den Preis am Montag, dem 1. Juli, um 13.00 Uhr in einer kleinen Feierstunde in der Gaststätte „Münterstube", Mühlenstr. 25, Greifswald.

Inge Mohaupt überflog den Text und reichte ihn Larsson. Dann sagte sie: „Ich habe davon gehört. Es ist eine schöne Auszeichnung für Ihr Institut und für die ganze Universität Greifswald."

„Ja", unterstrich Larsson ihre Worte. „Was würden wir bloß ohne Sie machen!" Es war zwar eine Floskel, aber sie brachte genau das auf den Punkt, was er dachte.

„Dann war ja gestern richtiger Betrieb hier", sagte Inge Mohaupt.

„Ich war nicht mit zur Feierstunde, musste die Stellung halten. Die Chefin hat erzählt, was los war, und wir sind auch mächtig stolz darauf, diese Auszeichnung zu bekommen."

„Letzten Endes ist es immer das Team, das an einem Erfolg beteiligt ist", sagte Lasse Larsson, „auch wenn einer immer den Hut aufhaben muss." Inge Mohaupt grinste ihn herausfordernd an, und er fühlte sich bemüßigt, ihre Bestätigung einzuholen: „Nicht wahr, Inge?"

Sie antwortete nicht darauf, sondern sagte: „Die Unterlagen Obduktion Frenzel, Voigt und eine aus dem Jahr 2000 – Lena Buschmann –, haben Sie die greifbar? Wir haben einige Fragen dazu an Ihre Chefin."

„Natürlich. Ich suche sie gleich heraus." Sie ging in den Nebenraum und kam nach kurzer Zeit mit den Unterlagen zurück, die sie auf ihrem Schreibtisch positionierte.

Als die Rechtsmedizinerin Dr. Birgit Beckert hereinkam, sah man ihr einen stressigen Arbeitstag an. Sie ist eine gut aussehende Frau, dachte Lasse Larsson, groß gewachsen, noch jung, und ihr eilt der Ruf eines eisernen Arbeitswillen voraus; eben das sind die Zutaten, aus denen ihr Erfolg gemacht zu sein scheint. Als Direktorin einer solchen Institution hatte sie schließlich einen Haufen Verantwortung, war begehrte und anerkannte Gutachterin und darüber hinaus noch als Privatdozentin tätig. „Entschuldigen Sie, dass Sie etwas warten mussten. Manchmal zieht sich eine Obduktion länger hin, als man es vorher geplant hat."

Die Frauen, die sich bereits aus früheren Begegnungen kannten, gaben sich die Hand. Lasse Larsson stellte sich vor.

„Kommen Sie mit in mein Zimmer. Kaffee?" Sie wartete die Antwort nicht ab, sondern bestellte Kaffee für alle.

Die Sekretärin kam hinterher und legte ihr die Unterlagen zu den Obduktionen Frenzel, Voigt und Lena Buschmann auf den Schreibtisch. Dann ging sie hinaus, um den Kaffee zu bereiten.

„Sie haben uns die Unterlagen Frenzel zukommen lassen."

„Dazu haben Sie noch Fragen?"

„Nicht zu Frenzel allein. Im Jahr 2000 haben Sie eine Lena Buschmann obduziert. Der jungen Frau hatte man auch die Ohren abgeschnitten."

„Ja, wahrscheinlich ein Ritualmord. Ich erinnerte mich sofort, als mir der Fall auf den Tisch kam.“ Sie nahm die Akte Lena Buschmann, schlug sie auf und las ihren Bericht noch einmal durch.

„Die Ohren wurden durch einen scharfen Gegenstand abgetrennt, etwa durch ein Skalpell. Mit diesen kleinen chirurgischen Messern lassen sich sehr gerade Schnitte machen.“ Sie nahm die Akte Frenzels. „Bei diesem Mann wurden die Schnitte mit einem ... eher mit einer Art Fahrtenmesser gemacht. Man sieht, dass mehrfach angesetzt wurde, ganz deutlich wird es jedenfalls hier am linken Ohr.“

„Also kann man davon ausgehen, dass es sich um zwei Mörder handelt?“

„Um zwei verschiedene Personen, die sich an den Ohren zu schaffen gemacht haben.“

„Die Tonsur des Mannes. Lässt sich feststellen, wann die gemacht wurde? Ich meine, nachdem der Mann getötet wurde oder zuvor?“

„Der Mann wies verschiedene Folterspuren auf. Man hat ihn mit Stromschocks gequält und die Ohren bei lebendigem Leib abgetrennt. Er muss versucht haben, den Kopf wegzudrehen. Auch deshalb sind wahrscheinlich die Schnitte so unregelmäßig.“

Die Sekretärin kam mit dem Kaffee, stellte die Tassen und die blaue Wärmekanne auf das runde Tischchen und goss ein. „Milch und Zucker nehmen Sie bitte selbst.“ Dann ging sie wieder hinaus.

„Folterer wählen gern Methoden, die es den Opfern hinterher schwer machen, ihre Torturen nachzuweisen und gerichtlich dagegen vorzugehen. Noch nach Jahren kann man mithilfe der Szintigrafie Folterspuren feststellen. Was bei lebenden Personen möglich ist, ist natürlich auch bei Leichen nachzuweisen“, sagte Beckert.

„Szin...“

„Szintigrafie nennt man die Feststellung des Speicherungsvermögens von Organgewebe zum Beispiel an der Schilddrüse. Nach Einbringen radioaktiver A-Isotope, deren Strahlung durch ein Schreibgerät in parallele Striche umgesetzt wird. Die verschiedene Strichdichte des Szintigramms erlaubt Rückschlüsse auf die Art einer krankhaften Gewebeveränderung."

Lächelte sie? Was dachte sie über ihn? Dass er zu simpel gefragt hatte? Lasse Larsson nickte Inge Mohaupt zu. „Wissenschaftlich lässt sich vieles erklären, was wir mit normalen Mitteln gar nicht erfassen."

„Die Tonsur, Frau Mohaupt, wurde dem Opfer beigebracht, als er noch lebte. Auf seinem gesamten Rücken, so sagt das von Ihrer Abteilung erstellte Polizeiprotokoll, waren frische und bereits vernarbte Wunden. Das lässt darauf schließen, dass der Mann mehrere Tage gefoltert wurde."

„Ja", bestätigte Inge Mohaupt, „die Verletzungen sahen aus, als sei er ausgepeitscht worden, es waren Striemen zu sehen. Über die linke Rückenseite verteilt waren Vernarbungen erkennbar, die aussahen, als seien brennende Zigaretten auf seinem Körper ausgedrückt worden."

„Die Spuren an den Armgelenken lassen darauf schließen, dass man seine Hände gefesselt und ihn dann mit einem Stock unter den Füßen, die ebenfalls zusammengebunden waren, durchgeschoben, aufgehängt hat. Es hat sich nachweisen lassen, dass er auch Opfer sexualisierter Gewalt geworden ist. Mit großer Wahrscheinlichkeit hat man ihm einen dicken Gegenstand in den Anus getrieben."

„Das ist ja entsetzlich", sagte Inge Mohaupt angewidert.

„Es gibt nichts, was Menschen anderen Menschen nicht antun!" stellte Lasse Larsson fest. Vielleicht, so dachte er in diesem Augenblick, ist das die endgültigste Art, Menschen einzuordnen: danach, wozu sie fähig sind. Goethes Faust kam ihm in den Sinn: „Ich bin ein Teil von jener Kraft, die stets das Böse will und doch das Gute schafft!" Nicht erst jetzt war Larsson davon überzeugt, dass der Spruch auch in umgekehrter Weise seine Gültigkeit hatte. Doch hier hatte man Böses gewollt und den Abgrund alles Schlechten geschaffen. Und um so viel Böses zu bewerkstelligen, war eine gehörige Portion Hass notwendig. Hier mussten sie mit den Ermittlungen der Befragung der verhafteten Personen ansetzen. Was hatte Fichter dazu gebracht, Frenzel so zu hassen, und was den jungen Frenzel, bei diesem grausamen Spiel mitzumachen? Der menschliche Abgrund kann enorm tief sein.

Inzwischen hatte die Rechtsmedizinerin die Akte Manja Voigts aufgeschlagen. „Der Folterer des Frenzel war auch der, der die Rentnerin Voigt gequält hat."

„Die Art, wie die Zigaretten ausgedrückt wurden, lässt die beide Male auf einen Linkshänder schließen?" fragte Larsson.

„Nein, das können wir so nicht feststellen."

„Wir haben Erkenntnisse, dass es sich bei deren Mörder um einen ehemaligen Fremdenlegionär handelt."

„Ja, so sieht das in der Tat aus", bestätigte die Ärztin.

„Ich habe eine ganz andere Frage. Nehmen wir einmal an, ein Fremdenlegionär ermordet eine alte Frau, sagen wir mit dem Pfeilgift Curare."

Doktor Beckert überlegte einen Augenblick. „Kurz gesagt, Curare stellt eine Sammelbezeichnung verschiedener alkaloider Gifte dar, die von den Indios Ecuadors als Pfeilgift genutzt werden, um Tiere zu jagen. Hergestellt wird Curare aus eingedickten Extrakten von Rinden und eventuell auch Blättern verschiedener südamerikanischer Lianenarten. Dabei werden die Curare-Arten aufgrund der Hauptkomponenten der Gifte in Tubocurare und Calebassencurare aufgeteilt. Aber es gibt auch verschiedenen Unterarten, die beispielsweise in der Chirurgie Verwendung finden, wie das Tubocurarin. Curare bewirkt Muskellähmungen. Zum Tode führt letzten Endes Atemstillstand durch Lähmung der Atemmuskulatur. Das zentrale Nervensystem bleibt weitgehend intakt."

„Meine Frage ist: besteht die Möglichkeit, dass ein Hausarzt das nicht erkennt?"

„Die Möglichkeit ist eher eine Wahrscheinlichkeit!“

„Eine alte Frau wurde tot aufgefunden und vor rund zwei Monaten beerdigt. Lässt sich das Curare noch nachweisen?“

„Nein. Die chemische Verbindung des Curare löst sich in der Zeit auf.“

„Ich habe eine Exhumierung beantragt. Die Frau wird also auf Ihrem Tisch landen.“

19. Kapitel

Als sie sich später von Frau Doktor Beckert verabschiedet hatten und auf der Fahrt zur Wohnung von Doktor Holger Schmidt waren, waren sie sich darüber einig, dass sie bei ihren Ermittlungen jetzt auf breiter Front vorgehen mussten. Die Festgenommenen im Fall Frenzel würde man einzeln mit den Ungeheuerlichkeiten der Folter konfrontieren; ihre Regungen, ja, die leisesten Zuckungen in ihren Gesichtern könnten verraten, dass sie in die Sache involviert waren oder damit in irgendeiner Weise zu tun hatten. So weit zu dem Mord an Frenzel.

Was sie jetzt vorhatten, betraf den Fall Lena Buschmann. Kurz vor zwei Uhr hielt der graue Omega vor der Villa in der Wismarer Straße im Ortsteil Eldena, die der Arzt Holger Schmidt mit seiner Familie bewohnte. Die Frau, die auf das Klingelzeichen hin öffnete, schaute Larsson ungläubig an, dann Inge Mohaupt. „Ich weiß nicht, was ich für Sie tun kann, Kommissar“, sagte sie, nachdem Lasse Larsson sich und Inge Mohaupt vorgestellt und als Kriminalpolizisten ausgewiesen hatte. „Aber kommen Sie doch herein. Mein Mann ist zu einem Kongress für Innere Medizin in Marburg. Vielleicht kann ich Ihnen ja helfen.“

Sie kamen in eine große Diele, die durch einen überdimensionalen Wandbehang ihre Aufmerksamkeit erregte. Er war in braunen und dunkleren Farben bis hin zum Schwarz gestaltet und zeigte einen aufrecht gehenden, streng schauenden Buddha, an dessen linkem Fuß sechs, anstatt fünf Zehen zu sehen waren.

„Es ist eine javanische Batik“, stellte die Frau mit einem Lächeln fest. „Sie hängt stellvertretend für unsere buddhistische Gesinnung hier im Haus.“

Larsson dachte einen Augenblick an die Aussage der Polizeiobermeisterin Monika Landris: „Das Beste kommt aber noch. Doktor Schmidt hatte Probleme mit den Behörden der DDR wegen Mitgliedschaft in einer kultischen Vereinigung."

Die Frau führte die Polizisten in ein elegantes Wohnzimmer, in dem mitten auf einem Schrank ein Buddhakopf aus Holz, offensichtlich eine sehr alte, wertvolle Arbeit, thronte. „Man könnte fast annehmen, in diesem Haus wohnt Buddha persönlich", sagte Lasse Larsson.

Seine Worte schienen Frau Schmidt für einen Augenblick von der Frage abzulenken, die sie in ihrem Innersten beschäftigte: Warum kommt die Polizei in unser Haus?

Und Inge Mohaupt ergänzte: „Es ist eine sehr schöne handwerkliche Arbeit!"

„Gibt es irgendeine Vereinigung hier in Deutschland von Leuten, die sich mit dem Buddhismus beschäftigen?" fragte Larsson.

„Eine Vereinigung?" Die Frau schaute ihn ungläubig an. „Wo drei Deutsche sind, da gibt es auch einen Verein! Na ja, heute zählt der Dachverband buddhistischer Gruppen in Deutschland mehr als fünfzig Mitgliedsgemeinschaften und über zweitausend Einzelmitglieder."

Larsson ließ nicht locker. „Und in der ehemaligen DDR? Gab es da buddhistische Gruppen?"

Marianne Schmidt lachte. „In der ehemaligen DDR war Buddhismus nicht erwünscht. Aber es gab Menschen, die diese Religion für sich erwählt hatten."

„Sagt Ihnen der Name Lena Buschmann etwas?" fragte Inge Mohaupt nach einer sekundenlangen Pause ohne Übergang.

Larsson meinte, eine Schrecksekunde bei der Frau wahrgenommen zu haben, und legte nach. „Sie war eine Freundin Ihres Sohnes!"

„Frank ist nicht mein Sohn. Ich bin die zweite Frau von Holger."

„Aber Sie wissen, dass Frank mit Lena Buschmann befreundet war.“

„Was ich weiß, ist, dass der Junge sehr unter ihrem Tod gelitten hat!“

„Wo ist Frank jetzt?“

Marianne Schmidt schaute zur Uhr und sagte: „Eigentlich müsste er schon hier sein. Manchmal verquatschen die Schüler die Zeit, und dann kommt er etwas später.“

Die Tür der Terrasse stand offen. Es war warm, windstill, und die Blumenrabatten, welche die Terrasse umsäumten, wirkten beruhigend auf das Gemüt des jeweiligen Betrachters.

„Er hat so unter ihrem Tod gelitten, dass er alle Artikel, die über den heimtückischen Mord erschienen sind, gesammelt hat. Er hält das Mädchen in Ehren, denkt an sie, indem er täglich an sie erinnert wird“, sagte Marianne Schmidt.

Die Polizisten schauten sich eine Sekunde an. „Wie wird er an sie erinnert?“ fragte Larsson.

„Er hat in seinem Zimmer einen kleinen Schrein für sie aufgebaut, und da darf keiner von uns ran. Nicht einmal zum Saubermachen.“

„Ach. Einen Schrein? Das nenne ich wirklich Liebe.“

„Können Sie uns das einmal zeigen?“ fragte Inge Mohaupt.

Die Frau stand auf. „Na ja, wenn er das Zimmer nicht abgeschlossen hat.“

„Er schließt das Zimmer ab?“

„Nur, wenn unsere Putzfrau da ist. Er möchte nicht, dass sie es sieht und er damit seine Gefühle preisgibt.“

Sie folgten der Frau in den ersten Stock. Larssons Blick fiel auf den Schrein. Der junge Mann hatte tatsächlich die Artikel, die sich mit dem Leichenfund befassten, ausgeschnitten. Er hatte sie mittels Computer neu auf Fotopapier ausgedruckt und unter Glas gelegt, so dass sie – in vergrößerter Schrift – leicht zu lesen waren. Auch zwei Bilder aus Artikeln waren dabei und ein halbes Dutzend Privataufnahmen.

Während die Kommissare die Demonstration des Todes der jungen Lena Buschmann in dem Gedenkschrein ansahen, hörten sie, wie der Motor eines Rollers abgestellt wurde. Marianne Schmidt sagte: „Jetzt kommt Frank. Er kann Ihnen sicher alles erklären."

Es dauerte nicht lange, und im Erdgeschoss machten sich die Geräusche der ankommenden Person bemerkbar. „Marianne?"

„Hier oben, Frank!"

Sie hörten ihn heraufkommen, und instinktiv stellte sich Larsson in den Schatten der Tür, so dass Frank Schmidt zuerst Inge Mohaupt sehen musste.

„Was ist hier los? Was wollt ihr in meinem Zimmer? Wer ist das überhaupt?" Wütend trat der junge Mann ein. Larsson schob die Tür zu.

„Wir haben ein paar Fragen an Sie wegen des Todes von Lena Buschmann vor zwei Jahren", sagte Larsson im Ton, als gehe es um die Feststellung der Uhrzeit. Dabei stand er so vor der Tür, dass der junge Mann nicht entwischen konnte.

„Was für Fragen?"

„Können Sie uns bitte allein lassen, Frau Schmidt?"

Als die Frau zögerte, sagte Larsson: „Wir wollen mit Ihrem Stiefsohn allein sprechen."

„Sollte ich unseren Anwalt anrufen?"

Larsson hob die Schultern: „Ich weiß nicht, ob das zum jetzigen Zeitpunkt notwendig ist. Aber wenn Sie glauben, es tun zu müssen ..." Die Frau ging nach unten ins Parterre, und man hörte sie telefonieren.

„Was wollen Sie wissen?" fragte Frank Schmidt.

„Wie standen Sie zu Lena Buschmann?" fragte Inge Mohaupt leise.

„Wie stand ich zu Lena Buschmann? Wie ein Schulkamerad zu einer Schülerin steht, die er besonders gern mag. Nicht mehr und nicht weniger."

„Es war also keine Sandkastenliebe?"

„Was für ein Begriff: Sandkastenliebe. Wir gingen zusammen in die gleiche Klasse. Vier lange Jahre saßen wir nebeneinander. Da bildet sich tatsächlich so etwas wie, sagen wir, eine besondere Freundschaft heraus." Er stand am Fenster und schaute so intensiv auf die Terrasse mit den herrlichen Blumenrabatten hinunter, dass Inge Mohaupt den Eindruck hatte, er wolle hinausspringen.

„Eine besondere Freundschaft? Sie mochten Lena gerne."

„Ja, wenn Sie so wollen, ich mochte Lena."

„Mochte Lena auch Sie?"

Der junge Mann hob die Schultern.

„Genauer, erwiderte sie Ihre Liebe?"

„Liebe ist nur ein Wort."

„Kommen Sie mir nicht mit Simmel. Wir haben schon einen, der nur in Reimen mit mir spricht. Von Ihnen erwarte ich eine klare Aussage."

„Sie war noch nicht so weit, um zu wissen, was Liebe wirklich ist!"

„Kommen Sie! Mit siebzehn ist man heute noch nicht so weit? Wollen Sie mir das wirklich weismachen?" sagte Larsson und erntete von Inge Mohaupt einen vorwurfsvollen Blick.

„Die meisten Mädchen schon. Lena nicht!" sagte Frank Schmidt. Er stand vor dem Schrein aus Holz und Glas, den er kunstvoll zusammengezimmert hatte. Voller Inbrunst schaute er auf die Bilder, die er kunstvoll in diesen Schrein drapiert hatte und begann, eines der Bilder zu streicheln.

Lasse Larsson sah, dass es sich um ein Bild handelte, das ihn zusammen mit dem Mädchen am Strand zeigte.

„Gingen Sie oft zusammen zum Strand? Oft zum Baden?"

„Ja, auch das."

„Und was machten Sie sonst noch zusammen?"

„Was man so macht, ins Kino gehen oder mit meiner Schwalbe zu irgendeinem Event fahren, das auf der Insel stattfand!"

Larsson dachte einen Augenblick nach. Wenn sie mit ihm mit dem Moped über die Insel unterwegs war, konnte es durchaus mehr sein als eine bloße Kameradschaft. Doch musste die Initiative zur Trennung notwendigerweise von Frank Schmidt ausgegangen sein, weil dieser nach Greifswald verzog? Und er beantwortete sich die Frage, dass es keinesfalls so der Fall gewesen sein musste, denn es war immerhin möglich, dass die junge und durchaus fesche Lena Buschmann Frank Schmidt in Abhängigkeit gebracht hatte. Die Frage stellte sich nun, ob es mit den beiden schon so weit war, dass der Mann die junge Frau wie eine Droge konsumiert hatte, ohne zu merken, dass er in Abhängigkeit geraten war? War die Abhängigkeit von der Droge Sex nicht ebenso gefährlich wie die Abhängigkeit von Hasch oder Heroin? Selbst wenn es stimmte, dass die beiden keinen Sex gehabt hatten. War es nicht zu allen Zeiten so, dass Männer die Frauen verließen? Hieß es nicht, der schofelige Kerl hat das arme Mädchen geschwängert und sie verlassen!

Doch die Zeiten hatten sich geändert. Mit der Pille kam der freizügige Sex und damit die gottverdammte Emanzipation der Frauen. In diesem Augenblick fragte Larsson sich, wer denn eigentlich hier das starke und wer das schwache Geschlecht sei, wer hier verließ und wer verlassen wurde. Gab es nicht massenhaft Frauen, die ihre Kinder erfolgreich allein aufzogen? Gab es nicht auch unzählige Männer, die an der nicht gewollten Trennung von der Droge Frau zugrunde gingen. Und nicht nur dann, wenn sie nach einer langen Ehe durch den Tod getrennt wurden. Die meisten Männer, die sich aufhingen, sich die Pulsadern aufschnitten, sich zu Tode soffen oder sich anderweitig um die Ecke brachten, waren durch Verlassenwerden derart geschädigt, dass sie offenbar fest daran glaubten, nicht weiterleben zu können. „Ich frage jetzt ganz direkt, haben Sie miteinander geschlafen?“ Als Frank Schmidt ihn ungläubig ansah, legte er nach: „Hatten Sie Geschlechtsverkehr?“

Männer, die einmal abhängig waren, benahmen sich in der Mehrzahl wie hilflose Kinder. Die allerwenigsten Kerle haben

Arsch genug in der Hose, sich erfolgreich gegen das Gefühl des drohenden Unterganges zu wehren. Und der Untergang liegt im Verlust des Besitzes Frau! Schön, es gab genügend Frauen auf der Welt und eines der gebräuchlichsten Sprichwörter, die Larsson gebrauchte, war ein Satz, den ihm der Berliner Rabbiner Lubliner, Spitzname Don Manfredo, ein wirklich weiser Mann, der nun bereits seit Jahren auf dem jüdischen Friedhof an der Heerstraße in Berlin lag, mit auf den Weg gegeben hatte: Es gibt mehr allein stehende, als allein liegende Frauen!

„Natürlich nicht!"

„Naturalia non sunt turpia", sagte Larsson. „Nichts Natürliches ist unsittlich!"

„Ich habe nicht mit ihr geschlafen!" sagte der junge Mann trotzig.

„Weil Sie es nicht fertig brachten?" fragte Inge Mohaupt.

„Oder weil Sie nicht konnten?" ergänzte Larsson.

„Weil *sie* noch lange nicht so weit war!"

Larsson spürte die Unsicherheit in seiner Stimme. „Bei der Obduktion wurde aber festgestellt, dass sie keine Jungfrau mehr war!"

„Nein!" Dieses Nein kam wie ein Aufschrei.

So lange man sich rechtzeitig an den Satz des weisen Rabbiners erinnerte, würde man nicht leiden müssen, dachte Lasse Larsson in schmerzlicher Erinnerung an Chiara. Nach jeder Nacht würde es einen neuen Morgen geben. Und der neue Morgen barg neue, vielleicht auch interessante Überraschungen.

Aber dieser Frank Schmidt war schwach, fühlte sich in seiner Männlichkeit verletzt! Wie konnte Lena es nur wagen, ihn einfach abzustellen wie einen Regenschirm, den man nicht mehr gebrauchte? Das war der Hebel, den er hier ansetzen musste.

Inge Mohaupt sah Larsson fragend an. Er deutete ihren Blick als den einer Fragenden: Ist er es gewesen? Und er nickte ihr kaum merklich zu.

Marianne Schmidt klopfte kurz und schaute dann herein. „Ich habe mit meinem Mann telefoniert. Sie sollen den Jungen in Ruhe lassen. Er hätte unter dem Tod des Mädchens genug gelitten!"

„Sie müssen sich schon noch gedulden, Frau Schmidt."

„Um des Himmels willen, was wollen Sie bloß von dem Jungen?" Kopfschüttelnd machte sie die Tür wieder hinter sich zu.

„Sie war keine Jungfrau mehr. Also raus mit der Sprache, Sie hatten Sex mit ihr, und dann wollte Lena Sie kaltstellen!" knüpfte Lasse Larsson wieder an das Gespräch an.

„Nein!"

„Bei einer weiteren Untersuchung der Leiche hat man Spermaspuren gefunden", bluffte Larsson jetzt. „Wir werden sehen, ob diese Ihrer DNA entspricht."

„Sie lügen! Lena war eine Heilige. Sie hätte sich niemals mit einem Mann eingelassen. Wir waren füreinander bestimmt. Wenn sie überhaupt je mit einem Mann geschlafen hätte, dann nur mit mir!"

„Sagt wer?"

„Ich sage Ihnen das, und das muss Ihnen genügen!"

Inge Mohaupt fragte: „Mit welcher Begründung muss uns das genügen?"

„Mit der Begründung, dass ich Ihnen mein Ehrenwort gebe, dass ich nicht mit ihr geschlafen habe, und dass sie noch eine Jungfrau war."

Larsson konnte sich ein Lächeln nicht verkneifen. „Na schön, wenn Sie's nicht waren, wer war es dann?"

„Haben Sie einen Verdacht? Schließlich schläft die Konkurrenz nicht!" ergänzte Inge Mohaupt Larssons Frage.

Er bäumt sich auf, wie ein Mustang, der zugeritten wird und sich dann schließlich in sein Schicksal ergibt, dachte Larsson. Es würde nicht mehr allzu lange dauern und sie wären am Ziel. Er dachte auch an Ilsa Buschmann. Wie würde sie reagieren, wenn er ihr mitteilen könnte, der Mörder ihrer Enkelin sei verhaftet worden? Und vor allem, wenn sie erfahren würde, wer die Bestie war. Und Maren Buschmann? Würde es sie kalt lassen?

Konnte es eine Mutter überhaupt kalt lassen, wenn sie erfahren würde, wer ihr Kind getötet hat? „Wir machen jetzt ein Protokoll“, sagte Lasse Larsson.

Wie auf Kommando stand Inge Mohaupt auf und ging hinunter zum Auto, um den Laptop mit dem kleinen Drucker zu holen.

„Wir sind jetzt unter Männern. Und unter Männern sollte man schon einmal Farbe bekennen können, ohne sich dabei etwas zu vergeben.“

Frank Schmidt war aufgestanden, zum Fenster gegangen und schaute hinunter auf die Terrasse mit den herrlichen Blumenrabatten und den gepflegten Garten mit den beiden großen Lärchen, in deren Schatten er an so manchem Nachmittag gesessen und gelernt hatte.

Larsson war hinter ihn getreten, hatte seinen Arm auf die Schulter des Jungen gelegt und sagte: „Meinst du nicht, dass es Zeit ist, dein Gewissen zu erleichtern, Junge?“

In diesem Augenblick kam Inge Mohaupt zurück. Die Kriminalhauptkommissarin stellte den Laptop auf den Schreibtisch des Jungen. „Darf ich an Ihrem Tisch sitzen? Es schreibt sich besser!“

Frank Schmidt sagte nichts; er hob nur die Schulter, was die Kriminalhauptkommissarin als Einverständnis wertete. Als Inge Mohaupt bereit war zu schreiben, nickte sie Larsson zu.

„Fangen wir noch einmal von vorne an. Sie gingen mit Lena in die gleiche Klasse. Von wann bis wann?“

„Lena kam in der siebten Klasse zu uns. Ich hatte sie schon vorher immer bewundert. Dann richtete ich es so ein, dass wir zusammensaßen.“

„In der siebten Klasse ist man wie alt?“

„Dreizehn.“

„Dann waren Sie wie lange in der Schule zusammen?“

Frank Schmidt schaute Lasse Larsson irritiert an. „Darüber haben wir doch schon gesprochen. Wir saßen vier Jahre zusammen. Bis ich mit meiner Familie nach Greifswald zog.“

„Wo gibt es hier ein Bad? Ich möchte mir mal die Hände waschen."

„Auf dem Gang, die zweite Tür rechts."

Larsson nickte Inge Mohaupt zu und verließ das Zimmer. In der Toilette angekommen, rief er von seinem Handy aus in der KPI-Anklam an und bestellte einen Streifenwagen, um Frank Schmidt abzuholen. Er schlug sein Wasser ab, wusch sich die Hände und ging zurück, um den jungen Mann weiter zu verhören.

Auf dem Gang begegnete er Marianne Schmidt. „Soll ich Ihnen einen Kaffee bringen oder Tee?" fragte sie.

Larsson lehnte höflich ab.

„Was haben Sie mit Frank vor?"

„Ich weiß es nicht, noch nicht. Es hängt davon ab, was er uns sagen wird!"

„Der Junge ist unschuldig, und Sie tun so, als wäre er der ..." Sie stockte einen Moment, bevor sie fortfuhr: „... als hätte er dem Mädchen etwas angetan!"

Larsson hob die Schultern. „Das weiß im Augenblick nur Ihr Stiefsohn selbst, ob er es war oder nicht!"

„Es ist ein unheimliches Gefühl. Ich glaube nicht, dass es mir gefällt, mich an einen solchen Gedanken zu gewöhnen."

„Das können sich die wenigsten Menschen vorstellen. Denn würde man sich das ausmalen können, fühlte man sich größer als der, den man in seinen Gedanken zu einem Zwerg degradiert hat. In einem solchen Fall möglicherweise zu einem bösen Zwerg. Und wenn man sich größer fühlt, erhebt man sich über den anderen."

„Ich weiß nicht", sagte die Frau nur, ohne den Satz zu vollenden.

„Lassen wir das Thema, ja? Ich muss wieder rein!" Was macht das schon, dachte Larsson, wenn ich süchtig nach der Jagd auf Menschen bin, die Unrecht begangen haben? Nichts weiter, als dass man einsam wird.

Chiara hatte ihn verlassen, und die nächste Frau würde es ebenso machen wie Kristin, die vor Chiara für ihn da war. Er tauschte das Glück, das man mit einer Familie erlangen konnte, gegen ein paar seltene, sehr seltene, aber klare saubere Momente einer wilden Befriedigung ein, die so etwas wie wahrer Freude nahe kommt. Etwas, das man Otto-Normal-Verbraucher voraus hat und das ganz sicher zwischen Don Quichotte de la Mancha und Rambo angesiedelt war. Was macht das also schon, wenn man dieser verdammten Sucht nachgeht und sich nicht einen grundsoliden Job mit festen Arbeitszeiten sucht?

Als er die Türklinke runterdrückte, war er der festen Überzeugung, etwas in seinem Leben falsch gemacht zu haben. Mit der Entscheidung, zur Kripo zu gehen, hatte er einen großen Teil seines eigenen Ichs abgelegt. Diese Entscheidung trieb ihn in die Einsamkeit, und nur für den Bruchteil einer Sekunde dachte er an seine Kollegin Inge Mohaupt, deren Mann sie verließ, weil auch sie nie Zeit für ihn hatte. Sie alle teilten das gleiche Schicksal.

„Als Sie Lena verließen, war sie siebzehn“, sagte Inge Mohaupt gerade, als Larsson hereinkam.

„Ich verließ Lena nicht, hätte sie nie verlassen, wie auch, wir haben ja nicht zusammengelebt. Verlassen kann man nur jemanden, mit dem man zusammenlebt. Tag für Tag, Nacht für Nacht, Monat für Monat und Jahr für Jahr. Nichts von allem war da, bestenfalls in Ihrer Fantasie!“

„Nun halten Sie mal die Luft an, junger Mann“, sagte Larsson eine Spur zu scharf. „Bisher haben Sie sich ganz schön aus der Krise, in der Sie sich befinden, herausgewunden. Nun kommen wir mal zum Kern. Lena Buschmann ist im Juli 2000 ermordet worden. Da waren Sie beide siebzehn Jahre alt.“

Frank Schmidt nickte nur.

„Im Juli waren Sommerferien. Ihre Eltern waren schon nach Greifswald umgezogen, und Sie besuchten die Schule in Heringsdorf bis zum Jahresabschluss. Richtig?“

„Ja.“

„Sie waren in Lena verliebt, nehme ich an?"

„Ja, das war ich wohl."

„Und Lena machte Ihnen klar, dass Sie zwar gute Freunde, aber niemals mehr sein werden!"

Als Frank Schmidt nichts erwiderte, fuhr Larsson fort: „Und dann sahen Sie Lena in Bansin mit einem Koch aus dem Germania-Hotel flirten."

„Woher wissen Sie das denn?"

Larsson lachte. „Wenn wir uns nicht ein wenig schlau machen würden, bevor wir zu den Verhören kommen, könnten wir einpacken."

„Mit dem ist nichts gelaufen."

„Sagt wer?"

„Sie hat mir selbst gesagt, dass es zum Bruch gekommen ist, weil sie nicht bereit war, mit einem so viel älteren Mann etwas anzufangen, und außerdem ..."

„Na?"

„Außerdem hätte sie niemals etwas mit einem angefangen, der für uns kochte und bestenfalls mal für ein Lob an den Tisch gerufen wurde."

„Oh, da haben wir wohl ein wenig Standesdünkel?" ließ Larsson sich vernehmen. „Er ist ja *nur* ein Koch!"

„Essen Sie gerne?" fragte Inge Mohaupt.

„Wer isst schon nicht gerne?"

„Nein, nein, ich meine, essen Sie gerne besonders gut?"

„Ich zähle mich zu den Feinschmeckern. Ich glaube, mein Vater hat die Marianne auch nur geheiratet, weil sie wirklich exzellent kocht!"

„Und mit den Gerichten, die der Koch aus dem Germania-Hotel Ihnen servierte, waren Sie durchaus zufrieden?"

„Ja, der kochte wirklich überdurchschnittlich gut. Aber das war alles, was der Mann konnte, und alles, was wir von ihm wollten."

„Haben Sie schon einmal gesehen, wie viel Arbeit es bedarf, ein anständiges, nein, ein überdurchschnittliches Essen auf den Tisch zu bringen, um mit Ihren Worten zu sprechen?“

In dem Augenblick kam Larsson nicht daran vorbei, kurz darüber nachzudenken, dass er nach der Lösung des Falls sein Team zu einem opulenten Mahl einladen würde, das er vor ihren Augen zuzubereiten gedachte, damit sie sehen würden, was alles nötig sei – und er freute sich schon jetzt auf die Gesichter, wenn sie nicht umhin kämen, ihn über den Klee zu loben. Denn eines hatte er mit den Starköchen gemeinsam – er brauchte dieses Lob wie ein Schauspieler den Applaus.

„Es reicht, wenn ich gut esse. Ich muss nicht auch noch beim Kochen zusehen. Das würde mir wahrscheinlich den Appetit nehmen.“

Hatte er zuvor noch einen Rest von Mitleid für den jungen Mann, den er, so sagte ihm sein Instinkt, überführen würde – mit seiner Ignoranz für die Arbeit eines guten Kochs aber verspielte er das letzte Fünkchen von Verständnis und Schonung. „Waren Sie schon umgezogen, als Lena Buschmann ermordet wurde?“

Als Frank Schmidt ihn ansah, als hätte er seine Worte nicht verstanden, sagte Inge Mohaupt: „Der Hauptkommissar meint damit, ob Sie schon hier in Greifswald wohnten, als das mit Lena passierte.“

„Ja. Ich war in der Woche zuvor ganz zu meinen Eltern nach Greifswald gegangen.“

„Weil Lena Buschmann Ihnen klar gemacht hat, dass zwischen ihnen nichts läuft!“ Larsson ließ den jungen Mann nicht aus den Augen. Er sah, wie der zusammenzuckte wie unter einem Peitschenhieb, und legte nach: „Hatte sie schon einen anderen?“

„Nein!“

„Und Sie fuhren zum Wochenende wieder nach Heringsdorf und lauerten Lena auf ... Wo wohnten Sie eigentlich in Heringsdorf?“

Frank Schmidt hatte einen roten Kopf bekommen. „Ich fuhr nach Heringsdorf, um mit ihr zu sprechen. Meine Familie besitzt noch immer eine Wohnung in Ahlbeck."

„Und die ist nicht untersucht worden?"

„Nein, wozu auch?"

„Nichts ist so stark wie die Sehnsucht nach Rache! Habe ich Recht?"

Frank Schmidt hob die Schultern und verzog das Gesicht.

„Wir werden die Wohnung auf den Kopf stellen. Es wird kein Staubkorn auf dem anderen bleiben, wenn unsere Spurensicherung den Laden auseinander nimmt. Und glauben Sie mir eines, ist in der Wohnung auch nur der Anflug eines Tropfen Blutes geflossen, werden wir es finden."

Als der Funkwagen in Greifswald eintraf, um Frank Schmidt abzuholen, waren sich die beiden Kriminalisten einig, dass der junge Mann vor ihnen zumindest mit dem Mord an dem Mädchen etwas zu tun haben musste.

Obwohl Lasse Larsson geplant hatte, seine Kollegin mit dem Funkwagen nach Anklam zu schicken, um selbst noch einmal Maren Buschmann in Nickis Bienenstock in Warnemünde aufzusuchen, verwarf er den Gedanken. „Nehmen Sie den Schlüssel für die Wohnung in Ahlbeck mit!"

Auf der Treppe begegneten sie Marianne Schmidt. Die Frau schaute sie fordernd an. „Was wollen Sie mit dem Jungen? Den können Sie nicht so einfach mitnehmen!"

„Wir ermitteln in einem Mordfall. Und wir ermitteln nach allen Seiten, da können wir eine Person, die mit der Getöteten in so unmittelbarem Zusammenhang stand, nicht einfach ausnehmen", sagte Inge Mohaupt.

Die Frau kam schräg auf den Jungen zu und strich ihm noch einmal über das Haar.

„Lassen Sie das jetzt", sagte Larsson.

„Ich werde unseren Anwalt verständigen."

„Tun Sie das!"

Als sie in den Wagen stiegen, stand die Frau hinter dem Fenster und winkte ihrem Stiefsohn zu, der das gar nicht zu bemerken schien. Lasse Larsson verzichtete darauf, dem Jungen Handschellen anzulegen, ermahnte ihn aber, das nicht als Schwäche anzusehen und zu versuchen, die Lage auszunutzen.

Als die Fahrzeuge durch Wolgast fuhren, dunkelte es bereits. Sie durchquerten die kleine Stadt und rollten über die Brücke, die das Festland mit der Insel verband. Eine halbe Stunde später kamen sie in Ahlbeck an. Es war eines der schön restaurierten, alten Häuser aus der Kaiserzeit, die unter dem Wort Bäderarchitektur in die Annalen der lokalen Geschichtsschreiber eingegangen waren und von der Marketingabteilung des Ortes weidlich ausgeschlachtet wurden. Zu Recht, wie Larsson befand. Als sie ausstiegen, nahm Inge Mohaupt den Laptop unter den Arm.

Die Wohnung überraschte die Kriminalisten, denn sie war ebenfalls mit einem fernöstlichen Flair eingerichtet. Larsson kam der derzeitige vierzehnte Dalai Lama in den Sinn, jener Mann, der schon mit vier Jahren zum Oberhaupt der Tibeter bestimmt wurde, Ende der fünfziger Jahre vor den einrückenden Chinesen floh, die in einem unheimlichen Massaker das kleine Land Tibet besetzten.

„Sind Ihre Eltern Buddhisten?“

„Ja, seit vielen Jahren schon.“

„Das erklärt natürlich die gesammelten Gegenstände.“

„Ihr Vater ist Arzt, wollen Sie ihm nacheifern?“ fragte Inge Mohaupt.

„Wenn es meine Zensuren zulassen werden ...“

„Da muss man Leichen sezieren“, sagte Larsson leise vor sich hin, als wäre die Feststellung nur so aus dem Unterbewusstsein gekommen. Aber es war laut genug, dass der junge Frank Schmidt es hören konnte.

„Na, und? Das gehört eben dazu. Wie sollte man sonst auch den menschlichen Körper kennen lernen?“

„Ja. So ist das wohl. Aber viele können das gar nicht.“

Larsson hatte eine Schublade des Schreibtischs aufgezogen. Er sah einige chirurgische Instrumente liegen und fragte: „Wozu braucht man eigentlich derartige Messerchen?“

Frank Schmidt zeigte ein Lächeln. „Um Mäuse zu sezieren. Damit habe ich angefangen.“

„Und jetzt? Sezieren Sie keine Mäuse mehr?“

„Jetzt gehe ich in die medizinische Fakultät, wenn ich sehen will, wie so etwas funktioniert. Die Pathologie bietet viele Möglichkeiten, sich fortzubilden.“

„Aber Sie haben doch noch ein Jahr bis zum Abitur. Können Sie denn ohne Studentenausweis dort einfach zusehen?“

„Ich schon, weil jeder weiß, wer mein Vater ist.“

Larsson registrierte das Interesse des jungen Mannes an der sicher notwendigen Leichenöffnung, wenn man beim Studium ist. Doch Frank Schmidt war neunzehn Jahre alt und noch Gymnasiast.

„Ihr Vater ist Internist. Wollen Sie auch Internist werden?“

„Ich interessiere mich nur dafür, wenn er eine eigene Praxis eröffnet, die ich später übernehmen kann. Aber im Augenblick scheut er noch das wirtschaftliche Risiko.“

„Was man ja verstehen kann. Und wenn er keine Praxis aufmacht?“

„Dann mache ich eine Facharztausbildung zum Chirurgen.“

Inge Mohaupt schaute zu Larsson und dachte: So ein schlauer Fuchs, stellt dem Jungen einige Fangfragen, und der ist eitel genug, hineinzutappen.

„Da muss man sicher viel an Toten arbeiten, jedenfalls bis zum Physikum. Zu dieser Wohnung gibt es doch einen Keller und eine Bodenkammer.“

„Nur einen Raum unter dem Dach.“

Larsson drehte sich zu Inge Mohaupt: „Sprich mit allen Hausbewohnern. Vielleicht haben sie etwas gesehen!“

Inge Mohaupt verschwand und kam nach etwa einer Viertelstunde wieder. „In diesem Haus gibt es keine Keller. Es liegt zu dicht am Meeresspiegel. Als man es baute, war man noch nicht so weit, Keller gegen aufdrückendes Wasser abzudichten. Aber es gibt für jede Wohnpartei einen Boden."

„Ja, das sagte unser junger Mann bereits."

„Und die Nachbarin hat Frank Schmidt mehrmals gesehen, wie er mit einem jungen Mädchen in die Wohnung ging oder mit ihm aus der Wohnung herauskam."

„War das Lena?"

„Sie wissen doch, dass ich mich nur für Lena interessierte."

„Okay, gehen wir jetzt zu der Bodenkammer."

Im Eingang standen die beiden Polizisten des Funkwagens. „Können wir abrücken?"

„Ich würde Sie bitten, noch zu warten."

Gemeinsam gingen sie zum Dachgeschoss. Die Beleuchtung war spärlich. Hinten an der Wand standen zwei Paar Skier.

„Wer macht denn Wintersport bei Ihnen?"

„Die ganze Familie. In jedem Jahr fahren wir zwei Wochen in die Berge. Früher fuhren wir nach Oberwiesenthal oder Oberhof, heute nach St. Moritz."

Mehrere Koffer waren aufgeschichtet. Larsson schaute hinein. Sie waren leer. Im Regal fanden sich einige Konserven. Sie waren zum Teil weit über das Datum hinaus, in dem sie zum Genuss freigegeben waren. Er war enttäuscht. „Es bringt nichts. Gehen wir wieder."

Hinter den Koffern stand ein aufblasbares Schlauchboot. Im Regal lag der dazugehörige Blasebalg. Unschlüssig drückte Larsson darauf. Zischend fuhr die Luft heraus. Dann fiel sein Blick auf eine Blechbüchse mit einer eigenartigen, vergilbten Aufschrift. „Was ist da drin?"

„Schauen Sie doch rein, Kommissar! Das ist eine Büchse für die Köder zum Angeln."

„Sie angeln?"

„Mein Vater."

Irgendetwas machte Larsson misstrauisch. Er fühlte dieses Misstrauen, konnte es aber nicht fassen. Er schloss für einen Augenblick die Augen. Die Stimme des Jungen vibrierte und verriet damit dessen Erregung. Frank Schmidt hatte sich umgedreht und war schon an der Tür des Raumes. Er hoffte inständig, dass der Kommissar endlich kommen möge. Doch diese Eile bestärkte bei Larsson den bereits ausgelösten Alarm. Für gewöhnlich bestimmte er, wann gegangen wird und wohin. Hier versuchte jemand, von diesem Ort wegzukommen.

„Stopp!" Larssons Stimme kam wie ein Peitschenknall. Er wollte die Dose hochheben und stellte fest, dass es sich nicht um eine normale Blechbüchse handelte. Eine Büchse aus Dünnblech ist leicht. Diese aber war schwer, als wäre sie mit Blei gefüllt.

„Was ist hier drin?" Er versuchte, die Dose zu öffnen. Als es ihm endlich gelang, sah er, dass es ein Thermosbehälter war, aus dem dichter, weißer Rauch aufstieg.

Schlagartig kam ihm ein Experiment in Erinnerung, das man in der Schule gemacht hatte. Eine Münze wurde auf einen Block Trockeneis gelegt und fing plötzlich an zu hüpfen. Dann fragte der Lehrer in der nächsten schriftlichen Arbeit *Lege eine Münze auf Trockeneis. Was passiert?* Die richtige Lösung wäre gewesen *Die Münze erwärmt das Trockeneis, und das unter der Münze entstehende Gas lässt die Münze hüpfen.*

Larsson entsann sich daran, dass er eine falsche Antwort gegeben hatte und eine sehr schlechte Benotung bekam. Aber das ging schließlich niemand etwas an. Vorsichtig stellte er die Dose wieder in das Regal zurück und versuchte hineinzusehen, was ihm schließlich gelang, als er seitlich etwas hineinpustete. Was er sah, entsetzte ihn. Er nahm sein Handy und rief bei der KPI-Anklam an, fragte nach dem in Bereitschaft stehenden Kriminaltechniker und hörte wenige Sekunden später die Stimme Paul Maiers. „Der Kommissar nach Maier schreit, der Maier, der ist gleich bereit!"

„Ich habe heute wirklich keinen Sinn für derartige Späße, Paul", sagte Larsson. Er nannte die Adresse und sagte: „Die ganze Besetzung, Paul. Sie haben eine Menge Arbeit!"

„Eins, zwei, drei im Sauseschritt, läuft die Zeit; wir laufen mit.“

Larsson unterbrach die Verbindung. Er drehte sich zu Frank Schmidt und sagte: „Warum haben Sie ihr die Ohren abgeschnitten?“

„Weil sie nicht hören konnte!“

„Weil sie Sie nicht erhören wollte?“ bohrte Larsson nach. Er war angeekelt von der Grausamkeit, die ein so junger Mensch an den Tag legen konnte.

Sie gingen hinunter in die Wohnung, und Inge Mohaupt befasste sich damit, das Protokoll mittels Laptop zu erstellen.

Es dauerte eine ganze Zeit, bevor Lasse Larsson seine Fassung wiedergewonnen hatte. Er war bei den Verhören vielerlei gewöhnt, auch, dass die Beschuldigten logen, um sich nicht zu belasten. Aber schon mit der ersten Besichtigung des Schreines, nein, mit der ersten Feststellung durch die Stiefmutter des Jungen, dass es einen solchen Schrein gebe, war sein Jagdinstinkt geweckt worden; er hatte Witterung aufgenommen wie ein Jagdhund, der den Schweiß eines flüchtenden Rehs aufnahm, und mit jeder Frage, die der Täter beantwortete, hatte der sich weiter entlarvt.

Inge Mohaupt hatte aufgehört zu schreiben und gab Larsson ein Zeichen, dass sie nun wieder bereit sei.

„Der 28. Juli 2000 war der Tag, an dem Sie Lena umbrachten“, sagte Larsson.

Frank Schmidt nickte.

„Ich möchte, dass Sie meine Fragen beantworten. Ein Nicken reicht nicht aus.

„Ja.“ Die Stimme war leise.

„Wann trafen Sie sich?“

„Gegen vier.“

„Wo?“

„An der Seebrücke in Heringsdorf.“

„Haben Sie die Leiche Lenas deshalb später unter der Seebrücke deponiert?“

„Es war unser Lieblingsort. Er sollte es im Leben sein und im ...“

Inge Mohaupt schaute vom Laptop hoch. „Sprechen Sie ruhig weiter!“

Als Frank Schmidt still blieb, sagte Larsson: „Im Leben und im Tod. Wollten Sie das sagen?“

„Ja.“

Inge Mohaupt beendete den Satz in ihrem Laptop und schaute wieder hoch. Larsson fiel plötzlich wieder das chirurgische Besteck ein, das er in der Schublade des Schreibtisches gesehen hatte. Wenn der Vater des Jungen Internist war, dann würde er kaum solch umfassende Instrumente haben, die ausschließlich für Operationen gedacht waren.

„Das Operationsbesteck im Schreibtisch ...“ Larsson zog die Schublade auf, nahm aber nichts heraus, um die Spuren nicht zu verwischen. „Woher haben Sie das?“

„Ich hatte es mir zum Geburtstag gewünscht!“

„Und natürlich hat Ihr Vater diesem Wunsch entsprochen. Das Zeug ist doch sicher sehr teuer, und trotzdem hat er das für Sie gekauft?“

„Meine Zensuren in Chemie waren nicht so besonders. Vater wollte unbedingt, dass ich mich dazu entschließe, Medizin zu studieren, und ich sagte ihm, dass ich allenfalls Chirurg werden wolle, und ich würde es ihm beweisen, dass ich dazu fähig wäre, wenn ich ein solches Besteck bekäme.“

„Eine kleine Erpressung, die der Vater gern über sich ergehen ließ!“

„Ja, erstens hat er mir den Wunsch gern erfüllt, und außerdem sind die Sachen längst nicht so wertvoll, wie Sie vielleicht annehmen. Alles, was Sie hier sehen, hat nicht mehr als zweihundert Euro gekostet.“

„Das ist ja ein Spottpreis, wirklich“, sagte Larsson lapidar. „Haben Sie mit diesem Besteck die Ohren von Lena Buschmann abgetrennt?“

„Ja.“

„War Lena Buschmann schon tot, als Sie ihr die Ohren abschnitten?"

„Ja. Ich habe sie erst mit K.O.-Tropfen außer Gefecht gesetzt, dann habe ich ihr von dem Zeug so viel gespritzt, bis sie nicht mehr atmete."

„Woher hatten Sie die K.O.-Tropfen?"

„Ich interessiere mich sehr für Chemie, experimentiere derzeit mit Benzodiazepinen."

„Und damit kann man jemanden umbringen?" fragte Inge Mohaupt bestürzt.

„Benzodiazepine sind Wirkstoffe zur kurzzeitigen Behandlung von Schlafstörungen, sowohl Einschlaf- wie auch Durchschlafstörungen, die durch Angst, Erregung oder innere Unruhe hervorgerufen und in zunehmendem Maße als Sucht- und Ausweichdroge missbraucht werden. Für 2002 werden im Jahrbuch Sucht für Deutschland einskommaeins Millionen Abhängige, bevorzugt Frauen, angegeben."

„Und damit kann man sich umbringen?"

„Wenn Sie meinen, ob man damit einen Suizid begehen kann?" Frank Schmidt schaute in das erstaunte Gesicht Lasse Larssons und dozierte weiter. „Während Suizide mit Benzodiazepinen allein praktisch nicht vorkommen, besteht bei gleichzeitigem Konsum mit anderen im zentralen Nervensystem wirksamen Substanzen wie Alkohol, Barbiturate oder Opiate die Gefahr einer additiven bis stark potenzierenden Wirkung, die oft zu Todesfällen geführt hat."

„Und dann haben Sie das Zeug so potenziert, dass es zum Tod geführt hat?"

„Nicht das Benzodiazepin!" Obwohl er dabei war, sich jetzt um Kopf und Kragen zu reden, genoss er es sichtlich, mit seinem Wissen in Chemie dem Kommissar weit überlegen zu sein. „Ich experimentiere auch mit Gamma-Hydroxybuttersäure."

„Mit Buttersäure. Das ist das Zeug, das im Chemieunterricht so barbarisch gestunken hat!"

„4-Hydroxybuttersäure, Formel $C_4H_8O_3$, MG 104. Oft auch als Liquid Ecstasy bezeichnet, ist eine meist in flüssiger Form konsumierte und synthetisch hergestellte illegale Partydroge, die jedoch nichts mit Ecstasy zu tun hat. Sie wird teilweise bewusst zur Wirkungsverstärkung anderer Drogen eingesetzt, obwohl hier erhebliche Gefahren bestehen ...“

„Was für Gefahren?“

„Es kann zu erheblichen atemlähmenden Wirkungen und beispielsweise zusammen mit Opiaten oder Alkohol absolut zu Todesfällen führen.“

„Und das haben Sie bei Lena Buschmann benutzt?“

Frank Schmidt nickte.

„So war Lena Buschmann also schon tot, als Sie ihr die Ohren abschnitten?“

„Ich ...“ Es fiel Frank Schmidt sichtlich schwer, auf diese Frage zu antworten.

„Haben Sie das Mädchen in diesem Raum umgebracht?“

„Ja.“

„Versetzen Sie sich zurück an diesen Abend des 28. Juli 2000. Sie sind also gemeinsam von der Seebrücke mit Ihrer Schwalbe, nehme ich an ...“

„Nein, mit dem kleinen BMW Kombi meiner Stiefmutter.“

Larsson pfiff durch die Zähne. „Hatten Sie denn schon einen Führerschein?“

„Natürlich nicht. Aber wo kein Kläger ist, da ist auch kein Richter“, sagte Frank Schmidt mit einer erstaunlichen Ruhe.

„Das wird sicher ein Nachspiel haben“, ließ Inge Mohaupt sich vernehmen.

„Und wenn schon. Das ist jetzt auch egal.“

„Also versetzen Sie sich an den Abend des 28. Juli des Jahres 2000 und erzählen Sie, was von dem Augenblick an geschah, als Sie hier eintrafen.“

20. Kapitel

Frank Schmidt war ungeduldig. Um ja nicht durch falsches Parken aufzufallen, hatte er den silbergrauen BMW in der Tiefgarage des Kurhotels abgestellt, das gegenüber der Seebrücke lag. Weil die Garage nur mit einer Karte mit Magnetstreifen zu öffnen war, musste er sich eine solche an der Rezeption des Hotels holen und dafür sieben Euro bezahlen. Aber das war ihm die Sache schon wert.

Eine halbe Stunde vor der verabredeten Zeit schlenderte er zur Brücke. Von Lena Buschmann war noch nichts zu sehen, aber an diesem Freitag, dem 28. Juli des Jahres 2000, war hier die Hölle los. Unter der Seebrücke, wo das Wasser anfängt, spielte eine Gruppe Volleyball. Neben dem großen runden Trampolin, wo Menschen, mit einem Seil gesichert, mit wildesten Sprüngen und waghalsigen Drehungen um die eigene Achse die Aufmerksamkeit der unzähligen Menschen errangen, die über die Brücke flanierten, machten sich andere jugendliche Heißsporne zurecht, um mit der gelben Banane zu starten. Diese wilden Fahrten auf der Ostsee, die letztlich immer mit einem Kentern und dem damit verbundenen Zwangsbad endeten, waren ein Gaudium, vor allem für die Zusehenden.

Frank Schmidt entdeckte sie sofort, als sie die Brücke betrat. Das Mädchen war barfuß über den Strand gekommen und lief leichtfüßig auf ihn zu.

„Schön, dass du gekommen bist“, sagte er.

„Ich denke, wir sollten ganz vernünftig miteinander reden, Frank“, sagte Lena Buschmann in sachlichem Ton und lächelte ihn an. „Nicht so wie gestern am Telefon. Wir sind nun schon einige Jahre befreundet, und so soll es bleiben bis an unser Lebensende!“ Sie drückte dem jungen Mann die Hand.

„Ja, so soll es bleiben.“

Hand in Hand gingen sie hinaus bis zum Ende der Seebrücke. In einiger Entfernung dümpelte die Adler-Dania in der unruhigen See. Bald würde sie anlegen, dann wäre hier noch mehr Betrieb.

„Wahre Liebe, Lena, ist etwas ganz Besonderes, etwas ganz Seltenes. Und ich empfinde für dich mehr als Freundschaft!“

Sie kannte seine schwärmerischen Ausbrüche, seine Schwüre von ewiger Liebe, und sie musste sich eingestehen, dass es Augenblicke in ihrem Leben gab, in denen sie seinem Drängen beinahe nachgegeben hatte; wie sie neben ihm herlief und sein Profil von der Seite in sich aufnahm, konstatierte sie, dass er letztlich ein Schuljunge geblieben war. Sie fühlte sich weiter vorn auf der Leiter des Lebens, reifer. Bei Gleichaltrigen waren Mädchen allemal reifer, dachte Lena Buschmann; ja, sie wünschte sich einen Mann für die Liebe, einen, der sie auf Händen tragen könnte, bei dem sie Schmetterlinge im Bauch bekam – was immer das auch war. Frank Schmidt aber war ihr Schulkamerad, nicht mehr.

„Ja, Frank. Wahre Liebe ist etwas ganz Besonderes. Aber sie muss von beiden ausgehen. Ich mag dich als Freund, aber ich liebe dich nicht.“

Sie gingen zurück. Bei der Stadtbäckerei Junge holte Frank Schmidt einige Stücken Kuchen. „Lass uns irgendwo hingehen, wo wir in Ruhe reden können!“

Sie überquerten den Platz zwischen der Seebrücke und dem Kurhotel. Frank Schmidt öffnete mit der Plastikkarte, die er gekauft hatte, die Garage. Sie gingen zu dem BMW. Lena Buschmann stieg ohne Argwohn zu ihm in den Wagen. Dann fuhren sie in die Wohnung der Schmidts in Ahlbeck.

Als sie die Wohnung betraten, sah Lena, dass Frank schon vorher hier gewesen sein musste. Er hatte sich besondere Mühe gegeben, einen schönen Kaffeetisch zu decken. Neben dem hübschen Meißner Porzellan mit dem Rosendekor hatte er eine einzelne rote Rose in einer kobaltblauen, sehr kostbaren alten Meißner Vase dekoriert und Sektkelche aus geschliffenem Glas auf den Tisch gestellt; all das war ganz offensichtlich eine Liebeserklärung an Lena, die sie unangenehm berührte.

„Du hast dir ja wirklich richtig Mühe gegeben“, sagte sie. „Aber dieser Aufwand wäre nicht nötig gewesen.“

„Du hast gesagt, dass du mich nicht lieben kannst. Es wird also unsere letzte Zusammenkunft sein. Und die werden wir gebührend feiern!“

„Unsinn. Wenn wir Freunde sind, werden wir uns noch öfter sehen. Und Freunde sind wir doch, oder?“

Er stand auf und ging hinüber in die Küche, um aus dem Kühlschrank eine Flasche Moët & Chandon zu holen.

„Wir sollten keinen Alkohol trinken, Frank.“

„Wir feiern unsere mehrjährige Freundschaft. Wie könnte man das besser als mit einer Flasche Champagner?“

Er ließ den Korken knallen und goss in jedes Glas ein wenig ein, und als der erste Schaum sich gesetzt hatte, ein wenig nach. Dann gab er Lena ein Glas in die Hand und sagte: „Prost! Auf das, was wir lieben!“

Lena Buschmann lachte und sagte: „Du bist unverbesserlich, Frank! Auf das, was wir lieben ... Wie viel Mal im Leben kann man lieben? Einmal, zweimal, mehrmals? Ich denke, richtig lieben kann man nur einmal, und deshalb warte ich, bis ich den richtigen Mann für mich gefunden habe.“

„*Ich* bin für dich der Richtige!“

„Frank. Du bist ein guter Junge und mein Freund für alle Zeit, aber nicht der Richtige fürs Leben.“

„Einen solchen Unsinn habe ich noch nicht gehört“, entrüstete sich Frank Schmidt. „Vielleicht war es ja der Koch? Soll das der Richtige sein? Da kann ich nur lachen!“

„Der Egon ist es auch nicht. Der will, was alle wollen und nicht mehr. Dafür, Frank, bin ich mir zu schade. Außerdem ist der viel zu alt für mich.“

Sie tranken sich zu. Lena dachte daran, sich möglichst schnell aus der Affäre zu ziehen und wieder nach Hause zu gehen. Sie musste den Jungen, der ihr nun mit seinen Avancen zu aufdringlich wurde, loswerden. Dabei wollte sie aber nicht das Gesicht verlieren. Sie war eine junge Frau, die bisher noch nie die Kontrolle über sich verloren hatte. Sie war immer freundlich geblieben, und bei den Körben, die sie gelegentlich gab, behielt sie immer einen freundlichen Ton, so dass niemand verletzt schien.

Bei Frank Schmidt war das etwas anderes. Er war ein hartnäckiger, von sich und seinem unwiderstehlichen Werben absolut überzeugter, sich übertrieben männlich gebender junger Mann, der nicht nachlassen und jede auch noch so freundlich formulierte Abfuhr missdeuten würde. In diesem Augenblick beschloss sie, ihn los zu werden, ganz gleich, was es kosten würde. Selbst wenn er mit einer Freundschaft nicht zufrieden wäre, dann müsste sie eben ohne ihn auskommen. Manchmal forderte das Leben eine klare Stellungnahme. Sie war bereit, diesen Standpunkt zu vertreten.

Frank Schmidt wiederum dachte, dass er niemals auf Lena verzichten würde. Er gönnte das Mädchen keinem anderen Mann; in einer stillen Stunde hatte er beschlossen, sie umzubringen, wenn sie sich nicht für ihn entscheiden sollte. Und das würde er nicht weiter hinausschieben können, denn jeder Tag, an dem sie nicht in seiner unmittelbaren Nähe war, galt ihm als mögliche Quelle, Kontakte zu einem Nebenbuhler zu knüpfen. Er jedoch liebte klare Verbindungen, würde etwas anderes nicht durchgehen lassen.

„Nein, Frank“, sagte Lena Buschmann. „Es ist nicht Egon, der mich interessiert, wirklich nicht.“

„Wer dann?“

Die junge Frau hob die Schultern. „Ich habe mich in einen Mann verliebt, den ich vielleicht gar nicht haben kann.“

Frank Schmidt lief rot an. „Du hast dich wirklich in einen anderen Mann verliebt?“

„Ja. Das soll vorkommen. Und du wirst trotzdem mein Freund bleiben!“

„Wer ist es?“

„Das kann ich dir nicht sagen.“ Lena Buschmann hatte ein bezauberndes Lächeln aufgesetzt.

„Warum nicht?“

„Weil der Mann verheiratet ist und ich keine Komplikationen will!“

„Ich werde uns Abendbrot machen.“

Lena Buschmann stand auf. „Ich muss nach Hause. Also mach dir keine Mühe!“

„Geh noch nicht. Bitte!“

„Gut, dann bleibe ich noch eine halbe Stunde, aber ohne Abendessen, und dann gehe ich!“

Sie ging hinaus in den Flur. Frank Schmidt beobachtete, wie sie die Toilette aufsuchte. Er goss die Gläser noch einmal auf und gab in das Glas von Lena einige Tropfen aus einer kleinen Flasche hinzu. Perlend stieg für eine kurze Zeit die Kohlensäure auf.

„Hast du mit ihm geschlafen?“ fragte Frank, als Lena zurückkam.

„Das geht dich nichts an!“ Es war ihr zuwider, aber sie würde es ihm jetzt sagen. Vielleicht, so dachte sie, würde es ihn abschrecken, und er ließ endlich von ihr ab. „Ja, ich habe mit ihm geschlafen“, sagte sie trotzig, „und es war wunderschön!“

Frank Schmidt nahm sein Glas. „Na dann, auf das, was wir lieben!“ Er sah, wie sie ihr Glas hob, ihm zuprostete und trank.

Lena Buschmann nahm zwei Schlucke. Frank scheint die Realität tapfer zu verkraften, dachte sie. Dann wurde ihr schwindlig. Alles drehte sich, ihre Zunge wurde schwer, und sie verlor das Bewusstsein.

Frank Schmidt hatte ihr die Hand gehalten. Jetzt legte er sie beiseite und stand auf. Er ging ins Bad, schaute nach, ob Lena irgendwelche Spuren hinterlassen hatte, fand ein Haar im

Kamm, das er sorgsam entfernte und in der Toilette hinunterspülte. Dann ging er wieder zurück ins Wohnzimmer.

„Du verdammte kleine Hure wirst mich nie mehr betrügen! Nie mehr!“

Er ging zu dem kleinen Schreibtisch, in dessen Schublade er die chirurgischen Instrumente zurechtgelegt hatte. Zuerst nahm er eine Einwegspritze aus der Verpackung, holte das kleine Fläschchen aus der Tasche und zog die Spritze auf. Vorsichtig legte er Lenas Beine hoch. Sie stöhnte noch einmal auf, schien aber tief zu schlafen. Gekonnt suchte er eine Vene in ihrem Oberarm, injizierte ihr die gesamte Flüssigkeit, die er in der Flasche hatte. Eine halbe Stunde später kontrollierte er noch einmal ihren Puls, konnte ihn aber nicht mehr feststellen. Er zog ihr umständlich die Bluse aus, nahm ein Stethoskop und hörte sie ab. Es war nichts zu vernehmen. Ihre kleinen, festen Brüste, mit denen er zu ihren Lebzeiten allzu gern gespielt hätte, schien er nicht zu bemerken. Dann holte er eine alte Decke und legte sie unter den Kopf des Mädchens. „Ich werde dich lehren, mich zu belügen! Ich werde dich lehren, mich zu hintergehen ... Ich werde dir zeigen, was ich mache, wenn du nicht auf mich hören willst!“

Frank Schmidt ging noch einmal zur Küche. Im Einbauschrank hatte er eine Dose Chloraethyl-Vereisung versteckt, die er auf der Station seines Vaters im Klinikum Greifswald gestohlen hatte. „Ich habe an alles gedacht, mein Täubchen“, sagte er zu der Toten. „Wir dürfen keine Spuren hinterlassen, und wenn ich deine bösen Ohren vereise, dann wird es kaum Blut geben!“

„Was willst du mit meinen Ohren? Sie können dir nicht nützlich sein!“ Frank Schmidt machte die Stimme Lenas nach.

„Ich will sie für mich konservieren, damit ich immer zu dir sprechen kann.“

„Aber die Ohren gehören an meinen Körper!“

„Wenn sie bei mir bleiben, kannst du keinem anderen zuhören!“ Er stieß ein heißeres Lachen aus.

Nachdem er die Ohren vereist hatte, schnitt er sie mit dem Skalpell ab und legte sie auf einen aus der Küche mitgebrachten Teller. Er tat das mit Behutsamkeit und der Inbrunst eines Hohepriesters zu Jerusalem, dessen Hauptaufgabe die Darbringung des Sühneopfers am Versöhnungstag war.

Als er die Gläser und das Geschirr in die Spülmaschine einsortiert und diese angestellt hatte, setzte er sich neben die Leiche und meditierte. Wie lange er so gesessen hatte, merkte er nicht. Als er aufsah, bemerkte er, dass es draußen dunkel geworden war.

Er wusste, dass die Nachbarin nicht ohne ihre Schlaftabletten ins Bett ging. Vor einer Entdeckung durch sie würde er sich nicht fürchten müssen. Doch es bestand die Gefahr, die sicher nicht gering einzuschätzen war, dass jemand anderes seinen Weg kreuzte. Schließlich war Badesaison. Die Menschen vergnügten sich an den Wochenenden beim Tanz in der Diskothek, oder sie schauten von der Seebrücke zu den Sternen und den Bildern, die sie nachzeichneten, den großen Wagen etwa, den fast jeder fand, oder die zwölf Tierkreiszeichen, wenn sie zu ihrem Geburtstag passten, Widder, Stier, Zwillinge, Krebs, Löwe, Jungfrau, Waage, Skorpion, Schütze, Steinbock, Wassermann, Fische; um sich beim Abgang einer Sternschnuppe irgendetwas zu wünschen, was das Leben ohnehin nicht für sie bereithielt. Sie suchten verzweifelt den Himmel danach ab und waren so zwangsläufig eine Gefahr für Frank Schmidt, entdeckt zu werden.

Als er an die Sternengucker dachte, kam ihm Brechts Galilei in den Sinn. Das Stück hatten sie in der Schule behandelt, und er hatte mit Lena intensiv über den italienischen Wissenschaftler diskutiert, der die Gesetze des freien Falles am schiefen Turm von Pisa untersucht hatte.

Doch diese Sternengucker waren nicht der einzige Unsicherheitsfaktor in seinem Plan. Er konnte auf eine Polizeistreife treffen, die des Nachts in ihrem Funkwagen unterwegs war. Er würde umsichtig sein. Ein Aufschub zur Beseitigung der Leiche war nicht möglich.

Frank Schmidt legte eine Plane unter die Couch, die sich zuziehen ließ, ähnlich einem Leichensack der US-Armee, und rollte den leblosen Körper des Mädchens darauf. Dann zog er vorsichtig den Sack zur Tür.

Nachdem er sich bei einem Rundgang versichert hatte, dass alles still war, schlich er zurück; er zog sich einen schwarzen Neoprenanzug an, den er von einer Tauchreise auf den Seychellen mitgebracht hatte, schulterte den Sack mit der Leiche Lenas und verstaute ihn in dem BMW.

In den letzten Tagen hatte er sich einen Dünenübergang ausgesucht, an den er fast gänzlich mit dem Wagen heranfahren konnte und der in unmittelbarer Nähe der Seebrücke lag. Auf diesem Parkplatz fanden gelegentlich Events statt. Zurzeit aber war er unbenutzt.

Frank Schmidt blieb eine Weile in seinem Wagen sitzen und beobachtete die Umgebung. Aber nichts rührte sich. Beim Aussteigen versuchte er, möglichst keine Geräusche zu machen. Er zog den Sack aus dem Wagen, hakte mittels eines Karabinerhakens eine lange Schlaufe ein und schleppte wie ein Schlittenhund den Sack hinter sich her. Unentdeckt erreichte er das Wasser.

Als er den Boden unter den Füßen verlor, steckte er sich das Endstück des Schnorchels in den Mund. Dicht unter der Wasseroberfläche strebte er dem Ende der Seebrücke zu; völlig erschöpft erreichte er nach mehr als zwanzig Minuten sein Ziel.

Er tauchte auf und hielt sich eine kurze Zeit des Ausruhens an einem der Gründungspfeiler der Brücke fest. Dann löste er die an seinem Körper festgemachte Schlaufe und hakte sie in einen Stahlring ein, der am Ende eines Seiles war, das er am Vortag auf die gleiche Weise hergebracht und befestigt hatte.

Der Sack mit der Leiche hatte Auftrieb genug, um mit den anlaufenden Wellen strandwärts zu treiben. Dort würde man sie am

Tag darauf finden, und Frank Schmidt hatte beschlossen, die Auffindung zu beobachten.

Auf dem gleichen Weg, den er vor einer halben Stunde gekommen war, schwamm er dicht unter der Wasseroberfläche zurück. Nur zweimal tauchte er kurz auf, um seine Position zu bestimmen.

Als er das Wasser verließ, dämmerte es schon, und die Stimmen der Vögel kündeten den kommenden Tag an.

21. Kapitel

Für Sonnabend, den 29. Juni, hatte Lasse Larsson sich den endgültigen Umzug von Anklam in sein kleines Häuschen, das zwischen Heringsdorf und Bansin gelegen war, vorgenommen. Da sein alter Renault für den Umzug viel zu klein war, hatte er Inge Mohaupt gefragt, ob sie ihm für diesen Tag den Omega überlassen würde.

Als seine Mitarbeiterin erfuhr, für welches Unternehmen er den Wagen brauchte, sagte sie zu, ihm beim Umzug zu helfen.

Mit dieser Zusage hatte er sich, nachdem Frank Schmidt den Beamten des Streifenwagens übergeben war, zu seinem angemieteten Zimmer bei der alten Frau Mucke bringen lassen. Noch am Abend teilte er ihr mit, dass ihre gemeinsame kurze Zeit bereits zu Ende war. Geklagt hatte die alte Frau, sie fühle sich ungerecht behandelt, schließlich habe sie in den wenigen Tagen versucht, ihm alles rechtzumachen. Aber dann hatte sie sich geschlagen gegeben, und Lasse Larsson ließ sich nicht lumpen und gab ihr Geld für einen weiteren Monat, den er als reguläre Kündigungszeit der Wohnung ansah.

Am Sonnabendmorgen war er in den Supermarkt gegangen; er ließ sich sechzehn Scheiben fetten Speck ohne Schwarte schneiden, nahm zwei große Schweinefilets, von denen er Sehnen und Fett abschneiden ließ, einen Karton Eier von freilaufenden Hennen, vier Pfund Salz, zwei Kilo frischen Spargel und eine Packung schwäbische Spätzle. Fast im Rausgehen griff er noch Kaffee, Butter, etwas Wurst und ein Stück Appenzeller Käse.

Als er zurückkam, sah er Inge Mohaupt bereits vor dem Haus stehen. „Ich konnte meine Tochter gestern noch bei meinen Eltern unterbringen, so dass ich jetzt schon Zeit habe."

„Sagtest du nicht, dass sie am Wochenende bei deinem Mann sei?"

„Geschiedenen Mann", widersprach ihm Inge Mohaupt. „Dieser Kerl hat sich wieder darum gedrückt, sich mit dem Kind zu beschäftigen."

„Vielleicht hatte er ja wichtige Gründe."

„Du bist nicht etwa auch so ein Macho, der die Frauen in den Hintern tritt, wenn er sie nicht mehr braucht?"

Larsson sah sie an. So hatte Inge Mohaupt noch nie mit ihm gesprochen. Sie waren Kollegen und kamen gut miteinander aus. Privatangelegenheiten hatten sie bisher, wenn überhaupt, nur am Rande gestreift.

„Ich bin bei der Kripo. Männer von der Kripo sind mit ihrem Beruf verheiratet, Inge. Da gibt es keinen Platz für eine Frau. Ich jedenfalls habe die Erfahrung gemacht, dass Frauen es mit mir nicht aushalten."

„Vielleicht ist das auch bei mir der Grund, dass er sich anderweitig eine Frau gesucht hat. Und dann so ein Küken. Er ist schon zehn Jahre älter als ich, und nun hat er sich eine Fünfundzwanzigjährige genommen."

„Na ja, hoffentlich schafft er die auf Dauer. Es ist schon so mancher böse erwacht, weil er seine Grenzen nicht kannte. Nicht nur Männer können verlassen!"

Für eine Zeit schwiegen sie.

Inge Mohaupt nahm den ersten der sechs Kartons und trug ihn hinunter zum Fahrzeug, während Larsson den Einkauf sachgemäß verstaute, so dass die Eier nicht zerdrückt wären, wenn sie in Heringsdorf ankamen. Gegen zehn Uhr waren sie vor dem kleinen Haus. Lasse Larsson öffnete das Tor, und Inge Mohaupt stellte den Omega direkt vor der Eingangstür ab. Während er die Tür aufschloss und die Fenster für einen kurzen Durchzug öffnete, brachte seine Kollegin die ersten Kartons. Wenig später erklang das *Casta Diva* aus Bellinis *Norma* durch den Raum. Kurz nach halb elf kam Simons und wenig später Andresen. Sie waren, wie sich herausstellte, von Inge Mohaupt angerufen und auf die Operation hingewiesen worden.

Larsson trug es mit Fassung. Irgendwie hatte ihm sein Instinkt schon während des Einkaufs gesagt, dass die Truppe überraschend kommen könne. Er lächelte in sich hinein. Nun, er war vorbereitet, würde sich kaum blamieren. „Ich mache euch einen Vorschlag. Wir sehen das Ganze als Arbeitsessen, zu dem ich euch einlade! Hat jemand etwas dagegen?"

Wie nicht anders erwartet, waren die drei einverstanden. Larsson nahm eine Flasche Sekt aus dem Kühlschrank, öffnete sie und goss ein. Dann reichte er jedem ein Glas. „Willkommen in meinem bescheidenen Heim!"

„Wir sind zum Helfen gekommen, nicht zum Trinken", sagte Andresen.

„Ich bereite hier vor euren Augen unser Essen vor. Ihr könnt dabei zusehen, und wir diskutieren darüber, was wir im Fall Frenzel erreicht haben und was noch offen ist."

„Was soll es denn geben?"

„Filet in der Salzkruste an frischem Spargel und Spätzle!" Lasse Larsson grinste siegesssicher, wie ein Lausejunge, der erfolgreich einen Streich durchgezogen hatte.

„Und das kannst du?" fragte Andresen pikiert. Er dachte an seine eigenen Kochkünste, von denen seine Frau behauptete, sie seien gar nicht existent. Vielmehr sei er prädestiniert, selbst das Wasser anbrennen zu lassen.

Larsson nahm ein Blech aus dem Ofen, legte die übrigen Pfannen, die in der Röhre waren, quer so vor das Fenster, dass sie bei der Benutzung des Rohrs und beim Hantieren in der Küche nicht im Wege waren. Dann nahm er eine Schüssel und ein Gefäß, in dem er eine spezielle Sauce vorbereiten würde. Er trennte vier Eier. In das Weiß rührte er die vier Packungen Salz ein. Dann bereitete er auf dem Blech ein Bett von ungefähr einem

Zentimeter Dicke von der Größe eines Schreibmaschinenblattes, darauf legte er Speckscheiben.

„Unser EHK kann halt doch mehr als Gewaltverbrecher jagen", stellte Inge Mohaupt genüsslich fest und erntete von Andresen einen tadelnden Blick.

„Was haltet ihr von Frank Schmidt?" fragte Larsson. „Zuerst du, Karl!"

„Ich war doch nicht dabei!"

„Richtig. Aber immerhin habt ihr euch gestern zusammentelefoniert und auch für heute verabredet. Ich habe also erwartet, dass du Inge nach dem Ergebnis gefragt hast."

Larsson wusch die beiden Filets unter kaltem Wasser und trocknete sie sorgfältig ab. Dann briet er sie in einer der Pfannen unter starker Hitze kurz an, damit sich die Poren des Fleisches verschlossen.

„Ich habe ihm gesagt, dass wir heute über den Fall reden", nahm Inge Mohaupt Simons in Schutz. „Schließlich hatte mich der Tag auch geschafft, und mir stand noch das Gespräch mit meinen Eltern bevor, damit sie heute Julia nehmen. Also machte ich es kurz."

Larsson würzte die Filets mit Salz und Pfeffer, legte sie auf das Salz-Speck-Bett, holte eine Packung Petersilie und eine Packung Basilikum und gab aus jeder Packung etwa die Hälfte auf das Fleisch. Dann deckte er alles mit den restlichen Speckscheiben zu, so dass nichts mehr vom Fleisch zu sehen war. „Na gut, Inge. Dann sage deinen Kollegen heute, wie du Frank Schmidt einschätzt."

„Er ist ein Neurotiker. Jung, aber total neurotisch. Er überschätzt sich, wie alle Männer ..."

Sie lachten, und Larsson sagte: „Bitte ohne Späße, Inge. Die machen wir später."

„Eine Neurose kann verschiedene Ursachen haben", stellte Inge Mohaupt fest. „Die Störungen können aufgrund einer Fehlverarbeitung von Erlebnissen entstanden sein. Frank Schmidts Verhalten zeigt Angst, Verstimmung wegen Zurückweisung,

Kontaktschwäche. Nach Sigmund Freud entstehen Neurosen aus der unvollständigen Verdrängung von Triebimpulsen durch das Ich."

„Wir sind die Polizisten, die das Verbrechen aufklären sollen, Inge. Für die Bewertung der Psyche ist eine andere Instanz zuständig."

Während Larsson den Spargel schälte und in gleiche Portionen aufteilte, die er mit weißem Zwirn zusammenband, fuhr Inge Mohaupt unbeirrt fort: „Die Symptome dienen der Abwehr und zugleich der versteckten Abreaktion der Antriebe. Dies gilt vor allem für die Zwangsneurosen wie die Phobie und die Hysterie. Frank Schmidt hat hysterisch reagiert, weil er sich nicht bestätigt fühlte. Und ich gebe dir Brief und Siegel, dass die Frustration nicht allein aus dem Elternhaus stammt. Das Enttäuschungserlebnis Lena Buschmann bei erzwungenem Verzicht auf Befriedigung seines Triebbedürfnisses, bei Vereitelung zielgerichteter Handlungen und der Versagung einer erwarteten Belohnung wie beispielsweise Sex, kann das Auftreten von Aggression begünstigen, wenn die Situation dies erlaubt. Frust kann aber auch Hilflosigkeit und darüber hinaus Depressionen erzeugen, und die Toleranz, in der eine Person diesen Frust ertragen kann, ohne dass sie ihr Handlungsziel ändert, ist ganz unterschiedlich. Bei Frank Schmidt äußerte sich die überzogene Toleranzschwelle, indem er mordete."

Larsson lächelte Inge Mohaupt an. „Gratuliere. Das war eine gute Einschätzung der Psyche des mutmaßlichen Täters." Er bedeckte die mit Speck eingedeckten Filets mit einer Schicht des Ei-Salz-Gemischs und schob das Blech in den auf 220 Grad vorgeheizten Ofen.

Andresen sagte: „Frauen sehen immer alles anders als wir Männer. Sie suchen zuerst nach den Ursachen."

Simons hielt sich etwas zurück, ließ sich aber zu einem leisen „Vielleicht hättest du ja Profiler werden sollen, Inge!" hinreißen.

„Wir nehmen jetzt das Eigelb." Larsson würzte mit etwas Zucker, Salz und Pfeffer. Dann nahm er einen Schneebesen und eine Flasche kalt gepresstes Öl. Während er das Eigelb vorsichtig aufschlug, goss er langsam Öl dazu, so dass eine Mayonnaise entstand. „Seht ihr, was für eine herrliche Sauce wir kriegen!"

„Zugegeben, es ist eine gut aussehende Mayonnaise!" sagte Inge Mohaupt.

„Noch!" Larsson nahm eine Flasche weißen Balsamico und schlug ein wenig davon unter die Masse. Nachdem er seine Kreation abgeschmeckt hatte, nahm er drei Untertassen aus dem Schrank und gab jeweils einen Esslöffel von der Sauce darauf. „Kostet!" forderte er, siegessicher grinsend.

Inge Mohaupt war die Erste, die das gerade geschaffene Produkt probierte. „Mmmmm. Damit hast du wirklich ein begeistertes Publikum." Sie verdrehte die Augen, als wäre sie ein Gast in Bioleks Kochstudio.

Und Andresen lobte: „Mit *der* Kochkunst kannst du gegen jede Frau antreten."

„Schaffst du es, mir das beizubringen?" fragte Simons. „Damit könnte ich dann jede Frau becircen!"

Larsson verminderte die Hitze des Ofens auf 180 Grad. „Inge hat Recht. Für mich leidet der Junge auch an einer Persönlichkeitsspaltung. Dieses hysterische Lachen deutet darauf hin. Auch dieses genüssliche, fast triumphale Rechtfertigen der Tat, obwohl er wissen müsste, dass er sich um Kopf und Kragen redet, deutet darauf hin."

„Er hat laut mit der Toten gesprochen."

„Ja, aber wie, Inge. Wie hat er mit ihr gesprochen?"

„Im Dialog. Er hat ihre Stimme nachgemacht. Ich war an den Hitchcock-Film *Psycho* erinnert."

„Genau."

„Dann ist er schizophren!" stellte Andresen fest.

„Vielleicht ist er das. Aber es ist gut möglich, dass er das auch spielt. Schließlich ist er medizinisch zumindest halbgebildet“, sagte Larsson. Er goss Wasser in den größten Topf, den die alte Treetz hinterlassen hatte, salzte das Wasser und stellte ihn dann auf die Kochplatte. „Wir werden unsere Eindrücke im Bericht festhalten. Alles andere ist dann die Sache der Justiz!“

„Halten wir fest“, sagte Simons, „dass der Fall Frank Schmidt nicht unser unmittelbarer Ermittlungsauftrag war.“

„Jeder Mord, der bei einer Ermittlung diesen Fall in irgendeiner Weise tangiert, ist unser Auftrag, Karl. Als Beifang ...“, wieder benutzte Larsson die Assoziation zur Fischerei, die ihn an seinen Vater erinnerte, „kannst du die Aufklärung des Angriffs auf den Pastor in Ueckeritz nennen. Aber diese Art der Verzahnung von Verbrechen kann dir überall begegnen.“

Das Wasser im Topf fing an zu kochen. Larsson gab einen großen Teil der Spätzle in das Wasser, rührte sie um und stellte die Hitze so ein, dass sie leise vor sich hinkochten. In einem zweiten Topf bereitete er den Spargel vor. „In zehn Minuten können wir essen.“

Inge Mohaupt deckte den Tisch. Andresen nippte nachdenklich an seinem fast leeren Glas: „Die Vernehmung Ilona Selbmanns hat eindeutig ergeben, dass Verbindungen zwischen Frenzel junior und Fichter bestanden.“

„Habt ihr erfahren können, woher sich die beiden kennen?“

„Eindeutig durch die Frau“, antwortete Inge Mohaupt.

„Fichter hatte sie bewusst auf Frenzel senior angesetzt. Als er erkannte, dass die Frau, mit der Frenzel lebte, seine geschiedene Gemahlin war, setzte er den Hebel an.“

Larsson goss die Spätzle ab, gab sie in eine leicht gebutterte Pfanne, damit sie nicht zusammenklebten und erhitzte diese, um die Restfeuchtigkeit der Teigware weitgehend zu verdampfen. Dabei schwenkte er sie, damit sie nicht anbrannten. „Woher wusste er, dass die Selbmann mit dem Frenzel lebte?“

„Von einer Freundin der Frau, welche die Selbmann auf Usedom besucht und auf dem Frenzelschen Hof Urlaub gemacht hatte. Er rief diese Freundin an, die er aus seiner Zeit der Ehe mit Selbmann kannte, erfuhr von ihr deren Telefonnummer. Sie verabredeten sich an einem Tag, als Frenzel seinen Geschäften in Rostock nachging."

Larsson schaute zur Uhr und stellte den Ofen ab. „Wir lassen es noch fünf Minuten nachziehen. Dann befreien wir das Filet von seiner Hülle. – Und wie passt Frenzel junior ins Bild?"

„Frenzel junior war scharf auf den Hof. Er hasste es, von seinem Vater gegängelt zu werden, als wäre er ein fünfjähriger Junge."

„Die Selbmann brachte die beiden zusammen. Sie entdeckten ihre gemeinsamen Interessen und schmiedeten den Plan."

„Die Folter?" Larsson hob fragend die Schultern. „Das Motiv des Sohns ist Habgier. Aber Fichter? Wie passt der ins Bild? Schön, er war Fremdenlegionär. Wenn jeder, der aus der Fremdenlegion getürmt ist, auch privat mordet, dann wäre die Menschheit wahrscheinlich sehr ausgedünnt." Er stellte die Platte, auf der die Spätzle auf ihren Verzehr warteten, ab. Dann zog er das Blech mit den Filets in der Salzkruste aus dem Ofen. „Karl, du kannst uns bitte eine Flasche Chardonnay öffnen."

Als er anfing, mit dem Fleischklopfer die Salzkruste zu zertrümmern, standen sie um ihn herum. Vorsichtig schob er erst die durch die Hitze festgewordenen Salzschollen, beiseite, dann hob er erst das eine, dann das zweite Filet heraus, befreite sie von den Speckscheiben, die er zusammen mit dem Restsalz in den Abfalleimer beförderte.

„Warum schmeißt du den Speck weg?"

„Er ist nur dazu da, das Fleisch vor dem Austrocknen zu bewahren; die Trennschicht zwischen Filet und Salz ist notwendig, damit du kein versalzenes Fleisch essen musst."

„Ja, das leuchtet ein."

Inge Mohaupt sagte: „Du solltest bei Lasse einen Kurs belegen. Männer, die kochen können, sind bei den Frauen sehr begehrt!"

„Wirklich?"

Andresen sagte: „Wenn ich damit meinen Drachen beruhigen könnte, würde ich es glatt auch versuchen!"

„Warum bist du nicht schon längst ausgezogen?“

„Das kann auch nur ein so junger Spund fragen“, sagte Andresen. „Lasse hat es bereits festgestellt. Keine halbwegs normale und einigermaßen vernünftige Frau tut sich ausgerechnet mit einem Polizisten zusammen. Ganz besonders unangenehm empfinden die Damen aber, sich mit Männern einzulassen, die keine ausreichende Sicherheit bieten, die zu wenig verdienen, um ihnen ein angenehmes, arbeitsfreies Leben zu ermöglichen und deren Pension klein genug ist, so dass sie im Alter auf vieles verzichten müssen. Und was sie wie der Teufel das Weihwasser fürchten, ist, dass der Mann totgeschossen wird. Dann nämlich ist die Hinterbliebenenrente so knapp bemessen, dass sie sich unbedingt ein neues männliches Opfer suchen müssen. Und bei allem Selbstbewusstsein, das eine solche Frau an den Tag legt, fürchtet sie, kein so williges Opfer mehr zu finden wie den Mann, den sie gerade hat. “

Simons ließ nicht locker: „Und was hat das mit dir zu tun?“

Larsson begann, die Filets aufzuschneiden und drapierte jeweils zwei Scheiben für jeden auf die Teller.

„Die sind ja wunderbar zart rosa“, stellte Inge Mohaupt fest. Er legte die Spargel dazu, dann die Spätzle. Sie brachte die Teller zum Tisch.

„Auch ich fürchte, dass ich keine mehr finden könnte, die meine Wäsche macht und mich auch sonst umsorgt. Da stecke ich die Nörgelei weg“ sagte Andresen.

„Voilà!“ Larsson strahlte über das ganze Gesicht.

Simons goss den Wein ein; sie setzten sich und prosteten sich zu.

„Was hat der Erkennungsdienst zu Fichter herausgefunden?“ fragte Larsson zwischen zwei Bissen.

„Wenn ich nicht wüsste, Lasse, dass du so ein verdammter Polizist mit lausigen Machoallüren bist, ich könnte mich gleich an deine Kochkunst gewöhnen!“

„Gut, Inge. Ich habe es begriffen. Wenn wir uns schon zu einem Arbeitsessen treffen, dann sollten wir auch so tun, als würden wir arbeiten."

„Du hast gesagt, du gibst deinen Einstand, wenn wir den Fall gelöst haben oder die Ermittlungen eingestellt werden. Das ist jetzt. Also ist es dein Einstand, und wir schieben die Arbeit beiseite."

„Die Ermittlungen sind offiziell nicht eingestellt worden. Ich erinnere mich nicht, dass der Staatsanwalt so entschieden hätte. Du bist also der Meinung, dass wir den Fall gelöst haben?"

Sie fingen an zu essen. Andresen fragte: „Wo hast du eigentlich gelernt, so zu kochen?"

„In Baden-Württemberg. Genauer gesagt, am Bodensee. Ich lebte dort einige Zeit direkt an der Grenze zur Schweiz. Und natürlich fließen dort französische und italienische Rezepte in die Küche ein."

„Gut, wirklich gut!"

„Und diese Sauce."

„Die du jedes Mal anders machen kannst. Gibst du frische Kräuter zu, ist es eine Kräutersauce. Du kannst aber auch etwas Muskatnuss anreiben oder Curry dazugeben. Jedes Mal hast du eine andere Geschmacksrichtung."

Simons bemühte sich, Larssons letzte an ihn gestellte Frage zu beantworten: „Na ja ... der Mord an Lena Buschmann ist aufgeklärt. Frank Schmidt ist der Täter, der verhaftet ist und der Justiz zugeführt wird."

„Das sagst du, obwohl du vor nicht einmal einer halben Stunde behauptet hast, der Fall gehöre nicht zu unserem Ermittlungsauftrag."

Simons biss sich auf die Lippen. Er ärgerte sich über sich selbst. Insgeheim musste er Larsson Recht geben, tatsächlich aber wollte er sich nicht eingestehen, noch weit hinter dem Kombinationsvermögen seiner Kollegen hinterherzuhinken.

„Der Tod des ehemaligen MfS-Majors Frenzel ist durchaus nicht aufgeklärt worden", fuhr Larsson fort. „Mit der allergrößten

Wahrscheinlichkeit ist der Täter uns vorgestern durchs Netz gerutscht, und wir sind absolut nicht sicher, dass er in der nächsten Zeit nicht irgendwo zuschlagen wird. Und wir können nichts machen, weil er sich tarnt wie ein Chamäleon."

„Die Fahndung nach der flüchtigen Person ans Bundeskriminalamt ist raus. Vielleicht haben die Kollegen ja mehr Glück", sagte Andresen.

Larssons Instinkt sagte ihm, dass sie bei der Ermittlung irgendeinen wichtigen Punkt übersehen hatten. „Die Vernehmung von Ilona Selbmann hat ergeben, dass intensive Verbindungen zwischen Frenzel junior und Fichter bestanden, Rolf?"

„Ja."

„Seit wann kannten sich die beiden?"

„Ich weiß es nicht!"

Inge Mohaupt, die merkte, dass das Gespräch die gewünschten Bahnen verließ, sprang ihrem Kollegen bei. „Wir sind mit dem Verhör nicht fertig geworden, Lasse. Der Tag hat nur 24 Stunden."

„Aber ihr habt euch Gedanken darum gemacht! Denn genau das ist eine zentrale Frage."

„Das sehe ich auch so."

„Gut. Ich sage euch auch, warum ich das denke. Nein wartet. Karl, hast du eine Ahnung, warum das von Belang ist?"

„Ich denke, dass du darauf hinaus willst, dass Frenzel junior ein Nazi ist."

„Absolut darauf will ich hinaus."

„Du meinst, er könnte wissen, wo Fichter untergetaucht ist?"

„Ich denke daran, dass die Nazis immer für Rückzugs- und Fluchtmöglichkeiten gesorgt haben. Das begann schon nach dem Zweiten Weltkrieg, als die Organisation *Odessa,* der Name steht für Organisation der ehemaligen SS-Angehörigen, Kriegsverbrechern das Untertauchen beispielsweise in Südamerika ermöglichte. Denkt mal an Mörder wie Eichmann."

„Du willst doch nicht Fichter und Frenzel junior mit denen gleichsetzen?"

„Natürlich nicht, Rolf. Aber derartig abartige Gehirne arbeiten mit aller Wahrscheinlichkeit nach den gleichen Mustern.“

Simons meldete sich wieder zu Wort. „Sie schlagen zu und tauchen ab; irgendwo fängt sie die Nazibasis auf.“

„Wie werden uns morgen Frenzel junior vorknöpfen“, sagte Larsson.

Andresen protestierte. „Wenn ich morgen wieder unterwegs bin, schlägt mein Drachen zu!“

Larsson ging über diesen Einwand hinweg. „Hatte ich eigentlich schon eine Antwort auf meine Frage, was der Erkennungsdienst über Fichter herausgefunden hat?“

„Fichter hat zu DDR-Zeiten eingesessen. Aus dieser Zeit existieren die kompletten Gefängnisakten“, antwortete Inge Mohaupt.

Und Andresen ergänzte: „Er war vollständig erkennungsdienstlich behandelt worden. Personenbeschreibung, Lichtbild, Fingerabdrücke. Das Bild ist ja nun fast zwanzig Jahre alt, aber sicher brauchbar.“

Da sie mit dem Essen fertig waren, begann Inge Mohaupt abzuräumen, und Simons half ihr dabei. Larsson bereitete einen starken Kaffee. Als er damit an den Tisch zurückkam, sagte er: „Wir konzentrieren uns jetzt auf die Intensität der Bekanntschaft Fichters mit Frenzel junior. Alle weiteren Fragen können warten.“

„Am Montag soll die Treetz exhumiert werden“, sagte Inge Mohaupt. „Die Obduktion ist von der Staatsanwaltschaft nach Paragraph 87 der Strafprozessordnung verfügt worden.“

„Endlich. Sie haben sich ja ganz schön Zeit gelassen.“

Als sich die Runde am späten Nachmittag aufgelöst hatte, war Larsson froh, für sich zu sein. Er zog sich einen Anorak über und ging die wenigen Meter hinunter zum Strand. Der Wind hatte aufgefrischt. Die Wellen schäumten und brachen sich, bevor sie am Strand ausliefen und das Wasser wieder in die See zurückfloss.

Die Seebrücke hatte auf Lasse Larsson die gleiche Faszination wie auf alle Besucher der Kaiserbäder. Während die Urlauber, beschwingt vom Zauber der Weite des Wassers, das eine oder andere Schiff am Horizont suchend, meist ein Gefühl von Freiheit entwickelten, wurde Larsson an den Fund der Leichen erinnert, was ihn unangenehm an die Wirklichkeit mahnte.

Mord hat nichts mit der heilen Welt der Rosamunde Pilcher zu tun, dachte er. Auch nicht mit dem Traummilieu, das die Courths-Mahler in ihren Romanen schilderte, und das bis heute ein Wunschbild so manches Marketingmanagers ist. Tötungsdelikte hat es zu allen Zeiten gegeben; sie waren ebenso alt, wie diese Welt Leben überhaupt beherbergte. Und deshalb ließen sie sich nicht einfach ausblenden. Vielmehr übten sie einen besonderen Reiz nicht nur auf Voyeure aus.

An diesem Sonnabendnachmittag waren viele Menschen unterwegs. Als er die Hälfte der Brücke gegangen war, hörte Larsson die Musik, die von einem Schifferklavier oder einer Harmonika kam. Er dachte an den polnischen Mann, der Maren Buschmann geschwängert hatte, und der der Vater eines der Mordopfer war, verdrängte aber den Gedanken wieder. Er nahm sich vor, Andresen zu bitten, seinen polnischen Kollegen auf diesen Karol Konieczny anzusetzen.

Als der Mann in sein Blickfeld kam, stellte er fest, dass der etwa in seinem Alter war oder auch etwas älter. Er könnte also durchaus Lena Buschmanns Vater sein. Damit passte er tatsächlich in das persönliche Raster des Fahnders.

Larsson stellte sich an das Geländer, schaute erst nach Osten zum Hafen von Swinemünde, dann auf den Akkordeonspieler. Der Mann sah nicht so aus, als spiele er nur zu seinem persönlichen Vergnügen. So, wie der sich für jeden Cent, den er bekam, bedankte, schien er keiner anderen Arbeit nachzugehen und war dringend auf diesen unsicheren Verdienst angewiesen. Larsson stieß sich vom Geländer ab und ging zu dem Musikanten.

Ein Blick in die kleine Büchse, die in dem aufgeklappten Kasten des Instruments stand, zeigte Lasse Larsson, dass die Ausbeute nicht sehr groß war. Außer einigen Fünfzigcentstücken entdeckte er nur vereinzelt einige größere Münzen.

Er zog einen Fünfeuroschein aus der Tasche und legte ihn in die Büchse. Aber der Wind erfasste den Schein, und der flog einige Meter, bevor Lasse Larsson ihn einfangen konnte und zurückbrachte. Diesmal bückte er sich, nahm einige der Münzen hoch, legte den Schein hinein und bedeckte ihn mit dem Kleingeld. Der Mann verfolgte sein Tun, während er weiterspielte. Er lächelte Larsson dankbar an, als sich ihre Blicke trafen.

„Danke."

Larsson konnte deutlich den polnischen Akzent hören. Er setzte sich neben den Musikanten auf die Bank, deutete mit dem Kopf nach Osten und fragte: „Kommen Sie aus Swinemünde?"

„Ja, Świnoujście."

„Keine Arbeit in Świnoujście?"

Der Pole schüttelte den Kopf. „Keine Arbeit und zu krank für schwere Arbeit."

Larsson zeigte auf den Mann, hakte nach: „Krank?"

„Rücken kaputt. Ich kann nichts heben!"

„Aha. Mein Name ist Larsson. Lasse Larsson. Wie heißen Sie?"

Der Mann begriff seine Frage und lachte. „Karol Konieczny. Hmmm? Karol ... Ko ... niecz ... ny." Und dabei zeigte er auf sich.

Obwohl Larsson es vermutet hatte, entfachte die Tatsache, dass er den Vater Lena Buschmanns gefunden hatte, seinen Jagdinstinkt. „Kennen Sie eine Maren Buschmann?"

Die Miene des Musikanten verfinsterte sich. Er nahm das Schifferklavier ab und legte es vorsichtig erst auf die Bank, dann, nachdem er die Büchse aus dem Koffer genommen hatte, dort hinein. Er nahm den Fünfeuroschein aus der Sammelbüchse und hielt ihn Larsson hin. „Hier, ich will Ihr Geld nicht!"

Larsson schüttelte den Kopf und zog seinen Dienstausweis. „Ich bin von der Kriminalpolizei, und ich muss einige Fragen an Sie stellen.“

Inzwischen hatten einige Besucher der Seebrücke den Dialog zwischen den beiden Männern beobachtet; sie waren stehen geblieben, hatten den herrlichen Blick über das Meer vergessen und harrten der Zuspitzung der Entwicklung zwischen den zwei Kontrahenten.

„Wollen wir woanders hingehen, wo wir ungestört sprechen können!“ Es war eine Aufforderung, keine Frage.

Der Mann verfrachtete sein Akkordeon auf das Fahrrad und ging, gefolgt von den Blicken der neugierigen Voyeure, hinter Larsson her. In dem kleinen, hübsch angelegten Kurpark vor der Musikmuschel setzten sie sich auf eine leere Bank.

„Vor einigen Tagen hätte ich Sie allzu gern zu Ihrer Beziehung zu Maren Buschmann und deren Folgen befragt. Inzwischen ist das unnötig geworden. Dennoch will ich sicher gehen, dass Sie der Richtige sind. Deshalb wiederhole ich meine Frage: Sie kennen Maren Buschmann?“

Karol Konieczny schaute Larsson irritiert an: „Wir waren einmal sehr verliebt ineinander. Aber das ist zwanzig Jahre her. Und genauso lange leide ich bei den Gedanken an Maren.“

„Warum leiden Sie?“

„Zuerst waren lange die politischen Umstände gegen uns. Wir waren nur durch eine halbe Fahrradstunde voneinander getrennt, und doch konnten wir uns kaum sehen. Sie wissen, die Graniza zwischen Polen und Deutschland.“

„Überall, wo ein Grenzzaun steht, leiden Menschen.“

„Deshalb hatte unsere Liebe auch keine Chance. Ihre Mutter war auch dagegen, dass wir zusammenkommen.“

„Wieso?“

„Sie wollte nicht, dass ihre einzige Tochter mit einem armen Polen ihr Leben vertut. Sie hatte höhere Pläne. Ihr Kind sollte einmal einen Mann aus geordneten Verhältnissen heiraten. Was war damals und was ist heute schon bei uns geordnet?“

„Immerhin haben Sie Ihre Freiheit bekommen. Seit dem Sieg der Solidarnosc und der damit verbundenen Demokratisierung ist die Grenze wieder durchlässig geworden.“

„Waren Sie mal in Świnoujście?“

„Nein. Ich werde es bald nachholen.“

„Man hat die Exklusivität Świnoujścies, die vor dem Krieg bestand, wieder entdeckt. Sie werden sehen, dass viel gebaut wird. Teure, für die meisten Polen unerschwingliche Gebäude in hochwertiger Ausstattung. Aber das kaufen entweder Ausländer, voran die Deutschen, oder eine Schicht, die sich durch die Demokratisierung gebildet hat, die sich nahezu alles leisten kann.“

„Bei Veränderungen jedweder Gesellschaftsformen gibt es immer Gewinner und Verlierer.“

„Im neuen Polen gibt es nur Gewinner und Verlierer. Es gibt sehr reiche und sehr, sehr arme Menschen, kaum eine Mittelschicht. Am schlimmsten trifft es die alten Menschen. Deren Rente ist so klein, dass sie hungern müssen. Und so mancher sieht nur einen Ausweg ...“

„Wir beide werden das nicht ändern können, Herr Konieczny. Kennen Sie Ilsa Buschmann?“

„Ich kenne sie, aber sie kennt mich nicht. Sie ist fast an jedem Tag auf der Seebrücke. Wenn ich spiele, legt sie mir eine Münze in meine Büchse. Ich habe meinen Frieden mit ihr geschlossen.“

„Kommen wir zurück zu Ihnen und Maren.“

„Maren ging ihren Weg, sicher sehr zum Unwillen ihrer Mutter. Aber wir hatten eine gemeinsame Tochter. Und so hielten wir über Umwege wenigstens so weit Kontakt, dass ich das Mädchen ab und zu sehen konnte. Vor zwei Jahren brachte man meine Tochter um.“ Karol Konieczny kämpfte mit den Tränen. „Man fand sie unter der Seebrücke, und ich komme sehr oft dorthin und spiele für sie.“

„Ja. Es tut mir leid. Vielleicht ist es Ihnen ein kleiner Trost. Wir haben den Mörder Ihrer Tochter gefunden.“

Karol Konieczny bekreuzigte sich. „Heilige Madonna. Die Mutter Gottes hat mich erhört!“

„Ja“, sagte Larsson. „Das hat sie wohl.“

22. Kapitel

Seit der Ermittlung um den Tod des Majors Frenzel war Lasse Larsson wenig Zeit zum Schlafen verblieben. Deshalb hatte er beschlossen, an diesem Sonntag, dem 30. Juni, auszuschlafen, bevor er nach Anklam fahren würde, um Frenzel junior zu verhören. Andresen hatte sich für diesen Tag ausgeklinkt, wegen seines Hausdrachens, wie er sagte.

Larsson dachte neidvoll daran, dass Andresen samt Drachen sicher auf dem Achterwasser segelte, während er sich mit Frenzel junior mühen musste. Manchmal war es doch gut, nicht Erster Kriminalhauptkommissar zu sein. Inge Mohaupt musste sich um ihre Tochter Julia kümmern. Nur Simons, der ja noch keine Familie besaß, wollte ihn bei der Arbeit unterstützen.

Als gegen sieben Uhr das Telefon klingelte, ahnte er, dass sich auch der Ablauf des von ihm vorgeplanten Tages ändern würde. Schubert, der an diesem Tag als Diensthabender der Kripo in Anklam eingeteilt war, rief ihn an. „Guten Morgen, Kollege Larsson. Ich würde nicht stören, glaube aber, die Nachricht ist so wichtig, dass sie diese Störung rechtfertigt."

Larsson wollte sich den Ärger nicht anmerken lassen, der ihn beim Läuten des Telefons überkam. „Ich bin ohnehin längst aufgestanden", log er.

„Vor fünf Minuten habe ich einen Anruf entgegengenommen. Ein Fischer aus Lassan war am Apparat und sagte, dass er die Abbildung eines Mannes namens Fichter im Usedom-Kurier als seinen Mieter erkannt habe."

Larsson war mit einem Schlag hellwach. „Haben Sie schon die Spurensicherung verständigt?"

„Es ist Ihr Fall. Ich wollte zuerst Sie verständigen."

„Wer hat bei der Spusi Dienst?"

„Paul Maier."

„Oh Gott, der wird mich langsam verfluchen!"

„Ich könnte es ihm bestimmt nicht übel nehmen", sagte Schubert lachend. „Soll ich ihn nach Lassan rausschicken?"

„Ja."

Schubert gab Larsson die Adresse und legte auf.

Mühsam wand er sich aus dem Bett. Er schlurfte zum Bad, schlug erst sein Wasser ab und stellte sich dann unter die Dusche. Nach einigen Minuten war er so weit, dass er wieder einen klaren Gedanken fassen konnte.

Es ist nicht gut, zu früh aufzugeben, dachte er und fühlte sich in seiner Auffassung bestätigt, dass Täter, und seien sie auch noch so clever, immer irgendeine Spur hinterlassen würden. Nachdem er seinem Körper einen letzten, kalten Wasserstrahl zugemutet hatte, kam er prustend unter der Dusche hervor. Er trocknete sich ab und glitt nackt hinaus, durchquerte den Flur und nahm sich, nachdem er den kleinen Schlafraum erreicht hatte, aus dem noch nicht ausgepackten Karton frische Unterwäsche. Dabei stellte er fest, dass er dringend neue Leibwäsche benötigte.

Der Umzug aus der Hauptstadt in die Provinz bedeutete einen neuen Lebensabschnitt, deshalb fasste er einen Entschluss; ein neues Leben sollte nicht nur den Umzug aus einer Wohnung in eine andere, von einem Bundesland in ein anderes bedeuten, er musste sich auch in seiner neuen Umgebung ändern, bis zur letzten Unterhose hin. Deshalb würde er gleich am Montag die Geschäfte auf der Seebrücke unsicher machen und den Herrenausstatter in der Friedenstraße. Und er würde alles Alte wegwerfen, alles, das ihn auch nur im Mindesten an seine Vergangenheit in Berlin erinnern könnte.

Larsson füllte etwas Wasser in den blauen, elektrischen Kunstoffkessel, nahm eine große Tasse aus dem Geschirrschrank, gab zwei Löffel Kaffeepulver hinein und goss das Wasser, als es schließlich kochte, darauf. Dann merkte er, dass er am Vortag zwar Butter, Wurst und etwas Käse gekauft, Brot aber offensichtlich vergessen hatte.

Er drehte sich zwei Stück Appenzeller zu Rollen zusammen und steckte sie nacheinander in den Mund. Schlürfend nahm er einige Schlucke des heißen Kaffees. Dann wählte er auf seinem Handy die Nummer Simons. Als der sich brummend meldete, sagte Larsson: „Wir treffen uns nicht im Präsidium in Anklam, sondern in einer halben Stunde in Lassan."

„In einer halben Stunde in Lassan?" fragte Simons, noch merklich benommen.

Larsson wollte sich Simons gerade in diesem Augenblick vorstellen, als er im Hintergrund eine weibliche Stimme hörte, die fragte, wer sich denn wage, zu so mitternächtlicher Stunde anzurufen. Ihm kam das durchaus bekannt vor. Deutlich tauchte Chiara wieder vor ihm auf, und Simons tat ihm jetzt schon leid, denn ihm würde – zumindest bei der Stimme, die er gerade vernahm – das gleiche Schicksal bevorstehen, das ihn getroffen hatte. Sie würde ihren Helden verlassen!

„Hast du was zu schreiben, Karl?"

„Warte. Wo soll ich hinkommen?"

„Zu Wilhelm Peters in die Wendenstraße."

„Das brauche ich nicht aufzuschreiben", maulte Simons. „Bis später."

Larsson war bester Laune, als er eine Viertelstunde später seinen Renault startete. Er legte die Kassette mit *Romanzas de Zarzuelas* ein, die er von Placido Domingo besaß, und lehnte sich zurück.

Nur mit Mühe sprang der Wagen an, und er erinnerte sich an sein Vorhaben mit der Wäsche. „Du bist auch fällig", sagte er halblaut, als wolle er seine Gedanken bestätigen. „Wenn ich die Wohnung auf Vordermann gebracht habe ..." Er hielt in seinen Gedanken an das Auto inne. Warum verkaufe ich das Haus nicht? Es ist alt und steht auf einem viel zu großen Grundstück, das nach Pflege schreit. Das Gras war schon jetzt zu lang geworden. Er hatte sich umgesehen. Alles, was er gefunden hatte, war ein total überalterter, elektrischer Rasenmäher. Allein die Länge der Schnur für den Strom regte ihn auf. Wie in Gottes Namen hatte es die alte Treetz geschafft, mit diesem Monstrum umzugehen?

Ein kleiner Traktor mit integriertem Rasenmäher aber kostete, so wie er sich das vorstellte, wenigstens viertausend Euro. Würde er das Grundstück behalten, müsste er sicher ein solches Gerät anschaffen. Er fragte sich, ob er das wirklich wollte, ob er, wie ein kleiner Landwirt auf dem Ding die Runden drehen und vor allem, ob er Zeit dafür aufbringen könnte. Bei ehrlicher Einschätzung musste er das verneinen.

Als er durch Ahlbeck fuhr, sah er beim Mercedes-Händler wieder die ausgestellten neuen Fahrzeuge stehen; neben dem Eingang stand sein heimlicher Wunsch, der sich auch erfüllen ließe, verkaufte er das Grundstück mit dem alten Haus. Und statt des Hauses könnte er sich dann ein Appartement kaufen, bei dem ein Gärtner die Außenanlagen instand halten würde.

Sie kamen fast gleichzeitig in der Wendenstraße an, Larsson in seinem alten Renault und Simons in einem nagelneuen Golf.

Es war ein kleines, eingeschossiges Haus, das der Fischer Peters bewohnte; die Häuser in dieser Straße waren allesamt betagt, aber nach der politischen Wende auf Vordermann gebracht worden. Das Peterssche Haus machte da keine Ausnahme.

„Du hast eine unangenehme Art, mich immer von meiner Freundin fernzuhalten“, sagte Simons zur Begrüßung und gab Larsson die Hand. „Ich muss fast annehmen, das ist eine beabsichtigte Taktik, mich unglücklich zu machen. Einmal muss ich über Nacht nach Schweden, ein anderes Mal werde ich erbarmungslos aus dem Bett geworfen.“

„Hättest nicht zur Kripo gehen sollen!“

Sie klopften. Ein Mann jenseits der Sechzig machte auf.

Larsson wies sich aus und stellte sich und Simons vor. Im Hintergrund hörte Larsson, wie Paul Maier mit seinen Leuten sprach.

„Kommen Sie rein, Kommissar. Sie werden schon erwartet.“

Peters machte die Tür zu dem Zimmer auf, in dem Maier mit einem zweiten Mann zu Gange war. „Willkommen! Und geht ein in Frieden! Hier wird kein Freund vom Freund geschieden. Es kommt so manches Schaf herein, warum nicht auch ein braves Schwein!"

Larsson lachte. „Einmal möchte ich erleben, dass Sie ernst sind, Paul!"

„Wenn ich das nur wäre, Lasse, würde ich unweigerlich Magengeschwüre kriegen, bei dem, was Sie mir abverlangen."

„Ich weiß, es ist ein wenig viel in letzter Zeit. Haben Sie schon die Ergebnisse aus dem Bootshaus?"

„Aus der Scheune und aus dem Bootshaus", sagte Paul Maier nicht ohne Stolz. „Die Berichte sind bereits geschrieben."

„Ausgezeichnet", lobte Larsson. „Wirklich ausgezeichnete Arbeit, Paul."

„Überall sind die Fingerabdrücke von Frenzel junior und unserem geheimnisvollen Killer vorhanden. In der Scheune ebenso wie im Bootshaus. Hier finde ich hauptsächlich die Abdrücke Fichters, die vom Hausbesitzer Peters, was nicht ungewöhnlich ist, und wahrscheinlich die Abdrücke einer Frau."

Larsson machte die Tür wieder zu und drehte sich dem alten Fischer zu. „Sie haben bei uns angerufen. Wollen Sie mir einmal erzählen, wie Sie den Mann kennen gelernt haben?"

„Kommen Sie ins Wohnzimmer, Kommissar."

Gemeinsam gingen sie mit dem alten Fischer in dessen Wohnzimmer. Vor dem Fenster stand ein Buddelschiff. „Wollen Sie einen Kaffee oder Tee?"

„Im Augenblick nicht, danke. Leben Sie allein hier?"

„Ja. Meine Frau ist kurz nach der Wende verstorben. Hin und wieder vermiete ich mal, weil ich das Geld brauche, um das Haus instand zu halten. Vor der Wende war ich Fischer auf einem großen Fangschiff. Kurz nach der Wende wurde ich arbeitslos."

„Haben Sie das Buddelschiff selbst gemacht?" fragte Simons.

„Jo, ik leb davon“, sagte Peters im typisch Mecklenburger Platt. Dann bemühte er sich, Hochdeutsch zu sprechen. „Im Sommer gehe ich mit meinem kleinen Kutter fischen. Im Winter brauche ich Beschäftigung. Da baue ich die Schiffe, die ich im Sommer an den Mann bringe.“

„Das ist ein schönes Handwerk.“

„Vor etwa sechs Wochen kam der Mann mit einem Motorrad angefahren und fragte, ob er für einige Zeit bei mir wohnen könne.“

„Er hatte ein Motorrad? Können Sie mir sagen, was für eine Maschine das war?“

Der Mann lachte. „Es war eine schwere Maschine, eine Sechshunderter von BMW, ein wahres Schmuckstück!“

„Mögen Sie Motorräder?“

„Wie jeder Mann. Alles, was einen Motor hat. Autos, Schiffe und natürlich so eine BMW.“

„Das kann ich gut verstehen.“ Simons lächelte ihn an.

„Aber auf das Kennzeichen haben Sie wohl nicht zufällig geachtet?“ fragte Larsson.

„Zufällig doch. Der Mann sagte, er wohne in Frankfurt am Main. Und die Nummer fing mit F an.“

„Mit F.“ Larsson machte sich eine Notiz.

„F-WP 53.“

„Und das wissen Sie genau?“

„Min Jung, wenn ik sech, F-WP 53, dann stimmt dat! WP wie die Initialen von Willem Peters un dat ben ik!“

Larsson schaute zu Simons und sagte: „Das klingt überzeugend. Stell fest, ob das Kennzeichen aktenkundig ist.“

Simons stand auf und ging hinaus, um zu telefonieren.

„Hat der Mann sich ausgewiesen?“

„Er hatte einen Pass, den er mir auch zeigte. Aber fragen Sie nicht, was drinstand. Er sagte, er heiße Johann, und ich könne ihn so nennen. Und er nannte mich Willem. Dann zahlte er für einen ganzen Monat im Voraus. Damit war das für mich erledigt.“

„Denken Sie noch einmal scharf nach. Können Sie sich wirklich nicht an den Namen erinnern, der in dem Pass stand?“

„Ich sage, wie es ist. Auf dem Tisch habe ich für einen weiteren Monat die Miete gefunden, aber das Motorrad war weg, und ich dachte, er sei vielleicht für kurze Zeit nach Rügen gefahren. Dort ist auch eine große Brutstätte von Vögeln.“

Larsson notierte sich das. Vielleicht war Fichter ja wirklich nach Rügen ausgewichen und wartete dort ab, bis sich alles beruhigt hatte, um dann erneut zuzuschlagen. „Wieso nach Rügen?“

„Es ist nur so eine Idee. Er erwähnte die Insel einmal im Zusammenhang mit Wasservögeln.“

„Also keine Erinnerung an den Namen im Pass?“

„Ich sage die Wahrheit. Ich hätte ganz bestimmt keinen Grund, ein solches Schwein zu schützen.“

Larsson glaubte ihm. Peters war ein einfacher Mann, der mit Sicherheit jeder Unannehmlichkeit aus dem Wege ging. „Schade. Sie sehen, wie gefährlich es ist, sich nicht über fremde Personen, die ins Haus kommen, zu informieren.“

„In der Zeitung stand, er wäre sehr gefährlich.“

„Ja, das ist er wohl. Er ist eine tickende Bombe, die jederzeit explodieren kann.“

„Gott oh Gott! Da war ich sicher in Gefahr?“

Larsson machte ein vielsagendes Gesicht und hob die Schultern. „Hat er gesagt, was er so lange ausgerechnet in Lassan will? Urlaub haben die Leute doch viel weniger.“

„Er sei Vogelkundler und würde die Biester beobachten. Ich hab ihn für einen sonderlichen Spinner gehalten“, sagte der alte Fischer.

Simons kam wieder herein. „Die Maschine wurde in Kronberg im Taunus als gestohlen gemeldet.“

„Mann oh Mann“, jammerte Peters. „Dat wir ja n richtigen Verbrecher!“

Paul Maier klopfte und kam dann ins Zimmer. „Ich denke, wir sind fertig.“

Larsson schaute ihn fragend an.

„Draußen, wo das Motorrad stand, haben wir nichts Auffälliges finden können. Im Zimmer hat er wohl versucht, die meisten Spuren zu beseitigen. Ganz ist ihm das nicht gelungen. Wir konnten ein paar daktyloskopische Spuren sichern."

Larsson schaute zur Uhr. Es war vierzehn Uhr zehn. Bis sie in Anklam wären, würde es fünfzehn Uhr sein. Er beschloss, für heute Schluss zu machen. „Fahren wir nach Hause."

Sie verabschiedeten sich von dem alten Fischer, dem sie noch einmal bestätigen mussten, dass er sich nicht strafbar gemacht hatte. Dann fuhr der Konvoi aus dem blauen T4 der Kriminaltechnik, dem Golf und dem alten Renault davon.

23. Kapitel

Am Montag, dem 1. Juli, war es wie an jedem Montag. Die Ermittlungsgruppe traf sich um acht Uhr im Zimmer der drei Kommissare zur Lagebesprechung. Während Inge Mohaupt, Andresen und Simons schon da waren, fehlte von Larsson jede Spur.

Das war gegen seine Gewohnheit, hatte aber einen ganz normalen Hintergrund. Er hatte verschlafen. Anstatt auf einen ganz normalen Wecker zu vertrauen, benutzte Larsson die Weckfunktion seines Handys. Und das schon seit Jahren. Vor einigen Wochen konnte er mit Missbehagen beobachten, dass der Akku seines Handys die Spannung nicht dauerhaft hielt, war aber nicht dazu gekommen, sich einen neuen zu besorgen. Nun hatte er die Quittung.

Als er schließlich acht Uhr siebenunddreißig in der Kripoaußenstelle Heringsdorf eintraf, musste er sich nicht nur den Spott seiner Kollegen gefallen lassen, vielmehr hatte der Leiter der Kripo Anklam, Kriminaloberrat Theo Kruse, schon mehrfach nach ihm verlangt.

„Wer den Schaden hat, braucht für den Spott nicht zu sorgen, Kollegen“, sagte Larsson.

Von seinem Zimmer aus rief er in Anklam an und erfuhr im Sekretariat des Kriminaloberrats, dass Kruse eine Pressekonferenz angesetzt hatte, die von der Presseabteilung der Polizeidirektion Anklam organisiert worden war, und an der er nicht nur teilzunehmen, sondern den Stand der Ermittlungen im Fall Frenzel vorzutragen hatte. Diese Pressekonferenz sollte bereits um zehn Uhr stattfinden.

Er nahm seine Notizen, die er zum Fall Frenzel gemacht hatte, und wollte gerade den Raum verlassen, als Paul Maier seinen Kopf durch die Tür steckte. „Die daktyloskopischen Spuren haben ergeben, dass es tatsächlich Fichter war, der bei dem Fischer in Lassan gewohnt hat. Die Fingerspuren, die wir sichern konnten, sind astrein."

„Ich danke Ihnen für die schnelle Arbeit, Paul. Können wir später darüber sprechen? Kruse hat nach mir verlangt."

„Oha, na dann, viel Vergnügen!"

Larsson ging bei seinen Kollegen vorbei und instruierte sie, dass er sofort nach Anklam fahren müsse. „Die Pressekonferenz fängt um zehn Uhr an. Sie wird sicher nicht ewig dauern. Wir können uns dann um elf im Konferenzraum der Direktion besprechen."

Erst kurz vor Beginn der angesetzten Veranstaltung erreichte Larsson sein Ziel. Er parkte seinen von dem Zusammenprall mit dem Reh noch immer verbeulten Renault direkt vor dem Gebäude, wo die Parkzeit auf eine Stunde begrenzt war. Als er durch den Haupteingang beim Pförtner vorbeiging, mit dem er hin und wieder einige freundliche Worte gewechselt hatte, bat er ihn, auf seinen Wagen aufzupassen. Larsson verspürte wenig Lust auf eine Auseinandersetzung mit der Verkehrspolizei wegen einer Überschreitung der zugelassenen Parkzeit. Noch mehr fürchtete er aber, dass man seinen Wagen wegen der Beschädigung zwangsweise stilllegen könnte. Das musste er unbedingt verhindern.

Im Konferenzraum fand er eine Handvoll Journalisten vor, die von einer Mitarbeiterin der Pressestelle betreut wurden. Es war ihm durchaus klar, dass der Mord an Frenzel und die angekündigte Aufklärung der Tötung der jungen Lena Buschmann reges Interesse finden würde, dennoch waren es weitaus weniger Teilnehmer als in der Hauptstadt. Berlin nahm immer eine Sonderstellung ein, sowohl bei den Straftaten als auch beim Interesse der Medien.

Eine Journalistin kannte er bereits. Es war Jana Millner. Sie arbeitete für das regionale Fernsehen. Larsson war mit ihr zusammengetroffen, als sie ihn um eine Unterredung im Mordfall Major Frenzel gebeten hatte. Das war zu einer Zeit, als er noch nicht bereit war, mit irgendeiner Nachricht darüber an die Öffentlichkeit zu gehen. Es war einfach zu früh, hätte seiner Meinung nach die Ermittlungsarbeit beeinträchtigt.

Aber das wollte die Journalistin nicht einsehen. Sie pochte auf das Recht der Presse und auf das Recht der Bevölkerung auf Information.

Er war sich klar darüber, dass sie einen schlechten Tag bei ihm erwischt hatte. Ganz entgegen seiner sonstigen Art Frauen gegenüber, hatte er ihren Wunsch nach Unterrichtung barsch abgelehnt, was ihm letztlich eine mündliche Missbilligung durch Kruse eingebracht hatte. Larsson überwand sich und ging auf die Frau zu. „Ich denke, es ist Zeit, unsere kleine Unstimmigkeit zu begraben."

Sie gaben sich die Hand. „Auch ich arbeite lieber ohne Stress mit der Polizei zusammen", sagte die Frau freundlich. „Mit dem Leiter Ihrer Pressestelle haben wir bestes Einvernehmen."

In diesem Augenblick rauschte Kruse in den Raum. Er sah, dass Larsson und die Journalistin sich unterhielten, kam zu den beiden und sagte: „Hier sind Sie, Kriminalhauptkommissar. Freut mich, Sie beide so einvernehmlich zu sehen." Und zu Larsson: „Ich hätte mir gewünscht, Sie wären bei mir vorbeigekommen, und wir hätten absprechen können, was heute hier gesagt wird, bevor Sie zu dem Fall sprechen."

Sie gingen zusammen zu den Tischen, die man neben einem Pult zusammengeschoben hatte. Der Leiter der Pressestelle kündigte den Kriminaloberrat an. Der wiederum sprach einige allgemeine Worte der Begrüßung, riss das Interesse der Bevölkerung an dem Tötungsfall des Majors Frenzel kurz an, um dann Lasse Larsson das Wort zu erteilen.

Es war nicht sein Tag. Zuerst hatte er verschlafen; als er nun vor das Pult trat, stolperte er. War das ein schlechtes Omen?

Larsson begann seine Ausführungen mit dem Tag, als man die Leiche Frenzels unter der Seebrücke fand, berichtete von den ersten Ermittlungen vor Ort und was sie ergeben hatten. Er referierte, dass sie auf die Spur des Mörders gekommen waren, natürlich ohne seine nicht offiziell genutzte Verbindung zum Ministère de la Défense zu erwähnen. Das hätte unnötigen Ärger bedeutet.

Larsson deutete die nicht vorhandene Verbindung zu dem Mord an der siebzehnjährigen Lena Buschmann an, die zwei Jahre zuvor an der gleichen Stelle gefunden wurde; seine Einlassung, es handle sich aller Wahrscheinlichkeit nach um zwei unterschiedliche Täter und Tatmotive, ließ einen Schwall von Fragen auf ihn niederprasseln, und er verfluchte, sich mit seiner Offenlegung der Ermittlungsergebnisse so weit vorgewagt zu haben.

„Haben Sie im Fall Lena Buschmann schon eine Spur?“ fragte der Vertreter der Ostsee-Zeitung.

„Ja, wir verfolgen in der Tat eine Spur.“

„Können Sie uns bestätigen, dass es bereits zu einer Festnahme gekommen ist?“

„Nein, das kann ich nicht!“

„Mir liegen Informationen vor, dass der Mann bereits verhört wird“, behauptete Jana Millner.

Larsson schaute sie irritiert an. Die Frau erinnerte ihn an Chiara, ohne Ähnlichkeit mit ihr zu haben. Augenblicklich wurde er sich klar darüber, dass er eine neue Verbindung brauchte. Das Leben geht an mir vorbei, dachte er, und die Arbeit kann doch nicht alles sein, was das Leben mir zu bieten hat. „Ich weiß nicht, wo Sie diese Information herhaben, Frau Millner, aber sie ist falsch.“

Ein Journalist einer Presseagentur meldete sich zu Wort. „Die Polizei tappt also im Dunkeln. Haben Sie überhaupt den Hauch einer Spur?“

„Wir haben eine Menge Spuren. Sowohl im Fall Frenzel als auch im Tötungsfall der Lena Buschmann. Doch jetzt schon von Aufklärung zu sprechen, wäre absolut verfrüht.“

„Im Fall Frenzel habe ich den Eindruck, dass die Polizei nicht effektiv genug gearbeitet hat.“ Er schwenkte den Artikel des Usedom-Kuriers. „Sie beschreiben den Mann als absolut gefährlich. Ist es möglich, dass er wieder zuschlägt? Wann wird er wieder töten?“

„Wenn ich das wüsste, wäre ich Hellseher!“ sagte Larsson ärgerlich.

Der Blick, den Kruse ihm zuwarf, ließ nichts Gutes ahnen. Deshalb schwächte er ab, indem er versuchte, durch einen Lacher die Leute auf seine Seite zu ziehen. „Aber Spaß beiseite; ja, der Mann ist hochgefährlich. Unseren Erkenntnissen nach war er ein Fremdenlegionär, der nun außer Kontrolle geraten ist, und den wir unbedingt aus dem Verkehr ziehen müssen.“

„Das hört sich nicht eben nach einer Taktik an“, sagte der Journalist. „Wahrscheinlich haben Sie gar keine, und der Killer ist eine Bombe, die jeden Augenblick explodieren kann.“

„Ich würde Ihnen allzu gern mehr sagen, aber im Interesse der unbehinderten Ermittlungen geht es leider nicht. Noch nicht!“

Larsson schaute in die Runde und wollte gerade abbrechen, als sich der Vertreter der Ostsee-Zeitung noch einmal zu Wort meldete: „Rückschauend auf den Mord an Lena Buschmann drängt mich die Frage, wieso erst jetzt – möglicherweise erfolgreich – ermittelt wird.“

Jetzt lachte Larsson. „Ich weiß nicht, ob Ihnen bekannt ist, wie hoch die Rate ungeklärter Morde in Deutschland ist. Das beginnt bereits bei der Leichenschau. Viele Ärzte sind nicht in der Lage, manche auch zu bequem, eine exakte Todesdiagnose zu stellen. Sie bescheinigen einen natürlichen Tod selbst dann, wenn die Leiche noch einen Dolch im Rücken hat. So bleiben in jedem Jahr schätzungsweise 1200 Morde ungesühnt. Dazu kommt, dass auch die Polizei nicht jeden Mord aufklären kann.

Die Aufklärungsrate der Polizei liegt bei ungefähr fünfzig Prozent."

Als Larsson eine Pause machte, setzte der Journalist noch einmal nach. „Ich meine das nicht allgemein, sondern im speziellen Fall Lena Buschmann."

„Kannten Sie Lena Buschmann?"

„Ja."

Dieses Ja löste eine allgemeine Unruhe aus. „Die Kollegen haben sich vor zwei Jahren sehr bemüht. So manches Mal kommen Spuren erst später zu Tage oder es hilft, wie im Fall Lena Buschmann, Kommissar Zufall."

„Eine Frage noch, dann ist Schluss für heute", ließ sich Kriminaloberrat Kruse vernehmen. „Wir haben alle Themen behandelt."

„Besteht die Möglichkeit, dass Sie die Bestie überhaupt bekommen?"

Mit einem Mal war es wieder mäuschenstill. Man hätte eine Nadel zu Boden fallen hören können. „Eine Möglichkeit besteht immer, eine Sicherheit nie!" Larsson nickte allen noch einmal zu und verließ das Pult.

Jana Millner stand neben ihrem Kameramann, der dabei war, sein Gerät wieder ordentlich zu verpacken. Larsson ging auf sie zu und sagte leise: „Rufen Sie mich morgen Nachmittag an. Vielleicht habe ich da etwas für Sie. Aber machen Sie keine Reklame. Ich bin nämlich noch nicht sicher, dass es klappt." Er nickte ihr noch einmal zu und ging weiter. Am Ausgang stand Kruse, der ihn erwartete. „Ist ja noch mal gut gegangen, Hauptkommissar!"

Larsson hob die Schultern. „Haben Sie daran gezweifelt, Herr Kriminaloberrat?"

Andresen stand in der Nähe. Er war während der Pressekonferenz dazugekommen.

„Ich dachte, ihr fangt schon ohne mich an", sagte Larsson.

„Inge und Karl haben die Selbmann noch einmal in der Mangel. Ich gebe zu, es hat mich interessiert, wie du dich hier aus der Affäre ziehst."

Auf dem Weg zum Verhörraum gingen sie an der Cafeteria vorbei und nahmen einen Imbiss.

Im Verhörraum fanden sie Ilona Selbmann total aufgelöst und heulend vor. Larsson bedeutete Inge Mohaupt, dass er jetzt weitermachen würde. Er nickte Simons zu, und der schaltete das Aufnahmegerät ein. „Reue ist zwar immer gut", sagte Larsson zu Ilona Selbmann, „aber so manches Mal kommt sie zu spät. Das hat sogar Frenzel junior gemerkt!"

„Ich kann doch nichts dafür", sagte die Frau zwischen zwei Seufzern. „Die haben mich gezwungen."

Er reichte ihr eine Packung Tempotaschentücher, aus der sie sich dankbar bediente und sich den Schleim aus dem Gesicht wischte. „Auf Mord steht Knast", kartete Larsson nach. „Auf heimtückischen Mord lebenslang! Frenzel junior ist sich dessen bewusst. Deshalb behauptet er auch, dass Sie die treibende Kraft waren, Frenzel senior umzubringen. Viel schlimmer, er behauptet, Sie hätten ihm die Tonsur beigebracht und eines der Ohren ..."

„Nein!" Es war ein Aufschrei, und Larsson wusste, dass die Frau in diesem Augenblick nicht log.

„Vielleicht hat er ja Recht. Na ja, ich weiß nicht, was ich glauben soll!" Er merkte, dass Inge Mohaupt ihn vorwurfsvoll anschaute. Aber darauf konnte er im Augenblick keine Rücksicht nehmen.

„Der Junge ist ein harter Hund, der alles kaputtschlägt, was sich ihm in den Weg stellt", sagte Ilona Selbmann.

„Hat er seinem Vater die Ohren abgeschnitten?"

Sie schüttelte den Kopf. „Ich war nicht dabei, als sie Frenzel folterten."

„Er ist ein Nazi?"

„Ja."

„Wie lange kannten sich Andreas Frenzel und ihr geschiedener Mann? Schon bevor Sie auf dem Hof waren?“

„Nein. Seit Wolfgang aufgetaucht ist. Er wusste, dass Frenzel hier lebte und ich mit ihm. Es war noch eine alte Rechnung zwischen den beiden offen.“

„Was für eine Rechnung?“

„Es muss irgendetwas mit der Inhaftierung Wolfgangs zu tun gehabt haben. Er hat es mir aber nicht gesagt. Wenn ich ihn fragte, wurde er unwirsch.“

„Sie haben die beiden Männer nicht bekannt gemacht?“

„Nein. Wolfgang Fichter hat sich die Situation auf dem Hof von mir schildern lassen. Ich habe ihm gesagt, dass der Andreas ein Nazi ist und mit dem Motorrad zu solchen Bikertreffen fährt.“

Larsson schaute sie durchdringend an, machte eine Kunstpause, als müsse er nachdenken, dann sagte er ganz langsam: „Sie haben die beiden bekannt gemacht.“

„Nein, nein. So plump hätte das der Wolfgang nie gemacht. Er wollte nicht, dass der Junge weiß, dass wir uns einmal kannten.“

Geräuschvoll ließ Larsson seinen Kugelschreiber auf die Tischplatte fallen. Ilona Selbmann zuckte zusammen. „Kannten ... Das ist ja wohl gewaltig untertrieben!“

Er sah, wie sie sich zusammennahm, als sie sagte: „Ich habe den Wolfgang Fichter einmal geliebt, wirklich. Dann musste ich aber schnell feststellen, dass er ein kaputter, gewalttätiger Mensch ist, der keine Hilfe annahm. Deshalb habe ich mich von ihm getrennt. Und glauben Sie mir, das war nicht einfach.“

„Was hat das mit den Bikertreffen auf sich?“

„Wolfgang fuhr zu einem solchen Treffen, ich glaube ins Ruhrgebiet, und richtete es so ein, dass sie sich dort über das gemeinsame Interesse an Motorrädern anfreundeten. Als Andreas wieder zurück war, schwärmte er von dem Treffen und dem neuen Bekannten.“

„Hat das den alten Frenzel nicht misstrauisch gemacht? Schließlich war der ja mal ein Fachmann für Verhöre bei der Stasi. Da hört man das Gras wachsen."

„Ich glaube, der hat gedacht, es sei eine Schwärmerei für einen anderen Motorradfahrer, der auch rechte Ansichten vertrat. Ihm war das scheißegal."

„Aber der hat doch früher gegen Rechts agiert? Wieso hat er das jetzt toleriert?" Larsson dachte: Ich darf ihr keine Zeit geben, sich auf ein Thema einzuschießen. Zu sehr könnten sich ihre möglicherweise unwahren Aussagen in ihrem Unterbewusstsein festigen, so dass sie die letztlich selbst glaubt.

„Es war ihm egal, weil er nur noch Sinn für seine Geschäfte hatte."

„Und er hatte immer Geld?" Es war mehr eine Frage als eine Feststellung.

„Ja, er hatte immer reichlich Geld."

„Wissen Sie, wo er das herhatte? So viel wird ja der Hof nicht abgeworfen haben."

Ilona Selbmann lachte gequält. „Nein, so viel warf der Hof wirklich nicht ab. Im Gegenteil. Er weigerte sich ja sogar, zu vermieten, obwohl Platz genug gewesen wäre."

„Er wollte keine fremden Menschen auf seinem Hof haben?"

„Nein, das wollte er absolut nicht", sagte Ilona Selbmann und fuhr ohne Übergang fort: „Ich habe ihn nie danach gefragt, wo er das viele Geld herhatte, und er hat es mir nicht gesagt. Nur einmal habe ich ein Telefonat mitbekommen, da muss es ums Geld gegangen sein."

„Wieso muss es da ums Geld gegangen sein?"

„Er sagte: ‚Du musst dir keine Sorgen machen, Jochen. Ich habe es so angelegt, dass es Gewinn abwerfen muss.'"

„Geldwäsche ... Wie passt eigentlich Lissy Dornbach ins Bild?" wechselte Larsson wieder das Thema.

„Sie ist die Geliebte von Andreas."

„Hat sie von dem Mord an Frenzel senior gewusst?"

Inge Mohaupt, die vor einiger Zeit den Verhörraum verlassen hatte, kam mit einem Tablett und brachte Kaffee für alle. Als sie die Tasse vor Ilona Selbmann abstellte, sagte sie: „Ich denke, Sie können auch eine Tasse gebrauchen."

Die Frau nickte dankbar.

Sie schwiegen einige Sekunden, um ein wenig von dem Kaffee zu trinken.

„Ich denke, sie hat nichts von dem Mord gewusst."

„Woraus schließen Sie das?"

„Die verstand sich mit Karl-Heinz. Ich denke, es wäre ihr zu sehr an die Nieren gegangen. Andreas hätte nicht riskiert, sie einzuweihen."

„Wo hat denn Frenzel junior die Lissy Dornbach kennen gelernt?"

„Sie gehörte dem Jungvolk an."

„Jungvolk? Sind wir schon wieder so weit, dass wir ein Jungvolk haben?" fragte Larsson und ließ seinen Ekel spüren.

„Die Jungen dachten rechts und lebten rechts. Für sie war Hitlers Geburtstag ebenso wichtig wie ihr eigener."

Simons Handy machte sich bemerkbar, und er verließ das Zimmer, um das Verhör nicht zu stören.

„Seit wann sind die beiden zusammen?"

„Ungefähr ein Jahr. Lissy war im Januar schwanger. Er wollte noch keine Familie, und sie ließ abtreiben."

Ein Gefühl des Unbehagens durchfuhr ihn. Das ist ja eine schöne Familie. Freilich kam Derartiges auch in anderen, weitaus bürgerlicheren Familien vor. Larsson fand keine Antwort darauf, warum gerade diese Familie seinen Missmut so anfachte. „Kennen Sie die Verbindungen des Andreas Frenzel zu nazistischen Kreisen?"

Die Frau hob die Schultern und sagte: „Hin und wieder feierten sie irgendwelche Feste. Den Geburtstag von Rudolf Heß, den des Führers in jedem Fall oder die Sonnenwende hier auf dem Hof. Das waren Veranstaltungen, an die ich mich erinnere. Was außerhalb ablief, darüber kann ich natürlich nichts sagen."

„Wie standen Sie zu der nazistischen Einstellung von Andreas Frenzel?“

„Wie sein Vater. Ich tat das als jugendliche Spinnerei ab.“

„Dass sie das nicht war, sehen wir am Ergebnis.“ Larsson brauchte eine Pause, einen anderen, erfreulicheren Gedanken.

Andresen, der die ganze Zeit schweigend zugehört hatte und der merkte, dass das Gespräch zu stocken begann, fragte: „Wer hatte die Idee, Frenzel senior zu töten?“

„Um Ihnen das zu erklären, müsste ich weiter ausholen.“

Larsson stand auf und verließ den Raum. Auf dem Flur traf er auf Simons. „Ich habe mir erlaubt, nachzufragen, ob in den letzten Tagen irgendwo Kennzeichen von Motorrädern verloren gegangen sind.“

„Und? Mach es nicht so spannend, Karl.“

„In Joachimsthal hat ein Motorradfahrer gemeldet, dass sein Kennzeichen fehlte.“

„Wo – in Gottes Namen – ist Joachimsthal?“

„In der Uckermarck. Etwa auf halber Strecke zwischen Anklam und Berlin.“

„Wenn wir annehmen, dass er eine falsche Fährte gelegt hat, indem er dem alten Fischer wissentlich erzählte, er interessiere sich auch für die Seevögel auf Rügen und diese Spur mit einer Zahlung der Miete für einen weiteren Monat untermauerte, dann passt das verlorene Kennzeichen des Motorrades durchaus in unser Fahndungsraster.“

Simons grinste ihn herausfordernd an, und Lasse Larsson kam nicht umhin, ihn zu loben. „Gut gemacht, Karl. Hervorragend kombiniert!“

Simons straffte sich, als habe er soeben einen Ritterschlag erhalten.

„Er versucht sich abzusetzen. Veranlasse, dass man Frau Buschmann und den Zeitungsmann nach Ahlbeck bringt. Wir können sie nicht ewig vor der Welt verstecken.“

„Und wenn es nicht so ist, wenn unsere Vermutungen falsch sind?“

„Ein Restrisiko bleibt immer, Karl. Damit müssen wir leben. Mein Bauch sagt mir, mit der Veröffentlichung in der Zeitung hat er gemerkt, wie nahe wir ihm gekommen sind. Nun bringt er erst einmal eine große Distanz zwischen sich und uns. Um es auf den Punkt zu bringen, er braucht eine Denkpause. Er will sich sammeln, und dazu braucht er in der Tat eine Denkpause."

Larsson schaute zur Uhr. Sie gingen wieder zurück in den Verhörraum.

Um Larsson zu informieren, wie weit die Befragung gediehen war, sagte Andresen zu Ilona Selbmann: „Ihr Mann war inhaftiert und kannte Frenzel senior aus seiner Haftzeit."

„Genauso ist es."

„Ich denke, Ihr Mann wurde unwirsch, wenn Sie ihn nach seiner Haftzeit fragten" sagte Larsson.

„Das ist richtig."

„Wie kommen Sie dann darauf, dass irgendetwas zwischen den Männern stand, was auf die Haftzeit zurückzuführen ist?"

„Wolfgang hatte Albträume. Er sprach oft im Schlaf."

„Und da sprach er ausgerechnet über seine Haftzeit?" Lasse Larsson schaute sie ungläubig an.

„Ja. Auch über seine Haftzeit. Er sprach über verschiedene Dinge. Manchmal über seine Jugend. Da muss auch irgendetwas nicht rund gelaufen sein. Er schrie dann, sein Vater solle ihn in Ruhe lassen. Oder: ‚Mutter, wo bist du ...' Es ging mir durch Mark und Bein. Aber wehe, ich fragte. Da hing der Haussegen schief. Einmal hat er mich auch geschlagen. Also behielt ich für mich, was ich nachts hörte."

„Ja", sagte Larsson. „So mancher schleppt im Unterbewusstsein sein halbes Leben mit sich herum, und nicht immer ist es so angenehm, dass es einen erfreut." Er nickte der Frau zu, sie möge fortfahren.

„Einmal stammelte er: ‚Warum wollen Sie mir meine schönen Haare ab ... meine schönen ... schneiden', und dann wimmerte er still vor sich hin. Ich hätte ihn ja aus dem Traum herausholen können. Die Aussicht, dass er mir eine wischt, ließ mich darauf verzichten. Manchmal bin ich aufgestanden und habe im Wohnzimmer weitergeschlafen, und wissen Sie warum?“ Sie schaute Larsson an, wartete aber nicht, bis er antwortete. „Ich konnte es einfach nicht mehr ertragen. Ich konnte ihn nicht mehr ertragen!“

Erst in diesem Augenblick wurde Lasse Larsson bewusst, wie glücklich er dran war. Mit Ausnahme, dass man seinen Vater umgebracht hatte, lebte er bis zu diesem Zeitpunkt in einer harmonischen Familie. Und auch dann hatte sich seine Mutter immer bemüht, ihm das Fehlen des Vaters nicht allzu schwer werden zu lassen. Nur über des Vaters Vergangenheit zu dessen Zeit in Heringsdorf hatte er nie etwas erfahren. Er war sich auch nicht sicher, dass seine Mutter jemals etwas über das ausschweifende Leben ihres Mannes wusste. Auch er hätte es niemals erfahren, wenn Walburga Treetz, in Erinnerung an Lars Larsson, nicht ihm, sondern ihrem Sohn Wolfgang Fichter das Haus vermacht hätte. Manchmal spielt das Leben schon eigenartige Streiche. Den einen bringt es um die Erbschaft, einem anderen schiebt es etwas zu wie einen Lottogewinn.

„An diesem Punkt machen wir für heute Schluss“, sagte Larsson. „Lass die Frau in ihre Zelle zurückbringen.“

24. Kapitel

Sie trafen sich am Morgen des 2. Juli pünktlich um acht Uhr im Raum der drei Kommissare.

Wie Inge Mohaupt richtig vermutet hatte, kam Lasse Larsson ohne Frühstück zur Arbeit. Deshalb brachte sie von zu Hause eine große Thermoskanne mit. Die eigentliche Überraschung aber war, dass sie durch Zufall im Internet auf eine Firma gestoßen war, welche die Beschriftung von eigenen, selbst gestalteten Kaffeetassen anbot. Weil ihr die Arbeit in der Kripoaußenstelle so gut gefiel, hatte sie ein Logo entworfen und für jeden eine Tasse mit unterschiedlicher Beschriftung bestellt. Diese Tassen ließ sie noch in einer Tasche, damit die Überraschung nicht im Vorfeld verflöge.

Larsson war schon vor mehr als zwei Stunden gekommen, nachdem er kurz nach halb drei erwachte, weil ihn ein Traum hochfahren ließ. Er sah, wie Fichter, auf den ausziehbaren Stock gestützt, vor dem Haus Ilsa Buschmanns hin und her schwadronierte, wie er immer wieder vor dem Fenster der alten Frau stehen blieb. Als Ilsa Buschmann im Fenster erschien, hob Fichter den Stock, zielte mit ihm auf die Frau, die ihn bemerkte und sagte: „Das musst du nicht tun, mein Junge. Ich kann nichts dafür, dass deine Mutter dich weggegeben hat!“

Fichter nahm das Ende des Spazierstockes an den gespitzten Mund und blies in das Rohr hinein. Ein Feuerstrahl, der einen Pfeil begleitete, fuhr aus dem Rohr heraus und traf Ilsa Buschmann, die mit einem Stöhnen tot zusammensank.

Schweißgebadet war er aufgewacht. Das Aufstöhnen war von ihm gekommen. Und es wurde ihm klar, dass er tief in seinem Unterbewusstsein fürchtete, dass eintreten könne, was niemals eintreten durfte: der Tod einer Person, die auf den Schutz der Polizei angewiesen war, und deren Leben von seinen Entscheidungen abhing.

An Schlaf war nun nicht mehr zu denken. Lasse Larsson hegte Zweifel an der Richtigkeit seiner Anordnung, die gefährdeten Personen wieder in ihr Heim nach Ahlbeck zu entlassen.

Er zog sich an und fuhr zu seinem Büro. Dort hatte er sich seine Wingdings mit den durch farbige Linien angezeigten Verbindungen der einzelnen Personen in seinen Computer eingefahren, und er ging noch einmal alle sich bietenden Möglichkeiten durch.

Von welchem Punkt auf dem Bildschirm er seine Gedanken auch starten ließ, ob von der Person der Walburga Treetz – Gott hab sie selig – oder der Ilsa Buschmann, von Manja Voigt – mit einem i vor dem g – oder dem mutmaßlichen Täter Wolfgang Fichter alias Cyrano Peer de Bergerac, er kam immer zu dem gleichen Ergebnis: Nichts würde es derzeit rechtfertigen, den Zeitungsmann oder Ilsa Buschmann weiterhin von ihrem gewohnten Alltagsleben in der vertrauten Umgebung fernzuhalten.

Kurz vor acht verließ er sein Büro, um zur angekündigten Besprechung zu gehen. „Guten Morgen, Kollegen!“ sagte Larsson, als er das Zimmer der Kommissare betrat.

Inge Mohaupt teilte gerade ein großes Stück herrlich aussehenden Streuselkuchen, den sie von ihrer Mutter bekommen hatte, als sie Julia am Abend abholen wollte, in gleiche Teile auf. Das Mädchen war bei ihren Großeltern geblieben. Stattdessen gab es nun den Kuchen.

„Hmmm. Ich weiß nicht, woher du das hast, aber es ist einer meiner Lieblingskuchen“, sagte Larsson. Er sah die Kanne stehen und vermisste die Tassen. „Fehlt hier nicht etwas, Rolf?“ fragte er und schaute, die Augenbrauen hochziehend, auf Inge Mohaupt.

Simons, der im Haus unterwegs war, kam herein.

„Sag, dass du etwas für uns hast, das uns erheitert“, sagte Larsson.

„Vielleicht bin ich ja wirklich in der Lage, euch zu erheitern!“ In der Zwischenzeit hatte Inge Mohaupt die Tassen ausgepackt und stellte sie auf den Tisch.

Larsson wollte Simons drängen, sie nicht so lange auf die Folter zu spannen, aber beim Anblick der Tassen verstummte er augenblicklich. Die Tassen zierte eine schwarz gerahmte, rötlich-gelbe Ellipse; auf der einen Tasse stand in dieser Ellipse in schwarzer Schrift *Lasse Larsson*, darunter etwas kleiner *Kripo Heringsdorf*; vor Andresen stand die Tasse mit seinem Namen, ebenso vor Simons. Und natürlich hatte Inge Mohaupt sich selbst nicht vergessen.

„Einer für alle, und alle für einen.“ Sie freute sich über die gelungene Überraschung. „Keiner im Haus wird eine solche Tasse bekommen, nur wir!“

Larsson, der als Erster seine Fassung wiederfand, sagte: „Inge zeigt uns, dass Frauen nicht nur das eigentlich starke Geschlecht sind, sie haben auch die besten Einfälle, ihre Mitmenschen zu erfreuen!“ Sichtlich gerührt stand er auf, gab ihr die Hand. „Danke, Inge. Es ist ein großartiger Einfall.“

Als sich alle wieder beruhigt hatten, sagte Simons: „Über Fichter gibt es außer einer kompletten Akte über dessen Haftzeit noch jede Menge Material bei der Birthlerbehörde.“

Aus den Augenwinkeln beobachtete er, dass die Nachricht wie eine Bombe einschlug. „Seit wann hast du die Information?“ fragte Larsson. Er musste sich eingestehen, Simons unterschätzt zu haben. Der Junge dachte mit. Das gefiel ihm.

„Seit heute Morgen! Ich habe in den letzten Tagen eine Anfrage gestartet, gestern habe ich mit einer Sachbearbeiterin telefoniert. Es gibt eine intensive Verbindung von Fichter und Frenzel senior.“

„Etwas in der Art hatte ich vermutet. Es war für mich nur nicht greifbar. So wie Frenzel zugerichtet war, hat sich jemand an ihm ausgetobt, der vom Hass zerfressen war.“

Noch an seinem Kuchen kauend, sagte Andresen: „Man trifft sich im Leben immer zweimal. Das vergessen die meisten.“

„Und das wird ihnen dann zum Verhängnis“, unterstrich Simons.

„Was ist mit den Unterlagen der Birthlerbehörde?“

„Wir bekommen Kopien zugeschickt. Allerdings auf dem Dienstweg. Das kann dauern.“ Dann erzählte Simons genüsslich, wie er die Sachbearbeiterin der Behörde dazu gebracht hatte, ihm ein Detail zu verraten. „Fichter war für einige Zeit zur Ausbildung auf Helenenau ...“

„Du musst dich schon so ausdrücken, dass man weiß, was du damit meinst, Karl“, maulte Andresen.

„Helenenau war ein Vorwerk des Schlosses derer von Mendelssohn-Bartholdy und liegt etwa dreißig Kilometer vor Berlin.“

„Von dem Komponisten?“ fragte Larsson interessiert. „Der hat wahrhaft meisterliche Musik komponiert.“

„Nicht ganz. Das waren Verwandte von ihm. Ein Onkel, ein Bankier.“

Inge Mohaupt ärgerte sich, dass Simons sich jede Information aus der Nase ziehen ließ. „Willst du dich feiern lassen und wartest, bis wir dir applaudieren?“

„Das Vorwerk Helenenau liegt günstig als Hammergrundstück mitten im Wald. Es besteht aus mehreren Gebäuden, einem recht tiefen Teich, der als Löschteich deklariert war, aber zur Tauchausbildung genutzt wurde, und einem großen Schießstand. Es beherbergte vor der politischen Wende die Ausbildungsstätte der Abteilung XXII des Ministeriums für Staatssicherheit der DDR. Offiziell war diese Abteilung zur Terrorabwehr aufgestellt worden. Wie gesagt, offiziell ...“

„Karl!“ mahnte Larsson.

„Hier wurden aber auch zeitweise verschiedene westdeutsche Anarchisten beherbergt und unterrichtet. Für uns aber ganz besonders interessant ist die Tatsache, dass man hier auch Leute ausbildete, die im Kriegsfall hinter den feindlichen Linien sabotieren sollten.“

„Das gibt es doch in jedem Staat.“

Simons grinste ihn herausfordernd an. „Das vielleicht. Aber hier wurden auch einige Männer ausgebildet, die im Staatsauftrag mordeten.“

„Unsinn“, brauste Andresen auf.

Lasse Larsson hatte das Gefühl, dass genau diese Nachricht, zusammen mit dem verloren gegangenen Nummernschild eines Motorrades in der Uckermark das Puzzlestück war, das Erfolg versprach. „Willst du uns sagen, dass Fichter dort ausgebildet wurde?“

„Ja.“

„Ein Spezialist für Terrorabwehr.“

Simons schüttelte den Kopf.

„Was dann?“

„Die Staatsmacht ließ ihr gefährlich erscheinende Regimegegner umlegen.“

„Karl, du solltest weniger Krimis sehen!“

„Denk an Lutz Eigendorf, den Fußballspieler von Dynamo Berlin. Ich habe mich schlau gemacht. Minister Mielke gab höchstpersönlich den Auftrag an den für derart schmutzige Operationen zuständigen Generalmajor Gerhard Niebling.“

Lasse Larsson dachte einen Augenblick an seinen Vater, der auf diese Weise aus dem Weg geräumt worden war. Er behielt das aber für sich. Jeder Mensch hat irgendetwas zu verbergen. Das war sein Geheimnis und ging niemanden etwas an.

„Killer-Kommandos, lieber Rolf“, dozierte Simons weiter, „haben zwischen 1976 und 1987 mehrere Personen getötet. Die Opfer hätten aus Sicht des DDR-Regimes Verrat begangen, oder zu begehen gedroht. Erst kürzlich meldeten mehrere Zeitschriften unter Berufung auf einen verdeckten BKA-Ermittler, das MfS habe mindestens 27 Menschen umbringen lassen, darunter auch drei im Ausland lebende Regimegegner.“

Larsson wollte diese Diskussion, die ohnehin zu nichts führte, abbrechen. „Wir werden heute Frenzel junior verhören.“

Inge Mohaupt machte ihn darauf aufmerksam, dass an diesem Dienstag der exhumierte Leichnam von Walburga Treetz obduziert würde.

„Ich bin wirklich gespannt, was Doktor Beckert da herausfinden wird", sagte Andresen.

„Das sind wir wohl alle. Mich würde aber nicht wundern, wenn sie nichts finden könnte."

„Wieso?"

„Vorausgesetzt, dass sie überhaupt ermordet wurde, haben wir doch alle ihren Sohn Fichter in Verdacht."

„Das ist nahe liegend", bestätigte Andresen.

Inge Mohaupt fragte: „Warum glaubst du, Lasse, dass Doktor Beckert nichts finden könnte?" Lasse Larsson hielt ihr seine leere Tasse hin. Sie goss ihm nach und flüsterte: „Macho!"

„Weil wir wissen, dass Fichter ein Fremdenlegionär war. Er könnte sich aus dem Ausland beispielsweise Curare mitgebracht haben. Das aus Pflanzen hergestellte Gift baut sich im Körper sehr schnell ab und kann nicht nachgewiesen werden. Es führt, in der richtigen Dosierung, überaus schnell zum Tod durch Atemlähmung. Man erstickt ganz einfach. Ziemlich grausame Angelegenheit."

„Dann kannst du damit jemanden umbringen, ohne dass ein Nachweis möglich ist?"

Larsson bejahte die Frage. In diesem Moment erreichte ihn der merkwürdige Traum der letzten Nacht wieder. Ilsa Buschmann stand am Fenster, und Fichter nahm das Ende des Spazierstockes an den gespitzten Mund, blies in das Rohr hinein. Ein Feuerstrahl, der einen Pfeil begleitete, fuhr aus dem Rohr heraus, traf Ilsa Buschmann, die mit einem Stöhnen tot zusammensank.

„Die Eingeborenen schießen Pfeile aus einem Blasrohr ab", sagte er. „Wir wissen, dass Fichter solch ein in seinen Spazierstock eingearbeitetes Blasrohr besaß."

„Dann wäre das eine Chance. Dr. Beckert müsste einen Einstich am Körper der Toten finden", sagte Simons.

„Ich schlage vor, Inge und Rolf fahren nach Anklam und verhören Frenzel junior. Karl arbeitet heute mit mir zusammen.“

Als Zeichen, dass er die Besprechung für beendet hielt, stand er auf, ging auf Inge Mohaupt zu und gab ihr noch einmal die Hand. „Es war eine Riesenüberraschung, Inge. Danke.“

Dann drehte er sich zu Simons um. „Komm bitte mit den Unterlagen, die du hast, zu mir.“

Eine Viertelstunde später klopfte Simons und steckte den Kopf zur Tür herein. Wie Larsson richtig vermutet hatte, sprühte Simons vor Jagdeifer. Er erinnerte ihn an seine Zeit, wie er als Anfänger bei der Suche nach einem Rauschgiftdealer von einer ebensolchen Jagdsucht ergriffen wurde. Insgeheim verglich er sich immer mit einem Hund, der hinter einem Reh her war und es manchmal bekam. Wer aber weiß, dass Rehe in den meisten Fällen entkommen, und dass ein Hund immer wieder versucht, das Wild zu erlegen, sieht es als eine Art Sport, dem man erliegen muss. Und nur, wer diesen Jagdeifer überlegt einsetzt, kann zum Erfolg kommen.

„Es gefällt mir, dass du selbstständig gearbeitet hast, Karl. Trotzdem wäre ich froh gewesen, wenn du vorher mit mir gesprochen hättest. Das ist keine Rüge. Es ist nur eine Feststellung.“ Insgeheim ärgerte sich Larsson, dass er diesen Einfall nicht selbst hatte.

Sie gingen die Begebenheiten, die Simons durch die Birthlerbehörde aufgedeckt hatte, noch einmal durch. Fichter war verschwunden. Die Art, wie er es fertig gebracht hatte, durch das engmaschige Netz zu schlüpfen, zusammen mit den kaltblütigen Morden, war erschreckend.

Larsson war der Ansicht, der Suche nach ihm müsse höchste Priorität eingeräumt werden. Deshalb machte er sie zur Chefsache. „Wenn Fichter auf Helenenau ausgebildet wurde, kennt er sich dort ja auch bestens aus.“

„Sicher. Aber die Zeit ist nicht stehen geblieben, Lasse. Helenenau ist privatisiert worden. Er gibt dort eine Speisegaststätte, ein Hotel und einen Reiterhof.“

„Woher hast du die Informationen?“

„Der frühe Vogel fängt den Wurm. Ich habe heute Morgen etwas rumtelefoniert.“

Larsson dachte, er sei der Einzige gewesen, der so zeitig an seinem Arbeitsplatz war. Jetzt musste er feststellen, dass Simons ihm nacheiferte. „Kann man denn um diese Zeit schon jemand erreichen?“

„Die Polizei schon.“

„Du hast bei der Polizei angerufen?“

„In Bernau. Die kennen den Laden ganz genau. Von denen weiß ich, wie es dort aussieht.“

„Dass Fichter Helenenau nicht vorfinden wird wie fünfzehn Jahre zuvor, wird er sich denken können.“

„Vielleicht war er ja so schlau und hat sich den Laden angesehen, bevor er nach Usedom kam.“

„Zuzutrauen wäre es ihm. So, wie er seinen Fluchtweg gesichert hatte. Mit einem Paddelboot über die Peene! Und sich dort einen geradezu genial unverdächtigen Stützpunkt einzurichten, über den er eine falsche Fährte legte, die nach Rügen zeigte. Unglaublich clever!“

„Der Mann hat eben bei seiner Ausbildung aufgepasst und etwas gelernt. Er ist ein Fachmann. Der einzige Trost ist, auch Fachleute machen ab und zu Fehler.“

„Wir schicken einen kurzen Bericht mit Hinweis auf dieses Helenenau und einem Bild des mutmaßlichen Täters zum Landeskriminalamt Brandenburg und bitten um Unterstützung bei der Ergreifung Fichters“, wies Larsson an. „Das übernimmst du, Karl.“

Simons reichte Larsson eine Mappe: „Major Frenzel war Leiter der Abteilung IX der Stasi in Stralsund. Er hat sich persönlich um Fichter gekümmert."

„War das üblich, dass sich ein Stationsleiter der Stasi mit dem Verhör eines so kleinen Fisches abgab?"

„Ich denke, die Zugehörigkeit zur Satanistenszene war ausschlaggebend dafür. Hier müssen wir ansetzen."

Lasse Larsson las sich den Bericht durch. Durch einen inoffiziellen Mitarbeiter der Staatssicherheit, den man bei der Gruppe eingeschleust hatte, entdeckte man die Zugehörigkeit Fichters zu den Satanisten. Obwohl Fichter in Thüringen beheimatet war, nahm man ihn während eines geheimen Satanistentreffens auf Usedom fest. Bei seiner Vernehmung gab Fichter an, dem Satanismus habe er sich nicht aus materieller Not zugewandt, sondern weil er sich von der breiten Masse abheben wollte. Er gab zu Protokoll:

Seit etwa vier Jahren ist es mir bekannt, verbreitet durch höchst verschiedene Publikationen: Rockmusik verleitet zu Gewalt, Homo-, Bi-, und Gruppensexualität, Sado- und Masochismus, Sex mit Tieren, Sex mit Toten, Auflehnung gegen die Eltern, Anarchie, Vergewaltigung sowie zu jeder Form des Okkultismus, Schwarze Magie nicht ausgenommen. Novität und ganz spezieller Leckerbissen: Wenn man gewisse Rock-Platten rückwärts hört, so kommen Texte satanischen Inhalts zum Ohr!

Angeekelt schlug Larsson den Deckel der Mappe zu. Es war Zeit, ein Resümee zu ziehen. „Er ist uns zwar immer einen Schritt voraus, aber wir wissen nicht, ob ihm bekannt ist, wie nahe wir ihm schon gekommen waren."

„Sollten wir nicht die schlechteste Möglichkeit in Betracht ziehen?"

Die Frage ist mehr als berechtigt, dachte Larsson. Und einen Augenblick erinnerte er sich daran, dass er seinen Halbbruder jagte. Es war wie eine übergroße Last, die ihn zu erdrücken drohte. In dem Mörder Fichter steckte zumindest ein Teil der Gene, die auch er in sich trug. Es war der Anteil, den der gemeinsame Vater ihnen hinterlassen hatte. Einen Menschen zu töten, setzt immer den Zustand einer gestörten Persönlichkeit voraus. Zwischen Genialität und Irrsinn liegt nur ein ganz schmaler Grat.

Fichter hatte schon einige Menschen getötet. Wie viele genau, würde wohl kaum zu ermitteln sein. Jedenfalls nicht ohne Fichters Mitwirkung.

Dann stellte Larsson sich die Frage, ob Fichter auf ihn schießen würde, wenn er wüsste, wer er war. Ihm war klar, dass derartige Killer keinerlei Skrupel aufkommen ließen. Manche legten an und schossen. Waren sie Ein-Schuss-Schützen, erfuhr das Opfer einen schnellen, meist schmerzfreien Tod. Das Aufklatschen der Kugel kam noch vor dem Knall, den der Schuss auslöste.

Schlimmer waren die Sadisten, lüsterne Quäler, die sich an dem Schmerz ihrer Opfer ergötzten. Fichter war sicher beides. Er konnte einen Menschen mit einem Schuss töten, denn man hatte ihn als Scharfschützen ausgebildet, aber er war auch ein Sadist im wahrsten Sinne des Wortes. Er hatte es bewiesen, hatte seine Handschrift hinterlassen, als er Manja Voigt bestialisch tötete und zuvor den kleinen Hund ausweidete.

„Ja, das sollten wir wohl“, beantwortete Larsson die Frage Simons. „Wir sollten immer zuerst das Schlechteste von einem mutmaßlichen Täter annehmen. So clever, wie der bisher agierte, wird er wissen, dass wir ihm dicht auf den Fersen waren.“

Als Simons gegangen war, holte Larsson ein Aspirin aus der Schublade seines Schreibtisches. Er nahm seine Kaffeetasse, stand auf, ging über den Flur in die kleine Küche der Abteilung. Dort spülte er die Tasse aus, ließ sie zu einem Viertel voll Wasser laufen und warf die Tablette hinein. Er sah ihr zu, wie sie sich perlend zersetzte und trank sie schließlich, als sie vollständig aufgelöst war. Dann ging er in sein Büro zurück.

Gegen halb zwei rief er in der Rechtsmedizin in Greifswald an, um sich nach dem Obduktionsergebnis von Walburga Treetz zu erkundigen, konnte Doktor Beckert aber nicht sprechen. Sie sei noch im Sektionssaal, sagte die Sekretärin, und Larsson versprach, später noch einmal anzurufen.

Kurz danach rief Inge Mohaupt bei ihm an und sagte, Frenzel junior verhielte sich, als stünde er über den Dingen. Er sei kein Mörder, alle Grausamkeiten habe ein Mann namens Richie Trautmann begangen, den er auf einem Bikerfest kennen gelernt habe. Und dieser Richie habe ihm irgendeine Droge verabreicht, so dass er alles wie in Trance wahrgenommen hätte.

Larsson dankte ihr für den Anruf. Er dachte an einen Vorgang, der sich Mitte der neunziger Jahre in Berlin zugetragen hatte. Sie wurden in ein Haus in Dahlem, einem der teuren Stadtteile Berlins, gerufen. Sehr gepflegte Einfamilienhäuser waren hier zu finden, und die Adressen wie ‚Im Dol', waren auch für Leute wie den Kammersänger an der Deutschen Oper, Helmut Krebs, lange Zeit ein respektables Zuhause.

In der Nachbarschaft des Sängers hatte eine junge Frau ihren Mann erstochen. Als sie die Frau fanden, war sie in einem tranceartigen Zustand und nahezu nackt. Sie behauptete, sie hätten Sexspiele gemacht. Zur Steigerung des Lustgewinns hätte ihr Mann irgendetwas in den Champagner getan. Der hinzugezogene Arzt stellte Pupillenerweiterung, Hautrötungen, eine Überwärmung des Körpers und Herzrasen fest. Die Frau litt mehr und mehr an Halluzinationen. Sie wurde sofort in die Uniklinik Benjamin Franklin gebracht, wo man feststellte, dass in ihrem Blut Spuren von Atropa belladonna vorhanden waren. Sie konnte gerettet werden. Bei der Gerichtsverhandlung wurde sie freigesprochen. Aufgrund der Vergiftungserscheinungen, die einen nachgewiesenen Trancezustand bei ihr ausgelöst hatten, war sie zu der Zeit des Mordes schuldunfähig. Sollte Frenzel junior diese Möglichkeit für sich entdeckt haben?

Larsson konstatierte, dass er in diesem Augenblick am Ende einer Sackgasse angekommen war. Und dieses Gefühl wurde noch verstärkt, als Doktor Beckert anrief und mitteilte, dass sie bei der exhumierten Walburga Treetz weder Gift noch Einstiche irgendwelcher Art gefunden habe. Er brauchte eine Denkpause.

Lasse Larsson war die wenigen Schritte zur Seebrücke hinuntergegangen. Der Nordostwind hatte das Wasser aufgewühlt. Die frische Luft empfand er als angenehm, und seine Kopfschmerzen ließen nach.

In der Ferne sah er mehrere Schiffe. Er liebte diesen Anblick. Schiffe bedeuteten Ferne, Reisen und fremde Länder. Er fragte sich, was bei ihm stärker ausgeprägt sei, der Wunsch, die Welt kennen zu lernen, oder die relative Sicherheit in der Heimat. Er war ein bodenständiger Typ. Bei genauer Betrachtung würde er sich immer entscheiden, zu Hause zu bleiben.

Larsson setzte sich in den Sand. Augenblicklich fiel ihm Walburga Treetz ein. Warum, so fragte er sich, hatte sie ihm das Haus vererbt und nicht ihrem leiblichen Sohn? Dass sie die Geliebte seines Vaters war, stand fest. Aber ihn, Lasse Larsson, hatte sie nie kennen gelernt. Es hatte sie nichts verbunden, was eine solch noble Geste gerechtfertigt hätte. Sein Vater hatte die Treetz genauso verlassen, wie er Ilsa Buschmann verließ, ohne Skrupel, und die war schwanger von ihm. Was also war es? Falsche Anhänglichkeit? War sie seinem Vater noch irgendetwas schuldig geblieben und wollte es so wieder gutmachen? Wie war sie überhaupt auf ihn gestoßen?

Dann dachte er an Frenzel. Er blickte hinüber zur Stelle der Brücke, an der man den Leichnam des Majors geborgen hatte. Er versuchte, sich das Drama vorzustellen, dass sich in der Scheune des Frenzelschen Hofs, zwischen Heuballen und landwirtschaftlichen Maschinen, abgespielt hatte. Der Major war, wie die Kriminaltechnik und Rechtsmedizin rekonstruiert hatten, in einer Art Hocke aufgehängt und dann gefoltert worden. Zu Zeiten des Vietcongs hatte man auf beiden Seiten so gefoltert. Wie, so fragte sich Larsson, hatte diese grausame Art menschlicher Erniedrigung bis in unsere zivilisierte Welt vordringen können? Und wie hatte man Frenzel, der seiner kompakten Figur nach bestimmt kein Schwächling war, überwältigt? Durch einen Schlag auf den Kopf? Es gab keinerlei Anzeichen dafür. Durch irgendeine Betäubung? Auch dafür hatte man keine Anhaltspunkte gefunden. Die toxikologischen Untersuchungen des Materials hatten keinerlei Rückstände irgendeiner Substanz zu Tage gebracht. Eine vorgehaltene Waffe? Vielleicht. Larsson fand keine endgültige Antwort darauf.

Er schaute sich um, als eine Gruppe laut diskutierender Urlauber die Geräusche des Windes übertönte. Er hasste derartige Schreihälse. Angewidert stand er auf. In diesem Augenblick machte sich sein Handy bemerkbar. Er meldete sich, und Simons erklärte ihm, dass er ihn suche.

„Ich dachte mir, dass du es bist, Karl."

„Kommst du her?"

„Ist etwas passiert?"

„Wie man es nimmt."

„Ich bin schon unterwegs."

„Wo bist du eigentlich?"

„Ich bin noch einmal zur Seebrücke gegangen. Irgendwo suche ich einen Anhaltspunkt. Nur einen einzigen Hinweis, der uns zeigt, wie wir den Killer finden. Irgendwo muss der doch einen Fehler gemacht haben."

„Und ich bin noch einmal die Unterlagen über die Inhaftierung Fichters durchgegangen. Dabei bin ich auf etwas Eigenartiges gestoßen."

„Tu mir einen Gefallen, Karl. Lass dir nicht immer jeden Wurm einzeln aus der Nase ziehen!"

Zwölf Minuten vor fünf war Lasse Larsson wieder in der Polizeiaußenstelle in der Seestraße. Zur gleichen Zeit fuhren Inge Mohaupt und Andresen auf den Hof. Sie kamen fast parallel im Büro an. „Du glaubst es nicht, Lasse", sagte Inge Mohaupt. „Dieser Frenzel ist sich gar keiner Schuld bewusst."

Andresen ergänzte: „Das ist ein so guter Schauspieler, dass er fast selbst an das glaubt, was er uns vorspielt."

„Trinken wir noch einen Kaffee?" fragte Inge Mohaupt.

Larsson sagte: „Wir werden für heute Schluss machen und zusammen ein Bier trinken gehen!"

„Gute Idee", ließ Simons sich vernehmen.

„Wenn das so weitergeht, werde ich von meinem Drachen ausquartiert“, machte Andresen geltend.

„Also, Karl, was wolltest du mir vorhin am Telefon sagen?“

„Man hatte Fichter, der kurze Zeit vor seiner Verhaftung erst von den Grenztruppen entlassen worden war, vorgeworfen, ein Verräter zu sein.“

„Mit solchen Unterstellungen war die Stasi sehr schnell“, stellte Andresen fest.

„Das gab in der Regel eine mehrjährige Gefängnisstrafe“, sagte Inge Mohaupt.

„Eben. Aber Fichter war nur kurze Zeit inhaftiert. Dann entließ man ihn ohne ersichtlichen Grund. Es gibt keine Eintragung darüber. Er lebte in der Nähe von Rheinsberg in Brandenburg und arbeitete als Klempner. Er wurde von seiner Frau geschieden ...“

„Das deckt sich mit der Aussage von Ilona Selbmann.“

Langsam kommt Puzzleteil für Puzzleteil, und wir können unser Spiel zusammensetzen, dachte Larsson.

Dann gingen sie gemeinsam ins Usedomer Brauhaus und verlebten zwei Stunden, die sie den Tag vergessen ließen.

25. Kapitel

Wolfgang Fichter nahm die Autobahnausfahrt Prenden, bog links auf die Straße nach Bernau ein. Wenige hundert Meter weiter kam linksseitig die Abzweigung nach Biesenthal, die er nahm, da er die Stadt Bernau unbedingt meiden wollte.

Nichts wäre schlimmer, als auf den letzten Metern bei einer Fahrzeugkontrolle aufzufallen. Er durchquerte Biesenthal, blieb auf der Straße bis zu dem Dorf Tempelfelde. Dort wiederum bog er nach rechts ab, passierte nach einigen Kilometern nacheinander zwei Straßen, die wiederum nach Bernau führten. Nur drei Minuten später fuhr er langsam durch den kleinen Ort Börnicke. Rechts lag die schöne alte, aus Backsteinen gebaute Kirche. Dann kam das Schloss der Familie Mendelssohn-Bartholdy. Es sah noch heruntergekommener aus als zu der Zeit, als er nur zweieinhalb Kilometer entfernt seine Ausbildung erhielt.

Er bog links in die kleine Straße ein. Zu seiner Zeit war das noch ein Weg, den man mit einer schwarzen Industrieschlacke aufgefüllt hatte, und der bei Wind einen widerwärtigen Staub aufwirbelte. Jetzt hatte man eine Bitumendecke über die Asche gelegt.

Die Zeiten hatten sich geändert. Das alte graue Haus auf der linken Seite war umgebaut worden und hatte eine neue gelbe Farbe bekommen. Im Gegensatz zu früher, als hier noch ein altes Weib wohnte, das mit der Erhaltung des Grundstücks total überfordert war, strahlte es jetzt Sauberkeit aus. Im Anschluss standen Container und zwei Offenställe für Pferde, die verstreut auf den Wiesen grasten.

Er fuhr durch einen kleinen Wald. Vor ihm lagen die Gebäude von Helenenau. An der Stelle, die früher durch einen Schlagbaum gesichert war, hatte man das ehemalige Wachhäuschen frisch angestrichen. In schwungvoller Schrift wies hier der Reiterhof Helenenau auf die neue Bestimmung des Geländes hin.

Langsam ließ er die Maschine auf das Grundstück rollen. Selbst wenn ihn jetzt ein ehemaliger Mitarbeiter der Anlage sehen würde – mit seinem Helm, dem Visier und dem Faktor Zeit, könnte ihn so niemand erkennen. Doch das schien unwahrscheinlich. Er rechnete fest damit, dass die politische Wende die Mitarbeiter der Abteilung XXII des Ministeriums für Staatssicherheit weggefegt hatte.

Am Quergebäude, das früher die Kantine beherbergte, hielt er an. Als er sein Motorrad rechtsseitig zwischen zwei Bäumen aufbocken wollte, passierte ihn ein Auto. Er war nicht so leicht aus der Ruhe zu bringen; sein gutes Personengedächtnis schlug Alarm, als er das Gesicht des Fahrers erkannte. Es war der frühere technische Leiter der Basis, ein Major. Er sah ihm nach. In nur zwanzig Metern Entfernung stellte der Mann seinen Wagen ab und ging in das Gebäude. Wenig später sah er ihn am Fenster neben der Eingangstür. Jetzt erst stellte er fest, dass das früher mit blauen Blechplatten verkleidete Gebäude, in dem er untergebracht war, einem neuen, gemauerten Hoteltrakt gewichen war. Er erinnerte sich, dass der Major ein Multiorganisationstalent war. Offensichtlich hatte der Mann die Wende unbeschadet überstanden.

Er ging in das Gebäude der früheren Kantine, das nun eine rustikale Innenausstattung, passend zur ländlichen Umgebung eines Reiterhofs, erhalten hatte und als Gaststätte diente. Fichter bestellte einen Orangensaft. Als die junge Frau das Getränk brachte, fragte er interessiert: „Ist das Hotel neu?“

„Der alte Bau ist vor drei Jahren abgebrannt. Eine Gruppe von dort einquartierten Arbeitern hatte gefeiert. Einer der Männer ist in seinem Bett verbrannt.“

„Oh, wie schrecklich!“

„Aber zwei Jahre später stand das neue Gebäude. Es ist viel schöner als der alte Bau. Alles wurde neu eingerichtet."

„Das ist ja schnell gegangen. Da muss ein tüchtiger Mann am Werke gewesen sein."

„Palmer ist ein fähiger Mann!"

Fichter zahlte. Er hatte gehört, was er erfahren wollte und das ihn in seiner Wahrnehmung bestätigte. Noch im Hinausgehen setze er sich den Helm wieder auf und zog das Visier runter, so dass sein Gesicht unkenntlich war.

Es ist Zeit, Erinnerungen über Bord zu werfen, dachte er. Was, wenn Larsson mir tatsächlich so nahe ist, wie ich glaube? Dann weiß er möglicherweise von meiner Zeit im Gefängnis. Er muss, wenn er nicht ganz blind ist, in den Akten auf die Verbindung zu dem toten Frenzel unter der Seebrücke stoßen. Die Möglichkeit, dass der Begriff Helenenau nicht fallen wird, ist undenkbar. Und Palmer? Weiß ich, wie weit ich dem Mann trauen kann, dass er das Maul hält? Wer in dieser Position nach dem Umschwung den Wechsel aus dem sozialistischen System unbeschadet in das kapitalistische geschafft hat, ist ein potenzieller Verräter.

Er fuhr in Börnicke wieder an der alten Kirche vorbei. An der Kreuzung bog er rechts ab. Nach wenigen Minuten erreichte er den Ort Löhme. Kurz vor dem Ausgang des Dorfes, der nach Seefeld führte, bog er links in einen kleinen Weg ein. Rechtsseitig, auf einer Anhöhe liegend, sah er die ehemalige Radarstation der Sowjets liegen, die jetzt ebenfalls einen Reiterhof beherbergte. *Reiten bis zum Horizont* stand neben dem Namen des Hofes auf einem Schild, das die Einfahrt auf das Grundstück überspannte.

„Ich werde sicher nicht hinkommen können", hatte Andreas Frenzel ihm mit Hinweis auf die bevorstehenden polizeilichen Ermittlungen zum Tod seines Vaters gesagt. „Die Kameradschaft Rudolf Heß trainiert für vier Tage auf dem Gelände. Es gibt einen neu gebauten, nicht einsehbaren Schießstand, der von großen Erdwällen umgeben ist und einen extra für uns abgesperrten kleinen Wald, in dem wir ‚Mann eingraben' üben können! Du wendest dich an Falk Neubauer. Er leitet die Aktion. Grüß ihn von mir, und sag ihm, ich würde ihn bitten, dir beim Abtauchen zu helfen."

Wolfgang Fichter fuhr zwischen einer großen, zur Hälfte abgebrannten Reithalle und einer Containeranlage durch; er hielt an und setzte den Helm ab. Ganz leise hörte er die Schüsse. Offensichtlich war es Einzelfeuer zur Feststellung der Treffsicherheit.

Ein Mann kam auf ihn zu, nannte seinen Namen, sagte, er sei der Besitzer der Anlage und fragte: „Wo wollen Sie hin? Kann ich Ihnen helfen?"

„Ich suche Falk Neubauer. Aber machen Sie sich keine Mühe. Ich werde ihn schon finden."

„Sie sollten in unserer gemütlichen Schenke auf ihn warten." Da das Gelände weitläufig war, beschrieb ihm der Mann den Weg. Dann wurde er gerufen und ging zur Reithalle zurück.

Wolfgang Fichter wartete, bis er wieder allein war. Aus dem Hintergrund kamen einige Sulkys. Im Schritt zogen die Pferde an ihm vorbei. Die Unruhe der Tiere, die es gewohnt waren, zu laufen, war deutlich spürbar. Aus der Halle kam eine Abteilung Reitpferde. Die Reiter waren abgestiegen und führten die Tiere. Sie wurden zu dem Stall gebracht, der gegenüber der Stirnwand der Reithalle stand. Ein großer Massey-Ferguson-Schlepper zog zwei Anhänger mit Strohrundballen.

Im Schatten des Traktors ging Fichter schnell auf das Geräusch zu, das noch immer hinter der Erdverschanzung zu hören war; die peitschenden Schüsse ließen auf eine deutsche G11 schließen.

Kurz bevor er den Damm erreichte, musste er durch eine natürliche Schleuse, die offensichtlich extra zum Schutz vor unliebsamen Besuchern eingerichtet worden war. Auf der einen Seite den Erdwall im Rücken, auf der anderen Seite Anhänger mit dichter Beplankung an den Seiten, durch die der Blick ins

Innere des langen Schießstandes unmöglich war, spürte er plötzlich einen Lauf im Rücken.

„Nimm die Hände hoch!"

Fichter nahm langsam die Hände hoch. „Was soll das?"

„Hast du das Schild nicht gesehen? Wir sind eine geschlossene Gesellschaft und dulden keine Eindringlinge!"

Fichter hatte solche Situationen während seines Lehrgangs mehrfach trainiert. „Was für ein Schild?"

„Das am Weg, bevor du zwischen die abgestellten landwirtschaftlichen Geräte gegangen bist!"

In einer Rechtsdrehung fasste Wolfgang Fichter blitzschnell das Gewehr am Lauf und riss es so heftig von seinem Besitzer weg, dass dieser strauchelte. Er schlug den Kolben zurück, der den am Boden liegenden Wächter empfindlich am Schlüsselbein traf, und gab ihm damit den Rest. Dann richtete er das Gewehr auf den Jungen.

„Du gehst jetzt vor mir her, und sei brav. Ich habe einen sehr nervösen Zeigefinger. Falk Neubauer. Zu Falk Neubauer! Verstanden?"

Das Schießen hörte augenblicklich auf, als Fichter, seine Beute vor sich hertreibend, auf dem Schießplatz erschien. Sie hielten vor einem Mann an. Der Junge versuchte, Haltung anzunehmen und sagte: „Ich bringe einen Eindringling, Sturmbannführer!"

Ein paar Kinder spielen Krieg, dachte Fichter. Weit bist du schon gesunken, wenn du dich auf solche Milchbärte verlassen musst.

„Du scheinst etwas zu verwechseln, Bublitz!" brüllte Falk Neubauer. „Wir sind eine Wehrsportgruppe, kein Kaninchenzüchterverein! Darüber reden wir später! Wegtreten!"

„Zu Befehl, Sturmbannführer!"

Als der Junge sich umdrehte, sagte Fichter: „Willst du dein Gewehr nicht mitnehmen, Milchbart?"

Bublitz fing das Gewehr auf, das Fichter ihm zuwarf, und ging auf die Gruppe junger Leute zu, die sich an zwei Tischen an Waffen zu schaffen machten und die Szene neugierig beobachteten.

Wolfgang Fichter zählte vier verschiedene Sturmgewehre, ein T86 chinesischer Produktion, die er dem Milchgesicht gerade wiedergegeben hatte, eine SR21 der Singapore Technologies Kinetic lag vor ihm auf dem Tisch neben Neubauer, eine G11 von Heckler & Koch sowie eine belgische F2000. Daneben lagen einige Faustfeuerwaffen. Eine Ceska-Pistole vom Kaliber 7.65 und eine Makarow, wie er sie selbst benutzte. „Das kann unter Umständen eine Menge Ärger geben!“ sagte Fichter und deutete mit dem Kopf auf die Sturmgewehre.

„Unter Umständen.“

„Ich soll Sie grüßen.“

„Sie sind Richie Trautmann. Andreas hat Sie bereits telefonisch avisiert. Willkommen!“ Er gab Fichter die Hand. „Die Jungs schießen auf diese Distanz saumäßig. Bis auf einige wenige Ausnahmen. Wollen Sie auch mal?“

Neubauer hielt Fichter die G11 von Heckler & Koch hin. „Einzelfeuer.“

Er will mich vorführen, dachte Fichter. Der Kerl will mich auf ein kleines Maß zurechtstutzen, um vor seinen Schützlingen zu glänzen.

„Ich bin eigentlich nicht gekommen, um schießen zu lernen, Sturmbannführer!“

Das „Sturmbannführer“ war ironisch gemeint. Wolfgang Fichter war sich nicht sicher, ob Neubauer das auch bemerkt hatte. Du kannst keinen Ärger gebrauchen, Junge, dachte er. Es geht ums Überleben. Er dachte an eins seiner Sprichwörter: Der Baum, der sich nicht biegt, bricht!

Die Schüsse saßen sehr dicht beieinander. Zehn, elf und zwölf. Fichter reichte die Waffe zurück. „Sie wissen, worum es sich dreht?“

„In der Nähe von Dresden haben Kameraden einen Bauernhof gekauft. Sie können dort für eine Weile unterkommen. Sie haben dann Zeit, in Ruhe Ihre Dispositionen zu treffen.“

Kurz vor Mitternacht traf sich die Gruppe des Brandenburger Staatsschutzes in Potsdam. Jeder der Männer prüfte seine persönliche Waffe, die er am Körper trug. Ohne viele Worte beluden sie ihre Fahrzeuge, einen grauen, unscheinbaren VW T4, zwei BMW-Limousinen und einen Kleinbus von Mercedes.

Wenig später rollten sie über die Autobahn nach Berlin. Über die Avus ging es vorbei am Funkturm; sie durchquerten den Bezirk Pankow und fuhren abermals ein Stück Autobahn in Richtung Prenzlau.

Als sie in Löhme ankamen, war es kurz vor zwei. Langsam begann es zu dämmern, als der Einsatzbefehl kam. Sie umstellten den Container, den der V-Mann der Behörde mittels einer Zeichnung geliefert hatte. Gleichzeitig waren sie unterrichtet worden, dass die Wehrsportgruppe illegal mit mehreren Schnellfeuergewehren bestückt war. Irgendwo, ganz in der Nähe, bellten Hunde und mahnten sie zur Vorsicht.

In ihrer dunklen Kleidung sahen sie angsterregend aus; das sollten sie auch sein. Es war ein Teil der Strategie.

Die Einsatzleitung wusste genau, wie gefährlich die rechte Szene in Deutschland sich entwickelt hatte. Fest stand, dass die Politik das duldete; anstatt derartige Auswüchse mittels Gesetzen zu unterbinden, schauten die Abgeordneten weg. Es schien, als hätte sich die Lobbyarbeit jener bezahlt gemacht, die an derartigen Gesinnungen verdienten. Die Hersteller von Kriegsmaterial gehörten ebenso dazu wie die ewig Gestrigen, die von den verloren gegangenen Kriegen nicht genug hatten.

Nachdem der von der Wehrsportgruppe Rudolf Heß gemietete Container umstellt und so gesichert war, dass jeder Fluchtversuch ins Leere laufen würde, griffen die Männer an. Es war sechs Minuten nach zwei. Gleichzeitig brachen sie die Tür auf, schlugen die Scheiben der beiden Schlafräume ein und schossen Blendgranaten in die Räume.

Die Aktion dauerte ganze drei Minuten. Dann war der Spuk vorbei. Es gab dreizehn Verhaftungen. Zwölf junge Männer gehörten der Wehrsportgruppe an, die dem Gruppenleiter bekannt waren, und ein dreizehnter Mann, den ein Ausweis als Richard Trautmann auswies.

26. Kapitel

Lasse Larsson würde diesen Dienstag, den 3. Juli, lange nicht vergessen, denn er brachte die Wende im Fall Frenzel.

Als er in Anklam eintraf, hatte Staatsanwalt Borchers vom Landgericht Stralsund schon zweimal angerufen und dringend um Rückruf gebeten. Larsson wählte die Nummer, die für ihn von der Sekretärin der Kriminalabteilung notiert worden war, und hatte den Gesetzeshüter unmittelbar am Apparat.

„Sie haben ein Geständnis im Fall Lena Buschmann", sagte Borchers. „Ich frage mich nur, warum man nicht eher auf den jungen Frank Schmidt gestoßen ist."

„Manchmal erkennt man die Zusammenhänge nicht oder deutet sie falsch", stellte Lasse Larsson fest.

„Ich habe die Protokolle durchgesehen. Er reagiert wie ein Mensch, der eine Persönlichkeitsspaltung hat. Sind Sie auch der Ansicht?"

Larsson überlegte einige Sekunden, bevor er antwortete. „Vielleicht leidet er wirklich unter Schizophrenie."

„Haben Sie Zweifel?"

„In jedem Fall ist er ein intelligenter Bursche mit einer, sagen wir, etwas überdurchschnittlich medizinischen Halbbildung, der den Mord an Lena Buschmann mit all den Nebenauswüchsen, wie dem Abtrennen der Ohren, sorgsam vorbereitet hat."

„Dazu sollen auch schizophreniekranke Menschen durchaus in der Lage sein können", antwortete Borchers.

„Das mag sein, Herr Staatsanwalt. Ich habe da meine Zweifel."

„Der Vater des Jungen hat sich bei mir gemeldet. Er schilderte seinen Sohn als einen ehrgeizigen, wohlerzogenen Menschen, der zu solch bestialischen Taten nicht in der Lage sei."

„Als Vater kann ich den Mann durchaus verstehen", sagte Lasse Larsson. „Als Kriminalist muss ich mich an die Fakten halten, und die sprechen gegen Frank Schmidt."

„Ja, das müssen Sie wohl, Hauptkommissar, und ich muss das auch. Deshalb werde ich ein psychiatrisches Gutachten erstellen lassen", sagte Borchers.

„Was bedeutet ...?"

„Dass der Täter möglicherweise für seine Handlung nicht voll verantwortlich gemacht werden kann."

„Immer diese leidige Angelegenheit mit dem Freifahrtschein. Ich verfüge über die nötige Lobby, werde für nicht voll verantwortlich erklärt und entgehe einer gerechten Strafe."

„Das möchte ich nicht gehört haben, Hauptkommissar. Wir haben Gesetze, und an die halten wir uns."

Larsson war froh, als der Staatsanwalt das Gespräch beendete.

Vier Minuten nach neun saßen Andresen und Larsson im Verhörraum, um Frenzel junior zum vierten Mal die gleichen Fragen zu stellen, um ihn in Widersprüche zu verwickeln.

„Sie haben diesen Richie Trautmann bei einem Bikertreffen in Dresden getroffen", stellte Andresen fest.

„Im Ruhrgebiet", widersprach Frenzel.

„Ach ja, im Ruhrgebiet. Wie haben Sie seine Bekanntschaft gemacht?"

„Ich habe eine Maschine, die immer viele Interessenten findet. Er stand in irgendeiner Menschentraube und sprach mich auf die Harley-Davidson an."

„Sie gehören der Kameradschaft Rudolf Heß an", wechselte Larsson das Thema.

„Leugnen würde wohl nichts nützen!" Frenzel grinste ihn herausfordernd an.

„Sie sind in unterschiedlichen ausländerfeindlichen Gruppen aktiv."

„Das ist so nicht richtig. Ich bin dafür, dass in erster Linie das Volk der Deutschen in diesem Land gefördert wird und nicht irgendwelche Kanaken aus Anatolien."

„Die Kameradschaft Rudolf Heß ist eine Wehrsportgruppe."

„Wer sagt das?"

„Der Staatsschutz."

„Dann wird es ja stimmen!"

„Eine Wehrsportgruppe muss trainieren." Andresen wollte wissen, wie diese Treffen vonstatten gingen, und wer sie bezahlte.

Als Frenzel die Fragen beantwortet hatte, stellte Larsson fest: „Ihr abgelegenes Grundstück mit Zugang zur Peene eignet sich ja hervorragend als Übungsgebiet."

„Wenn Sie glauben, dass nur bei uns Manöver stattfanden, dann sind sie auf dem Holzweg. Wir üben länderübergreifend."

„Zum Beispiel?"

„In einem Wald in der Nähe von Großschwabhausen in Thüringen, in Freiberg in Sachsen und jetzt in Löhme in Brandenburg, wo ich auch wäre, wenn ich Ihrer gastlichen Aufforderung nicht nachkommen müsste. Aber das wird Ihnen der Staatsschutz ja offenbart haben!"

Bingo, dachte Larsson. In Brandenburg. Dabei wusste er nicht einmal, wo der Ort Löhme lag. Deshalb fragte er ganz nebenbei: „Löhme in Brandenburg?"

„Das liegt in der Nähe von Bernau."

Larsson und Andresen schauten sich an. Lag nicht Helenenau ebenfalls in der Nähe von Bernau? War die Zeit, in der sie nach Puzzleteilen gesucht hatten, vorbei? Den Fall Lena Buschmann hatten sie abgeschlossen. Jetzt musste die Frage, ob der Mörder einer ordnungsgemäßen Bestrafung zugeführt würde, ob er noch unter das Jugendstrafrecht fiele oder für die Tat wegen einer Schizophrenie nicht voll verantwortlich gemacht werden könnte, von einem ordentlichen Gericht festgestellt werden.

Näherte sich auch die Ermittlungsarbeit im Fall Frenzel ihrem Ende?

Larsson verließ das Zimmer. Er winkte Inge Mohaupt aus dem Raum, in dem sie mit Simons Ilona Selbmann verhörte.

„Es gibt ein neue Spur“, sagte er. „Die Wehrsportgruppe Rudolf Heß fährt zu Manövern nach Löhme. Dieser Ort liegt unweit von Helenenau.“

„Du glaubst, Wolfgang Fichter hat sich in diesen Ort zurückgezogen und ist in der Gruppe untergetaucht?“

„Es ist lediglich eine Vermutung“, sagte Larsson. „Eine von vielen Möglichkeiten. Ich versetze mich in seine Lage. Bei uns ist es ihm zu heiß geworden. Er wird sein Bild in der Zeitung gesehen haben und wissen, dass wir ihm dicht auf den Fersen sind. Bleibt ihm, entweder nach Thüringen auszuweichen oder tatsächlich in Richtung Norden nach Rügen. Nach Thüringen wird er nicht gehen, da er sich zusammenreimen kann, dass wir auf seine Herkunft gestoßen sein müssen, wenn wir ihn unter seinem Geburtsnamen suchen.“

„Er könnte überall hin verschwinden“, sagte Inge Mohaupt.

„Da bin ich anderer Meinung. Wir wissen, dass er erst vor ganz kurzer Zeit aus der Fremdenlegion geflohen ist. Also suchen ihn die Franzosen. Er wird wissen, dass wir seine Frankfurter Registriernummer des gestohlenen Motorrades haben; ein Mann mit seiner Ausbildung kann auch kombinieren, dass wir alle verloren gegangenen Kennzeichen der letzten Tage aus der Polizeidatenbank gezogen haben“, sagte Larsson, „und so Spuren nachzeichnen können. Die Frage ist nur, ob er uns das zutraut.“

„Er braucht einige Zeit zur Neuordnung“, stellte Inge Mohaupt fest.

Sie trennten sich. Lasse Larsson ging zum Toilettentrakt, um sich zu erleichtern, Inge Mohaupt ging zum Büro, um einige Aufzeichnungen zu holen. Als sie am Sekretariat der Kripo vorbeikam, wurde sie von der Sekretärin des Abteilungsleiters angesprochen. „Es gibt ein Fernschreiben über den Mann, den Sie wegen des Frenzel-Mordes suchen. Die Nachricht ist zu unserer Staatsschutzabteilung gekommen. Die Kollegen haben sie mir gerade gebracht."

Sie reichte Inge Mohaupt das Papier, auf dem stand, dass Wolfgang Fichter im Zuge einer Verhaftung der gesamten Wehrsportgruppe Rudolf Heß in Gewahrsam genommen worden sei. Derzeit befinde er sich im Untersuchungsgefängnis in Potsdam.

Inge Mohaupt ging zurück und schaute in das Verhörzimmer, in dem Frenzel befragt wurde. Lasse Larsson war noch nicht zurück. Sie positionierte sich vor der Toilette, in der Larsson verschwunden war, und wartete, bis der wieder herauskam.

„Hat man nicht einmal auf dem stillen Ort seine Ruhe?" fragte Larsson, als er wieder auf den Flur trat, und lächelte Inge Mohaupt an.

„Wolfgang Fichter ist gefasst worden."

„Was?" Die Frage drückte Erstaunen und Ärger gleichermaßen aus. „Wer hat ihn verhaftet? Der Staatsschutz?"

„Du lagst mit deiner Vermutung absolut richtig. Man hat ihn in Löhme hochgenommen, zusammen mit der Wehrsportgruppe Rudolf Heß."

Sie reichte ihm das Papier. Während er es überflog, sah sie den Ärger in seinen Augen. Diese Nachricht würde ihn um einen Teil seines Verdienstes bringen, den eine erfolgreiche Ermittlungsarbeit immer bedeutete. „Ich fahre nach Potsdam. Ich kann in drei Stunden dort sein und ihn verhören. Kommst du mit?"

„Ich habe niemanden für das Kind."

„Vielleicht fährt ja Andresen mit. Beendet jetzt die Verhöre. Die gesamte Ermittlungsgruppe trifft sich in einer Viertelstunde zu einer Besprechung."

Er ging ins Büro des Leiters der Kripo in der Polizeidirektion in Anklam, teilte diesem mit, wie sich der Fall Frenzel zugespitzt hatte, und bat ihn um eine Reiseerlaubnis nach Potsdam, die er erhielt. Gleichzeitig bat er im Sekretariat, die Papiere für die Überführung Wolfgang Fichters nach Anklam fertig zu machen. Während er sich telefonisch in Potsdam avisierte, versammelten sich Rolf Andresen, Inge Mohaupt und Karl Simons im Besprechungsraum.

Als Lasse Larsson sichtlich gestresst den Raum betrat, sagte Andresen: „Scheint, als wären wir am Ziel, Lasse."

„Die Festnahme Fichters dürfte sich ja nun rumgesprochen haben. Ich fahre jetzt nach Potsdam, um den Mann abzuholen, brauche einen von euch, der mitkommt. Inge kann nicht, weil sie ihr Kind nicht unterbringen kann. Sie fällt also schon einmal aus. Bleibt ihr beide." Er schaute erst Andresen, dann Simons an. „Ich sehe, ihr streitet euch um eine herrliche Fahrt ins schöne Potsdam!"

„Ich würde mitkommen, Lasse, habe aber meinem Drachen versprochen, sie heute in eine Klinik zu begleiten, wo eine Biopsie vorgenommen wird. Es wäre nicht angemessen, sie bei diesem schweren Gang im Stich zu lassen."

„Du bist entschuldigt, Rolf. Karl, nur du bleibst übrig, mit mir den herrlichen Anblick von Schloss Sanssouci zu genießen!"

Simons wollte etwas sagen. Es lag ihm auf der Zunge, die Feststellung loszuwerden, dass immer, wenn Not am Mann war, auf ihn zurückgegriffen wurde. Und das fand er unpassend, da er erst vor einigen Tagen völlig überraschend die Fahrt nach Schweden antreten musste, um Lillebil Malmström abzuliefern. Er hatte seine Freundin versetzt, einen Jazzabend verpasst und das Mädchen, das sich von ihm gefoppt fühlte, fast verloren. Eine erneut geplatzte Verabredung käme einer Trennung gleich.

„Was ist Karl? Ich sehe, du kannst kaum widerstehen."

„Ich fahre mit, Lasse", hörte sich Simons sagen. Es war gegen seinen Wunsch, aber er wusste, dass er seinen Vorgesetzten nicht im Stich lassen konnte.

Am frühen Nachmittag kamen sie in Potsdam an und fuhren direkt zum Untersuchungsgefängnis. In der Eingangsschleuse legten sie ihre Papiere vor. Der Beamte, der die Papiere prüfte, telefonierte, dann sagte er: „Warten Sie einen Augenblick. Sie werden gleich abgeholt."

Nach einigen Minuten kam ein schon etwas in die Jahre gekommener Beamter, der sie freundlich begrüßte. Er brachte sie in das Büro des Direktors. Der Mann stand von seinem Schreibtisch auf, als sie den Raum betraten, und gab ihnen die Hand. „Ich bin Doktor Gerber. Sie müssen ja geflogen sein." Er deutete auf eine Sitzgruppe. „Wollen Sie den Mann nicht lieber mit einem normalen Gefangenentransport nach Mecklenburg-Vorpommern bringen lassen?"

„Er hat wahrscheinlich drei Morde begangen, die wir endgültig aufklären müssen", sagte Lasse Larsson. „Wir brauchen seine Aussagen sofort, damit andere eventuell darin verwickelte Personen nicht abtauchen können."

„Ich habe mir seine Akte noch einmal angesehen. Er ist gefährlich wie eine Viper."

Larsson wunderte sich über die Ausdrucksweise des Gefängnisdirektors, sagte aber: „Ja, das ist er wohl. Wir werden der Viper den Giftzahn schon ziehen."

Der Beamte, der sie in der Eingangsschleuse abgeholt hatte, brachte ein Tablett mit Kaffee und eine Schale mit Keksen.

„Wenn Sie den Mann von mir übernommen haben, sind Sie der Verantwortungsträger, Hauptkommissar!"

„Ich weiß." Während sie den Kaffee zu sich nahmen, studierte Larsson die Papiere, die er Simons weiterreichte, um ihn einzubinden.

„Sehen Sie, Doktor Gerber, wir wollen den Fall abschließen. Wir brauchen dazu die uns fehlenden Puzzleteile, die uns nur der mutmaßliche Täter liefern kann."

Lasse Larsson hasste die Formulierung mutmaßlicher Täter. Er wusste genau, dass Fichter der von ihm gesuchte Mörder war. Und er hatte die Beweise. Aber das Beamtendeutsch ließ sich nicht umgehen.

Als sie die Formalitäten abgeschlossen hatten, brachte sie Doktor Gerber persönlich in den Hof, in dessen Fahrzeugschleuse die Gefangenentransporte zusammengestellt wurden. „Sie können jetzt Ihren Dienstwagen reinholen.“

Er nickte Simons zu. „Gehen Sie mit Hauptwachtmeister Schroth, der wird Sie reinlotsen.“

Doktor Gerber und Larsson wechselten noch einige belanglose Worte über den Strafvollzug in Deutschland, ohne eine Wertung über Sinn, Zweck und Humanität desselben abzugeben. Jeder von ihnen hatte eine eigene, differente Haltung dazu.

Als der Omega schließlich in der Schleuse stand, wurde Fichter geholt. Er sah blass und übernächtigt aus.

„Gehen Sie lieber noch einmal zur Toilette, Fichter“, sagte Larsson. „Sie werden drei Stunden keine Gelegenheit mehr dazu haben!“ Fichter lehnte ab.

„Passen Sie auf, dass er Ihnen nicht entwischt“, mahnte Doktor Gerber.

„Keine Angst, wir haben vorgesorgt.“

Wolfgang Fichter setzte sich auf den Rücksitz. Simons legte ihm Fußfesseln an, die seinen Beinen nur einen minimalen Spielraum ließen, so dass er, würde er je den Wagen verlassen, nur Trippelschritte machen könnte. Seine Hände steckten in Handschellen.

„Er ist zwar ein Killer“, sagte Larsson, „ein mutmaßlicher Killer, aber nur ein Zauberer wäre in der Lage, sich in angemessener Zeit und unbeobachtet der Fesseln zu entledigen und mich außer Gefecht zu setzen. Und so viel ich weiß, ist er des Zauberns noch nicht mächtig.“

Sie verabschiedeten sich.

Simons setzte sich hinter das Steuer. Larsson nickte dem Gefängnisdirektor noch einmal zu, bevor sie langsam auf das wuchtige, eiserne Ausgangstor zurollten, das sich nun langsam öffnete. Hauptwachtmeister Schroth stand auch hier wieder bereit und grüßte noch einmal zum Fahrzeug hin. Larsson und Simons grüßten zurück. Fichter blieb gleichgültig. Larsson beobachtete ihn im Spiegel.

Während der Omega zielstrebig die Autobahnauffahrt Potsdam-Babelsberg ansteuerte, fing Larsson an, Fichter zu befragen. „Warum musste Karl-Heinz Frenzel sterben?“

„Weil er ein ganz übler Tschekist war, der Menschen gern quälte.“

„Und Sie hat er gequält.“ Es war eine Feststellung Larssons, keine Frage.

„Ja.“

„Erzählen Sie mir davon!“ Als Fichter nichts sagte, fuhr Larsson fort: „Sie denken an etwas. Woran?“

„Daran, dass ich etwas anders war, als normale Bürger des Arbeiter- und Bauernstaates zu sein hatten.“

Simons, der interessiert zugehört hatte, fuhr zu sehr auf einen vorausfahrenden Wagen auf und musste hart bremsen, um einer Kollision zu entgehen.

„Pass besser auf, Karl! Gerade jetzt können wir uns einen Unfall nicht leisten.“

Simons ließ sich etwas zurückfallen. Der von ihm bedrängte Wagen ebenfalls. Als er ihn schließlich überholte, zeigte ihm der Fahrer einen Vogel.

„Arschloch!“

„Setz das Blaulicht aufs Dach“, sagte Lasse Larsson, „und mach weiter Dampf.“ Sie fuhren die Auffahrt zur Autobahn auf.

„Wie anders waren Sie, Fichter?“

„Ich war jung, hasste die Gleichmacherei. Ein Arzt darf nicht viel mehr verdienen als ein Arbeiter. Ein junger Pionier hat auszusehen wie ein Pionier. Blaues Halstuch, weißes Hemd. Einer wie der andere. Nicht einmal der Gesichtsausdruck darf sich unterscheiden.“

„Das war eine schlimme Zeit. Wenn ein Mensch seine Persönlichkeit nicht individuell entwickeln kann, leidet er.“

„Ich hatte keine Lust zu leiden, deshalb schloss ich mich einer Gruppe an, die sich dem widersetzte, indem sie eine andere Lebensform für sich bevorzugte."

Sie schwiegen eine Weile.

„Ich entdeckte die Esoterik", sagte Fichter fest.

„Es gibt verschiedene Formen der Esoterik", warf Larsson ein. „Sie schlossen sich den Satanisten an. Warum?"

„Weil ich einen Gegenpol zu allen bürgerlichen Formen wollte."

„Das konnte doch gar nicht vor den Staatsorganen verheimlicht bleiben."

„Das war es auch nicht. Wir hatten einen Verräter in der Gruppe, der dem Staatssicherheitsdienst haargenau berichtete, wie es bei uns zuging."

„Kommen wir zu Frenzel zurück. Sie sagten, er habe Sie gequält. Wie hat er Sie gequält?"

„Er erniedrigte mich, nannte mich einen bescheuerten Kleinbürger. Er ließ mich meine Latrine mit der Zahnbürste schrubben. Als ich ihm sagte, er könne mich nicht so demütigen, dass ich mein Leben ändern würde, tat er etwas ganz Unverständliches. Er ließ den Gefängnisfriseur kommen und befahl ihm, mir eine Tonsur zu verpassen. Er sagte, er scheiße auf alle kirchlichen Symbole und solche, welche den Menschen Opium bedeuteten. Lenin, sagte er, habe festgestellt, Religion sei das Opium des Volkes. Und Opium wolle *er* dem Volk nicht gewähren. Er brandmarkte mich deutlich sichtbar für alle Gefangenen. Ich lief Spießruten. Das ganze Gefängnis verhöhnte mich!"

„Deshalb fanden wir Karl-Heinz Frenzel mit einer Tonsur?"

„Ja. Auge um Auge, Zahn um Zahn."

In diesem Augenblick fiel Lasse Larsson wieder ein, dass Wolfgang Fichter weitläufig mit ihm verwandt war. Die Stunden zuvor hatte er das erfolgreich verdrängt. Blut ist vielleicht doch stärker als Wasser, dachte er.

Dann fiel ihm sein Vater wieder ein. Als Kind hatte er ihn geliebt, war mit ihm zum Drachensteigen aufs Feld gegangen oder an die See gefahren, wo sie stundenlang am Strand liefen. Nicht einmal die Mutter war jedes Mal mitgekommen, weil sie nicht so weit laufen wollte; es hatte ihn geschmerzt, als der Vater tödlich verunglückte. Erst sehr viel später hatte er erfahren, welcher Arbeit er nachging, und dass er einem Attentat zum Opfer gefallen war.

„Kurz bevor Sie Frenzel umgebracht haben, waren Sie doch bei der Fremdenlegion. Wie haben Sie erfahren, wo Karl-Heinz Frenzel die politische Wende überlebt hat?“

„Ein Kamerad in der Legion kannte ihn. Als ich durch Zufall von seiner neuen Existenz erfuhr, war für mich klar, dass ich ihn zur Rechenschaft ziehen muss!“

„Und sie verließen die Legion ohne eine Genehmigung?“

„Ich musste so handeln, und wäre es das Letzte, was ich in meinem Leben tun würde.“

Der Wagen schoss dahin, passierte das neue Autobahndreieck, das in der einen Richtung Berlin mit Swinemünde verband, in der anderen Richtung nach Rostock und weiter bis Lübeck führte. Simons hatte das Blaulicht abgeschaltet. Der Verkehr war nicht so dicht, dass er es als notwendig erachtete.

„Wieso bezeichnen Sie Major Frenzel eigentlich als Tschekisten?“

„*Tscheka* ist die russische Abkürzung für Außerordentliche Kommission zum Kampf gegen Konterrevolution und Sabotage. Es gab eine Gruppe von Stasi-Offizieren, die sich als Tschekisten fühlten. Allen voran Minister Mielke. In der Abteilung IX war ein gewisser Karl-Heinz Gudlowski federführend, der im Untersuchungsgefängnis Frankfurt an der Oder saß. Und diesem Karl-Heinz Gudlowski fühlte sich Karl-Heinz Frenzel sehr nahe. Schon wegen des gleichen Vornamens.“

„Und woher wissen Sie das alles?“

„Ich habe das im Ausbildungslager Helenenau aufgeschnappt. Man kannte dort den Major Gudlowski, stellte ihn als Vorbild für uns hin.“

„Wegen einer Tonsur bringt man doch einen Menschen nicht gleich um. Selbst dann nicht, wenn er einen sehr geärgert hat. Und doch haben Sie ihn gleich umgebracht. Haben Sie ein Geheimnis, das Sie verschweigen?"

„Major Frenzel hatte herausgefunden, dass ich ein erstklassiger Schütze war. Er verstand es, plötzlich eine ganz andere Seite aufzuziehen. Er ließ mich ein Papier unterschreiben. Auf diesem Papier verpflichtete ich mich zu Dingen, die nicht einmal Satan von mir gefordert hätte."

„Zum Beispiel?"

„Als erstes verlangte er, dass ich Stillschweigen über alle Aktivitäten garantiere. Bei Zuwiderhandlung, sagte er, würde er mich liquidieren lassen."

„Das ist wenig glaubwürdig."

„Glauben Sie, Hauptkommissar? Ich wäre nicht der erste und nicht der letzte Widersacher gewesen, der plötzlich verschwand."

Sie schwiegen einen Augenblick. Wolfgang Fichter fragte sich, ob es ratsam wäre, auf die gemeinsamen Wurzeln hinzuweisen, ließ es dann aber doch in diesem Augenblick lieber bleiben. – Lasse Larsson wiederum dachte darüber nach, ob ein mitteleuropäisches Regime tatsächlich so verbrecherisch sein könnte, so kleine Lichter, wie Fichter es offenbar war, zu töten, nur weil denen der Widerstand wichtiger war als die Loyalität.

„Er bot mir plötzlich an, mich zu fördern. Er würde mir eine neue Identität geben, eine Ausbildung, die meinen Schießkünsten gerecht werde, und stellte eine sofortige Freilassung aus dem Untersuchungsgefängnis in Aussicht. Ich wollte nicht mehr gehänselt werden. Ich wollte in die Freiheit! Verstehen Sie?"

„Oh, ja."

„Er ließ den Friseur wieder kommen, der mir eine Glatze schnitt. Dann wurde ich in ein Übergangsheim gesteckt und einer Gehirnwäsche unterzogen. Zum Schluss glaubte ich, was man mir sagte. Kurze Zeit später kam ich zur Ausbildung nach Helenenau. Ich lernte, wie man überlebt, wenn man in Feindesland auf sich allein angewiesen ist, wie man tötet, und welche Art der Tötung man in welcher Situation einzusetzen hat." Er lachte kurz auf. „Aus einem harmlosen Satanistenspieler hatte man eine menschliche Tötungsmaschine gemacht; ich fuhr einige Male ins Ausland, um dem Handwerk nachzugehen."

„Wie passt Andreas Frenzel ins Bild?"

„Er hasste seinen Vater und war gierig genug, an sein Vermögen zu wollen. Deshalb ließ er zu, dass ich ihn tötete."

„Und die Folter? Die Ohren? Warum schnitten Sie ihm die Ohren ab?"

„Die Ohren. Ich hatte davon gelesen, dass man einem Mädchen zwei Jahre zuvor die Ohren abgetrennt hatte. Ich wollte, dass es genauso aussah und auf einen Ritualmord hinwies. Deshalb musste er auch an gleicher Stelle gefunden werden. Ich wollte diesem arroganten Hund zeigen, dass ich es ebenso gut kann wie er. Nein, ich kann es besser. Habe ich doch in der Legion noch einige Praktiken dazugelernt, die ich ihm gern beibrachte. Auch wenn es das Letzte war, was er wahrnahm."

„Es war doch sicher nicht so einfach, Frenzel an dieser exponierten Stelle unbemerkt zu deponieren ..."

Fichter lachte. „Auf Helenenau lernten wir auch, mit dem Schnorchel zu tauchen. Es wurde ein Mitarbeiter gesucht, der stundenweise, in der Hauptsache am frühen Morgen, mit einem Elektrokarren das Seebücken-Restaurant versorgte. Der Job war wie für mich gemacht."

Lasse Larsson ekelte sich vor so viel Ignoranz gegenüber dem menschlichen Leben. „Manja Voigt. Was hat Ihnen die alte Frau nur getan, dass Sie sie so barbarisch abschlachteten?"

Fichter grinste. „Sie hat mir nicht die Wahrheit über Ihren Besuch bei sich sagen wollen. Ich dachte, ich könne sie ein wenig zu einer befriedigenden Antwort ermuntern, indem ich ihren Köter ein wenig malträtierte. Aber je mehr der Bastard winselte, umso verschlossener wurde die Alte."

Kurz vor der Einfahrt nach Anklam holte Lasse Larsson noch einmal aus, indem er fragte: „Walburga Treetz ist Ihre leibliche Mutter. Warum haben Sie Ihre Mutter umgebracht?"

Larsson beobachtete im Spiegel, dass die Frage Fichter wie ein Peitschenhieb traf. Ist er doch nicht der kaltblütige Mörder? Oder hatte er nur nicht damit gerechnet, dass Larsson ihn beschuldigte, der Mörder seiner Mutter zu sein?

„Wie kommen Sie darauf, dass ich die Treetz umgebracht habe? Und dass sie meine Mutter ist?"

„Walburga Treetz hatte keine Feinde. Für Sie gibt es, bei genauer Kenntnis der Umstände, vielleicht doch ein Motiv zur Rache."

Simons bog auf die Einfahrt zum Hof des Gebäudes der Polizeiinspektion Anklam ein, blieb vor der Schranke stehen, bis sie sich öffnete, und fuhr auf den Hof.

Larsson machte mit der Hand ein Zeichen, Simons sollte die Anmeldung des Zuganges machen, während er mit Fichter im Wagen sitzen blieb. „Walburga Treetz war Ihre leibliche Mutter. Sie gab sie als Säugling ihrer Cousine Monika Fichter ..."

„Es ist ein Verbrechen, sein Kind wegzugeben, Lasse Larsson, das wirst du nicht bestreiten können!"

„Sie sollten mich nicht duzen, Fichter. Selbst wenn irgendwo einige Gene gleich sein sollten. Der Unterschied zwischen uns rechtfertigt, dass wir das lieber beiseite lassen. Also?"

„Du wirst mir nicht nachweisen können, dass ich die Treetz umgebracht habe."

„Nein, das kann ich nicht. Die Obduktion hat nichts ergeben."

„Wir beide sind allein. Du hast keine Zeugen, Bruder."

Simons kam zum Wagen. Lasse Larsson bedeutete ihm, dass er noch einige Minuten brauchen würde, also ging Simons wieder ins Haus.

„Ricin ist das Geheimnis ..."

„Es gab keinen Einstich", stellte Larsson noch einmal fest.

Wolfgang Fichter lachte laut auf. „Es gab keinen Einstich? Natürlich nicht! Das Gift kann auch als Aerosol eingeatmet werden. Die Symptome ändern sich dementsprechend: Lungenödem und sofortiger Atemstillstand sind die Folge. Man erstickt ganz einfach. Die Sowjets entwickelten während des Kalten Krieges ein handliches, aber absolut zuverlässiges Aerosolsprühgerät und ein Gegengift, denn wenn man es versprüht, atmet man es möglicherweise ein. Man würde ebenso sterben wie der, der beseitigt werden soll. Ich verfügte über ein solches Gerät. Damit habe ich Walburga Treetz aus dem Weg geräumt, und weißt du, warum? Weil sie mich letztlich nicht nur um meine Jugend gebracht hat, sondern auch noch um mein mir zustehendes Erbe. Sie vermachte dir das Haus, das mir zusteht."

Lasse Larsson hatte genug gehört. Es würde ihm in Zukunft schwer fallen, das Haus zu behalten. Er drückte auf die Hupe, und Simons kam augenblicklich. Er nahm Fichter die Fußfesseln ab und brachte ihn ins Haus.

Larsson musste erst das Gehörte verarbeiten. Er saß unbeweglich im Wagen, bis Simons zurückkam. Augenblicklich fiel ihm das Versprechen ein, das er der Journalistin des Wolgast-TV gegeben hatte, ihr eine Information über die Ermittlungen zukommen zu lassen. Er hatte es bisher versäumt, dieses Versprechen einzulösen. Morgen früh würde er sie gleich anrufen.

Die Dunkelheit war bereits hereingebrochen, als sich Kriminalhauptkommissar Lasse Larsson und Kriminalkommissar Karl Simons auf den Weg nach Heringsdorf machten. Es war der Abend des 3. Juli. Die Ermittlungsarbeit hatte genau vierzehn Tage gedauert; allen Beteiligten würde klar sein, dass eine solche Zeitspanne eher die Ausnahme war, und dass sie eine Menge Glück gehabt hatten. In den nächsten Tagen würde die Ermittlungsgruppe die leidige Papierarbeit erledigen. Larsson erschauderte, als er an die verhassten Formalitäten dachte. Aber so war das Leben.

Epilog

Lasse Larsson stand vor der einseitig undurchsichtigen Scheibe, welche die beiden Räume trennte; im Verhörzimmer nebenan versuchten Andresen und Simons, dem Häftling Fichter letzte Informationen zu entlocken.

Unbeweglich und erschüttert beobachtete Larsson jede Regung des Mannes, der ein Killer war, der seine eigene Mutter ohne jede Regung getötet, die alte Voigt und deren Hund grausam gepeinigt und dann aus dem Weg geräumt und schließlich den Major der Abteilung IX des MfS bis zur Verstümmelung gefoltert hatte, bevor er ihn umbrachte.

„Ich möchte Kommissar Larsson sprechen", sagte Wolfgang Fichter. „Ansonsten sage ich kein Wort mehr."

„Der Hauptkommissar hat den Fall abgegeben."

„Sagen Sie ihm, ich möchte mich von ihm verabschieden!"

Fichter drehte sich der Scheibe zu, hinter der er Lasse Larsson zu Recht vermutete. „Komm noch einmal her, Bruder! Ich möchte dir in die Augen schauen können, wenn ich dir etwas sage."

Mit einem Schlag war Larsson aus seiner Lethargie herausgerissen.

„Willst du nicht rübergehen, Lasse?" fragte Inge Mohaupt, die sich während der ganzen Zeit im Hintergrund gehalten und Larssons undurchsichtiges Gesicht beobachtet hatte. Er sagte nichts, ging aber zum Verhörraum.

„Sie sollten es lassen, mich zu duzen, Fichter."

„Ich habe nicht mehr viel zu sagen. Nur noch so viel, ich habe getan, wozu man mich erzogen hatte. Aber ich werde es mit dem alten Hemingway halten, der gestorben ist, wie er gelebt hat. Mit der gleichen, großkalibrigen Elefantenbüchse, mit der er jahrelang das Großwild erlegte, machte er seinem Leben ein Ende, als er es als sinnlos erachtete."

„Und Sie erachten Ihr Leben jetzt als sinnlos?" fragte Simons.

Wolfgang Fichter beachtete Simons nicht. Als wäre der gar nicht anwesend, sprach er weiter. „Im Rahmen meiner Möglichkeiten habe ich dem Leben einen Sinn gegeben, der mit dem Tod Frenzels seine Erfüllung gefunden hat. Deshalb bin ich jetzt überflüssig geworden. Ich würde allen nur auf der Tasche liegen und doch nur ein dahinsiechendes Leben in irgendeinem Rattenloch, in das ihr mich stecken würdet, führen."

„Jeder Mensch muss für seine Taten einstehen, Fichter."

Fichter lachte. „Ich stehe mit meinem Leben für meine Taten ein!"

„Dazu fehlt Ihnen die Elefantenbüchse!" Larsson sagte es ohne jede sentimentale Regung.

„Ein Mann, Lasse, muss seine Grenzen kennen. Ich kenne meine Grenzen! Lebe wohl!"

Tatenlos mussten die Polizisten zusehen, wie sich Fichter noch einmal aufbäumte und dann, mit Schaum vor dem Mund, zusammenbrach.

Larsson hob die Schultern und sagte: „Zyankali!" Dann wandte er sich angeekelt ab und verließ den Raum.

In einem Wäldchen in der Nähe des thüringischen Ortes Vollersroda fand die Polizei ein ausgebranntes Fahrzeug des Typs Peugeot. Bei näherem Hinsehen entdeckten sie eine total verkohlte Leiche. Erst nach Wochen gelang es, die Identität des Toten festzustellen.

Es war Dieter Mertens.

Danksagung

Ohne die bereitwillige Hilfe einer Reihe von Menschen, die sich nahezu täglich mit Verbrechen und Mord beschäftigen müssen, hätte ich dieses Buch mit seinen vielfältigen Facetten niemals schreiben können. Mein Dank gilt deshalb der Presseabteilung des LKA II Berlin, der Presseabteilung der Polizeidirektion Anklam, hier ganz besonders zu erwähnen ist die Zusammenarbeit und fachliche Beratung durch den Hauptkommissar Axel Falkenberg.

Dankbar für ihre Hilfe bin ich auch der Direktorin des Instituts für Rechtsmedizin an der Universität Greifswald, Frau PD Dr. med. Britta Bockholdt, die meine Arbeit hoffentlich auch künftig begleiten wird.

Es ist schon außergewöhnlich, dass ein namhafter und weltweit anerkannter Wissenschaftler ein Nachwort für einen Kriminalroman schreibt. Deshalb möchte ich dem Inhaber des Lehrstuhls für Kriminologie und Polizeiwissenschaft an der Ruhr-Universität Bochum, Herrn Prof. Dr. Thomas Feltes, ganz besonders für sein Engagement danken.

Bei der Erarbeitung des Textes wurde ich auch unermüdlich von meinen beiden Assistentinnen unterstützt, die ich deshalb nicht unerwähnt lassen möchte: Frau Gabriele Raetzer und Frau Maria Grünert.

George Tenner, im Frühjahr 2007

Thomas Feltes: Nachwort

„Helene!“ – sprach der Onkel Nolte –
„Was ich schon immer sagen wollte!
Ich warne dich als Mensch und Christ:
Oh, hüte dich vor allem Bösen!
Es macht Pläsier, wenn man es ist,
Es macht Verdruß, wenn man's gewesen!“
(Wilhelm Busch, Die Fromme Helene)

Ein Nachwort für einen Kriminalroman? Eher ungewöhnlich, mag der Leser denken und dabei hoffen, dass er sich nicht bei der Wahl dieses Buches vergriffen und ein „akademisches Werk“ erworben hat. Aber keine Angst: Die „Jagd auf den Inselmörder“ wird den Leser im Zweifel für die Überlegungen eines Wissenschaftlers entschädigen!

Die Frage ist dennoch berechtigt: Wieso beschäftigt sich ein Kriminologe mit Kriminalromanen? Möglicherweise werden einige meiner akademischen Kollegen die Stirne runzeln und sich über den Ausflug in den Bereich der „Trivial-Literatur“ wundern. Dabei geht es in George Tenners Roman nicht (zumindest nicht vorrangig) um Sex, Crime and Violence, wie dies tagtäglich in den Boulevard-Medien und den Zeitungen mit den großen Buchstaben der Fall ist. Auf den ersten Blick mögen Kriminalromane wenig mit wissenschaftlicher Kriminologie zu tun haben. Sieht man aber genauer hin, tauchen interessante Fragen auf, denen sich die Kriminologie als „Wissenschaft vom Verbrechen“ bislang zu wenig gewidmet hat. In anderen Fachdisziplinen ist dies anders: So hat sich sogar der 1995 verstorbene Marxist und Wirtschaftswissenschaftler Ernest Mandel mit dem Thema beschäftigt (Ein schöner Mord. Sozialgeschichte des Kriminalromans. Frankfurt a. M. 1987). Darauf wird zurückzukommen sein. Die Geschichte des Kriminalromans ist ebenfalls bereits mehrfach beschrieben worden z. B. von Ulrike Leonhardt (Mord ist ihr Beruf. Eine Geschichte des Kriminalromans. München 1990) und dem Frankfurter Strafrechtler Klaus Lüderssen (Produktive Spiegelungen. Recht und Kriminalität in der Literatur. Frankfurt a. M. 1991). Wenn Lüderssen von produktiven Spiegelungen spricht, geschieht das völlig zu Recht: Der Kriminalroman sagt nicht nur etwas über den jeweiligen Autor aus, sondern noch mehr über seinen Leser und – wie Ernest Mandel überzeugend gezeigt hat – vor allem auch über die Verfasstheit der jeweiligen Gesellschaft.

Berichte über Verbrechen und Verbrecher haben die Menschen schon immer fasziniert. Vielleicht ist auch so die Geschichte von Kain und Abel entstanden: Der erste (Bruder-) Mord in der Geschichte der Menschheit, ausgerechnet nach der Vertreibung aus dem Paradies. Schuld und Sühne, die Frage nach Ursachen und Motiven des Bösen sind Themen, die die Menschen gleichermaßen faszinieren wie abstoßen und entzweien können. Dabei kommen Morde auch in vielen Werken der klassischen Literatur vor, aber die Faszination des Kriminalromans ist eine andere.

„Ohne Krimi geht die Mimi nie ins Bett" – so sang Bill Ramsey, und die Älteren unter uns werden sich daran ebenso erinnern wie an den gleichnamigen Film von 1962 mit Heinz Erhard und Harald Juhnke. „Pläsier" macht es offensichtlich, wenn man dem Verbrechen und dem Verbrecher indirekt beiwohnen kann, indem man einen guten Krimi liest oder sieht. Selbst Sigmund Freud soll eine große Vorliebe für gute Räuberromane gehabt haben.

Noch immer gehen viele Mimis nicht ohne Krimi ins Bett, und das Genre Kriminalroman dürfte das am meisten auf Nachttischen liegende, mit auf Reisen genommene und der Ablenkung dienende Medium sein. Selbst Ernest Mandel bekennt zu Beginn seiner Sozialgeschichte des Kriminalromans: „Ich muss gestehen: Krimis lese ich gerne. Ihre Lektüre sorgt offenbar für Entspannung" (S. 9) – wobei er glaubt, sich in seinem Buch für dieses Bekenntnis vor seiner eigenen Zunft rechtfertigen zu müssen, die ihn aufgrund dieser Aussage möglicherweise für ein Opfer bürgerlicher Ideologie halten könnte.

Wir erfreuen uns an der Spannung, die ein guter Krimi aufbaut und hält, an der Sprache, an den Gestalten, die der Autor schafft und beleuchtet, und nicht zuletzt an dem Umfeld, in dem die Geschichte spielt. Und wir erfreuen uns an dem Happy End, das die Geschichte nimmt: Das Böse wird bezwungen und überführt, das Gute siegt.

George Tenners Kriminalromane sind logisch aufgebaut, spielen in einem interessanten, aber nicht zu exotischen Umfeld, die Beschreibungen der Örtlichkeiten und Situationen sind detailgenau und nachvollziehbar. Dies alles erfolgt, ohne dass der Spannungsfaden reißt. Ganz im Gegenteil: Mit immer neuen Aspekten überrascht der Autor den Leser und zieht ihn immer mehr hinein in die Handlung, bis er das Gefühl hat, mitten im Geschehen zu stehen. Daher sind wirklich gute Krimis eigentlich als Bettlektüre nur bedingt geeignet, denn die aufgebaute Spannung erleichtert nicht unbedingt das Einschlafen ...

Andere Funktionen, die Verbrechen, Verbrecher und auch die Berichte über sie erfüllen können, werden seit langem kontrovers diskutiert. Berichte über Gewalt in den Massenmedien ebenso wie bestimmte Videospiele oder Horrorfilme können Kriminalität hervorrufen oder gar für einzelne Straftaten ursächlich sein, vor allem bei Jugendlichen (siehe die Ereignisse an der Columbine Highschool in Littleton, USA, und am Gymnasium in Erfurt). Die Medienwirkungsforschung steht dem jedoch skeptisch bis ablehnend gegenüber – mit, so meine ich, guten Gründen: Entscheidend dürften eher die soziale Situation und das Erziehungsverhalten der Eltern sein, das wiederum durch den sozialen Status beeinflusst wird. Wenn sich Eltern um ihre Kinder kümmern, und gegebenenfalls mit ihnen gemeinsam fernsehen oder zumindest sich dafür interessieren, wie oft und was der Nachwuchs sich ansieht, dann prallen Medien mit ihren Wirkungen an dem Schutzschild der Familie ab. Wenn dieser Schutzschild aber brüchig oder nicht mehr vorhanden ist, dann haben Medien ein leichtes Spiel. Nicht umsonst zeigen jüngere sozialwissenschaftliche Forschungen eindeutige Zusammenhänge auf zwischen der sozialen Situation von Kindern und Jugendlichen (Armut, soziale Verwahrlosung), Bildungsstand, Gesundheit, Missbrauch legaler und illegaler Drogen, subjektiver Zufriedenheit und Kriminalität. Diese „Armutsspirale“ (immerhin sind rund ein Viertel aller Kinder und Jugendlichen in Deutschland von Sozialhilfe abhängig, in bestimmten Städten bis zu vierzig Prozent) wird nach wie vor bei uns gerne übersehen, wenn es um die wirklichen Ursachen von abweichendem Verhalten geht.

Entsprechend dienen Medien dazu, die eigene oder die gesellschaftliche Verantwortung für bestimmte negative Entwicklungen auf andere abzuwälzen: Sind sie schuld, muss man sich nicht um sein eigenes Verhalten kümmern und es gar ändern. Politiker können ihre Verantwortung für soziale Umstände, die wesentlich ursächlich für Kriminalität sind, auf die Medien abladen.

Politiker wie Bürger nutzen vor allem spektakuläre Straftaten oftmals dazu, einen öffentlichen Sturm der Entrüstung loszutreten. Bewusst oder unbewusst stärken sie so die „Normtreue“ der Braven – vor allem dann, wenn man Straftaten geißelt, die „normale“ Bürger eher nicht begehen. Die alltägliche (auch sexuelle) Gewalt in der Familie eignet sich dazu wesentlich weniger gut als der Kindesmörder oder die Mutter, die ihre neun Kinder unmittelbar nach der Geburt tötet. Kriminologisch betrachtet, dient dies der durchaus „wohlfeilen Abgrenzung“ der Guten von den Bösen – getreu der „Frommen Helene“ bei Wilhelm Busch:

Das Gute – dieser Satz steht fest –
Ist stets das Böse, was man läßt!
Ei, ja! – Da bin ich wirklich froh!
Denn, Gott sei Dank! Ich bin nicht so!!

Durch moralische Empörung und wohlfeile Entrüstung, die auch öffentlich kundgetan wird, bestätigen wir uns immer wieder, dass wir nicht so sind wie „die da“. Und mit der Forderung nach immer härteren Strafen bekämpfen wird die kleinen Teufel in uns, die selbst gerne einmal böse sein möchten. Ein Gutteil der bürgerlichen Strafbedürfnisse kann so erklärt werden, denn eine rationale Begründung für diese Bedürfnisse kann es bei „aufgeklärten“ Bürgern nicht geben.

Gleichzeitig siegt natürlich mit der Überführung und Verurteilung des Verbrechers das Gute, und wir können sicher sein, recht daran zu tun, keine Straftaten zu begehen.

Strafverfolgung, so sie denn stattfindet, hat immer auch eine gesellschaftshygienische Funktion: Die Normtreuen bekommen bestätigt, dass es sich nicht lohnt, Straftaten zu begehen. Kriminalromane unterstützen diese Funktion: Denn fast immer wird der Böse ermittelt und seiner gerechten Strafe zugeführt. Dabei ist, wie Ernest Mandel zeigt, „der springende Punkt nicht die Klassenherkunft des Mörders, sondern seine Darstellung als gesellschaftlicher Außenseiter, ..., der die Normen der herrschenden Klasse verletzt und gerade dafür bestraft werden muss“ (S. 54).

Mit der Bestrafung des Bösen bestrafen wir immer auch ein wenig das Böse in uns, die Versuchung, etwas zu tun, was man nicht tun darf – auch wenn es nicht gleich ein Mord oder ein Raubüberfall sein muss. Entsprechend verfolgen wir die Ermittlungen von Kriminalisten im Fernsehen und in Kriminalromanen immer mit gespannter Erwartung. Natürlich hoffen wir auf und erwarten den „Hollywood-Effekt“: Das Gute muss siegen! Dennoch erfreuen wir uns auch an den manchmal verschlungenen, manchmal langwierigen Ermittlungen, die uns in Spannung halten. Selbst wenn wir fünf Minuten vor Ende des Fernsehfilms oder zehn Seiten vor dem Ende des Krimis stehen: Die Spannung lässt nicht nach.

Interessanterweise erlebte der Kriminalroman seinen ersten Durchbruch zur Popularität zu einem Zeitpunkt, als Ende der siebziger, Anfang der achtziger Jahre des 19. Jahrhunderts die Ausbreitung der Armut in London große Angst vor Unsicherheit und sozialem Chaos auslöste. Entsprechend zieht Ernest Mandel in seiner umfassend recherchierten und materialreichen Studie folgendes Fazit: „Die Schlussfolgerung ergibt sich von selbst: Die Geschichte des Kriminalromans ist eine Sozialgeschichte, denn sie scheint unauflöslich verbunden mit der Geschichte der bürgerlichen Gesellschaft und durch sie bestimmt. ... Die Geschichte der bürgerlichen Gesellschaft ist auch die Geschichte des Privateigentums. Die Geschichte des Privateigentums ist zugleich die Geschichte seiner Negation, das heißt, die Geschichte des Verbrechens. Die Geschichte der bürgerlichen Gesellschaft ist auch Geschichte eines immer explosiver werdenden Widerspruchs zwischen den mechanisch aufgezwungenen Verhaltensnormen des Bürgertums einerseits sowie den Bedürfnissen und Leidenschaften der Individuen andererseits – ein Widerspruch, der sich seinerseits immer mehr in gewaltsamen Verstößen gegen diese Normen entlädt, auch in Form von Verbrechen. Die bürgerliche Gesellschaft ist aus Gewalt geboren, sie reproduziert dauernd Gewalt und erscheint von Gewalt durchdrungen. Sie ging aus dem Verbrechen hervor und führt – in immer größerem industriellen Maßstab – zum Verbrechen hin. Und letzten Endes erklärt sich der Aufschwung des Kriminalromans vielleicht aus der Tatsache, dass die bürgerliche Gesellschaft alles in allem eine verbrecherische Gesellschaft ist." (S. 153)

Der Kriminalroman, gleich in welcher medialen Verpackung, hat aber auch psychoanalytische Funktionen. Mike Davis hat in seinem Artikel „Die Nacht ist lang" (In: Die Zeit, 52/2002) dies am Beispiel der Nacht, die er als Synonym gleichermaßen für Unsicherheit wie Faszination sieht, beschrieben: „In der Sicherheit warmer Wohnzimmer fühlte sich die Mittelschicht sowohl erregt als auch erschreckt durch die Geschichten von Klassen, die erst nach Einbruch der Dunkelheit aus ihren Verstecken kamen. So diente die Nachtwelt bald als erotische Folie für das Tagesgeschäft des Rechnens und Geldscheffelns. Die dunkle Stadt als Negativ der gewöhnlichen Welt: Dieser Kontrast zeigt sich schon in den Theaterdramen der Restauration ..., im Schelmenroman und bei Dante. Aber der Mythos urbaner Dunkelheit war, wie die Sehnsucht nach der verbotenen Sexualität, eine wahrhaft viktorianische Obsession. Zur Befriedigung des viktorianischen Bedürfnisses, gleichzeitig geängstigt und angenehm erregt zu werden, avancierten die nächtlichen Untiefen der großen Städte zum Sehnsuchtsort. Gleichzeitig stellte man sich die Slumbewohner – besonders deren nächtliche Verrichtungen – als ein Pendant zu den wilden Kulturen des Urwaldes und der Wüste vor.“

Edgar-Wallace-Filme waren in den sechziger und siebziger Jahren Straßenfeger und sind inzwischen Kult. In diesen Filmen kann man unbeschadet teilhaben an dieser Kultur: Sich ein wenig schaudern, ohne wirklich Angst haben zu müssen – und das Ganze im warmen Wohnzimmer. London bei Nacht und Nebel, dröhnende Schiffshörner über der Themse, Bobbies und Gangster, dunkle, mondbeschienene Landschaften, düstere Schlösser mit rätselhaften Gewölben und Geheimtüren, vermummte Gestalten – das waren die immer wiederkehrenden Bestandteile der deutschen Edgar-Wallace-Verfilmungen aus den Sechzigern, die zur erfolgreichsten und längsten Serie deutscher Filme wurde und auch im Ausland als „German Wallace Wave“ Beachtung fand. Viele Filme nutzen nach wie vor diesen offensichtlich tief sitzenden Widerspruch aus, der zwischen Bedürfnis und Verlangen nach dem Dunklen bei gleichzeitig mehr oder weniger wohligem Schaudern besteht. Die bürgerliche Neugier auf die Unterwelt will gestillt werden – aber nur, solange das Ganze nicht zu schmutzig wird und zu nahe an einen selbst herantritt.

Das Böse, das sind und müssen auch im Film immer die anderen sein. Nur selten wird dieses Schema durchbrochen, und am ehesten geeignet sind dazu noch Kriminalromane, da sie nicht so sehr wie etwa Filme auf das Spektakuläre setzen müssen. Ein guter Krimi lebt von der inneren Spannung.

Kein Geringerer als Karl Marx hat mit leichter Ironie darauf hingewiesen, dass der ansonsten so gescholtene, gefürchtete und verachtete Verbrecher nicht nur Verbrechen „produziert", sondern indirekt auch „Kunst, schöne Literatur, Romane und sogar Tragödien": „Ein Verbrecher produziert nicht nur das Verbrechen, sondern auch das Kriminalrecht und damit auch den Professor, der Vorlesungen über das Kriminalrecht hält ... Der Verbrecher produziert ferner die ganze Polizei- und Kriminaljustiz ... Der Verbrecher unterbricht die Monotonie und Alltagssicherheit des bürgerlichen Lebens. Er bewahrt es somit vor Stagnation und ruft jene unruhige Spannung und Beweglichkeit hervor, ohne die selbst der Stachel der Konkurrenz abgestumpft würde." (Karl Marx: Theorien über den Mehrwert, I. Teil, S. 387f., zitiert nach Mandel., S. 21)

Den ersten Versuch in der Neuzeit, einen Kriminalfall sachlich zu beschreiben, unternahm Friedrich Schiller mit seiner Erzählung „Der Verbrecher aus verlorener Ehre" (1786). Der Schriftsteller berichtet, wie ein Mensch zum Verbrecher wird. Ausschlaggebend waren für Schiller auch die Werke des französischen Anwaltes Francois Gayot de Pitaval, der Anfang des 18. Jahrhunderts die „Causes célèbres et intéressantes", eine Sammlung von insgesamt zweiundzwanzig Büchern, veröffentlichte. Darin stellte er interessante und Aufsehen erregende Rechtsfälle dar. Dabei kam es ihm nicht nur auf die Hintergründe der Tat an, sondern vor allem auf die Psychologie der Täter. Die Sammlung wurde in die meisten europäischen Sprachen übersetzt, auch ins Deutsche: „Eine Sammlung der interessantesten Criminalgeschichten aller Länder aus älterer und neuerer Zeit" (60 Bde., Leipzig: Brockhaus, 1842-1890) enthält etwa 600 Erzählungen von Kriminalfällen, wobei die Biografien der

Verbrecher sowie die psychologischen, sozialen und historischen Umstände ihrer Taten eine besondere Rolle spielen.

Die Faszination solcher Beschreibungen und damit auch der Kriminalromane ist ungebrochen, und sie wird es bleiben. Diese Prognose kann man getrost wagen, nicht nur, weil die tatsächlichen Bedrohungen in unserer modernen Gesellschaft trotz aller Diskussionen um Terrorismus und spektakuläre Straftaten immer weniger werden. Wir leben in Deutschland (und inzwischen in Europa) in einer der sichersten Gesellschaften und zu einem Zeitpunkt, der, geschichtlich betrachtet, so viel Sicherheit wie noch nie bietet. Vielleicht ist diese Abwesenheit von objektiven Unsicherheiten ein Grund dafür, dass die subjektiven Ängste in den vergangenen Jahren angestiegen waren (inzwischen sind sie wieder rückläufig), und dass man z. B. glaubte, regionale „Sicherheitswachten" gründen zu müssen, in denen „interessierte" Nachbarn Verbrecher jagen können – wobei die Frage gestellt werden muss, woran diese Nachbarn wirklich interessiert sind oder waren. Während die Nachtwächter im Mittelalter durch leere Straßen patrouillierten, um Straftäter, vor allem aber Feuersgefahren rechtzeitig zu entdecken, gibt es für die modernen Nachwächter meist wenig zu tun. Entsprechende Projekte werden oft nach wenigen Monaten eingestellt: Es passierte nicht mehr und nicht weniger als zuvor (nämlich kaum etwas), und es wird den Nachtwächtern der Moderne zu langweilig. Konsequenterweise hätte man Schauspieler anheuern müssen, die für den nötigen Furchtfaktor gesorgt hätten – dann aber doch lieber ein guter Krimi wie dieser hier von George Tenner, mit dem wir uns ganz in Ruhe zu Bett begeben können.

Thomas Feltes ist Jurist, Sozialwissenschaftler und seit 2002 Inhaber des Lehrstuhls für Kriminologie und Polizeiwissenschaft an der Ruhr-Universität Bochum. Von 1992 bis 2002 war er Rektor der baden-württembergischen Polizei-Fachhochschule. Weitere Informationen: www.thomasfeltes.de

Bisher erschienene Bücher von George Tenner

DER WÜSTENWOLF. Thriller
Herbig: München 1982 (vergriffen)

AUSGEFLIPPT. Satiren
MV-Verlag: Münster 2004

DAS SPIEL DER NYMPHEN. Roman
MV-Verlag: Münster 2005

DAS PETERSPLATZ-KOMPLOTT. Thriller
MV-Verlag: Münster 2005

DER SCHREI DES PELIKANS. Thriller
MV-Verlag: Münster 2006

SINGLE, UNVERMITTELBAR. Roman
Herbst 2007 (in Vorbereitung)

Im Schardt Verlag erschienen:
Udo Gümpel: Massaker im Altersheim. Ostsee-Krimi
Oldenburg: 2006, 174 Seiten, 12.80 Euro

„Witzig, unterhaltend und urkomisch, was die Alten im Altersheim so treiben, verfasst von einem, der die 80 schon weit überschritten hat.“ *Rostocker Zeitung*

Im Schardt Verlag erschienen:
Bernd Müller-Gödecke: Lehrer Lampes Tod. Lübeck-Krimi
Oldenburg: 2007, 208 Seiten, 12.80 Euro

„Eine spannende Story, viel Lokalkolorit, interessante Charaktere und ein ungewöhnliches Ermittlerteam garantieren ein prickelndes Lesevergnügen.“ *Lübecker Nachrichten*